杜甫集

一生漂泊,一部詩史

杜甫 著
珍爾 解評

從「杜陵布衣」到「詩聖」……
走過盛唐榮景與烽火亂世,
見證家國滄桑、個體命運與文學良知

十年築夢、顛沛流離……
在仕途沉浮、家國飄零與個人苦難中抗爭,
從〈登高〉到「三吏三別」,詩歌承載了家國憂患與人間悲憫
以嚴整格律與沉雄氣骨,拓出文學最高峰!

目 錄

前言   005

情聖杜甫（代序）—— 梁啟超   013

◎第一階段　青春漫遊的歲月（731～745）   023

◎第二階段　長安逐夢的日子（746～755）   037

◎第三階段　左拾遺與流亡歲月（756～759）   087

◎第四階段　西南漂泊的晚境（760～770）   185

◎附錄   357

前言

　　中國是一個極其重視詩歌的國度。五千年詩作匯成了浩瀚銀河。杜甫詩歌，就是這銀河中格外明亮、耀眼的星群。千百年來一直以其真、善、美的高貴光芒，燭照著人類的精神世界，滋養著一代又一代人的心靈。越是年代久遠，人們便越能發現其隱含在詩句深處的豐厚內涵和藝術價值。我們今天誦讀著杜甫的詩句，猶如看到一位捧著一顆赤子丹心、白髮蒼蒼的老人，從遙遠的唐代向我們走來，他為普通的黎民百姓而鼓、而呼，為國家的興亡、民生的疾苦而歌、而哭。他的詩直到今天讀來仍振聾發聵、真切感人，難怪他的詩會歷經千年而不衰，被後人廣為傳唱；難怪歷代文人名士會對杜甫充滿崇拜之情。

　　杜甫的詩歌藝術對後世的影響是極其深遠的。白居易、元稹的新樂府運動，在文藝思想方面，顯然受到杜詩很大的啟發；李商隱近體詩中諷諭時事的名篇，在內容和藝術上，都深得杜詩之精髓；宋代著名詩人如王安石、蘇軾、黃庭堅、陸游等，對杜甫都推崇備至，他們的詩歌從不同方面各自繼承了杜甫的傳統。

　　杜詩的影響不僅僅局限於文學藝術領域。杜甫詩歌的偉大精神，千百年來一直影響和感召著一代又一代人，為國家和民族的利益而奮鬥。宋末民族英雄文天祥被元人俘虜，囚居獄中時，用杜甫的五言詩集詩二百首。他在《集杜詩·自序》中說：「凡吾意所欲言者，子美先為代言之。」康有為幾乎能一字不漏地背誦全部杜詩。陳獨秀也能背誦杜詩全集而不遺漏一字。他在〈答胡適論文學革命書〉中說：「詩中之杜，文中之韓，均為變古開今之大樞紐。」魯迅先生說：「杜甫似乎不是古人，就好像今天還活在我們堆裡似的。」聞一多先生說，杜甫是中國「四千年

前言

文化中最莊嚴、最瑰麗、最永久的一道光彩」。陳寅恪先生說：「少陵為中國第一詩人。」

杜甫同時還是一位贏得國際聲譽的偉大詩人。從十三世紀起，杜詩就在日本、朝鮮、越南等國廣為流傳。十九世紀起，又被介紹到歐洲，受到西方漢學家的關注。

為方便讀者閱讀，這裡對杜甫生平及其生活創作的幾個階段予以簡略介紹。

杜甫（712～770），字子美，京兆杜陵（今陝西西安西南）人，生於河南鞏縣（今河南鞏義西南），為晉代名將杜預之後。杜甫在長安時，曾住在城南少陵附近，所以他在詩中常自稱「少陵野老」；因他最後的官銜是檢校工部員外郎，故後世又稱他為「杜工部」。杜甫自幼生長在文學傳統濃厚的家庭中，祖父杜審言是初唐時期的著名詩人，官至膳部員外郎；父親杜閑，曾任兗州司馬、奉天縣令。杜甫很小便開始讀書習字，七歲即能以鳳凰為題作詩。「七歲思即壯，開口詠鳳凰。九齡書大字，有作成一囊。」（〈壯遊〉）十五歲時他的文采便引起洛陽名士們的重視。其家庭中「奉儒守官」的文化傳統，對他後來的忠君報國、仁民愛物的思想，也有很大的影響。杜甫的生活從二十歲後，大致可分為四個階段。

第一階段，漫遊時期（731～745）。從唐玄宗開元十九年（西元731年）起，青年杜甫曾進行了兩次較長的漫遊。第一次是在江南一帶，他從洛陽出發，渡江至江寧，遊歷了金陵、姑蘇一帶，領略了剡溪、天姥山的秀麗風光。開元二十三年（735），他回到洛陽投考進士，未中。第二年他又赴齊趙一帶開始了第二次漫遊：「放蕩齊趙間，裘馬頗清狂。」（〈壯遊〉）這期間他還結識了不少有趣的朋友，如蘇源明、高適等人。他們一起縱歌豪飲，結伴打獵、談詩。雄奇峻偉的山川，多元的吳越、齊趙文化，讓青年杜甫開闊了眼界、增加了見識。這個時期，他寫下〈望

嶽〉等被後人稱為「氣骨崢嶸、體勢雄渾」的不同凡響的詩歌。

開元二十九年（741），杜甫從山東回到洛陽，在偃師西北的首陽山下建了一座土窯，取名「陸渾山莊」。在這裡，杜甫與司農少卿楊怡的女兒楊氏結婚，從此二人患難與共，直至白頭。天寶三載（744），杜甫在洛陽與李白相遇，兩顆千載一現的詩星，在廣闊的天宇奇蹟般地相遇。他們結伴暢遊，其間又恰逢高適，於是三位詩人一同訪道尋友，談詩論文，好不暢快。後杜甫將西去長安，李白則打算重遊江東，於是二人在兗州分手，此後再未會面，杜甫為此寫下不少懷念李白的感人詩篇。

這時的唐王朝，倉廩充實，國力強盛，但也隱伏著危機。唐玄宗好大喜功，開拓邊疆，消耗了大量的人力、物力，杜甫對此也有一些預感。但這個時期，他過的主要是遊山涉水、高歌遊獵的浪漫生活，流傳下來的詩作不多，可見的只有二十幾首，多是五言律詩和五言古體。

第二階段，長安時期（746～755）。杜甫受自己家族中「奉儒守官」思想的影響，一直嚮往仕途，期望求得官職，能藉此有所建樹，實現自己「致君堯舜上，再使風俗淳」的理想。當時三十五歲的他，於天寶五載（746）來到長安，在這裡住了整整十年。對杜甫來說，這是一生中思想、生活和創作都產生巨大變化的十年。

天寶六載（747），杜甫在京都參加了玄宗詔選技藝之才的考試，但因「口蜜腹劍」的中書令李林甫的陰謀破壞，應試者無一人入選。天寶十載（751），玄宗舉行祭祀「玄元皇帝」老子、太廟和天地的盛典，杜甫進獻「三〈大禮賦〉」，得到玄宗賞識，命宰相考他的文章，集賢院的學士們都來監考，一時間杜甫聲名顯赫。但考試結果，僅得到一個「參選列序」資格，這讓杜甫大失所望。期間，杜甫生活拮据，父親的去世更讓他失去了經濟來源，他只好靠採些草藥出售以餬口。為了尋找出路，他不斷地寫詩投贈權貴，期望得到舉薦，但都毫無結果。最後在安祿山叛

亂的前夕，才僥倖得到了一個右衛率府兵曹參軍的職務。

十年中，杜甫目睹了權貴的貪婪驕橫、邊將的窮兵黷武，人民在租稅與徵役的盤剝下，日益不堪重負、怨聲載道。而當年曾勵精圖治的玄宗，到了晚年，竟變得昏庸淫佚，整日在宮中尋歡作樂。這一切都讓懷著一腔報國壯志的杜甫灰心。長安雖大，卻沒有詩人的立足之地。為維持生計，他不得不含屈忍辱出入於貴族府邸，陪他們飲酒野遊，以獲得微薄的資助。「朝扣富兒門，暮隨肥馬塵。殘杯與冷炙，到處潛悲辛」（〈奉贈韋左丞丈二十二韻〉）是他這個時期卑躬屈膝生活的真實寫照。自身的遭際，使他從思想感情到生活方式都更接近普通百姓，更能理解大眾疾苦，這些後來都進入了他詩歌創作的題材。天寶十載（751）以後，他陸續創作出〈兵車行〉、〈麗人行〉、〈前出塞〉、〈後出塞〉等不朽的名篇，為當時的詩壇增添新的內容和表達方式。天寶十四載（755）冬，杜甫前往探視寄居在奉先的妻子，又寫出了〈自京赴奉先縣詠懷五百字〉的犀利名篇，以「窮年憂黎元，嘆息腸內熱」的深情，概括了當時社會上「朱門酒肉臭，路有凍死骨」的不平現實。十載長安生活，杜甫親眼看到了唐朝從盛世走向衰敗，他用自己的筆，生動地記錄了這個歷史過程。這個時期流傳下來的杜詩約一百多首，其中優秀的詩篇大多是五、七言古體詩。

第三階段，任職左拾遺與流亡時期（756～759）。就在杜甫前往奉先看望妻子時，也就是天寶十四載（755）十一月，安祿山起兵向洛陽出發，「安史之亂」拉開了序幕。唐玄宗聞訊倉皇逃往西蜀，肅宗在靈武即位。杜甫這時正在鄜州，他將家屬匆匆安置在城北的羌村，隻身北上赴靈武欲投奔肅宗。不料半路被叛軍截獲，送往長安。在拘押長安的近半年中，杜甫看到京城一片荒涼，生靈塗炭，又聽到唐軍先後在陳陶、青坂兩處全軍覆沒的噩耗，不禁滿腔悲憤，和著淚水寫出了〈悲陳陶〉、〈悲

青坂〉、〈春望〉、〈哀江頭〉等詩篇。

　　至德二載（757）四月，杜甫冒著生命危險逃出長安，奔赴肅宗的臨時駐地鳳翔，受任為左拾遺。這雖然只是個從八品上的小官，但卻能常在皇帝身邊進諫，杜甫深知責任重大。但好景不常，不久即因直言上疏為房琯說情而觸怒了肅宗，竟遭審訊。幸有宰相張鎬相救，才免其罪。八月，他回到鄜州探視妻子，寫下了一生中的第一長篇、一百四十句的長詩〈北征〉，此詩不僅宏觀地展示了當時社會動亂的現實，抒發了憂國憂民之情，也生動地描繪出一個普通人的生活情態，思想性和藝術性都達到空前的高度。

　　這年九月和十月，唐軍相繼收復了長安和洛陽，肅宗於十月底返京，杜甫也回到長安。乾元元年（758）六月，杜甫因朝中新貴與舊臣的矛盾，被貶為華州（今陝西華州）司功參軍，從此與長安永別。乾元二年（759）春，杜甫回河南舊居探望親朋故舊，一路目睹了亂離時代百姓們在官吏的殘酷壓榨下蒙受的血淚苦難，寫出了無愧於「詩史」稱號的著名組詩「三吏」、「三別」。這年秋天，杜甫遠去秦州，初冬又赴同谷，繼而踏上艱難的蜀道，於年底到達成都。他將沿途的經歷寫成了催人淚下的紀行詩。

　　在這短短的四年中，杜甫親身經歷了安史之亂和唐王朝的由盛而衰，由一個皇帝身邊的官員，變成了流離在荒涼蜀道上、貧病交加的寒士，不幸的生活折磨著詩人，也成就了詩人，這個時期流傳下來的詩歌多達200餘首，大部分是杜詩中的傑作。

　　第四階段，漂泊西南時期（760～770）。這個階段是杜甫生命中的最後十一年，其中在蜀中八年，在荊、湘三年。應該說他在成都最初度過的五年，生活還算相對安定。唐肅宗上元元年（760）春，他在成都西郊的浣花溪畔築了草堂，總算有了一個棲身之所，結束了四年流離的生

前言

活。剛經歷過哀鴻遍野的中原戰亂，杜甫對眼前的田園美景尤其珍惜，他滿懷愛意寫下了不少歌詠自然風光和感時憶弟的美麗詩篇。詩人雖自己有了棲身之所，但始終未忘記那些失去家園的人們，他在〈茅屋為秋風所破歌〉中唱出了「安得廣廈千萬間，大庇天下寒士俱歡顏」的感人詩句。

唐代宗廣德元年（763）正月，安史叛軍被滅，消息傳到梓州，杜甫驚喜欲狂，寫下了〈聞官軍收河南河北〉這篇充滿快樂昂揚基調的詩歌。但沒多久，吐蕃便又大舉入侵，一度攻陷長安，杜甫又陷入深切的憂慮之中。廣德二年（764）春，杜甫的好友嚴武重返成都任成都尹兼劍南節度使，舉薦杜甫為節度參謀、檢校工部員外郎。這短暫的官場生涯並未帶給杜甫愉快，他難以忍受年輕同僚的嘲笑和排斥，數月後，辭官離開幕府，重回草堂。永泰元年（765）四月，年僅四十歲的嚴武突然病逝，杜甫失去依靠，五月率家人乘舟東下，離開了成都。

九月，杜甫一家到達雲安，因病在這裡滯留了半年後又遷往夔州。在夔州客居不到兩年的時間，是杜甫創作的豐盛期。在這個時期，他寫下了四百多首詩歌，約占他現存詩作的三分之一。這些詩既有記述日常瑣事，也有寫當地的風物古蹟，更多是寫憂時傷民的慘痛現實。這部分詩歌，為研究杜詩及安史之亂後的唐朝，提供極其珍貴的資料。

夔州惡劣的氣候和貧窮拮据的生活，讓杜甫的健康狀況每況愈下，瘧疾、肺病、風痺等病痛，在不斷折磨和纏繞著他。大曆三年（768）正月，杜甫啟程出峽，本想北歸洛陽，但因兵亂所阻，只得在江陵住了半年。後移居公安數月，於年底到達岳陽，〈歲晏行〉這首沉痛的詩歌，就是他晚年生活的真實寫照。

在生命的最後兩年，詩人居無定所，在岳陽、長沙、衡州、耒陽之間漂泊往來。大曆五年（770）冬，貧病交加的詩人，伏在湘江之上的一

艘小舟中，寫下了生平的絕筆之作〈風疾舟中伏枕書懷三十六韻奉呈湖南親友〉。詩中還在嘆息：「戰血流依舊，軍聲動至今。」在寒風冷雨中，一顆巨星就這樣悄然隕落了。四十多年後，他的孫子才將其靈柩遷回河南的首陽山下，詩人生前曾念念不忘的歸鄉之願，才得以實現。

杜甫學會會長在紀念杜甫誕辰1,290週年的大會上發表演講時說：「杜甫精神是指全部杜甫詩文及其立身行事中所展現出來的基本思想感情，簡略地說，就是他那以民本思想為基礎而融合中國傳統文化各種美德的仁民愛物精神。在這個精神體系中，有三個情操最為重要而突出：其一，是憂國憂民、愛國愛民的高尚情操；其二，是自覺的社會良知和社會責任感；其三，是偉大的人道主義精神。」

今天，當我們站在時代精神的高度，重新審視杜甫、閱讀杜甫，我們就會發現，杜詩博大精深的內容，與今天的時代精神的確有許多深刻的相通之處。比如，強調以人為本、關注人類的生存狀態、強調人與自然生態環境的和諧共生、尊重和關愛生命等等，都是杜詩中常常出現的基本主題，這和人類的基本價值觀，是等同的。杜甫以其博大、仁愛的胸懷和知識分子的良知，成為人類基本價值的維護者。他那種以天下為己任的生活目標，那種鐵肩擔道義的歷史使命感，那種知其不可為而為之的犧牲精神，以及他對自我道德完善的孜孜以求，都應當是今人學習的榜樣。可以說，杜甫是中國傳統文化中理想人格的光輝典範。

本書選詩二百餘首。按照杜甫生活和創作的軌跡，分為四個時期，詩歌排序大體按照寫作時間順序排列。無法確定時間的，根據內容及體裁適當插入。在本書的編選過程中，主要參考了《全唐詩》（上海古籍出版社1986年10月版），清人錢謙益的《錢注杜詩》（上海古籍出版社1979年10月版），清人楊倫箋注的《杜詩鏡銓》（上海古籍出版社1980年7月新1版），韓成武、張志民二位先生的《杜甫詩全譯》（河北人民出版社

1997年10月版),韓兆琦先生的《唐詩選注匯評》(北嶽文藝出版社1998年1月版),陳貽焮先生的《杜甫評傳》(北京大學出版社2003年7月版)等。解評過程中,參考並吸收了杜詩學界前人及今人的大量研究成果,獲益良多,在此一併致以深深的謝意。為方便讀者使用此書,末附「杜甫年譜簡編」、「杜甫著作重要版本」、「杜甫研究主要著作」及「《杜甫集》名言警句」(正文中用著重號標注)。

我深知杜詩學是一門博大精深的學問,自己僅是徘徊門外、略窺一二的詩歌愛好者與習作者,還遠未步入門徑。之所以敢不揣淺陋冒昧解評杜詩,實在是出於內心深處對偉大詩人杜甫的景仰,也想藉此機會向諸位前賢學習。本人才疏學淺,解評中難免有謬誤之處,還請各位方家和讀者不吝賜教。

珍爾

情聖杜甫（代序） —— 梁啟超

　　今日承詩學研究會囑託講演，可惜我文學素養淺薄，不能有什麼新貢獻，只好把我們家裡老古董搬出來和諸君摩挲一番，題目是〈情聖杜甫〉。在講演本題以前，有兩段話應該簡單說明。

　　第一，新事物固然可愛，老古董也不可輕輕抹殺。內中藝術的古董，尤為有特殊價值。因為藝術是情感的表現，情感是不受進化法則支配的；不能說現代人的情感一定比古人優美，所以不能說現代人的藝術一定比古人進步。

　　第二，用文字表現出來的藝術 —— 如詩詞、歌劇、小說等類，多少總含有幾分國民的性質。因為現在人類語言未能統一，無論何國的作家，總須用本國語言文字做工具；這副工具操練得不純熟，縱然有很豐富、高妙的思想，也無法成為藝術的表現。

　　我根據這兩種理由，希望現代研究文學的青年，對於中國兩千年來的名家作品，著實費一番工夫去賞會他，那麼，杜工部自然是首屈一指的人物了。

　　杜工部被後人上他徽號叫做「詩聖」。詩怎麼樣才算「聖」，標準很難確定，我們也不必輕輕附和。我以為工部最少可以當得起情聖的徽號。因為他的情感內容，是極豐富的，極真實的，極深刻的。他表情的方法又極熟練，能鞭辟到最深處，能將他全部完全反映不走樣子，能像電氣一般，一振一盪地打到別人的心弦上，中國文學界寫情聖手，沒有人比得上他，所以我叫他為情聖。

　　我們研究杜工部，先要把他所生的時代和他一生經歷略敘梗概，看出他整個的人格。兩晉六朝幾百年間，可以說是中國民族混成時代，中

前言

原被異族侵入,摻雜許多新民族的血;江南則因中原舊家次第遷渡,把原住民的文化提高了。當時文藝上南北派的痕跡顯然,北派真率悲壯,南派整齊柔婉,在古樂府裡頭,最可以看出這分野。唐朝民族結合,政治上統一,影響及於文藝,自然會把兩派特性合冶一爐,形成大民族的新美。初唐是黎明時代,盛唐正是成熟時代。內中玄宗開元間四十年太平,正孕育出中國藝術史上黃金時代。到天寶之亂,黃金忽變為黑灰。時事變遷之劇,未有其比。當時蘊蓄深厚的文學界,受了這種激刺,益發波瀾壯闊。杜工部正是這個時代的驕兒。他是河南人,生當玄宗開元之初。早年漫遊四方,大河以北都有他的足跡,同時大文學家李太白、高達夫,都是他的摯友。中年值安祿山之亂,從賊中逃出,跑到甘肅的靈武謁見肅宗,補了個「拾遺」的官,不久告假回家。又碰著饑荒,在陝西的同谷縣,幾乎餓死。後來流落到四川,依一位故人嚴武。嚴武死後,四川又亂,他避難到湖南,在路上死了。他有兩位兄弟,一位妹妹,都因亂離難得見面。他和他的夫人也常常分隔,他一個小兒子因饑荒餓死,兩個大兒子晚年跟著他在四川。他一生簡單的經歷,大略如此。

他是一位極富熱腸的人,又是一位極有脾氣的人。從小便心高氣傲,不肯趨承人。他的詩道:「以茲悟生理,獨恥事干謁。」(〈自京赴奉先縣詠懷五百字〉)

又說:「白鷗沒浩蕩,萬里誰能馴?」(〈贈韋左丞〉)可見他的氣概。嚴武做四川節度,他無家可歸時去投奔他,然而一點也不肯趨承將就,相傳有好幾回衝撞嚴武,幾乎嚴武容他不下。他集中有一首詩,可以視為人格的象徵:「絕代有佳人,幽居在空谷。自云良家子,零落依草木……在山泉水清,出山泉水濁。侍婢賣珠回,牽蘿補茅屋。摘花不插髮,採柏動盈掬。天寒翠袖薄,日暮倚修竹。」(〈佳人〉)這位佳人,身

分是非常名貴的,境遇是非常可憐的,情緒是非常溫厚的,性格是非常高亢的,這便是他自己的寫照。

他是個最富有同情心的人。他有兩句詩:「窮年憂黎元,嘆息腸內熱。」(〈自京赴奉先縣詠懷五百字〉)這不是瞎吹的話,在他的作品中,到處可以證明。這首詩底下便有兩段說:「彤庭所分帛,本自寒女出。鞭撻其夫家,聚斂貢城闕。」(同上)又說:「況聞內金盤,盡在衛霍室。中堂舞神仙,煙霧蒙玉質。煖客貂鼠裘,悲管逐清瑟。勸客駝蹄羹,霜橙壓香橘。朱門酒肉臭,路有凍死骨。」(同上)他做這首詩時,正是唐朝的黃金時代,全中國人正在被鏡裡霧裡的太平景象醉倒。這種景象,映到他眼中,卻有無限悲哀。

他的眼光,常常注視到社會最底層,這層可憐人的那些狀況,別人看不出,他都看出;他們的情緒,別人傳不出,他都傳出。他著名的作品「三吏」、「三別」,便是那時代社會狀況最真實的影戲片,這些詩是要作者的精神和那所寫之人的精神併合為一,才能做出。他所寫的是否他親聞親見的事實,抑或他腦中創造的影像,且不管他;總之,他做〈垂老別〉時,他已化身為那位六、七十歲、被拖去當兵的老頭子,做〈石壕吏〉時,他已化身為那位兒女死絕衣食不給的老太婆,所以他說的話,完全和他們自己說一樣。

他還有〈又呈吳郎〉一首七律,那上半首是:「堂前撲棗任西鄰,無食無兒一婦人。不為困窮寧有此?只緣恐懼轉須親……」這首詩,以詩論,並沒什麼好處,但敘當時一件瑣碎實事——一位很可憐的鄰舍婦人偷他的棗子吃,因那人的惶恐,引起了作者的同情心。這也是他注意底層社會的證據。

有一首〈縛雞行〉,表現出他對生物的汎愛,而且很含些哲理:「小奴縛雞向市賣,雞被縛急相喧爭。家中厭雞食蟲蟻,不知雞賣還遭烹。

蟲雞於人何厚薄？吾叱奴人解其縛。雞蟲得失無了時，注目寒江倚山閣。」

有一首〈茅屋為秋風所破歌〉，結尾幾句說道：「……安得廣廈千萬間，大庇天下寒士俱歡顏，風雨不動安如山！嗚呼！何時眼前突兀見此屋，吾廬獨破受凍死亦足！」有人批評他是名士說大話，但據我看來，此老確有這種胸襟，因為他對底層社會的痛苦看得真切，所以常把他們的痛苦當作自己的痛苦。

他對一般人如此多情，對與自己有關係的人，更不待說了。我們試看他對朋友──那位因陷賊貶為臺州司戶的鄭虔，他有詩送他道：「……便與先生應永訣，九重泉路盡交期。」又有詩懷他道：「天臺隔三江，風浪無晨暮。鄭公縱得歸，老病不識路。……」（〈有懷臺州鄭十八司戶〉）那位因附永王李璘造反，長流夜郎的李白，他有詩夢他道：「死別已吞聲，生別常惻惻。江南瘴癘地，逐客無消息。故人入我夢，明我長相憶。恐非平生魂，路遠不可測。魂來楓林青，魂返關塞黑。君今在羅網，何以有羽翼？落月滿屋梁，猶疑照顏色。水深波浪闊，無使蛟龍得。」（〈夢李白〉二首之一）這些詩不是尋常應酬話，他實在把鄭、李等人當朋友，對他們的境遇，所感痛苦和自己親受一樣，所以做出來的詩，句句都帶血帶淚。

他集中想念他兄弟和妹妹的詩，前後有二十來首，處處至性流露。最沉痛的如〈乾元中寓居同谷縣作歌七首〉中：「有弟有弟在遠方，三人各瘦何人強？生別輾轉不相見，胡塵暗天道路長。東飛駕鵝後鶖鶬，安得送我置汝旁？嗚呼三歌兮歌三發，汝歸何處收兄骨？」「有妹有妹在鍾離，良人早歿諸孤癡。長淮浪高蛟龍怒，十年不見來何時。扁舟欲往箭滿眼，杳杳南國多旌旗。嗚呼四歌兮歌四奏，林猿為我啼清晝。」

他自己直系的小家庭，光景是很困苦的，愛情卻是很濃摯的。他早

年有一首思家詩:「今夜鄜州月,閨中只獨看。遙憐小兒女,未解憶長安。香霧雲鬟溼,清輝玉臂寒。何時倚虛幌,雙照淚痕乾?」(〈月夜〉)這種緣情綺旎之作,在集中很少見。但這一首已可證明工部是一位溫柔細膩的人。他到中年以後,遭值多難,家屬離合,經過不少的酸苦。亂前他回家一次,小兒子餓死了。他的詩道:「……老妻寄異縣,十口隔風雪。誰能久不顧?庶往共飢渴。入門聞嚎咷,幼子餓已卒。吾寧舍一哀?里巷亦嗚咽。所愧為人父,無食致夭折。」(〈自京赴奉先縣詠懷五百字〉)

　　亂後和家族隔絕,有一首詩:「去年潼關破,妻子隔絕久。……自寄一封書,今已十月後。反畏消息來,寸心亦何有……」(〈述懷〉)其後從賊中逃歸,得和家族團聚,他有好幾首詩寫那時候的光景。〈羌村〉三首中的第一首:「崢嶸赤雲西,日腳下平地。柴門鳥雀噪,歸客千里至。妻孥怪我在,驚定還拭淚。世亂遭飄蕩,生還偶然遂。鄰人滿牆頭,感嘆亦歔欷。夜闌更秉燭,相對如夢寐。」〈北征〉裡頭的一段:「況我墮胡塵,及歸盡華髮。經年至茅屋,妻子衣百結。慟哭松聲回,悲泉共幽咽。平生所嬌兒,顏色白勝雪。見耶背面啼,垢膩腳不襪。床前兩小女,補綻才過膝。海圖拆波濤,舊繡移曲折。天吳及紫鳳,顛倒在短褐。老夫情懷惡,嘔洩臥數日。那無囊中帛,救汝寒凜慄!粉黛亦解苞,衾裯稍羅列。瘦妻面復光,癡女頭自櫛。學母無不為,曉妝隨手抹。移時施朱鉛,狼藉畫眉闊。生還對童稚,似欲忘飢渴。問事競挽鬚,誰能即嗔喝?翻思在賊愁,甘受雜亂聒。」其後挈眷避亂,路上很苦。他有詩追敘那時情況道:「憶昔避賊初,北走經險艱。夜深彭衙道,月照白水山。盡室久徒步,逢人多厚顏。……痴女飢咬我,啼畏虎狼聞。懷中掩其口,反側聲愈嗔。小兒強解事,故索苦李餐。一旬半雷雨,泥濘相牽攀……」(〈彭衙行〉)他闔家避亂到同谷縣山中,又遇到

前言

饑荒，靠草根木皮活命，在他困苦的全生涯中，當以這時為最甚。他的詩說：「長鑱長鑱白木柄，我生託子以為命。黃精無苗山雪盛，短衣數挽不掩脛。此時與子空歸來，男呻女吟四壁靜……」（〈乾元中寓居同谷縣作歌七首〉之二）以上所舉各詩，寫他自己家庭狀況，我替他取個名字叫「半寫實派」。他處處把自己主觀的情感暴露，原不算寫實派的做法。但如〈羌村〉、〈北征〉等篇，多用第三者客觀的角度，描寫觀察得來的環境和別人情感，從極瑣碎的片段詳密刻劃，確是近世寫實派用的方法，所以可稱半寫實。這種作法，在中華文學界上，雖不敢說是杜工部首創，卻可說是杜工部用得最多且最妙。從前古樂府裡頭，雖然有些，但不如工部之描寫入微。這類詩的好處在：真事越寫得詳，真情越發得透。我們熟讀他，可以理會得「真即是美」的道理。

杜工部的「忠君愛國」，前人恭維他的很多，不用我再添話。他對時事痛哭流涕的作品，差不多占四分之一，若分類研究起來，不唯在文學上有價值，且在史料上有絕大價值。為時間所限，恕我不徵引了。內中價值最大者，在能確實描寫出社會狀況，及能確實謳吟出時代心理。剛才舉出半寫實派的幾首詩，是集中最通用的作法，此外還有許多是純寫實的。試舉他幾首：

獻凱日繼踵，兩蕃靜無虞。漁陽豪俠地，擊鼓吹笙竽。雲帆轉遼海，粳稻來東吳。越羅與楚練，照耀輿臺軀。主將位益崇，氣驕凌上都。邊人不敢議，議者死路衢。（〈後出塞〉五首之四）

讀這些詩，令人立刻聯想到軍閥的豪奢專橫——尤其逼肖奉、直戰爭前張作霖的狀況。最妙處是不著一個字批評，但把客觀事實直寫，自然會令讀者嘆氣或瞪眼。又如〈麗人行〉那首七古，全首將近二百字的長篇，完全立在第三者地位觀察事實。從「三月三日天氣新」，到「青鳥飛去銜紅巾」，占全首二十六句中之二十四句，只是極力鋪敘那種豪奢熱鬧

情狀，不唯字面上沒有譏刺痕跡，連骨子裡頭也沒有。直至結尾兩句：「炙手可熱勢絕倫，慎莫近前丞相嗔。」算是把主意一逗，但依然不著議論，完全讓讀者自去批評。這種可以說是諷刺文學中的最高技術。因為人類對某種社會現象之批評，自有共同心理，作家只要把那現象寫得真切，自然會使讀者心理產生反應，若把讀者心中要說的話，作者先替他傾吐無餘，那便索然寡味了。杜工部這類詩，比白香山〈新樂府〉更高一籌，所爭就在此。〈石壕吏〉、〈垂老別〉諸篇，所用技術，都是此類。

　　工部的寫實詩，十有九屬於諷刺類。不獨工部為然，近代歐洲寫實文學，哪一家不是專寫社會黑暗方面的呢？但杜集中用寫實法寫社會優美方面的，亦不是沒有。如〈遭田父泥飲美嚴中丞〉那篇，把鄉下老百姓極粹美的真性情，一齊活現。你看他父子夫婦間何等親熱；對國家的義務心何等鄭重；對社交何等爽快，何等懇切。我們若把這首詩當畫題，可以把篇中各人的心理從面孔上傳出，便成了一幅絕佳的風俗畫。我們須知道，杜集中關於時事的詩，以這類為最上乘。

　　工部寫情，能將許多性質不同的情緒，歸攏在一篇中，而得調和之美。例如〈北征〉篇，大體算是憂時之作。然而「青雲動高興，幽事亦可悅」以下一段，純是玩賞天然之美。「夜深經戰場，寒月照白骨」以下一段，憑弔往事。「況我墮胡塵」以下一大段，純寫家庭實況，忽然而悲，忽然而喜。「至尊尚蒙塵」以下一段，正面感慨時事，一面盼望內亂速平，一面又憂慮憑藉回鶻外力的危險。「憶昨狼狽初」以下到篇末，把過去的事實，一齊湧到心上。像這許多雜亂情緒併在一篇，調和得恰可，非有絕大力量不能。

　　工部寫情，往往越拗越緊，越轉越深，像〈哀王孫〉那篇，幾乎一句一意，試用現行符號點讀它，差不多每句都須用「。」或「；」。他的情感，像一堆亂石，突兀在胸中，斷斷續續地吐出，從無條理中見條理，

前言

真極文章之能事。

工部寫情，有時又淋漓盡致一口氣說出，如八股家評語所謂「大開大合」。這種類不以曲折見長，然亦能極其美。集中模範的作品，如〈憶昔行〉第二首，從「憶昔開元全盛日」起，到「叔孫禮樂蕭何律」止，極力追述從前太平景象，從社會道德上讚美，令意義格外深厚。自「豈聞一縑值萬錢」到「復恐初從亂離說」，反過來說現在亂離景象，兩兩比對，令讀者膽顫心驚。

工部還有一種特別技能，幾乎可以說別人學不到：他能用極簡的語句，包含無限情緒，寫得極深刻。如〈喜達行在所〉三首中第三首的頭兩句：「死去憑誰報，歸來始自憐。」僅僅十個字，把十個月內虎口餘生的甜酸苦辣都寫出來，這是何等魄力。又如前文所引〈述懷〉篇的「反畏消息來」五個字，寫亂離中擔心家中情狀，真是驚心動魄。又如〈垂老別〉裡：「勢異鄴城下，縱死時猶寬。」死是早已安排好了，只好拿期限長作安慰（原文是寫老妻送行時語），這是何等沉痛。又如前文所引的：「鄭公縱得歸，老病不識路。」明明知道他絕對不能歸了，讓一步雖得歸，已經萬事不堪回首。此外，如：

> 帶甲滿天地，胡為君遠行。（〈送遠〉）
> 萬方同一概，吾道竟何之。（〈秦州雜詩〉）
> 國破山河在，城春草木深。（〈春望〉）
> 親朋無一字，老病有孤舟。（〈登岳陽樓〉）
> 古往今來皆涕淚，斷腸分手各風煙。（〈公安送韋二少府匡贊〉）

之類，都是用極少的字表達極複雜、極深刻的情緒，他用洗練工夫用得非常到家，所以說：「語不驚人死不休。」此其所以為文學家的文學。悲哀愁悶的情感易寫，歡喜的情感難寫。古今作家中，能將喜情寫得逼真的，除卻杜集〈聞官軍收河南河北〉外，怕沒有第二首。那詩道：

「劍外忽傳收薊北，初聞涕淚滿衣裳。卻看妻子愁何在？漫卷詩書喜欲狂。白日放歌須縱酒，青春作伴好還鄉。即從巴峽穿巫峽，便下襄陽向洛陽。」那種手舞足蹈的情景，從心坎裡奔迸而出，我說它和古樂府的〈公無渡河〉是同樣筆法。彼是寫忽然劇變的悲情，此是寫忽然劇變的喜情，都是用快光鏡照相照得的。

工部流連風景的詩很少，但每有所作，一定對所詠的景物觀察入微。把那景物做象徵，從裡頭印出情緒。如：「竹涼侵臥內，野月滿庭隅。重露成涓滴，稀星乍有無。暗飛螢自照，水宿鳥相呼。萬事干戈裡，空悲清夜徂。」（〈倦夜〉）題目是「倦夜」，景物從初夜寫到中夜、後夜，是獨自一人有心事睡不著，疲倦無聊中所看出的光景，所寫環境，句句和心理反應。又如：「風急天高猿嘯哀，渚清沙白鳥飛回。無邊落木蕭蕭下，不盡長江滾滾來……」（〈登高〉）雖然只是寫景，卻有一位老病獨客、秋天登高的人在裡頭。不讀下文「萬里悲秋常作客，百年多病獨登臺」兩句，已經如見其人了。又如：「細草微風岸，危檣獨夜舟。星垂平野闊，月湧大江流……」（〈旅夜書懷〉）從寂寞的環境中領略出很空闊、很自由的趣味。末兩句說：「飄飄何所似，天地一沙鷗。」把情緒一點便醒。

所以工部的寫景詩，多半是把景做表情的工具。像王、孟、韋、柳的寫景，固然也離不了情，但不如杜之情的分量多。

詩歌是笑的好呀？還是哭的、叫的好？換一句話說：詩的任務在讚美自然之美呀？抑在呼訴人生之苦？再換一句話說：我們應該為做詩而做詩呀？抑或應該為人生問題中某項目的而做詩？這兩種主張，各有極強的理由；我們不能作極端的左右袒，也不願作極端的左右袒。依我所見：人生目的不是單調的，美也不是單調的。為愛美而愛美，也可以說為的是人生目的；因為愛美本來是人生目的的一部分。訴人生苦痛，寫

人生黑暗，也不能不說是美。因為美的作用，不外令自己或別人起快感；痛楚的刺激，也是快感之一；例如膚癢的人，用手抓到出血，越抓越暢快。

像情感這麼熱烈的杜工部，他的作品，自然是刺激性極強，近於哭叫人生目的；主張人生藝術觀的人，固然要讀他。但還要知道，他的哭聲，是三板一眼的哭出來，節節含著真美；主張唯美藝術觀的人，也非讀他不可。我很慚愧，我的藝術素養淺薄，這篇講演，不能充分發揮「情聖」作品的價值；但我希望這位情聖的精神，和我們的語言文字同其壽命；尤盼望這種精神，有一部分注入現代青年文學家的腦裡頭。

本文是梁啟超先生於1922年5月21日為詩學研究會所做的演講。此次據中華書局1962年12月出版的《杜甫研究論文集》第一輯排印，略有刪節。

◎第一階段
青春漫遊的歲月（731～745）

〈望嶽〉

題解

　　唐開元二十四年（736），25歲的杜甫背起行囊再次漫遊，來到齊趙（今山東東北部和河北南部一帶）。「嶽」這裡指東嶽泰山。杜甫「望嶽」，心胸豁然開朗，豪情迸發，吟誦出這首千古名篇。

　　岱宗夫如何？齊魯青未了。
　　造化鍾神秀，陰陽割昏曉。
　　盪胸生曾雲，決眥入歸鳥。
　　會當凌絕頂，一覽眾山小。

新解

　　岱宗夫如何？齊魯青未了——岱宗：又稱岱山，即泰山。因其為五嶽之首，故云岱宗。夫如何：怎麼樣呢？「夫」在這裡是語氣詞。詩人先設問，後自答。齊魯：春秋時兩個古國名，齊國在泰山之東北，魯國在泰山之西南。青未了：青翠無邊無際。「齊魯青未了」五字生動地展現出泰山那巍然聳立、青翠欲滴而又綿亙天外的渾茫神韻。

　　造化鍾神秀，陰陽割昏曉——造化：大自然和天地萬物的主宰者。鍾：結聚、集中。割：分割，劃分開。陰陽：山北日光照不到處為陰，像是黃昏；山南被日光照亮處為陽，像是拂曉。這兩句是說造物主如此鍾情於泰山，把神奇和秀美集於它一身，那綿延起伏的峰脊，如刀一

◎第一階段　青春漫遊的歲月（731～745）

樣，分割開陰陽和晨夕。

盪胸生曾雲，決眥入歸鳥——倒裝句。層層疊疊的雲飄浮而來，盪滌胸懷，使人胸襟寬闊；極目遠眺，看歸鳥漸飛漸遠隱沒於山林中。金聖歎讚其「一句寫望之闊，一句寫望之遠」，「從來大境界非大胸襟未易領略」（《金聖歎選批杜詩》）。眥（ㄗˋ）：眼角。決眥：形容詩人將目力用盡，竟望到連眼眶都將裂開的地步。

會當凌絕頂，一覽眾山小——我定要登上山的最高處俯瞰群峰，它們在腳下變得多麼矮小！此為千古流傳之名句，贏得後人的交口稱讚。詩人以充滿豪邁氣概的詩句作結，「凌絕頂」的「凌」字用得尤為貼切、傳神，借用孔子「登泰山而小天下」之意，抒發了不畏艱險、勇於攀登的壯志豪情，表達了積極進取的人生態度。

新評

這首五言古詩是杜甫詩集中最早的作品。雖然在作此詩的前一年，杜甫曾參加進士考試而落第，但他少年氣盛，對自己的前途依舊充滿信心。

詩的起首便向大自然發出了探求和質詢，與屈原的〈天問〉有異曲同工之妙。屈原曾大聲問道：「九天啊！哪裡是你的邊際？蒼天大地啊！你們又到哪裡會合？……」敢向大自然發出質詢的人，都是不屈不撓、勇於探索精神的人。杜甫極目遠眺，眼前山巒起伏、大地蒼茫，這雄渾的景色使他心中陡然湧出萬丈豪情，耳邊松濤陣陣，遠處飛鳥高翔，詩人的心胸豁然開朗，似有八面來風。

詩的一、二句寫泰山的高峻和自己對它的仰慕，三、四句寫近望，五、六句寫遙望，最後兩句抒懷。歷代詠泰山的詩很多，但都無法與這首〈望嶽〉相比，所以仇兆鰲說：「少陵以前題詠泰山者，有謝靈運、李

白之詩。謝詩八句，上半古秀，而下卻平淺。李詩六章，中有佳句，而意多重複。此詩遒勁刻峭，可以俯視兩家矣。」又說：「龍門及此章，格似五律，但句中平仄未諧，蓋古詩之對偶者。而其氣骨崢嶸，體勢雄渾，能直駕齊梁以上。」〈望嶽〉使一代又一代的讀者產生共鳴、感受到生命的活力和高遠的境界，不愧為千古名篇。

〈登兗州城樓〉

題解

此詩當作於開元二十四年（736），杜甫去兗州（在今山東境內）探望時任兗州司馬的父親杜閑時，登城樓極目遠眺，發思古之幽情。

東郡趨庭日，南樓縱目初。
浮雲連海岱，平野入青徐。
孤嶂秦碑在，荒城魯殿餘。
從來多古意，臨眺獨躊躇。

新解

東郡趨庭日，南樓縱目初——首聯點明時間，說他剛來到兗州省親，初次登上城南的樓縱目遠望。東郡：兗州為漢之東郡。趨庭：《論語·季氏》中有「鯉趨而過庭」句，講的是孔子教育其子鯉的故事。因杜甫此來是探父，借子承父教之意，所以說「趨庭」。

浮雲連海岱，平野入青徐——頷聯寫登樓所見的開闊視野和蒼茫景色。岱：指泰山。青、徐：都是兗州鄰近的州名。浮雲連接起大海和泰山，平坦的田野一直延伸到青州和徐州。

孤嶂秦碑在，荒城魯殿餘——頸聯是以境內的古蹟引出下句的懷古之意。孤嶂：指嶧山，在山東鄒縣東南。秦碑：秦始皇曾登此山，留下

◎第一階段　青春漫遊的歲月（731～745）

頌德刻石，相傳為李斯所書。荒城：指曲阜故城。魯殿：指曲阜故城內的魯靈光殿，為漢景帝之子魯共王所建。

　　從來多古意，臨眺獨躊躇──尾聯抒懷：我向來就愛發思古之幽情，今日登臨遠眺，不禁獨自感慨萬千。

新評

　　從詩中可感受到青年杜甫開闊的視野和寬廣的胸懷。五律的一般寫法是前起後結，中間四句，兩句寫景，兩句言情。而這首詩前面寫眼前所見，後面抒發感懷，可見詩人從青年時代起就既師法古人又勇於創新和突破。杜甫的十三世祖杜預是西晉有名的大臣，能文能武，祖父杜審言也是初唐有影響的著名詩人。杜甫繼承家學，宋人說杜甫這首詩中的「悶逸渾雄」，是受其先祖詩風的影響，有一定道理。

〈題張氏隱居〉二首

題解

　　這組詩寫於開元二十四年（736）杜甫遊齊趙時。杜甫晚年曾作過一首名為〈別張十三建封〉的詩。這裡的張氏，可能指詩中所寫的兗州人張建封之父張玠。本詩讚美張氏所居的幽美環境以及人品。

其一

春山無伴獨相求，伐木丁丁山更幽。
澗道餘寒歷冰雪，石門斜日到林丘。
不貪夜識金銀氣，遠害朝看麋鹿遊。
乘興杳然迷出處，對君疑是泛虛舟。

新解

　　春山無伴獨相求，伐木丁丁山更幽 —— 想遊春山沒有伴，於是特意向你訪求，那丁丁的伐木聲，使山谷更顯得僻靜清幽。

　　澗道餘寒歷冰雪，石門斜日到林丘 —— 踏著澗道上殘留著的冰雪，穿過斜陽照射的石門，來到了您的林中茅屋。

　　不貪夜識金銀氣，遠害朝看麋鹿遊 ——《地鏡圖》上說，地下埋有金玉的地方，地表上會生出一種氣，這種氣在夜間可看到，黃金的氣是赤黃色的。這句是說張氏並不貪財，住在這裡不是為了在夜間觀察金銀之氣，實是為了遠避災禍、欣賞麋鹿閒遊。

　　乘興杳然迷出處，對君疑是泛虛舟 —— 我乘興而來，由於迷戀你的淡泊精神，以致忘記了來自哪裡，面對你，我彷彿乘坐在一艘漂浮的小舟上。

新評

　　這首七律，是初識張君時作，形容他寧靜淡泊的人生態度，以及他所居的環境之美。詩的意境清新如畫，寫伐木聲映襯出春山的幽靜、林丘的斜陽、澗道上未消的冰雪、山野中悠閒的麋鹿，全詩充滿強烈的生活氣息。

　　其二

　　之子時相見，邀人晚興留。
　　霽潭鱣發發，春草鹿呦呦。
　　杜酒偏勞勸，張梨不外求。
　　前村山路險，歸醉每無愁。

◎第一階段　青春漫遊的歲月（731～745）

新解

　　之子時相見，邀人晚興留——之子：相當於「這位先生」。時相見：時常見面。看樣子詩人與張氏很熟悉、很投緣，很晚了還邀詩人留下，以便盡興。

　　霽潭鱣發發，春草鹿呦呦——頷聯化用了兩處典故。《詩經·衛風·碩人》：「鱣鮪發發。」《詩經·小雅·鹿鳴》：「呦呦鹿鳴，食野之蘋。我有嘉賓，鼓瑟吹笙。」鱣（ㄓㄢ）：魚名。發發：象聲詞，形容魚躍的聲音。這句是說魚在清潭中歡跳，迎接著新晴，弄出「發發」的聲響。鹿群吃著春草在呦呦鳴叫。這裡用典，但一點也不顯得迂腐呆板，生動地畫出山村的清麗晚景。景中含情，承上啟下。

　　杜酒偏勞勸，張梨不外求——此句以幽默的口吻與友人開玩笑，說酒本是我們杜家的（傳說酒是杜康發明的），卻偏偏勞您來勸我；梨本是你們張府上的（張公大谷之梨最為有名），自然在園中就可以摘吃，不必到外面去找。這裡用的兩個典故恰好切合賓主二人的姓，巧妙而貼切，妙就妙在說得輕靈自然。《杜詩鏡銓》說：「巧對，蘊藉不覺。」

　　前村山路險，歸醉每無愁——那前村的山路雖然很險，但每次喝醉了酒回家，路走熟了，就不會憂愁啦！

新評

　　這是一首很別緻的生活小詩。雖是應酬之作，卻饒有情趣。杜甫善用典卻又一點也不顯得學究氣，詩句樸素，如同白話，又無一句無來歷。這種不露痕跡的用典，同時又能夠清新風趣，方是真正的難得。

〈與任城許主簿遊南池〉

題解

　　此詩當作於開元二十五年（737）之後，青年杜甫遊齊趙期間。任城為舊縣名，今轄濟寧。主簿：官職名，主管文書和事務。詩中描寫南池（今濟寧境內）秋色。

> 秋水通溝洫，城隅進小船。
> 晚涼看洗馬，森木亂鳴蟬。
> 菱熟經時雨，蒲荒八月天。
> 晨朝降白露，遙憶舊青氈。

新解

　　秋水通溝洫，城隅進小船 —— 洫：田間水道。秋水通連溝渠，我們將小船划進了城的一角。

　　晚涼看洗馬，森木亂鳴蟬 —— 傍晚天涼時，看百姓在河邊洗馬，聽林中蟬聲響成一片。

　　菱熟經時雨，蒲荒八月天 —— 菱角經過秋雨成熟了，八月裡水邊的蒲草也荒了。

　　晨朝降白露，遙憶舊青氈 —— 明晨就是白露節了，我不禁憶起遙遠故鄉的舊青氈。舊青氈：典出自《晉書‧王獻之傳》，某夜，小偷進王獻之的家行竊，王獻之發覺後說，別的東西都可以拿走，只有青氈是我家舊物，應該留下。小偷驚嚇而逃。後人以「青氈」指代故家舊物。

新評

　　傍晚泛舟城邊，看秋水清澈、景物蕭疏，想到白露將至，詩人原本愉悅的心情，由於季節更替，而生出了些淡淡的鄉愁。詩人筆下那種生

029

◎第一階段　青春漫遊的歲月（731～745）

動的生活體驗，喚起了我們的想像。可見青年杜甫的詩歌已有較高的造詣了。

〈房兵曹胡馬〉

題解

此詩作於開元二十九年（741）。這年杜甫三十歲，剛從齊魯遊歷過後，回到洛陽。兵曹是兵曹參軍的簡稱。兵曹參軍是唐代州府協助長官分管軍事的官員。房兵曹，其人情況不詳。

胡馬大宛名，鋒稜瘦骨成。
竹批雙耳峻，風入四蹄輕。
所向無空闊，真堪託死生。
驍騰有如此，萬里可橫行。

新解

胡馬大宛名，鋒稜瘦骨成——胡馬：這裡泛指塞北或西域產的馬。大宛名：以大宛產的馬最有名。大宛是漢時西域的國名，以盛產良馬著稱。這裡強調馬的瘦骨錚錚、帶著稜角，是因為良馬的評價標準不在於是否多肉，而以神氣清勁為佳。

竹批雙耳峻，風入四蹄輕——竹批：形容馬的耳朵狀如斜削的竹筒一樣峻峭，四蹄輕盈，跑起來像風一樣。《齊民要術》云：「耳欲小而銳，如削筒。」

所向無空闊，真堪託死生——所向披靡，沒有牠到不了的地方，真可以把寶貴的生命託付給牠。

驍騰有如此，萬里可橫行——驍騰：指馬身形矯健，善跑。有如此驍勇飛騰的良馬，完全可以橫行萬里去建功立業。

新評

　　杜甫一生特別愛馬,多次寫詩讚頌馬的威武和神勇。當時中國長期與匈奴交戰,廣泛使用馬匹。詩中以詠讚房兵曹的駿馬為由,託物言志。前四句寫馬的形象,後四句寫馬的品格。詩人寫馬,實際上是在寫自己,從歌頌馬的矯健外形落筆,表達了自己渴望建功立業、欲馳騁萬里、為國效力的遠大抱負和雄心壯志。

〈畫鷹〉

題解

　　此詩寫作時間不詳。估計與〈房兵曹胡馬〉的寫作時間接近。詩中前六句讚美了畫上蒼鷹的生動形象與畫家畫技的高超,後兩句抒情,表達自己對為民除害的英雄壯舉之敬佩。

　　素練風霜起,蒼鷹畫作殊。
　　摮身思狡兔,側目似愁胡。
　　絛鏇光堪摘,軒楹勢可呼。
　　何當擊凡鳥,毛血灑平蕪。

新解

　　素練風霜起,蒼鷹畫作殊 —— 素練:畫鷹用的白色絲絹。頭兩句是說畫在白色絲絹上的蒼鷹形象生動逼真。彷彿挾帶著一股風霜凌空而起。殊:殊異,出色。

　　摮身思狡兔,側目似愁胡 —— 摮身:挺身。那蒼鷹挺著身子,似乎是在想捕捉狡猾的兔子,牠斜著眼睛的樣子,活像是愁眉凝視的碧眼猢猻。

　　絛鏇光堪摘,軒楹勢可呼 —— 絛:繫鷹腿的絲繩;鏇:金屬製成的轉軸,用絲繩繫上,以防鷹飛走。軒楹:廊柱,這裡指畫在蒼鷹背後的

◎第一階段　青春漫遊的歲月（731～745）

建築物。絲繩和金屬棍閃著亮光，看樣子好像能摘下來；只要有人吆喝一聲，蒼鷹就會立即應聲而起，飛離廊柱。

何當擊凡鳥，毛血灑平蕪——凡鳥：這裡比喻奸佞。平蕪：平原草地。何不奮然出擊凡鳥，把牠們的毛血灑在平原草地上呢！

新評

中國歷代文人都有寫作題畫詩的傳統，歌詠畫作、闡發畫意、託物寄情，抒發感慨。這種詩書畫結合、多種藝術相得益彰的形式，極受歷代人士喜愛，逐步發展成中華文化視覺藝術的一種獨特形式。宋代以後的題畫詩，一般都題在畫上。唐人還是以詩讚畫和以詩評畫為主。

杜甫的這類題畫詩創作較多，對後世有不小的影響。他筆下的蒼鷹，瞪著圓圓的雙眼側目而視，就像凝神焦慮著的獼猻的眼睛，隨時準備聳著身子飛撲而下，去和凡鳥和狡兔們搏鬥一番。在這裡，杜甫以鷹的形象讚頌的是一種勇於和邪惡勢力鬥爭的英雄氣節。在煉字上，也頗為獨特，用了「掇」、「側」、「摘」、「呼」等富於動感的字眼，給予人活潑生動之感，筆力蒼勁，靈氣飛揚。

〈夜宴左氏莊〉

題解

此詩大約為開元二十九年（741），杜甫青年時期漫遊齊趙時所作。

風林纖月落，衣露淨琴張。
暗水流花徑，春星帶草堂。
檢書燒燭短，看劍引杯長。
詩罷聞吳詠，扁舟意不忘。

新解

　　風林纖月落，衣露淨琴張 —— 林葉在風中作響，一痕纖細的新月落山，琴聲起處，清露沾溼了衣裳。張：彈琴。

　　暗水流花徑，春星帶草堂 —— 寫月落後的莊園夜景。澗水在暗夜中流過花間小徑，春星在夜空中映帶出草堂的剪影。

　　檢書燒燭短，看劍引杯長 —— 翻檢書籍，蠟燭不知不覺短了；看劍飲酒，豪情更長。

　　詩罷聞吳詠，扁舟意不忘 —— 剛寫罷新詩，耳邊又聽吳音詠誦，勾起我駕一葉扁舟遊五湖的遐想。吳詠：以吳音來吟誦詩歌。吳，為春秋時的吳國，在今江浙一帶。春秋時，吳越相爭，范蠡幫助越王勾踐滅吳後，駕一葉扁舟遊五湖以歸隱。

新評

　　一首風韻美妙的抒情小詩，纖月、春星、露珠是眼前所見，風聲、琴聲、流水聲是耳邊所聞。在這麼美的夜裡，無論是讀書、看劍還是飲酒、賦詩，都愜意而幽靜，描繪瑣細而不著痕跡，「左氏莊」的「夜宴」令人心曠神怡。堪屬杜甫早期作品中的佳作。

〈贈李白〉

題解

　　此詩當作於天寶三載（744），當時杜甫在洛陽遇到了被唐玄宗「賜金還山」而剛離開長安的李白，遂作此詩相贈。

　　二年客東都，所歷厭機巧。
　　野人對腥羶，蔬食常不飽。
　　豈無青精飯，使我顏色好？

◎第一階段　青春漫遊的歲月（731～745）

　　　　苦乏大藥資，山林跡如掃。
　　　　李侯金閨彥，脫身事幽討。
　　　　亦有梁宋遊，方期拾瑤草。

新解

　　二年客東都，所歷厭機巧——東都：洛陽。杜甫說自己在洛陽客居兩年，對所遇到的投機取巧之徒很厭惡。

　　野人對腥羶，蔬食常不飽——野人：在野之人，杜甫自謙之詞。腥：指魚類。羶：指牛、羊肉類。我這個在野之士眼看著富人吃大魚大肉，自己卻連粗糧、蔬菜都吃不飽。

　　豈無青精飯，使我顏色好——青精飯：陶隱居《登真隱訣》中說，用南燭草木的葉子和莖皮一起煮，取其汁液泡米，蒸出青色的米飯，據說食之可長壽。這句說：難道就沒有一種能讓我臉色好一些的青精飯嗎？

　　苦乏大藥資，山林跡如掃——大藥：金丹。苦於缺少煉丹的資金，所以才未進山林中去。跡如掃：沒有足跡。

　　李侯金閨彥，脫身事幽討——李侯：即李白，侯是尊稱。金閨：金馬門，學士待詔之處。李白曾任翰林學士，因此說他是金閨中的才俊。彥：指有才華的人。脫身：指李白離開朝廷。這句是對李白說：「你這位金馬門的才子，如今離開朝中自由了，可以去山林訪幽採藥。」

　　亦有梁宋遊，方期拾瑤草——梁宋：在今河南開封、商丘一帶。杜甫說我也想去梁宋一遊，正好我們可以同行，但願能拾到仙境中的瑤草。

新評

　　杜甫在東都洛陽待了兩年，對上層社會的蠅營狗苟之徒的投機取巧伎倆，實在是厭煩透了。他見李白離開朝廷，既為其才華得不到施展而

惋惜，又對其獲得一個自由身、可以進山林求仙訪道有些羨慕。

詩的前八句為自敘境況，後四句是對李白的訴說。雖是贈李白的詩，反倒用三分之二的篇幅說自己，最後四句才是對李白說的。其實前八句表面是在說自身境況，但其實是在為後四句作鋪陳。在杜甫眼中，年長十一歲的李白，不僅是位才華出眾的詩人，還是一位有仙風道骨的飄逸隱士。杜甫本來就佩服李白不肯「摧眉折腰事權貴」的瀟灑，又聽李白大談靈芝仙丹、真人道士，益發感興趣。於是詩中出現了「苦乏大藥資，山林跡如掃」這樣的出世語。詩的結尾處，詩人想去「拾瑤草」，似流露出歸隱之意。

〈贈李白〉

題解

此詩大約寫於天寶四載（745）秋，杜甫遊齊趙時，是杜甫現存絕句中創作時間最早的一首。

秋來相顧尚飄蓬，未就丹砂愧葛洪。
痛飲狂歌空度日，飛揚跋扈為誰雄？

新解

秋來相顧尚飄蓬，未就丹砂愧葛洪——秋天來時我們曾相遇，你仍像蓬草一樣飄零。喜好煉丹卻未煉成，愧對先師葛洪。葛洪是東晉道教理論家、煉丹術家，曾在羅浮山煉丹。

痛飲狂歌空度日，飛揚跋扈為誰雄——你開懷暢飲、狂放地歌唱，任光陰虛度；你這樣飛揚跋扈，笑傲王侯，到底為什麼如此逞雄？

◎第一階段　青春漫遊的歲月（731～745）

新評

　　杜甫比李白年輕十一歲，寫這首詩時他還沒有經過太多的生活波折，因此對已身經變故、情緒震盪的李白，還未能深刻理解。他非常珍惜曾與李白在一起短暫遊歷的經歷和友誼，想加深李白對自己的印象。儘管他對李白的規勸非常真誠、發自肺腑，但在李白看來，未免顯得稚氣而一笑置之。但這首詩卻為狂詩人李白畫了一幅生動的肖像速寫。

◎第二階段
長安逐夢的日子（746～755）

〈春日憶李白〉

題解

　　此詩寫於天寶六載（747）春，時杜甫居長安。這首詩讚揚李白在詩歌上的造詣，表達了詩人間真摯的友情。

　　白也詩無敵，飄然思不群。
　　清新庾開府，俊逸鮑參軍。
　　渭北春天樹，江東日暮雲。
　　何時一樽酒，重與細論文？

新解

　　白也詩無敵，飄然思不群——首句便對李白的詩熱烈讚美，說他之所以「詩無敵」，就在於他思想情趣卓異不凡，因而超塵拔俗，無人能比。「也」、「然」兩個語助詞用得巧，加重讚美的語氣和分量。思：名詞，指詩思。

　　清新庾開府，俊逸鮑參軍——接著讚美李白的詩像庾信那樣清新，像鮑照那樣俊逸。庾信、鮑照都是南北朝時的著名詩人。庾信曾在北周官至驃騎大將軍、開府儀同三司（司馬、司徒、司空），世稱庾開府。鮑照曾任劉宋前軍參軍，世稱鮑參軍。以上四句，筆力峻拔，熱情洋溢，因憶其人而憶及其詩，讚詩亦即憶人。

　　渭北春天樹，江東日暮雲——第三聯寫作者和李白各自所在之景。

◎第二階段　長安逐夢的日子（746～755）

「渭北」指杜甫所在的長安一帶；「江東」指李白正在漫遊的江浙一帶。「春天樹」和「日暮雲」是想像中的景物。作者遙望南天，唯見天際日暮時分的雲彩，於是想像李白此時一定也在翹首北國，唯見遠處的青青樹色，用「春樹」和「暮雲」襯托出兩人的離別之恨。詩人從讚美李白的詩，轉而寫離情別意，避免平鋪直敘，使詩意跳躍曲折，顯得簡潔奇妙。清代黃生說：「五句寓言己憶彼，六句懸度彼憶己。」（《杜詩說》）兩句詩，一句是回憶，一句是懸揣，將雙方無限的情思巧妙地連結起來。看似平淡，實則含蘊豐富，是歷來傳誦的名句。清代沈德潛稱它「寫景而離情自見」（《唐詩別裁集》），明代王嗣奭《杜臆》引王慎中語譽為「淡中之工」，極為讚賞。

　　何時一樽酒，重與細論文——末聯是詩人的熱切希望：何時才能再次歡聚、把酒論詩啊！以深情的嚮往作結，與詩的開頭呼應。「何時」是詰問的語氣，「重與」是指過去曾經有過的情景，這就使眼前的離情別恨更為悠遠，使結尾餘意不盡。

新評

　　杜甫對李白總是讚揚備至，可看出他對李白詩的欽仰和喜愛。清代楊倫評此詩說：「首句自是閱盡甘苦上下古今，甘心讓一頭地語。竊謂古今詩人，舉不能出杜之範圍；唯太白天才超逸絕塵，杜所不能壓倒，故尤心服，往往形之篇什也。」（《杜詩鏡銓》）清代浦起龍說：「此篇純於詩學結契上立意。」（《讀杜心解》）的確道出這首詩內容和結構上的特點。全詩以讚詩起，以「重與細論文」結，由詩轉到人，由人又回到詩，轉折得非常自然，一個「憶」字貫穿全篇，將對人和對詩的懷念與傾慕，結合得水乳交融。以景寓情的手法，更是出神入化，將作者的思念之情，表達得情韻深長、綿綿不絕。

〈奉贈韋左丞丈二十二韻〉

題解

　　此詩作於唐玄宗天寶七載（748），時杜甫三十七歲，正因第二次落第而困居在長安城裡。韋濟當時官任尚書左丞，對杜甫頗為賞識。這讓失意的杜甫感到溫暖，更將他引為知己。在這首詩中，杜甫向韋濟闡述自己的遠大抱負和懷才不遇，訴說了入仕無門的煩惱。字裡行間充滿對現實的抨擊。此詩可視為作者這個時期生活和思想感情高度的藝術概括。

　　紈褲不餓死，儒冠多誤身。
　　丈人試靜聽，賤子請具陳。
　　甫昔少年時，早充觀國賓。
　　讀書破萬卷，下筆如有神。
　　賦料揚雄敵，詩看子建親。
　　李邕求識面，王翰願卜鄰。
　　自謂頗挺出，立登要路津。
　　致君堯舜上，再使風俗淳。
　　此意竟蕭條，行歌非隱淪。
　　騎驢十三載，旅食京華春。
　　朝扣富兒門，暮隨肥馬塵。
　　殘杯與冷炙，到處潛悲辛。
　　主上頃見徵，欻然欲求伸。
　　青冥卻垂翅，蹭蹬無縱鱗。
　　甚愧丈人厚，甚知丈人真。
　　每於百僚上，猥誦佳句新。

◎第二階段　長安逐夢的日子（746～755）

竊效貢公喜，難甘原憲貧。
焉能心怏怏，只是走踆踆。
今欲東入海，即將西去秦。
尚憐終南山，回首清渭濱。
常擬報一飯，況懷辭大臣。
白鷗沒浩蕩，萬里誰能馴？

新解

　　紈褲不餓死，儒冠多誤身 —— 開首便是激憤之語，可見作者早已是牢騷滿腹，長久鬱積，此時衝口而出，直抒胸臆。紈褲：穿絲絹褲子的貴族子弟。誤身：指進不了仕途。指社會的不公平現象。

　　丈人試靜聽，賤子請具陳 —— 丈人：此處為對前輩的尊稱。賤子：杜甫自稱。具陳：細細道來。

　　甫昔少年時，早充觀國賓 —— 觀國賓：也可引申為從政者。這裡指十三年前自己第一次進京考試去求功名。「賓」在這裡用作動詞，有「歸依皇帝」的意思。

　　讀書破萬卷，下筆如有神 —— 勤奮讀書超過萬卷，下筆如有神助。此兩句已成為出現頻率很高的千古名句。

　　賦料揚雄敵，詩看子建親 —— 揚雄：漢代著名的大辭賦家，著有〈長楊賦〉、〈羽獵賦〉等。子建：曹植，字子建，三國時期魏國的大詩人。料：這裡有大概、不相上下的意思。辭賦可與揚雄匹敵，作詩的等級接近曹植。

　　李邕求識面，王翰願卜鄰 —— 李邕：當時有名的官僚文人，據《新唐書·杜甫傳》記載，杜甫在第二次漫遊齊魯時，時任北海太守的李邕曾「奇其材，先往見之。」王翰：也是唐代著名詩人。「卜鄰」：做鄰居，

「卜」原意是「占卜」，在這裡有「選擇」的意思。以上八句形容自己才學出眾，雖有「自吹自擂」之嫌，卻絲毫不讓人反感，因為這是發自內心的真實呼號。

自謂頗挺出，立登要路津──我自認為才能挺拔出眾。「要路津」，指重要的渡口，比喻國家政權裡的重要位置。

致君堯舜上，再使風俗淳──我將輔佐君王治理國家，比堯舜時期的效果還要好，教化百姓，讓社會風俗歸於純樸。

此意竟蕭條，行歌非隱淪──沒想到這美好的心意竟然受到冷落，我四處奔走作詩，並非甘心沉淪隱居而不願為國效力。蕭條：冷落之意。

騎驢十三載，旅食京華春──十三載：指自己從二十四歲第一次落第，到今年三十七歲，正好十三年。長期旅居長安京城中當食客，送走許多陽春。

朝扣富兒門，暮隨肥馬塵──早上去敲那些富貴人家的大門，傍晚追隨在達官貴人們的肥馬後面，步人家的後塵。

殘杯與冷炙，到處潛悲辛──吃的是剩酒和冷飯，所到之處心中都暗含著說不盡的悲傷與辛酸。以上寥寥數筆，便勾勒出詩人寄人籬下的痛苦和狼狽。

主上頃見徵，欻然欲求伸──頃：不久前。見徵：指天寶六載唐玄宗下詔讓凡有一技之長的人都進京應試一事。欻（ㄏㄨ）然：忽然。求伸：企求實現理想。

青冥卻垂翅，蹭蹬無縱鱗──這二句是比喻，上句用鳥，下句用魚。青冥：天空。蹭蹬：失意的樣子。無縱鱗：不能像一條魚一樣暢游。全句是說：皇上下詔選人才，我忽然覺得自己可以一展宏圖了。不料飛上天的鳥卻垂下了翅膀，我無法像一條魚一樣暢游。寫自己失意痛苦的心情。

◎第二階段　長安逐夢的日子（746～755）

甚愧丈人厚，甚知丈人真 —— 丈人：古時對老年男子的尊稱。我非常愧對您對我的厚愛，我理解您對我是一片真心。

每於百僚上，猥誦佳句新 —— 您每每在許多同僚面前朗誦我的新作。猥：在這裡是自謙，相當於「蒙」、「承」。

竊效貢公喜，難甘原憲貧 —— 貢公：指貢禹，西漢時人。他剛聽到好友王吉（字子陽）為官的消息，便彈去帽子上的灰塵準備上路，因為他知道王吉一定會舉薦他，所以有「王陽在位，貢公彈冠」之說。原憲是孔子的弟子中最窮的，以安貧樂道而聞名。這裡是杜甫比喻他聽到韋濟誇獎自己時很開心，心裡像貢公一樣暗暗高興，所以很難做到像原憲一樣自甘貧窮。

焉能心怏怏，只是走踆踆 —— 踆踆（ㄑㄩㄣ）：欲行又止。這句是說我怎能因心中怏怏不樂，就慢吞吞地走路呢！

今欲東入海，即將西去秦 —— 秦，指長安。去：這裡指離開。如今我想向東而去，到海上去漂泊，即將離開長安城。

尚憐終南山，回首清渭濱 —— 終南山：在當時京城長安的城南，是名勝之地，這裡實際是指京城、朝廷。清渭濱，指坐落在渭水邊上的長安。自古以來就有「渭水清，涇水濁」的說法，故稱渭水為「清渭」。作者就要離開長安了，望著終南山有點不捨，在清清渭水邊頻頻回首。

常擬報一飯，況懷辭大臣 —— 報一飯：韓信早年貧困時，有一漂母曾將自己的飯分給他吃，後來韓信當了楚王，用千金來報答當年的一飯之恩。大臣：這裡指韋濟。我常常想應該像古人一樣報答「一飯之恩」，更何況我辭別的是您這樣一位對我有深恩的大臣呢！

白鷗沒浩蕩，萬里誰能馴 —— 沒浩蕩：消失在浩蕩雲海中。馴：馴服，這裡有束縛之意。我將像一隻潔白的海鷗飛騰萬里，消失在浩蕩的雲海裡，又有誰能束縛我呢？

新評

　　杜甫在仕途中屢屢失意之後，把希望寄託於結交權貴，期望能透過社交活動，使自己的才能得到當權者的賞識，走一條「迂迴救國」之路。這對心高氣傲的杜甫來說，也是一種碰壁之後無奈的選擇。這個時期，他寫了不少這類贈人的獻詩，大體都是同一種模式：前半部分稱頌對方的功德，後半部分陳述自己想要濟世報國的意願。但這首詩有別於其他的獻詩。因為韋濟雖然出身於名門世家，他的祖父韋思謙、伯父韋承慶官至高位，父親韋嗣立是武后時的宰相，他本人也位居左丞，但他卻並非紈褲子弟，是確有才能，早年即以辭翰聞名。韋濟很賞識杜甫的才華，早在他任河南尹的時候，就多次打聽杜甫的消息，這讓杜甫十分感動。再加上杜甫的祖父杜審言詩名很大，與韋家的祖父也早有來往，所以在杜甫的眼裡，韋濟不僅是官員，更是知心朋友。因而在這首獻詩中，詩人能直抒胸臆，暢所欲言，表達內心的真實情感。因而這首詩是杜甫的獻詩中寫得最好的。

　　這首詩如同一面鏡子，真實地再現出一位恪守儒術、懷才不遇、屢受冷眼和挫折的知識分子，在那個被扭曲了的社會中的悲涼命運！詩的結尾，詩人表示要遠離江湖、去過一種無拘無束的生活。實際上也是希望韋濟舉薦自己的一種含蓄的表達罷了。詩中直抒胸臆，佳句迭出。其中「讀書破萬卷，下筆如有神」已成為千古傳誦的名句。可以說，這是一篇了解杜甫這個時期生活及其思想狀況的極其重要的作品。

〈飲中八仙歌〉

題解

　　此詩作於天寶年間杜甫初到長安時。是作者追憶往事之作。詩中描繪了李白、賀知章、張旭等八位文人墨客醉酒之後的神態，八位酒仙神

◎第二階段　長安逐夢的日子（746～755）

情各異，憨狀可掬，讓人忍俊不禁，傳達出盛唐時期那種特有的浪漫和豪放的時代氣息。

> 知章騎馬似乘船，眼花落井水底眠。
> 汝陽三斗始朝天，道逢麴車口流涎，
> 恨不移封向酒泉。左相日興費萬錢，
> 飲如長鯨吸百川，銜杯樂聖稱避賢。
> 宗之瀟灑美少年，舉觴白眼望青天，
> 皎如玉樹臨風前。蘇晉長齋繡佛前，
> 醉中往往愛逃禪。李白一斗詩百篇，
> 長安市上酒家眠，天子呼來不上船，
> 自稱臣是酒中仙。張旭三杯草聖傳，
> 脫帽露頂王公前，揮毫落紙如雲煙。
> 焦遂五斗方卓然，高談雄辨驚四筵。

新解

　　知章騎馬似乘船，眼花落井水底眠。汝陽三斗始朝天，道逢麴車口流涎，恨不移封向酒泉——知章：指唐代著名詩人賀知章，字季真，自號「四明狂客」。汝陽：指唐玄宗哥哥李憲的長子汝陽王李璡。朝天：去朝見天子。麴車：裝著酒麴的車。移封：另換封地。酒泉：在今甘肅酒泉，傳說此地「城下有金泉，泉味如酒」。這五句都是寫醉態：賀知章騎著馬像乘著船一樣搖搖晃晃，醉眼昏花掉進井裡還在呼呼大睡。而汝陽王李璡喝了三斗酒才去朝見天子，路遇酒車仍饞得流涎，恨不得將自己的封地移到酒泉去。

　　左相日興費萬錢，飲如長鯨吸百川，銜杯樂聖稱避賢——左相：左丞相李適之。他因遭李林甫的暗算和排擠，作詩云：「避賢初罷相，樂聖

且銜杯。」「日費萬錢」，飲如長鯨吸川，可謂豪飲。賢：有諷刺李林甫之意。聖：指清酒。此處杜甫化其語意用之。

宗之瀟灑美少年，舉觴白眼望青天，皎如玉樹臨風前 —— 宗之：指曾任侍御史的崔宗之，在金陵謫官時常與李白舉杯唱和，神態狂傲。這裡寫他舉杯向天，白眼閱世，滿腹牢騷，借酒發揮。皎潔的身軀如玉樹臨風，瀟灑風流。

蘇晉長齋繡佛前，醉中往往愛逃禪 —— 蘇晉：曾任中書舍人，信佛，常在佛祖的繡像前祈禱，但他卻又貪杯縱欲，醉中往往將佛家的戒律抛在腦後。

李白一斗詩百篇，長安市上酒家眠，天子呼來不上船，自稱臣是酒中仙 —— 詩人李白更是斗酒詩百篇，常常醉了就睡在長安的酒店裡，連天子叫他上船賦詩他都不肯，自稱是酒中的神仙。

張旭三杯草聖傳，脫帽露頂王公前，揮毫落紙如雲煙 —— 大書法家張旭擅寫草書，有「三杯草聖」的美名，李頎曾有詩形容其醉後寫草書的情形：「露頂據胡床，長叫三五聲。」寫字時將帽子脫掉，哪管什麼王公大人在眼前，大筆一揮，紙上頓時湧起雲煙。

焦遂五斗方卓然，高談雄辯驚四筵 —— 焦遂本來口吃，然喝酒五斗後方興致卓然，高談闊論、語驚四座。《古事比》載：「唐焦遂口吃，對客不能一言，醉後酬答如注射。人目為酒吃。」

新評

此詩以詼諧的口吻，寫了李白等八位在當時很有知名度的「好酒之徒」的狂醉之態，他們大多恃才傲物，憤世嫉俗。這些多是有才能的人，卻整天沉入醉鄉。詩中杜甫沒有一字寫他們的苦悶，然而透過字裡行間，我們卻能感受到他們的「醉」，其實正是對現實的一種逃避。面對

◎第二階段　長安逐夢的日子（746～755）

八個醉漢，杜甫此時頗有一種「眾人皆醉我獨醒」的意味。

　　杜甫的這首詩專用賦體敘述，反而使詩情益增。這種冷靜敘述的藝術表現手法，是其詩作的一大特色。作者在嘆賞這些人物時，選擇了最能代表每個人的典型細節，不拘詩律，不避重韻，運用口語，一氣呵成。短短數句，便將「醉仙」們的「醉態」描繪得躍然紙上。表面上他直敘其事，不加任何褒貶，但作者的傾向，卻分明可從言外見出。杜甫愛才，才子愛酒，杜甫因愛其才學而覺其醉態之可愛，才人們因不得志而借酒澆愁，因而杜甫此詩亦「醉翁之意」，並不全在酒也。

〈兵車行〉

題解

　　〈兵車行〉是杜甫創作道路上一個具有里程碑意義的作品。這首詩當作於天寶十載（751），40歲的杜甫此時正在長安。當時，唐玄宗耽於聲色，將朝政委於奸臣，邊事委於諸將。不少邊將擁兵自重，傲慢輕敵，戰爭多有失利。鮮于仲通於南詔損兵六萬；高仙芝與大食戰，三萬人全軍覆沒；安祿山討契丹的三路兵馬六萬人，最後只剩下二十騎逃脫。為了補充兵源再戰，楊國忠下令強抓壯年男子服役。這樣殘酷的戰爭，意味著將士很少有生還的希望。杜甫親眼看到父母妻子攔道牽衣、哭聲遍野的慘景。詩人再也難抑心頭的憤怒，寫下為人民大聲疾呼的這首〈兵車行〉，詩中表達了對無辜百姓的深切同情，和對戰爭的強烈譴責。

　　車轔轔，馬蕭蕭，行人弓箭各在腰。
　　爺孃妻子走相送，塵埃不見咸陽橋。
　　牽衣頓足攔道哭，哭聲直上干雲霄。
　　道旁過者問行人，行人但云點行頻。

或從十五北防河，便至四十西營田。

去時里正與裹頭，歸來頭白還戍邊。

邊亭流血成海水，武皇開邊意未已。

君不聞漢家山東二百州，千村萬落生荊杞。

縱有健婦把鋤犁，禾生隴畝無東西。

況復秦兵耐苦戰，被驅不異犬與雞。

長者雖有問，役夫敢申恨？

且如今年冬，未休關西卒。

縣官急索租，租稅從何出。

信知生男惡，反是生女好。

生女猶得嫁比鄰，生男埋沒隨百草。

君不見，青海頭，古來白骨無人收。

新鬼煩冤舊鬼哭，天陰雨溼聲啾啾。

新解

　　車轔轔，馬蕭蕭，行人弓箭各在腰 —— 轔轔：車輪滾動的聲音。蕭蕭：馬的嘶叫聲。戰車排排，戰馬嘶鳴；遠征的壯丁，個個把弓箭背在腰間。

　　爺孃妻子走相送，塵埃不見咸陽橋 —— 咸陽橋：即渭橋，在今陝西咸陽西南渭水上，是當時長安去西北的必經之途。爹娘妻子都來送行，踏起的塵土遮蔽了咸陽橋。

　　牽衣頓足攔道哭，哭聲直上干雲霄 —— 家屬們牽著親人的衣襟、跺著腳號咷大哭，哭聲震天，衝上了九重雲霄，其狀悲慘。

　　道旁過者問行人，行人但云點行頻 —— 過者：過路的人，這裡是詩人的自稱。過路人同情地問一個壯丁，壯丁只說是頻繁地點名徵兵。點

047

◎第二階段　長安逐夢的日子（746～755）

行頻：指按戶籍名冊點兵抽丁入伍之事十分頻繁。

或從十五北防河，便至四十西營田——從這句以下是行人的答語：有的人只有十五歲，就徵去駐守吐蕃侵擾的黃河。到了四十歲，還得到西邊去屯田駐防，又種地、又戍邊。唐玄宗時，常徵調兵力駐紮黃河一帶。

去時里正與裹頭，歸來頭白還戍邊——里正：當時每百戶為一里，百戶之長稱里正。當年出發尚年幼，還是村長替他包頭巾，歸來頭白了，還要再去守衛邊境。

邊亭流血成海水，武皇開邊意未已——武皇：即漢武帝，這裡指唐玄宗。邊境上的戰士血流成海，而皇上擴張領土的心意仍然沒有滿足。

君不聞漢家山東二百州，千村萬落生荊杞——漢家：漢朝，此處借指唐朝。山東二百州：唐代華山潼關以東有七道，共二百一十七州，這裡泛指關東地區。荊杞：荊棘和杞柳。千村萬落，處處長滿了野草和荊棘。這裡是說窮兵黷武破壞了生產。

縱有健婦把鋤犁，禾生隴畝無東西——縱然有健壯的婦女耕地，莊稼也依舊長得橫七豎八，連東西阡陌也難分辨。

況復秦兵耐苦戰，被驅不異犬與雞——秦兵：指關中士兵，關中古為秦地，所以稱秦兵。秦地的士兵們能忍耐吃苦，與被驅來趕去的雞狗沒什麼兩樣。

長者雖有問，役夫敢申恨——役夫：行役之人的自稱。長者雖關切地問我，我哪敢說出心中的怨恨？

且如今年冬，未休關西卒——未休：未曾放歸。關西卒：指函谷關以西的秦地士兵。

縣官急索租，租稅從何出——縣官：這裡指天子、朝廷、國家等，

泛指統治者。

信知生男惡，反是生女好。生女猶得嫁比鄰，生男埋沒隨百草──信知：現在才相信真是如此。猶得：還可以。生女兒還可以嫁給近鄰，生兒子卻戰死在外，埋進了荒草。

君不見，青海頭，古來白骨無人收。新鬼煩冤舊鬼哭，天陰雨濕聲啾啾──青海頭：青海湖邊。唐與吐蕃常在這裡發生激戰。天陰雨濕：古人傳說鬼常在陰雨天哭泣。啾啾：嗚咽聲。

新評

這首詩是諷世傷時之作，也是杜詩中為歷代所推崇的名篇。詩歌旨在諷刺當政者窮兵黷武為人民帶來莫大災難。詩的開頭七句為第一段，寫大軍急急出發、家人痛哭送別的悲慘情景，描繪了一幅震人心弦的送別圖。從「道旁過者問行人」到「被驅不異犬與雞」為第二段。透過設問，役人直訴從軍後婦女代耕，農村蕭條零落的境況，講述戰爭為人們帶來的深重災難。從「長者雖有問」至結尾為第三段，透過士兵對這種不義戰爭的議論，表現出百姓強烈的怨恨之情。

全詩注重客觀情景的生動描繪，並讓當事人現身說法，使詩歌的效果非常逼真感人。在文體上，杜甫化用了樂府詩體，採用「即事名篇，無復依傍」的做法，不再像其他詩人那樣，利用樂府古題來寫時事，而是自擬題目，這樣可以不再受古題的束縛，更直接地反映現實，其實這正是對漢樂府的最好繼承。詩中大量借鑑樂府民歌中的修辭手法，如反覆重疊，多處採用頂針格等，具有明顯的民歌韻味。

整篇詩歌寓情於敘事之中，在敘述中變化有序，詩的字數雜言互見，韻腳平仄互換，聲調抑揚頓挫，曲折多變，可謂「新樂府」詩的典範。這種在文體上的發展創造，後來被白居易所稱道。〈兵車行〉代表

◎第二階段 長安逐夢的日子（746～755）

杜甫詩風的根本轉變。即由原來的、為個人啼飢號寒、嗟嘆呻吟的知識分子，變成一個將個人遭遇與人民痛苦緊密結合的時代畫卷的真實、深刻的書寫者。

〈前出塞〉九首（選二）

題解

〈出塞〉是漢樂府舊題。內容為描寫邊塞將士的軍旅征戰生活。杜甫先後寫過十幾首以出塞為題的詩，分為兩組。先寫的九首為〈前出塞〉，後寫的五首稱〈後出塞〉。這裡選的是〈前出塞〉之三、之六，寫於安史之亂前的天寶年間。詩歌譴責了統治者的「開邊」政策，表達出詩人反對侵略戰爭的態度。

其三

磨刀嗚咽水，水赤刃傷手。
欲輕腸斷聲，心緒亂已久。
丈夫誓許國，憤惋復何有？
功名圖麒麟，戰骨當速朽。

新解

磨刀嗚咽水，水赤刃傷手 ── 嗚咽水：指隴頭水。《三秦記》：「隴山頂有泉，清水四注。俗歌：隴頭流水，嗚聲幽咽，遙望秦川，肝腸斷絕。」磨刀等四句就從這首民歌中點化而來。這句是說，蘸著嗚咽的水磨戰刀，看到水色變紅才發覺是刀刃傷了手。

欲輕腸斷聲，心緒亂已久 ── 本想不理會這斷腸的聲音，可心緒早就亂了。

丈夫誓許國，憤惋復何有 ── 這句是心情矛盾的自我寬解之語：大

丈夫發誓以身許國，怨恨的心情哪裡還會有？

功名圖麒麟，戰骨當速朽──只要能建立功名，將我的畫像放在麒麟閣中，哪怕屍骨很快腐朽也值得。

新評

這首詩透過途中一個役夫磨刀的生活細節的描寫，將一位役夫內心的矛盾與痛楚展現得淋漓盡致。正因為心中痛苦，才想用磨刀來轉移注意力，但分明沒用，因為刀傷了手還不知，可見這亂糟糟的心情，久久無法平靜。只好自我寬慰，但越寬解，心情便越激憤，要麼成功，要麼成仁，一個「當」字，更讓人見出沉痛。詩人以多變的手法寫多變的情緒，有舉重若輕的效果。

其六

挽弓當挽強，用箭當用長。
射人先射馬，擒賊先擒王。
殺人亦有限，列國自有疆。
苟能制侵陵，豈在多殺傷？

新解

「挽弓當挽強」四句──挽：拉開。拉弓要拉強弓，用箭當用長箭。射人先射他騎的馬，擒賊先要捉住領袖。

「殺人亦有限」四句──殺人應該有個限度，各國本來就有各自的疆界，作戰的目的重在保衛自己的疆土，只要能制止敵人侵略就可以了，又何須過度地殺人呢？

◎第二階段　長安逐夢的日子（746～755）

新評

　　前四句套用了民間流傳的民謠諺語，也是講克敵致勝的經驗。後四句詩為議論，表達了詩人的戰爭觀：人們應當各守本土，相安無事；不能藉口「反侵略」而對外擴張領土、濫殺無辜。全詩表達了詩人熱愛和平、反對戰爭、憐惜生命的人道主義情懷。全詩立意高，富含哲理意味，語言淺顯流暢。

〈同諸公登慈恩寺塔〉

題解

　　慈恩寺塔即今天的西安大雁塔，是唐高宗在當太子時為其母文德皇后所建，故名「慈恩」。寺院於唐貞觀二十二年（648）建成，寺內的慈恩寺塔則建於永徽三年（652）。此詩寫於唐玄宗天寶十一載（752）秋，此時杜甫第二次落第，正在長安閒居。一同登塔的還有詩人高適、薛據、岑參、儲光羲。五位詩人一同登塔，相互唱和。詩題中的「同」就是「和」的意思。

　　高標跨蒼穹，烈風無時休。
　　自非曠士懷，登茲翻百憂。
　　方知象教力，足可追冥搜。
　　仰穿龍蛇窟，始出枝撐幽。
　　七星在北戶，河漢聲西流。
　　羲和鞭白日，少昊行清秋。
　　秦山忽破碎，涇渭不可求。
　　俯視但一氣，焉能辨皇州？
　　回首叫虞舜，蒼梧雲正愁。

惜哉瑤池飲，日晏崑崙丘。

黃鵠去不息，哀鳴何所投？

君看隨陽雁，各有稻粱謀。

新解

高標跨蒼穹，烈風無時休 —— 高標：此處指高塔。跨蒼穹：高聳天外。蒼穹：即藍天。

自非曠士懷，登茲翻百憂 —— 曠士：超然出世。翻百憂：旁人登高是為解憂，而杜甫說自己登高卻在內心翻騰起種種憂思。

方知象教力，足可追冥搜 —— 象教：指佛教，佛教以形象教化世人，故稱之。追冥搜：探幽尋勝。

仰穿龍蛇窟，始出枝撐幽 —— 龍蛇窟：喻塔中的狹窄曲折。枝撐幽：指塔中樓板的縱橫交錯。以上八句寫登塔的過程。

七星在北戶，河漢聲西流 —— 以下八句講登塔所見。七星：北斗。河漢：指天河。形容人在塔中的感覺，好像北斗星近在塔的北門口，能聽到天河的流水聲，極言塔之高。

羲和鞭白日，少昊行清秋 —— 羲和：太陽神的御者。鞭白日：是說秋天的白晝變短，就像羲和用鞭子抽著太陽下沉一樣。少昊：白帝，掌管秋天的神。行：主事。主管清秋。這四句寫人在塔上仰觀的感覺。

秦山忽破碎，涇渭不可求。俯視但一氣，焉能辨皇州 —— 秦山：指終南山。涇渭：二水名。渭水自西向東，過長安城北，東入黃河。涇水由寧夏流來，流經今天的慶陽、彬州，入渭水。涇水濁，渭水清。不可求：難分其清濁。皇州：指長安城。這四句是說，在太陽西沉的昏暗光線下，望山河破碎，涇渭二水渾茫一體、清濁難辨，更看不清長安城的模樣。詩人此處表面寫的是眼前看到的景物，實際有暗喻唐王朝政治局

◎第二階段　長安逐夢的日子（746～755）

勢面臨危亡、前途渺茫之意。

回首叫虞舜，蒼梧雲正愁 —— 虞舜：古代理想的帝王，這裡隱指唐太宗。蒼梧：山名，在今湖南。傳說舜帝南巡，死於蒼梧之野，葬於九嶷山。雲正愁：白雲為舜帝的死而悲傷。

惜哉瑤池飲，日晏崑崙丘 —— 瑤池：原指崑崙山西王母的宴會，這裡指唐明皇和楊貴妃在驪山上的飲酒作樂，迷醉聲色。晏：晚。日晏：從白天到夜晚不停止。這四句以舜墓隱指唐太宗的昭陵，有慨嘆今世沒有賢明君主之意。

黃鵠去不息，哀鳴何所投 —— 黃鵠：天鵝，一種高貴的鳥，這裡是詩人的自喻。

君看隨陽雁，各有稻粱謀 —— 隨陽雁：隨冷暖陰晴而遷的候鳥，比喻那些趨炎附勢的小人。稻粱謀：為生存而謀劃打算。最後四句哀嘆自己生不逢時，胸懷大志卻無處投身。而那些趨炎附勢之徒又只知道為私利打算。表現出詩人對風雨飄搖的唐王朝充滿了深深的憂慮。

新評

文朋詩友同題賦詩作文，可謂文學史上的盛事。難怪相隔九百年之後，文人王士禎還羨慕地說：「每思高、岑、杜輩同登慈恩塔，李、杜輩同登吹臺，一時大敵旗鼓相當。恨不廁身其間，為執鞭弭之役！」

五位詩人中，杜甫、高適、岑參三人名垂千古自不必說，就算是儲光羲和薛據，在當時也很有名氣。同樣的時間和地點，同樣的所見所聞，由於詩人的稟賦各異，寫出的詩差別很大。薛據的詩已散佚。岑參和儲光羲的詩，更關注佛寺中的浮圖，注重對佛家的教義進行闡釋；高適詩中表現出的濟世態度比他們二位要正面、積極些，但也未涉及現實危機，更多的還是關注於個人的前途。單從藝術成就來看，高適和岑參的詩的確與杜詩

「旗鼓相當」。但若論思想深度，杜甫的詩明顯地更勝一籌。

詩的起首，便用語奇崛，展現出高塔凌風、超拔天外的氣勢。詩人仰觀於天，便見北斗、天河、日車；詩人俯視於地，又見秦山、涇渭、城郭；意象紛呈，感染力很強。一切景物，都被現實的愁雲慘霧蒙上黯淡的色彩，映襯出時局飄搖、天下將亂的危機。真正的詩人是民族的先知。當許多人還沉浸在大唐盛世的表面繁華之中時，杜甫卻以一個詩人的敏感和直覺，朦朧地預感到了亂世將臨。這是非常難能可貴的。

〈麗人行〉

題解

此詩作於天寶十二載（753）三月。當時杜甫居住在長安。詩中描寫楊國忠（楊貴妃的哥哥、時任右丞相）兄妹春遊時的華麗情景，揭露了權貴們勢傾朝野、驕奢淫逸的惡行，曲折地反映出君王的昏庸和時政的腐敗。

三月三日天氣新，長安水邊多麗人。
態濃意遠淑且真，肌理細膩骨肉勻。
繡羅衣裳照暮春，蹙金孔雀銀麒麟。
頭上何所有？翠為䕺葉垂鬢脣。
背後何所見？珠壓腰衱穩稱身。
就中雲幕椒房親，賜名大國虢與秦。
紫駝之峰出翠釜，水精之盤行素鱗。
犀箸厭飫久未下，鸞刀縷切空紛綸。
黃門飛鞚不動塵，御廚絡繹送八珍。
簫鼓哀吟感鬼神，賓從雜遝實要津。

◎第二階段　長安逐夢的日子（746～755）

後來鞍馬何逡巡，當軒下馬入錦茵。
楊花雪落覆白蘋，青鳥飛去銜紅巾。
炙手可熱勢絕倫，慎莫近前丞相嗔！

新解

　　三月三日天氣新，長安水邊多麗人──三月三日：上巳節。古代的風俗，在這一天要到水邊去祭祀求福、驅除不祥，後來便成了春遊的日子。水邊：指長安東南的曲江。麗人：泛指貴婦人。

　　態濃意遠淑且真，肌理細膩骨肉勻──這些美人姿色濃豔、神氣高遠，肌膚細膩、身材勻稱。

　　繡羅衣裳照暮春，蹙金孔雀銀麒麟──蹙金：即繡金。繡花的綾羅衣裳映襯著暮春的美景風光，上面有金絲線繡成的孔雀和銀絲線刺成的麒麟。

　　頭上何所有？翠為匎葉垂鬢唇──頭上有什麼？翡翠片做的花葉垂到鬢角邊。匎（ㄜˋ）葉：婦女頭飾上的花葉。

　　背後何所見？珠壓腰衱穩稱身──腰衱（ㄐㄧㄝˊ）：裙帶。綴滿珠寶的裙腰穩當合身。

　　就中雲幕椒房親，賜名大國虢與秦──就中：猶其中。雲幕：瑰麗如彩雲的帷幕，借指后妃居住之處。椒房：漢代皇后居室用椒和成泥塗抹牆壁，使其有香氣，故後世稱皇后為椒房，稱皇后的親屬為椒房親。唐玄宗賜封楊貴妃的大姐為韓國夫人，三姐為虢國夫人，八姐為秦國夫人。

　　紫駝之峰出翠釜，水精之盤行素鱗──紫駝之峰：駱駝背上的肉，是名貴的菜餚。翠釜：有著翠玉顏色的鍋。水精：即水晶。素鱗：白色的魚。

犀箸厭飫久未下，鸞刀縷切空紛綸 —— 犀箸：犀牛角做的筷子。厭飫：吃膩了。鸞刀：帶有小鈴的刀，這裡指御膳房的炊具。空紛綸：白白地忙亂。這幾句形容雖有名貴的菜餚，但吃膩了山珍海味的犀角筷子久久不動，讓那些用鸞刀精工細切的廚師們白忙了一場。

　　黃門飛鞚不動塵，御廚絡繹送八珍 —— 黃門：指宦官。鞚（ㄎㄨㄥˋ）：馬籠頭。八珍：泛指精美珍奇的食品。太監們騎馬回宮飛快地報信卻揚不起一點塵土，御廚們絡繹不絕送來山珍海味。

　　簫鼓哀吟感鬼神，賓從雜遝實要津 —— 雜遝（ㄊㄚˋ）：雜亂。要津：重要渡口，這裡比喻朝廷的要害部門。笙簫鼓樂纏綿婉轉能感動鬼神，賓客隨從滿座皆是在重要部門掌權的達官貴人。

　　後來鞍馬何逡巡，當軒下馬入錦茵 —— 逡巡：欲進不進，大搖大擺。軒：古代一種有帷幕的車。錦茵：織錦墊。姍姍來遲的騎馬者是丞相楊國忠，他躊躇滿志，大搖大擺下馬，便踏著錦墊鑽進有帷幕的華美小車中。

　　楊花雪落覆白蘋，青鳥飛去銜紅巾 —— 白雪似的楊花飄落覆蓋了浮萍，使者像傳情的青鳥一樣勤送紅手巾。這裡似是實寫眼前景物，其實是暗喻楊國忠與其堂妹虢國夫人的曖昧關係。青鳥：神話傳說中西王母的信使，後多用來指傳遞愛情訊息的媒介。

　　炙手可熱勢絕倫，慎莫近前丞相嗔 —— 丞相的權勢炙手可熱、不可一世，人們啊！千萬不要走近前去惹怒了丞相。

新評

　　這是一首著名的政治諷刺詩。透過描寫楊氏國戚之驕縱荒淫，側面反映了玄宗的昏庸和朝政之腐敗。開首十句描寫上巳日曲江水邊踏青的麗人如雲，體態嫻雅，姿色優美，衣著華麗。中間十句為第二段，具體寫出

◎第二階段　長安逐夢的日子（746～755）

麗人中的虢、秦、韓等皇親國戚酒宴的豪華排場，器皿的雅致，餚饌的精美。後六句為第三段，寫楊國忠的權勢顯赫，意氣驕橫，不可一世。

雖是諷刺詩，但詩人採取了像〈陌上桑〉那樣樂府民歌中常用的正面詠嘆的方式，用工筆畫細膩地描寫了美人們衣著的鮮豔富麗，場面的金碧輝煌，意態的嫻雅優美。沒有油滑的筆墨，也沒有漫畫式的誇張，這種真實反而更具強烈的藝術批判力量。難怪浦起龍讚賞此詩：「無一刺譏語，描摹處，語語刺譏；無一慨嘆聲，點逗處，聲聲慨嘆。」（《讀杜心解》）

全詩語極鋪排，富麗華美中蘊含清剛之氣。在唯妙唯肖的描摹中，譏諷的鋒芒和強烈的愛憎便自在其中。在藝術形式上，民歌韻味很濃，但用詞也有堆砌之嫌。正如陸時雍所論：「色古而厚，點染處，不免墨氣太重。」（《杜詩詳注》引）這首詩和〈兵車行〉一樣，都應視為杜甫詩歌創作的里程碑之作。

〈陪鄭廣文遊何將軍山林〉十首（選四）

題解

這組詩作於天寶十二載（753）春，時杜甫在長安。鄭廣文指鄭虔，幼時家貧，以柿葉代紙練書法，多才多藝，書畫皆工，玄宗時曾任廣文館博士。與杜甫有深交。何將軍，名不詳，其山林在長安城南，韋曲之西。大概是何將軍邀鄭去他的山林別墅做客，同時也邀了杜，因而說是「陪」鄭去的。

其一

不識南塘路，今知第五橋。
名園依綠水，野竹上青霄。

谷口舊相得，濠梁同見招。

平生為幽興，未惜馬蹄遙。

新解

　　不識南塘路，今知第五橋——一開始便點明是初次來遊。張禮《遊城南記》載：「第五橋在韋曲西，橋以姓名。」（第五是複姓）。

　　名園依綠水，野竹上青霄——此聯寫遠望之景，依依綠水，青翠竹林，引人入勝。

　　谷口舊相得，濠梁同見招——谷口：出自揚雄《法言》：「谷口鄭子真耕於巖石下，名震京師。」鄭子真，名鄭樸，字子真，是漢成帝時人。這裡是以鄭子真比喻鄭虔。谷口舊相得：是說他們從前在鄉下時早就有交情了。濠梁：用《莊子‧秋水》中「莊子與惠子遊於濠梁之上」喻他們同遊之樂。

　　平生為幽興，未惜馬蹄遙——說自己一向有興致探幽訪勝，騎著馬遊就更不會嫌路遠了。騎馬出遊，可見山林之大。

其二

百頃風潭上，千章夏木清。

卑枝低結子，接葉暗巢鶯。

鮮鯽銀絲膾，香芹碧澗羹。

翻疑舵樓底，晚飯越中行。

新解

　　百頃風潭上，千章夏木清——首聯是遠望之景，百頃潭水涼風習習，千棵大樹垂下濃蔭。如同一幅水墨渲染的寫意畫。章：指大樹。

　　卑枝低結子，接葉暗巢鶯——頷聯寫近景。低低的枝頭上結著果

◎第二階段　長安逐夢的日子（746～755）

子，茂密相連的樹枝間，暗藏著黃鶯的窩。如同工筆勾勒的畫，細膩而有情調。

鮮鯽銀絲膾，香芹碧潤羹 —— 寫設宴林間的鮮美，鮮活的鯽魚切成細細的銀絲，碧綠的潤水煮出的芹羹香味襲人，色香味俱全，令人饞涎欲滴，可看出將軍的雅致。

翻疑柁樓底，晚飯越中行 —— 末兩句出人意料，由鮮鯽和香芹想到當年南遊時，曾在大船的柁樓底進晚餐時吃過此物，觸景生情，恍若此身猶在越中水面上行走。

其五

剩水滄江破，殘山碣石開。

綠垂風折筍，紅綻雨肥梅。

銀甲彈箏用，金魚換酒來。

興移無灑掃，隨意坐莓苔。

新解

剩水滄江破，殘山碣石開 —— 首聯寫山林景物，為遠望之景。因這裡的水是滄江支流，因而說「剩水」。這裡的山屬碣石山的一部分，因而說「殘山」。

綠垂風折筍，紅綻雨肥梅 —— 頷聯寫近看之景。這兩句均為倒裝。本意是「風折筍（而）綠垂，雨肥梅（而）紅綻」。若平鋪直敘，便會有失別緻。詩人既保留了生活真實感，又有意地寫出這種細微的感知差異，使讀者有耳目一新之感。倒裝句重要的是要做到句意完整，渾然一體。若一味獵奇，追求形式的古怪，就成畫蛇添足、本末倒置。

銀甲彈箏用，金魚換酒來 —— 將軍套上銀製的指甲彈起了玉箏，又解下所佩的金魚換來美酒。

興移無灑掃，隨意坐莓苔——興致來了便隨意地席地而坐，無須灑掃地上的莓苔。形象化地寫出將軍待客的豪情與大家的勃勃興致。

其六

風磴吹陰雪，雲門吼瀑泉。
酒醒思臥簟，衣冷欲裝綿。
野老來看客，河魚不取錢。
只疑淳樸處，自有一山川。

新解

風磴吹陰雪，雲門吼瀑泉——磴：指石橋。雲門：閘門。因水湧如雲之狀，故稱「雲門」。這句是說石橋下大風吹著陰雪，水閘中泉水吼叫如瀑如雲。此聯寫景，很有氣勢。

酒醒思臥簟，衣冷欲裝綿——簟（ㄉㄧㄢˋ）：竹蓆。酒醒後感覺是睡在涼蓆上一樣，衣衫單薄寒冷，真想裝點棉花進來。寫詩人醉臥山林酒醒後的真實感受，狀山林之高寒。

野老來看客，河魚不取錢——村民來看我們這些客人，送了河魚卻不肯收錢。

只疑淳樸處，自有一山川——民風之純樸，讓人疑是身在桃花源之中。

新評

杜甫的這組詩可視為一組完整的遊記。或賦景、或回憶、或抒情，經緯錯綜，曲折變幻，讀來興味無窮。杜甫這些年來命運蹭蹬，心力交瘁，偶然來到何園這樣幽美之處，主人一家既儒雅又豪爽好客，當然讓詩人十分開心、盡興。他們騎著馬到處探幽訪勝，累了就在山林中席地

◎第二階段　長安逐夢的日子（746～755）

而坐，「興移無灑掃，隨意坐莓苔」。餓了，有時鮮的蔬菜和鮮美的魚野餐，「鮮鯽銀絲膾，香芹碧潤羹」。醉了就在山林中又唱又跳，或者睡一覺，直睡到「酒醒思臥簟，衣冷欲裝綿」。過了幾天「坐對秦山晚，江湖興頗隨」的舒心日子，詩人怎能不難捨難分呢？但回去以後又如何？等待他的還是「自笑燈前舞，誰憐醉後歌」的日子。從杜甫清新、自然的詩句的字裡行間，從他表面欣喜的佯狂之態下，我們仍然不難體會出他內心隱藏著的深刻憂愁和苦悶。

〈重過何氏〉五首（選三）

題解

　　這組詩當寫於天寶十三載（754）春。時杜甫在長安。何氏，即前詩提到的何將軍。詩歌寫重訪何將軍山林的感受。

　　其一

問訊東橋竹，將軍有報書。
倒衣還命駕，高枕乃吾廬。
花妥鶯捎蝶，溪喧獺趁魚。
重來休沐地，真作野人居。

新解

　　問訊東橋竹，將軍有報書——這首詩寫重訪何將軍山林的由來和喜悅。開頭先說重訪的緣由，是因我去信問東橋邊竹林的情況，將軍遂回信邀我前往。東橋：即前詩所記第五橋。

　　倒衣還命駕，高枕乃吾廬——衣服都穿顛倒了還是急急地命駕啟程，就像是回我那高枕無憂的自己的家。形象化地表現出詩人重訪何園的激動，「吾廬」說明熟悉、有舊感情。

花妥鶯捎蝶，溪喧獺趁魚——這兩句寫園林中之景物。妥：掉下。黃鶯追蝶竟不小心碰落了花朵。水獺追趕魚弄得溪水喧譁。這句更襯出山林中之靜。

重來休沐地，真作野人居——再次來到純樸的休憩勝地，真會讓人覺得這裡是村野之人居住的好地方。

其三

落日平臺上，春風啜茗時。
石欄斜點筆，桐葉坐題詩。
翡翠鳴衣桁，蜻蜓立釣絲。
自今幽興熟，來往亦無期。

新解

落日平臺上，春風啜茗時——在平臺上欣賞落日，春風裡品味香茶。啜（ㄔㄨㄛˋ）茗：喝茶。

石欄斜點筆，桐葉坐題詩——斜倚著石欄，用筆蘸上墨汁，在撿起的桐樹葉上題寫詩章。

翡翠鳴衣桁，蜻蜓立釣絲——翡翠鳥在晒衣竿上快樂地鳴叫，蜻蜓悠閒地立在釣絲上。衣桁（ㄏㄤˋ）：晒衣竿。

自今幽興熟，來往亦無期——從此我的幽興更大，希望今後我們的來往將更多。這首詩寫得清新而瀟灑。杜甫多次表示他喜歡庾信的風格，既清新又老成，這首詩可以說是展現這種風格的一篇較早、較好的佳作。

其五

到此應常宿，相留可判年。
蹉跎暮容色，悵望好林泉。

◎第二階段　長安逐夢的日子（746～755）

何日沾微祿，歸山買薄田？

斯遊恐不遂，把酒意茫然。

新解

到此應常宿，相留可判年——到這裡就該常住，最好能留上半年。

蹉跎暮容色，悵望好林泉——歲月蹉跎、容顏老去，臨別我惆悵地望著美好的林泉。

何日沾微祿，歸山買薄田——何時才能當個小官得一點微薄的俸祿，以便在歸隱山川時能買得起幾畝薄田。此句透露出詩人的窘境，報國無望，轉思歸隱，然而即便歸隱也需有一定的經濟基礎，像杜甫這樣的窮詩人，連買幾畝薄田過恬淡的日子也成為一種奢望，讀來怎不讓人心酸？

斯遊恐不遂，把酒意茫然——這種奢望恐難如願，舉起杯來我心意茫然。結尾沉重而悲涼。

新評

這組詩寫杜甫舊地重遊的喜悅。詩人這次未與鄭虔同來，但在隨意行吟中，每每沉浸在對往事的回憶之中。林居的幽雅別緻、遠眺所見陰晴多變的春山，都勾起詩人重遊的喜悅。詩筆清新自然，在看似輕描淡寫的揮灑中，表現出有聲有色的況味，處處給予人身臨其境之感。特別是第三首寫得最為瀟灑，歷來受到詩評家們的稱讚，認為其最能展現老杜獨特的美學趣味和清麗的藝術風格。

〈陪諸貴公子丈八溝攜妓納涼晚際遇雨〉二首

題解

　　此詩應作於天寶末期、安史之亂前，當時杜甫在長安。丈八溝：《通志》載，長安下杜城西有第五橋、丈八溝。丈八溝其實就是當時官員開的廣運潭的漕渠，可行船。寬八尺，深一丈。詩寫傍晚放船納涼的情事。

　　其一

　　落日放船好，輕風生浪遲。
　　竹深留客處，荷淨納涼時。
　　公子調冰水，佳人雪藕絲，
　　片雲頭上黑，應是雨催詩。

新解

　　「落日放船好」四句——傍晚放船納涼，風輕浪柔，竹林深密，荷花豔美。起聯寫泛舟，次聯寫納涼。「竹深留客處，荷淨納涼時」二句，意境最佳。

　　「公子調冰水」四句——公子調出清涼的冰水，美人洗出潔白的藕絲。頭上烏雲翻滾，彷彿在催促詩人快快成詩。三聯寫詩人身為清客，陪公子攜妓，末句寫風雨將至。

　　其二

　　雨來沾席上，風急打船頭。
　　越女紅裙溼，燕姬翠黛愁。
　　纜侵堤柳繫，幔捲浪花浮。
　　歸路翻蕭颯，陂塘五月秋。

◎第二階段　長安逐夢的日子（746～755）

新解

「雨來沾席上」六句——寫舟中倉皇避雨之狀。風急雨猛，美人的紅裙溼了，眉眼含愁，小船繫在堤岸隨浪花起伏。詩中的「佳人、越女、燕姬」，均泛指陪遊的歌妓。

歸路翻蕭颯，陂塘五月秋——結聯寫歸時天氣轉涼，雖然只是五月，卻有了深秋的蕭瑟。

新評

以上兩首詩寫的是同一件事，全詩如同一篇簡潔的遊記，敘事清楚，畫面感很強。歷來詩家選杜甫詩多偏重思想性，多選他關注民生疾苦的詩篇。像這種寫文人雅士小情趣的內容則所選甚少。這兩首小詩在杜甫詩中所見不多，然意境很美，最能見出唐代京師上層社會風尚和貴公子、清客們的行徑和身分，別有韻味。

〈城西陂泛舟〉

題解

此詩當作於天寶十三載（754），時杜甫居於長安下杜城。陂：湖塘。西陂：即渼陂，在長安京兆府鄠縣（今陝西鄠邑）西五里處，水面寬闊，是當時的遊覽勝地之一。詩中寫達官貴人們攜妓春遊、在樓船上大宴賓客的狂歡場面。

> 青蛾皓齒在樓船，橫笛短簫悲遠天。
> 春風自信牙檣動，遲日徐看錦纜牽。
> 魚吹細浪搖歌扇，燕蹴飛花落舞筵。
> 不有小舟能盪槳，百壺那送酒如泉？

新解

　　青蛾皓齒在樓船，橫笛短簫悲遠天 —— 青青蛾眉、白亮牙齒的歌妓們站在樓船上，她們吹出的橫笛短簫聲是那樣悲涼悠遠、直上雲天。一個「悲」字，使這個華麗熱鬧的場面不再輕飄浮華，似乎傳達出另外一種含蓄的意味。

　　春風自信牙檣動，遲日徐看錦纜牽 —— 牙檣：用象牙做的桅杆。錦纜：錦彩做的纜繩。此處極言其華美，說象牙做的桅杆在春風裡徐徐而動，錦彩做的纜繩在春日裡緩緩而牽。「自信」二字用得妙，船未動，但因有風、有桅杆，因而感覺是動的。

　　魚吹細浪搖歌扇，燕蹴飛花落舞筵 —— 魚游動的細浪中映出歌妓們手中扇子的倒影，燕子踏落的飛花飄然落在歌舞筵席中間。

　　不有小舟能蕩槳，百壺那送酒如泉 —— 沒有蕩槳的小舟，哪能送來這美酒百壺湧如泉？

新評

　　此詩寫船宴的盛大場面。船宴是旅遊宴席的一種。中國古代帝王貴族於時令佳節，每乘舟泛於水上，一邊觀賞風景，一邊歌舞宴樂，是飲宴與旅遊活動的結合，歷史悠久。杜甫這首詩真實記載了盛唐時期歌舞昇平、達官貴人醉生夢死的狂歡場面，為我們留下真實具體的資料，頗有了解的價值。詩筆委婉曲折，淋漓盡致，藝術上很有特色。

〈渼陂行〉

題解

　　此詩當作於天寶十三載（754），時杜甫居長安下杜城。陂：湖塘。渼陂：在長安京兆府鄠縣（今陝西鄠邑）西五里處，離長安城上百里，水

◎第二階段　長安逐夢的日子（746～755）

面遼闊，為遊覽勝地。這首詩寫詩人與岑參兄弟同遊的所見所聞。

　　岑參兄弟皆好奇，攜我遠來遊渼陂。
　　天地黯慘忽異色，波濤萬頃堆琉璃。
　　琉璃汗漫泛舟入，事殊興極憂思集。
　　鼉作鯨吞不復知，惡風白浪何嗟及。
　　主人錦帆相為開，舟子喜甚無氛埃。
　　鳧鷖散亂棹謳發，絲管啁啾空翠來。
　　沉竿續蔓深莫測，菱葉荷花淨如拭。
　　宛在中流渤澥清，下歸無極終南黑。
　　半陂已南純浸山，動影裊窕沖融間。
　　船舷暝戛雲際寺，水面月出藍田關。
　　此時驪龍亦吐珠，馮夷擊鼓群龍趨。
　　湘妃漢女出歌舞，金支翠旗光有無。
　　咫尺但愁雷雨至，蒼茫不曉神靈意。
　　少壯幾時奈老何，向來哀樂何其多！

新解

　　岑參兄弟皆好奇，攜我遠來遊渼陂 —— 岑參：以邊塞詩著名的唐代詩人，兄弟五人依次為：渭、況、參、秉、亞。皆好奇：都是喜好尋幽訪勝的人，所以才攜詩人跑上百里遠路來渼陂遊玩。

　　天地黯慘忽異色，波濤萬頃堆琉璃 —— 夏季的天氣變化莫測，忽然間陰雲密布，天色昏暗變色，湖上的萬頃波濤如碧綠的琉璃堆積在一起，陰森可怖。

　　琉璃汗漫泛舟入，事殊興極憂思集 —— 汗漫：無邊無際。面對無邊的琉璃卻偏要放舟而入，他們的這種特別的興致真叫我憂思聚集。

鼉作鯨吞不復知，惡風白浪何嗟及 —— 鼉：也叫鼉龍、揚子鱷，俗稱豬婆龍，像鱷魚。這句是擔心小舟被風浪打翻，人說不定會餵水怪，鼉龍可以像鯨一樣將人囫圇吞下，到時連嘆息都來不及。

　　主人錦帆相為開，舟子喜甚無氛埃 —— 沒想到很快又風平浪靜了，主人張開錦帆，船工也為這沒有塵埃的清新空氣而高興。

　　鳧鷖散亂棹謳發，絲管啁啾空翠來 —— 棹歌聲驚得水鳥亂飛，絲管聲鳥鳴聲在晴空裡清脆地響起。

　　沉竿續蔓深莫測，菱葉荷花淨如拭 —— 將竹竿和繩子沉到水下，湖水深不可測；雨後的菱葉和荷花乾淨得如同擦拭過一般。

　　宛在中流渤澥清，下歸無極終南黑 —— 船到湖心感覺就像到了清澈遼遠的渤海，湖水下面是沒有盡頭的終南山的黑影。

　　半陂已南純浸山，動影裊窕沖融間 —— 這是寫看見水中山峰倒影而引發的幻覺和想像：南半湖中浸著終南山的倒影，山影輕搖如同嫋娜窈窕女子的倩影融入了水波。

　　船舷暝戛雲際寺，水面月出藍田關 —— 黃昏時分船舷擦過雲際山的大定寺，藍田關上月亮浮出水面。這兩句也是想像之景，雲際寺指雲際山的大定寺，在鄠縣（今陝西鄠邑）東南六十里，而渼陂在其西五里，相隔甚遠，不可能經過。所以有詩家分析此是就水中倒影而言，船舷是實，山寺倒影為虛，虛實相碰，是奇妙的想像，足見構思之巧。藍田關：在藍田東南六十八里，位於渼陂東南。

　　此時驪龍亦吐珠，馮夷擊鼓群龍趨 —— 這兩句寫月下親見之景：燈火遙映如驪龍吐珠，音樂傳來如馮夷擊鼓，晚舟移棹如群龍爭趨。驪龍：傳說中的黑龍，頷下有珠。馮夷：傳說中的水神。《搜神記》載：「宋時，弘農馮夷，華陰潼鄉堤首人也，以八月上庚日渡河，溺死。天帝署為河伯。」

◎第二階段　長安逐夢的日子（746～755）

　　湘妃漢女出歌舞，金支翠旗光有無——湘妃：《列女傳》載，舜帝崩於蒼梧之野，二妃娥皇、女英趕至南方，死於江湘之間。漢女：《列女傳》載，鄭交甫遊漢江，見二女解佩以贈。金支：樂器上的金飾。翠旗：用翠羽裝飾的旗幟。這兩句是說遊賞樂事推向了高潮：鼓樂聲大作，船上女子載歌載舞，一個個如同湘妃漢女，她們衣著亮麗，好像是金支翠旗的光芒閃爍不定。

　　咫尺但愁雷雨至，蒼茫不曉神靈意——此處是一個轉折，說咫尺之間，天氣忽然大變，雷雨將至，一片蒼茫，不曉得神靈是什麼意思。

　　少壯幾時奈老何，向來哀樂何其多——最後詩人由天氣的變化莫測聯想到人生的禍福難定，不由發出樂極生悲的感慨：少壯能幾時，奈何人已老，人生的哀樂真是和這天氣一樣變化無常啊！杜甫內心的悲苦總是在不經意間流露，以深沉的慨嘆結束了全篇。

新評

　　杜甫的這首詩是寫奇人、奇景、奇觀的奇文。同遊的岑參兄弟「皆好奇」，因而才有這次歷險，於是杜甫才有緣見到這奇景。湖上的種種奇觀，使杜甫詩興大發，再加上同伴也是大詩人，互相唱和，遊興更增，於是才寫出這一篇「滉漾飄忽，千態並集，極山岫海潮之奇，全得屈騷神境」（楊倫語）的奇詩來。好詩如同人生的某種機緣，同樣是可遇而不可求。這首詩充滿綺麗華美的景物描繪，又有神奇詭異的想像和比喻，才情迸發，非常有藝術特色，是杜甫這個時期的記遊詩中最為出色的作品。

〈嘆庭前甘菊花〉

題解

　　此詩當作於天寶十三載（754）重陽節，時杜甫居長安下杜城。詩人借庭前菊花晚開，喻自己遲暮不遇，以野外眾芳喻小人得寵。

　　庭前甘菊移時晚，青蕊重陽不堪摘。
　　明日蕭條醉盡醒，殘花爛漫開何益？
　　籬邊野外多眾芳，採擷細瑣升中堂。
　　念茲空長大枝葉，結根失所纏風霜。

新解

　　庭前甘菊移時晚，青蕊重陽不堪摘──庭前的甘菊花因為移栽得晚，到重陽節時花蕊還是青的、沒有開花，無法摘來觀賞。甘菊：菊花有甘、苦兩種，甘菊可入藥。

　　明日蕭條醉盡醒，殘花爛漫開何益──等到明天秋景蕭瑟，人們從酒醉中清醒了，你再開出殘花來有什麼用呢？

　　籬邊野外多眾芳，採擷細瑣升中堂──籬笆邊的野地裡開了許多雜花，人們將這些細碎瑣屑的花採了，擺在中堂上觀賞。

　　念茲空長大枝葉，結根失所纏風霜──感念你空長了大大的枝葉，只因根扎得不是地方，才不幸為風霜所侵。

新評

　　杜甫看到庭前遲開的甘菊花，不禁聯想到自己的身世。自己來到長安很久了，一身才學卻得不到重用，就如同這遲遲不開的甘菊花一樣，空有大大的枝葉，又有什麼用呢？反倒是那些細瑣的「眾芳」占據了顯赫的位置，這個世界真是太不公平了。詩人用比喻和白描的手法，明寫花

◎第二階段　長安逐夢的日子（746～755）

而實寫人，嘆息自己老大無成、懷才不遇，含蓄地表達了心中的憤懣之情。詩句樸實、自然，含不盡之意於言外。

〈秋雨嘆〉三首

題解

史載，天寶十三載（754）秋，連綿陰雨下了六十多日。當時杜甫居住在長安下杜城。詩人為國為民而憂，發出深沉的嘆惋。

其一

雨中百草秋爛死，階下決明顏色鮮。
著葉滿枝翠羽蓋，開花無數黃金錢。
涼風蕭蕭吹汝急，恐汝後時難獨立。
堂上書生空白頭，臨風三嗅馨香泣。

新解

雨中百草秋爛死，階下決明顏色鮮——起首兩句便以秋雨中爛死的百草與生命力頑強的決明子相對比，讓人留下鮮明的印象。決明：一年生草本植物，夏秋開黃花，果實為「決明子」，可入藥，有清肝明目之功效。

著葉滿枝翠羽蓋，開花無數黃金錢——形容決明開花的顏色和樣子，黃花綠葉，枝葉繁茂如蓋，黃花如金錢。

涼風蕭蕭吹汝急，恐汝後時難獨立——這句是詩人為決明擔心，怕它隨著天氣的變冷而難以自立。

堂上書生空白頭，臨風三嗅馨香泣——詩人形容自己一介書生，空長了一頭白髮，卻只能在風前嗅著花香為其落淚。詩人是擔心秋雨成災，決明會被風雨所摧。

其二

闌風伏雨秋紛紛，四海八荒同一雲。
去馬來牛不復辨，濁涇清渭何當分？
禾頭生耳黍穗黑，農夫田婦無消息。
城中斗米換衾裯，相許寧論兩相直？

新解

「闌風伏雨秋紛紛」四句 —— 寫陰雨的景象，秋雨紛紛，陰雲密布，雨霧茫茫分辨不出牛和馬，涇渭清濁當然也無法分清。

「禾頭生耳黍穗黑」四句 —— 寫莊稼在秋雨中霉爛變質，災情卻無法讓皇上知道。城中發生了饑荒，一斗米可換一床被褥，只要雙方認可，也顧不得計較價值是否相當。據《資治通鑑》記載，天寶十三載八月，雨多傷了莊稼，楊國忠卻拿好的禾苗給玄宗看，玄宗便相信了。而如實匯報災情的房琯卻被問罪，於是這一年再無人敢向皇上報告災情了。「農夫田婦無消息」正是詩人對此現狀的感嘆。

其三

長安布衣誰比數，反鎖衡門守環堵。
老夫不出長蓬蒿，稚子無憂走風雨。
雨聲颼颼催早寒，胡雁翅溼高飛難。
秋來未曾見白日，泥汙后土何時乾？

新解

長安布衣誰比數，反鎖衡門守環堵 —— 詩人說自己一介布衣又有誰來關心死活呢？只能反鎖著門、守著四面牆壁罷了。衡門：橫木為門，言居所簡陋。環堵：四面有牆。

073

◎第二階段　長安逐夢的日子（746～755）

老夫不出長蓬蒿，稚子無憂走風雨 —— 老了久不出門，院中都長出蓬蒿，只有小孩子能無憂無慮地在風雨中奔跑。

雨聲颼颼催早寒，胡雁翅溼高飛難 —— 雨聲颼颼催得寒氣早早降臨，北來的大雁翅膀溼了，想要高飛也難。有自比之意。

秋來未曾見白日，泥汙后土何時乾 —— 入秋以來也沒見過太陽，泥汙的大地幾時才能變乾呢？后土：大地。

新評

杜甫的〈秋雨嘆〉三首生動而真實地寫出當時因天災人禍、物價暴漲，人民生活陷於困境的狀況。第一首借臺階上生長著的決明，假物寓意，嘆自己老大無成；第二首寫久雨的危害；第三首嘆息自己被雨所困的情景，童稚的無憂更反襯出詩人的憂心如焚，展現出詩人總是將民間疾苦掛在心上的平民情懷。

〈官定後戲贈〉

題解

此詩當作於天寶十四載（755）十月，時杜甫在長安。題下原注：「時免河西尉，為右衛率府兵曹。」這首詩是杜甫的官職定下來後，贈給自己的戲語。

不作河西尉，淒涼為折腰。
老夫怕趨走，率府且逍遙。
耽酒須微祿，狂歌託聖朝。
故山歸興盡，回首向風飆。

新解

不作河西尉,淒涼為折腰 —— 首兩句解釋自己不願接受河西尉這個官職的原因,是因為做縣尉就難免要向人「折腰」,這是杜甫的清高氣節所不願意的。有發牢騷之意。

老夫怕趨走,率府且逍遙 —— 老夫我怕四處奔走,這率府兵曹是個閒職,還算逍遙自在。

耽酒須微祿,狂歌託聖朝 —— 我愛喝酒,總得有些微薄的俸祿才好,要縱情高歌還得仰仗聖朝。

故山歸興盡,回首向風飆 —— 回歸故里的興致已沒有了,我回過頭來面向著狂風。

新評

杜甫在長安困居了十年之後,才算等來了河西尉這個小官,但他沒有接受,因為縣尉只是個風塵小吏,官階九品。官不大,但迎來送往的事很多,難免要看人的眼色,這對杜甫這樣不願為五斗米折腰的人來說是痛苦的,他拒絕了。不久又改任右衛率府兵曹參軍,雖然這只是個看守兵甲器仗、管理門禁鎖鑰的小官,官位為從八品下,比縣尉的級別略升一點,但總算有了個吃「皇糧」的飯碗,有個領俸祿的地方,可以有錢買酒喝。因而杜甫接受了。他以自嘲的口吻、戲弄的筆墨寫下了這首詩。從中可看出杜甫耿介正直、恃才傲物的性格。

〈自京赴奉先縣詠懷五百字〉

題解

此詩寫於安史之亂前夕,唐玄宗天寶十四載(755)。此時杜甫已困居長安十年,剛得了一個名為右衛率府兵曹參軍的小官。十一月,他由長

◎第二階段　長安逐夢的日子（746～755）

安前往奉先縣（今陝西蒲城）探望家人，此時安祿山已在范陽起兵叛亂，消息尚未傳來，但詩人已預感到了時局危機四伏，沿途又目睹了民生的艱辛，詩人憂國憂民之痛，遂化成了沉鬱蒼涼的詩篇。詩中融敘事、抒情、狀物、議論為一爐，將旅途所見、內心所感緊密地結合起來，使這首詩成為極具「詩史」價值的代表作。

　　杜陵有布衣，老大意轉拙。
　　許身一何愚？竊比稷與契。
　　居然成濩落，白首甘契闊。
　　蓋棺事則已，此志常覬豁。
　　窮年憂黎元，嘆息腸內熱。
　　取笑同學翁，浩歌彌激烈。
　　非無江海志，瀟灑送日月。
　　生逢堯舜君，不忍便永訣。
　　當今廊廟具，構廈豈雲缺？
　　葵藿傾太陽，物性固難奪。
　　顧唯螻蟻輩，但自求其穴。
　　胡為慕大鯨，輒擬偃溟渤？
　　以茲悟生理，獨恥事干謁。
　　兀兀遂至今，忍為塵埃沒。
　　終愧巢與由，未能易其節。
　　沉飲聊自遣，放歌破愁絕。

新解

　　杜陵有布衣，老大意轉拙 —— 杜陵：地名，在陝西長安城東南，秦時為杜縣。因此地有漢宣帝陵，也稱杜陵。漢宣帝許后的墓在東南方

向，稱少陵。杜甫的遠祖杜預就是杜陵人，杜甫也在這附近住過，所以他常常自稱為「少陵野老」或「杜陵布衣」。布衣即平民。老大意轉拙，意為年齡大了，變得愚笨了。

許身一何愚？竊比稷與契——我的期望何等愚昧？竟自比稷、契這樣的賢臣。許身：以身自許，期望。稷，是周代祖先，教人們播五穀。契，商代祖先，提倡文化教育。都是舜時的賢臣。

居然成濩落，白首甘契闊——濩（ㄏㄨㄛˋ）落：瓠落，大而無用之意。契闊：這裡指困頓、辛苦。這句是說自己沒什麼成就，願望落空，如今頭髮白了，還是如此辛勤而甘之如飴。

蓋棺事則已，此志常覬豁——覬豁：希望實現、達到。只有到蓋棺事情才算結束，不然這個志向總希望能達到。

窮年憂黎元，嘆息腸內熱——窮年：一年到頭，終年。黎元：黎民百姓。整年為百姓擔憂，嘆息到心情激動，熱血沸騰。

取笑同學翁，浩歌彌激烈——同學翁：同輩人。這幾句是說，我一年到頭為百姓憂傷，難免被同代人取笑，但我的理想之歌卻越唱越高亢了。

非無江海志，瀟灑送日月——我並非沒有隱逸江湖、瀟灑度日的想法。

生逢堯舜君，不忍便永訣——身逢盛世有堯舜這樣的明君，我不忍離去啊！

當今廊廟具，構廈豈雲缺——廊廟，本意是廟堂，這裡比喻朝廷。具，才具，人才。這裡指棟梁之材。如今朝廷的大廈難道缺少棟梁之材嗎？

葵藿傾太陽，物性固難奪——葵：葵花；藿：豆葉。這裡借葵花向陽比喻自己的忠心耿耿。物性固難奪：固然是本性難移。

◎第二階段　長安逐夢的日子（746～755）

　　顧唯螻蟻輩，但求其穴 —— 螻蟻輩，指庸庸碌碌的人。回頭看像螻蟻一樣活著的庸庸碌碌的人，哪個不是只想著自己的安樂窩？

　　胡為慕大鯨，輒擬偃溟渤 —— 我又何必羨慕大鯨總想去搏擊大海呢？輒擬：常常打算。偃，仰。溟渤，無邊無際的海洋。

　　以茲悟生理，獨恥事干謁 —— 雖然從庸人身上悟出了謀生的道理，我卻總以巴結權貴為恥。以茲：因這個。悟生理：領悟生活的道理。干謁：求見、拜見，指投靠有權有勢的人。

　　兀兀遂至今，忍為塵埃沒 —— 兀兀：窮困的樣子。我窮困至今，只好忍受被世俗的塵埃所淹沒。

　　終愧巢與由，未能易其節 —— 慚愧自己因有一官半職在身，無法像巢父和許由那樣，走隱居避世之路，改變自己入世的志向。巢與由：巢父和許由，唐代的兩個避世隱居的高士。

　　沉飲聊自遣，放歌破愁絕 —— 姑且以飲酒沉醉來消遣解愁，以放聲歌唱來消除鬱悶。愁絕：愁苦到極點。

　　歲暮百草零，疾風高岡裂。
　　天衢陰崢嶸，客子中夜發。
　　霜嚴衣帶斷，指直不能結。
　　凌晨過驪山，御榻在嵽嵲。
　　蚩尤塞寒空，蹴蹋崖谷滑。
　　瑤池氣鬱律，羽林相摩戛。
　　君臣留歡娛，樂動殷膠葛。
　　賜浴皆長纓，與宴非短褐。
　　彤庭所分帛，本自寒女出。
　　鞭撻其夫家，聚斂貢城闕。

聖人筐篚恩，實欲邦國活。
臣如忽至理，君豈棄此物？
多士盈朝廷，仁者宜戰慄。
況聞內金盤，盡在衛霍室。
中堂舞神仙，煙霧蒙玉質。
煖客貂鼠裘，悲管逐清瑟。
勸客駝蹄羹，霜橙壓香橘。
朱門酒肉臭，路有凍死骨。
榮枯咫尺異，惆悵難再述。

新解

歲暮百草零，疾風高岡裂——歲末寒冬，百草凋零，強勁的風颳得高岡崩裂。

天衢陰崢嶸，客子中夜發——衢：四通八達的路。天衢：天街。這裡喻長安城的空曠。客子：出門在外的人。中夜：半夜。這兩句是說詩人在半夜從長安動身。

霜嚴衣帶斷，指直不能結——天寒霜冷衣帶都斷了，指頭凍僵無法繫好。

凌晨過驪山，御榻在嵽嵲——驪山：在今陝西臨潼，距長安六十里，山腳建有華清宮，唐玄宗和楊貴妃常在這裡洗溫泉避寒。御榻：皇帝的臥床，代指行宮。嵽嵲（ㄉㄧㄝˊ ㄋㄧㄝˋ）：形容山高。

蚩尤塞寒空，蹴踏崖谷滑——蚩尤：古代傳說中的一個部落酋長，曾和黃帝作戰，據說能作法造出大霧。一說蚩尤墳墓裡飄出赤氣時，便預示著會有戰爭。作者暗示安祿山叛亂即將發生。蹴踏：踐踏。形容山裡霧氣瀰漫，崖陡路滑腳下需要小心。

◎第二階段　長安逐夢的日子（746～755）

　　瑤池氣鬱律，羽林相摩戛 ── 瑤池：神話傳說中西王母宴飲之處。這裡借指驪山華清池。氣鬱律：溫泉水蒸騰瀰漫的樣子。羽林，即羽林軍，皇帝的衛隊。摩戛：摩擦碰撞。這裡形容羽林軍人數眾多。

　　君臣留歡娛，樂動殷膠葛 ── 皇帝和大臣們都在娛樂，樂聲震天。殷：盛。膠葛：空曠深遠。

　　賜浴皆長纓，與宴非短褐 ── 長纓：長帽帶。這裡以貴族服飾借指來洗浴者都是權貴，入宴的沒有平民百姓。短褐：粗布短衣，借指百姓。

　　彤庭所分帛，本自寒女出 ── 彤庭：有紅色柱子的殿堂，指朝廷。帛：絲織品。朝廷分賞給臣子們的絹帛，本來都是貧寒婦女所織的。

　　鞭撻其夫家，聚斂貢城闕 ── 是官吏們鞭撻她們的夫家，搜刮聚集來呈獻給京城。城闕：京城。

　　聖人筐篚恩，實欲邦國活 ── 聖人：唐代將皇帝稱為聖人，這裡指唐玄宗。筐篚（ㄈㄟˇ）：竹製的容器，方形稱為筐，圓形稱為篚。筐篚恩：是說唐玄宗將絹帛放在竹筐裡賞賜的恩情，是為了讓國家昌盛。邦國活：國家得到治理。

　　臣如忽至理，君豈棄此物 ── 忽至理：忽視盡忠報國的重要道理。這句說大臣如果忽視了皇上的苦心，君王豈不是白白丟棄東西了？

　　多士盈朝廷，仁者宜戰慄 ── 這麼多朝廷大臣，如果有良心的仁者，看到他們只要賞賜而不為國分憂，那該有多可怕。

　　況聞內金盤，盡在衛霍室 ── 內金盤：宮內所用金盤。此處泛指皇家的金銀寶器。是說皇宮所藏貴重器皿，都送到外戚權貴衛、霍的家了。衛霍：衛青、霍去病，西漢著名的兩位皇室外戚。衛青是漢武帝衛皇后之弟，霍去病是衛青的外甥。此處暗指楊貴妃的親屬。

　　中堂舞神仙，煙霧蒙玉質 ── 大廳中有美麗的樂伎翩翩起舞，煙霧般的輕紗舞衣罩著她們的玉體。玉質：指美人潔白的肌膚。

煖客貂鼠裘，悲管逐清瑟 —— 煖（ㄋㄨㄢˇ）：溫暖。賓客們穿著珍貴的貂鼠毛皮衣服，聽著清雅動人的音樂。悲管逐清瑟：指管絃奏出的音樂時而悲壯、時而清雅。

勸客駝蹄羹，霜橙壓香橘 —— 駝蹄羹：用駱駝的蹄做成的羹湯。霜橙和香橘擠壓在一起，言待客的菜餚之名貴豐盛。

朱門酒肉臭，路有凍死骨 —— 朱門：古代王侯多將門塗成硃紅色，因而朱門就成為富貴豪門的代名詞。富貴人家的酒肉多得發臭，路邊卻有凍死的骸骨。

榮枯咫尺異，惆悵難再述 —— 咫尺異：相隔很近卻有天地之別。周代以八寸為咫，約為今天的六寸二分二厘。榮華和貧困只是咫尺相隔便有這麼大的差異，真讓人滿腹惆悵難以訴說。

北轅就涇渭，官渡又改轍。
群冰從西下，極目高崒兀。
疑是崆峒來，恐觸天柱折。
河梁幸未坼，枝撐聲窸窣。
行旅相攀援，川廣不可越。
老妻寄異縣，十口隔風雪。
誰能久不顧？庶往共飢渴。
入門聞嚎咷，幼子餓已卒。
吾寧舍一哀？里巷亦嗚咽。
所愧為人父，無食致夭折。
豈知秋禾登，貧窶有倉卒。
生常免租稅，名不隸征伐。
撫跡猶酸辛，平人固騷屑。

◎第二階段　長安逐夢的日子（746～755）

　　默思失業徒，因念遠戍卒。

　　憂端齊終南，澒洞不可掇。

新解

　　北轅就涇渭，官渡又改轍 —— 北轅：駕車向北。就：靠近。涇渭：指涇水和渭水。二水匯合於陝西臨潼。官渡：官家設的渡口。杜甫此行由長安向東，經昭應（今陝西臨潼）準備北渡涇渭往奉先而去。因水勢變化，渡口也常移位置。

　　群冰從西下，極目高崒兀 —— 層層冰塊從西漂流而下，放眼望去，高聳的冰凌很險峻。崒兀（ㄗㄨˊ ㄨˋ）：險峻突起之狀。

　　疑是崆峒來，恐觸天柱折 —— 讓人懷疑是崆峒山順水漂來，真擔心它會撞折了天柱。崆峒：山名，在今甘肅平涼西郊。天柱：古代神話傳說中，天是由五根柱子支撐著。

　　河梁幸未坼，枝撐聲窸窣 —— 坼（ㄔㄜˋ）：裂開，這裡指被冰塊撞斷。河上的橋梁幸好未裂，但已聽到橋下的支柱在窸窣作響。

　　行旅相攀援，川廣不可越 —— 旅行中人們相互扶著走在上面，真擔心這麼寬的河會過不去。

　　老妻寄異縣，十口隔風雪 —— 異縣：外縣，此處指老妻寄居的奉先。風雪隔開了一家十口人。

　　誰能久不顧？庶往共飢渴 —— 誰會長久地不掛念他們？我希望去和他們同受飢渴。庶往：希望前往。

　　入門聞號咷，幼子餓已卒 —— 號咷：放聲大哭。卒：死。

　　吾寧舍一哀？里巷亦嗚咽 —— 寧：縱然能。舍一哀：忍住失子的悲痛。里巷：鄰居。即便我能強忍悲痛，鄰居也為之哭泣。

　　所愧為人父，無食致夭折 —— 慚愧自己這個當父親的，竟讓孩子因

沒有飯吃而夭折。

豈知秋禾登，貧窶有倉卒 —— 貧窶（ㄐㄩˋ）：貧窮。倉卒：本意指匆忙，這裡是指突然發生的變故。哪裡知道秋收剛過，貧苦人家就出這樣的意外。

生常免租稅，名不隸征伐 —— 我們這樣的家庭可以免交租稅，也不用去當兵。杜甫出身士大夫家庭，享有免租稅的特權。

撫跡猶酸辛，平人固騷屑 —— 撫跡：追思往事，此處指幼子餓死事。平人：平民百姓。因當時避唐太宗李世民的「民」字之諱，故將平民稱為平人。騷屑：騷動、不寧之狀。這句是說像我們這樣有一定身分的人家日子還這樣辛酸，平民百姓的日子就更無法安寧了。

默思失業徒，因念遠戍卒 —— 默想那些失業的人，還有那些遠離家鄉守邊的士兵。

憂端齊終南，澒洞不可掇 —— 我的一腔憂憤可以和終南山比高，如海水一樣洶湧無法停止。澒（ㄏㄨㄥˋ）洞：水面浩瀚無際的樣子。掇：收拾，終止。

全詩可分為三段。第一段從開頭到「放歌破愁絕」，是詩人的自述，是詩人緬懷往事百感交集時，內心深處的痛苦獨白。第二段從「歲暮百草零」到「惆悵難再述」，寫詩人途經驪山時，眼前是百草凋零、寒風呼嘯，百姓啼飢號寒的情景；而玄宗、貴妃卻在華清宮裡洗溫泉，尋歡作樂，就連羽林軍的兵器相撞的細微聲響，都能隔牆聽到。咫尺天涯的巨大反差，令詩人浮想聯翩、感慨萬千。詩人預感到亂世將臨，憂愁更甚。從「北轅就涇渭」開始的第三段，詩人又重新回到追述途中的倉皇情狀中。寫過河時那種如臨深淵、如履薄冰的驚悸之感，回家後喪失幼子的悲痛，由己及人，更想到民生社稷之安危，詩人悲情難抑，顯示出詩人關注現實、心繫百姓的人道主義情懷。

◎第二階段　長安逐夢的日子（746～755）

新評

　　此詩字字酸楚，句句悲痛，是杜甫詩中非常有代表性的篇目。全詩以「憂黎元」為核心，以途中的所見所感為線索，以言志抒懷為主體，尖銳抨擊了統治階級的奢侈腐敗，表達出詩人對國家前途的深深憂慮，和對人民疾苦的真切關懷。

　　在唐代的五言古詩中，這首詩篇幅之宏大、內容之廣闊、形式之嚴謹、氣勢之磅礡，都稱得上是具有開創性的不朽篇章。全詩情感濃郁、衝擊力強；語言上淋漓揮灑，自然暢達，最能展現出杜詩「沉鬱頓挫」的藝術風格，可視為詩人旅居京華十年的一個全面總結，代表了他這個時期在思想和藝術上達到的最高成就。

〈後出塞〉五首（選一）

題解

　　〈後出塞〉共五首，寫於安史之亂前的天寶十四載（755）冬。這裡選的是第二首，描寫軍營的威嚴肅殺景象。

　　　朝進東門營，暮上河陽橋。
　　　落日照大旗，馬鳴風蕭蕭。
　　　平沙列萬幕，部伍各見招。
　　　中天懸明月，令嚴夜寂寥。
　　　悲笳數聲動，壯士慘不驕。
　　　借問大將誰，恐是霍嫖姚。

新解

　　朝進東門營，暮上河陽橋——東門營：設在洛陽城東門的軍營。河陽橋：黃河上的一座浮橋，以船為腳。在河南孟津，為晉代杜預所建。

唐代時是洛陽通往河北的要道。

　　落日照大旗，馬鳴風蕭蕭 —— 大旗：指大將所用的旗幟。《通典》記載：「陳將門旗，各任所色，不得以紅，恐亂大將。」此為杜詩中的名句，景色雄渾而悲壯，是詩中人物眼中之景，與主角的情緒和整首詩的情調相吻合。既是觸景生情，又是景隨情變。

　　平沙列萬幕，部伍各見招 —— 在廣闊的平原上，排列著許多軍帳。各部的士兵分別被召集到所住的營中。

　　中天懸明月，令嚴夜寂寥 —— 當空懸掛著一輪明月，軍令森嚴更顯得夜格外寂寥。

　　悲笳數聲動，壯士慘不驕 —— 笳：軍隊中發號施令用的管樂器。悲涼的笳聲響過幾聲之後，戰士們心中滿是敬畏和淒涼，驕氣全消。

　　借問大將誰，恐是霍嫖姚 —— 霍嫖姚：是指漢武帝時的名將霍去病，他曾任嫖姚校尉。

新評

　　這首詩寫軍營的威嚴和氣勢，畫面感很強，有聲有色，有動有靜。如寫聲音的有：風聲、馬嘶、笳鳴等；寫色彩的有：落日、大旗、明月。軍令森嚴，悲涼的胡笳聲更襯托出戰士們既敬畏、又淒涼的複雜心境，是描寫軍營行伍少見的力作。作者善於透過抒情主角的眼睛去攝取景物，景物反過來又襯托出人物的精神狀態和心理變化，有很高的藝術成就。

◎第二階段　長安逐夢的日子（746～755）

◎第三階段
左拾遺與流亡歲月（756～759）

（一）從奉先到鳳翔：漂泊的起點（756年正月～758年六月）

〈月夜〉

題解

　　此詩為杜甫被俘送到長安後寫的、現存最早的名篇，當作於至德元年（756）八月。唐肅宗在靈武（今寧夏境內）即位，杜甫在羌村聽到這個消息，便隻身前往投奔，不料途中被安史叛軍所俘，押回長安。正值中秋佳節，杜甫身在淪陷之地，望月思親，心情倍加愁苦，於是寫下了這首著名的五律。

　　今夜鄜州月，閨中只獨看。
　　遙憐小兒女，未解憶長安。
　　香霧雲鬟溼，清輝玉臂寒。
　　何時倚虛幌，雙照淚痕乾？

新解

　　今夜鄜州月，閨中只獨看——鄜州：在今陝西富縣。杜甫的家屬當時寄居在鄜州西北三十里的羌村，這裡以鄜州代稱之。閨中：指自己的妻子。詩人在夜晚望著皎潔的月亮，恍惚中彷彿看見妻子此時也在面對

◎第三階段　左拾遺與流亡歲月（756～759）

著這輪圓月。一個「獨」字，更襯托出妻子看月時的孤獨感。

遙憐小兒女，未解憶長安 —— 長安：以自己被拘禁之地名代稱自己。想起遙遠的家中那可愛的小兒女們，還不懂得什麼叫思念，更映襯出妻子的孤單。

香霧雲鬟溼，清輝玉臂寒 —— 詩人設想妻子在月下一定站得很久，她那梳成環形的頭髮，也被秋夜的霧露沾「溼」了，潔白如玉的手臂，也被清冷的月光映「寒」了。

何時倚虛幌，雙照淚痕乾 —— 虛幌：細而薄的床帳。何時夫婦二人才能共倚薄幔，共訴離情，讓月光照乾臉上的淚痕呢？

新評

露水，月光，烏雲似的頭髮，如玉的臂膀，滿是淚痕的臉龐，詩人為我們描繪出的是一幅何等感人的畫面！望月思親，自古皆然。然而詩人不寫自己望月懷妻，卻反過來設想妻子望月懷念自己。又以幼小的兒女「未解」母親「憶長安」之意，反襯出妻子形單影隻的孤獨和悽苦，進而又想像聚首相倚、雙雙團圓的畫面。此詩藝術手法非常有特色，和李商隱的「何當共剪西窗燭，卻話巴山夜雨時」有異曲同工之妙。

〈月夜〉構思新穎，筆法婉曲。它先作反敘，再行旁襯，充滿想像，首尾照應，藝術上達到了爐火純青的境界。被前人奉為五律之聖。詞旨婉切，語麗情悲。寫離情別緒，感人肺腑。反映出離亂時期百姓的痛苦。是杜詩中被廣為傳誦的愛情名篇。

〈哀王孫〉

題解

　　作於至德元年(756)九月。此時杜甫身陷長安。詩中透過描寫未及隨玄宗逃走的王孫的悲慘遭遇，寫出長安當時的血腥和苦難的現實。

> 長安城頭頭白烏，夜飛延秋門上呼。
> 又向人家啄大屋，屋底達官走避胡。
> 金鞭斷折九馬死，骨肉不待同馳驅。
> 腰下寶玦青珊瑚，可憐王孫泣路隅。
> 問之不敢道姓名，但道困苦乞為奴。
> 已經百日竄荊棘，身上無有完肌膚。
> 高帝子孫盡隆準，龍種自與常人殊。
> 豺狼在邑龍在野，王孫善保千金軀。
> 不敢長語臨交衢，且為王孫立斯須。
> 昨夜東風吹血腥，東來橐駝滿舊都。
> 朔方健兒好身手，昔何勇銳今何愚！
> 竊聞天子已傳位，聖德北服南單于。
> 花門剺面請雪恥，慎勿出口他人狙。
> 哀哉王孫慎勿疏，五陵佳氣無時無。

新解

　　長安城頭頭白烏，夜飛延秋門上呼。又向人家啄大屋，屋底達官走避胡——延秋門：長安城西門。天寶十五載六月九日，潼關失守。十二日凌晨，唐玄宗等人從此門出逃向西。長安城頭，佇立著一隻白頭烏鴉，夜暮了，還飛進延秋門哇哇怪叫，又向大官的宅邸啄個不停，屋裡的達官們為避開胡人的侵擾已逃走了。

089

◎第三階段　左拾遺與流亡歲月（756～759）

　　金鞭斷折九馬死，骨肉不待同馳驅。腰下寶玨青珊瑚，可憐王孫泣路隅——玄宗倉皇出奔，折斷金鞭累死九馬，皇親國戚們來不及和他一起逃走。那個腰間佩帶玉塊和珊瑚的少年真可憐啊！他在路旁哭得嗓子嘶啞。

　　問之不敢道姓名，但道困苦乞為奴。已經百日竄荊棘，身上無有完肌膚——問他也不肯說出自己的姓名，只說是因生活困苦情願為人做奴。他已有一百多天逃竄於荊棘叢下，體無完膚，到處是傷痕。

　　高帝子孫盡隆準，龍種自與常人殊。豺狼在邑龍在野，王孫善保千金軀——高帝：漢高祖劉邦。隆準：高鼻梁。凡是高帝的子孫，大都是鼻梁高直，龍種自然和一般人不同。豺狼在城中稱帝，龍種卻流落荒野，王孫啊！你一定要珍重自己的千金之體。

　　不敢長語臨交衢，且為王孫立斯須。昨夜東風吹血腥，東來橐駝滿舊都——交衢：四通八達的交叉路口。東來：指從洛陽而來，安祿山稱帝時定都在洛陽。在十字路口，我不敢與你長時交談，只能站立片刻交代你幾句話。昨天夜裡，東風吹來陣陣血腥味，長安東邊來了很多駱駝和車馬。

　　朔方健兒好身手，昔何勇銳今何愚！竊聞天子已傳位，聖德北服南單于——「朔方健兒」是說當時哥舒翰率河隴朔方兵及番兵20萬人在潼關大敗之事。「天子已傳位」：據史書載，七月十三日，李亨即位於靈武。一個月後，玄宗傳位給李亨。北方軍隊一貫是交戰的好身手，往日勇猛，如今何以就被打得落花流水？我私下聽說皇上已把皇位傳給了太子，肅宗的聖德已使南單于欽服了。

　　花門剺面請雪恥，慎勿出口他人狙。哀哉王孫慎勿疏，五陵佳氣無時無——花門：回紇。剺（ㄌㄧˊ）：用刀劃。五陵：漢代的五個陵墓，指長陵、安陵、陽陵、茂陵、平陵，位於長安城北面，唐時為貴族的居

住地。這幾句的意思是，回紇人割面請求雪恥上前線，你要守口如瓶，以防暗探緝拿。可憐的王孫啊！你可千萬不要疏忽大意，須知五陵的佳氣永遠不滅，大唐中興已為時不遠了！

新評

　　唐玄宗天寶十五載（756）六月九日，潼關失守，十三日玄宗倉皇逃奔蜀地，僅攜貴妃姐妹幾人，其餘妃嬪、皇孫、公主皆來不及逃走。七月，安祿山的部將孫孝哲攻陷長安城，先後殺戮霍長公主等百餘人。這首詩中所提到的王孫，可能是大難中的倖存者。

　　詩歌先追憶了安史之亂發生前的種種徵兆；接著寫達官們匆促出奔的狼狽，公子王孫流落民間的痛苦；最後叮嚀王孫自珍，請他審時度勢，等待河山的光復。從字面上看，杜甫寫的是達官們的倉皇避胡，實際上是寫唐玄宗出逃。因為「金鞭」、「九馬」，都是天子所御。也許明言皇帝會惹禍，杜甫這是在繞圈子抨擊皇帝吧！全詩寫景寫情，皆由親自耳聞目睹得來，因而更覺情真意切，樸實感人。在敘事手法上，乾淨俐落，寥寥數筆，格外傳神，當時情景，如在眼前。

　　對於此詩，古人從封建主義的觀念出發，讚賞的是詩中所表露的「忠臣之盛心」，因而評價甚高；而今人又往往以反封建為由，有許多選本不選此詩，其實這兩種態度都有偏頗。我們跳出過去以階級觀點劃分的陳腐框架來看，杜甫對王孫的愛，也是以對人的仁愛為出發點的，這是一種深廣博大的人類之愛。杜甫雖然不敢在詩中明譴皇帝，但內中已深含了諷刺意味，這對一個封建意識較濃的士大夫來說已屬不易，我們又怎能簡單地貶斥其有「封建的忠君思想」呢？詩人身在難中而心懷天下，其愛國熱忱可敬可佩。在藝術上，這首詩嫻熟地運用了古樂府手法，全景是寫意式的，用大筆塗抹；而細節是工筆畫，精心描畫點綴；生動地再現了劫後長安之慘狀，是唐詩中的力作。

◎第三階段　左拾遺與流亡歲月（756～759）

〈悲陳陶〉

題解

　　唐肅宗至德元年（756）冬作。陳陶，地名，即陳陶斜，又名陳陶澤，在長安西北。唐軍跟安史叛軍在這裡作戰，唐軍四、五萬人幾乎全軍覆沒。景象慘烈。杜甫在長安聽到這個消息，又見到那些獲勝回城、氣焰囂張的叛軍在狂歌縱飲，十分哀傷憤怒，於是寫下了這首詩。

　　孟冬十郡良家子，血作陳陶澤中水。
　　野曠天清無戰聲，四萬義軍同日死。
　　群胡歸來血洗箭，仍唱胡歌飲都市。
　　都人回面向北啼，日夜更望官軍至。

新解

　　孟冬十郡良家子，血作陳陶澤中水――孟冬指農曆十月。來自陝西十郡的良家子弟，血流成河，染紅了陳陶澤。

　　野曠天清無戰聲，四萬義軍同日死――同日：指至德元年十月二十一日，宰相房琯親自率兵收復兩京，遇敵於陳陶斜。在監軍宦官邢延恩的催促下，草率出戰，又因不切實際地妄效古代的車戰法，以牛車兩千乘，夾雜步兵、騎兵一起進攻，結果遭遇火攻，人畜大亂，官軍死傷四萬多人，倖存者僅數千。「野曠天清」，悄無聲息，是寫詩人的主觀感受：戰爭結束了，原野空曠，天地肅穆，好像一起在為四萬義軍沉痛哀悼，有一種「天地同悲」的壓抑氣氛。

　　群胡歸來血洗箭，仍唱胡歌飲都市――叛軍歸來，兵器上像是用鮮血洗過，他們唱著胡人的歌，在長安市上狂飲作樂。上句「血洗箭」寫出戰爭的慘烈，下句活畫出叛軍的得志驕橫之態。

都人回面向北啼，日夜更望官軍至——長安都市的百姓們都轉過臉去面向肅宗所在的北邊彭原方向啼哭，日夜盼望著官軍能早日回來收復國都。這一「哭」一「望」，且中間一「更」字，充分寫出百姓心底那種「不屈服」的悲壯之美，在悲哀中給人們力量。

新評

　　這是血淋淋的真實的歷史紀錄，是詩人內心劇痛的傾吐。對這場遭到慘重失敗的戰役，杜甫沒有正面去描述唐軍屍橫郊野的慘狀，起首第一句就用了「十郡良家子」點明犧牲者的籍貫和身分，讓人們覺得這麼多良家子弟無辜地白白送死，更加痛心疾首。陳陶之戰傷亡是慘重的，但杜甫從戰士的犧牲中，從宇宙的肅穆氣氛中，從人民流淚的悼念中，看到了復仇的希望和信心，正義的戰爭必勝，所以他在詩的結尾寫出了人心向背，這是黑暗中的曙光，也是杜甫內心鬥志不滅的表露，在創作思想上有很高的境界。

〈悲青坂〉

題解

　　此詩寫作時間比〈悲陳陶〉稍後。房琯所率之軍首戰失利後，於十月二十三日又與叛軍交戰於青坂，再次失敗。本詩寫詩人聞訊後的焦慮與哀痛。青坂：地址不詳，當離陳陶斜不遠。

　　我軍青坂在東門，天寒飲馬太白窟。
　　黃頭奚兒日向西，數騎彎弓敢馳突。
　　山雪河冰野蕭瑟，青是烽煙白人骨。
　　焉得附書與我軍，忍待明年莫倉卒。

◎第三階段　左拾遺與流亡歲月（756～759）

新解

　　我軍青坂在東門，天寒飲馬太白窟——太白：山名，在陝西武功。房琯兵分三路，中軍從武功進兵。這裡是泛指山地，說我軍駐紮在青坂的東門，天寒地凍在荒山中飲馬。

　　黃頭奚兒日向西，數騎彎弓敢馳突——黃頭：是契丹別種室韋的一個部落。奚與室韋並非同一族（詳見《新唐書‧北狄傳》）。《安祿山事蹟》載：「祿山反，發同羅、奚、契丹、室韋、曳落河之眾，號父子軍。」本句中的黃頭奚兒只是泛指胡人，描寫叛軍的悍勇和驕橫，只有幾匹馬也敢彎弓馳突。

　　山雪河冰野蕭瑟，青是烽煙白人骨——這句是詩人想像中的陰慘景象：冰雪覆蓋、大野蕭瑟，青色的是烽煙，白色的是人骨。

　　焉得附書與我軍，忍待明年莫倉卒——如何才能捎信給我軍？請你們忍痛待明年再戰，莫要這麼倉促應戰。卒：同猝。詩人關心軍國大事，提出正確建議，可見其遠見卓識。

新評

　　〈悲青坂〉畫出慘烈的戰爭場面。首聯交代戰場的形勢，突出唐軍處境的艱難；頷聯以叛軍的驕橫，襯托出唐軍的潰敗；頸聯雖是想像中的唐軍敗後的慘景，卻有強烈的真實感，讀來令人怵目驚心；尾聯總結失敗的原因，提出正確的建議，富有見解，代表了眾多百姓的心聲。

〈對雪〉

題解

　　此詩寫於至德元年（756）冬，時杜甫身禁長安。詩中寫戰亂之憂。

　　戰哭多新鬼，愁吟獨老翁。

亂雲低薄暮，急雪舞迴風。

瓢棄樽無綠，爐存火似紅。

數州消息斷，愁坐正書空。

新解

　　戰哭多新鬼，愁吟獨老翁 —— 哭泣的大多是最近在戰爭中死去的冤鬼，愁苦地吟詩的只有我這孤苦的老頭。無限傷感和淒涼盡在這一「多」一「獨」中。

　　亂雲低薄暮，急雪舞迴風 —— 詩人仰首窗外，又是個令人壓抑的鬼天氣：亂雲低垂，風急雪舞，天色昏暗。

　　瓢棄樽無綠，爐存火似紅 —— 綠：指綠色酒漿。酒沒了，舀酒的瓢自然棄之不用了。天冷難耐，想要靠近火爐。此句最妙是詩人的想像：爐中無火，卻幻想它有火且紅通通的。詩人只能靠想像中的火，去尋找心理上的溫暖和慰藉。窮愁苦恨的生活可想而知。這獨特的意象，若沒有真切的生命體驗，是寫不出的。

　　數州消息斷，愁坐正書空 —— 各州的消息都斷了，只能愁坐，在空中寫字。書空：典出《世說新語》，晉人殷浩因治軍無力被解職，終日以手在空中畫「咄咄怪事」四個字。後人常以「書空」表示憤懣不解。尾聯是對開頭的呼應，說作者急切地關心前方的戰事。「書空」的典故，表示作者對眼前事的不解和氣憤：國家為何成了這個樣子？

新評

　　詩人見官軍新敗而賊勢正盛，內心愁苦。他對雪獨坐，身心俱寒。幻覺中，那爐中似有紅紅的火在燃，詩人只能藉此度過眼前的嚴寒。這種悲涼的想像之景，與安徒生 (Hans Christian Andersen) 童話〈賣火柴的小女孩〉中的情景有異曲同工之妙。戰亂頻仍、山河破碎、民不聊生之愁，躍然紙上。

◎第三階段　左拾遺與流亡歲月（756～759）

〈春望〉

題解

唐玄宗天寶十五載（756）七月，安史叛軍攻陷長安，肅宗在靈武即位，改元至德。杜甫在投奔靈武途中，被叛軍俘至長安，次年（至德二載）春寫作此詩。目睹淪陷後的長安之蕭條零落，雖然春天又至，但詩人思家念國，愁腸百結，無限情感湧上筆端，於是寫下了這首千古名篇。

國破山河在，城春草木深。
感時花濺淚，恨別鳥驚心。
烽火連三月，家書抵萬金。
白頭搔更短，渾欲不勝簪。

新解

國破山河在，城春草木深 —— 長安淪陷，國家破碎，只有山河依舊。春天來了，城空人稀，草木茂密而幽深。

感時花濺淚，恨別鳥驚心 —— 感傷國事，面對繁花，總覺得花上的露水也像是悲傷的淚珠。由於親人離散，因「恨別」而痛苦，所以覺得鳥叫聲也彷彿有許多傷心事，聽了讓人落淚驚心。

烽火連三月，家書抵萬金 —— 立春以來戰火頻仍，已經蔓延數月（這年春天，李光弼與史思明等大戰於太原，郭子儀與崔乾祐等大戰於河東，烽火不斷）。家在遠方音訊難得，一封家信抵得上萬兩黃金。

白頭搔更短，渾欲不勝簪 —— 愁長的思緒使稀疏的白髮越搔越短，簡直無法插簪了。

新評

　　詩題〈春望〉，就是望春。全詩以「望」字貫穿始終。詩的首聯，飽含嘆惋：自然界本是大地回春的季節，然而長安淪陷、國家破碎，人心無法感受到春意。「國破」的殘垣斷壁與「城春」的草木瘋長，形成鮮明對比。宋朝司馬光十分欣賞這一聯：「古人為詩，貴於意在言外，使人思而得之……近世詩人唯杜子美最得詩人之體。如，此言『山河在』，明無餘物矣；『草木深』，明無人矣。」（見《溫公續詩話》）頷聯由遠望收到眼前，將全景推向特寫。究竟是誰在「濺淚」？誰在「驚心」？是花、鳥，還是詩人自己？歷來的詩評家總在爭論。一種認為是詩人自己對花濺淚，聞鳥而驚心。另一種解釋則說「花」和「鳥」是主語，是花因「感時」在濺淚，鳥為「恨別」而驚心。這在詩中其實是用了「移情法」。花、鳥本是自然物，由於詩人的特殊心境和感受，使花、鳥也通人性。這樣寫，比直抒胸臆效果更濃烈。就如同跟我們說：「天地含愁，草木同悲」，其實就是人的感情轉移到大自然上。詩人眷念親人離散，傷悼國家殘破，「感時」與「恨別」交織成滿腔愁緒。因而才看到花在「濺淚」，聽到鳥在「驚心」。頸聯從遠望、近望轉向為低頭沉思，直抒胸臆。「烽火連三月」指戰禍延續很久，詩人身陷長安，妻兒、弟妹生死不明，因而發出了「家書抵萬金」的慨嘆。尾聯寥寥十字，使一位愁緒滿懷的白髮老人的形象兀立眼前。儘管詩人這時才四十五歲，但因終日愁情熬煎，頭髮越來越稀疏，竟連簪子也插不住了。詩人用「搔」這一個下意識的動作，將滿腔愁情變成一個可見可感的生動形象，使人產生共鳴。

　　本詩格律屬五言仄起式，中間兩聯對仗工整。起句「國破」的「國」屬古入聲字。入聲「短促急收」，適於表現激憤和愁緒。深沉的憂患意識，更使全詩有一種敲擊人心的力量。

◎第三階段　左拾遺與流亡歲月（756～759）

〈哀江頭〉

題解

　　此詩作於至德二載（757）春。當時杜甫仍被禁在安史叛軍占據下的長安城內，但尚有行動自由。「江頭」，是指唐代長安的遊覽勝地曲江之濱。秦時稱為宜春苑，漢時稱樂遊苑。作者於春日行於曲江池邊，觸物傷懷，為王室的衰落，唱出了一首淒涼的輓歌。

　　少陵野老吞聲哭，春日潛行曲江曲。
　　江頭宮殿鎖千門，細柳新蒲為誰綠？
　　憶昔霓旌下南苑，苑中萬物生顏色。
　　昭陽殿裡第一人，同輦隨君侍君側。
　　輦前才人帶弓箭，白馬嚼齧黃金勒。
　　翻身向天仰射雲，一箭正墜雙飛翼。
　　明眸皓齒今何在，血汙遊魂歸不得。
　　清渭東流劍閣深，去住彼此無消息。
　　人生有情淚沾臆，江水江花豈終極？
　　黃昏胡騎塵滿城，欲往城南望城北。

新解

　　少陵野老吞聲哭，春日潛行曲江曲——少陵野老：是詩人的自稱。少陵是漢宣帝許皇后的陵墓，在今西安市東南。因杜甫曾在這一帶住過，因而自稱「少陵野老」。潛行：因在禁中，所以不敢公然大搖大擺地出行。曲江曲：指曲江深處。

　　江頭宮殿鎖千門，細柳新蒲為誰綠——江頭的宜春苑、芙蓉苑、杏苑都緊鎖著門，冷冷清清，輕柔的柳絲、嬌嫩的新蒲又是為誰而綠？

　　憶昔霓旌下南苑，苑中萬物生顏色——霓旌：畫著雲彩的旌旗。這

098

裡指天子出行的儀仗。南苑：指芙蓉苑，因它在皇宮大明宮的東南而得名。想當年天子的儀仗來到了芙蓉苑，苑中的花樹和萬物似乎都煥發出異樣的光彩。

昭陽殿裡第一人，同輦隨君侍君側——昭陽殿：漢成帝的皇后趙飛燕居住的宮殿，這裡借指唐玄宗的後宮。第一人：指最受皇上寵愛的楊貴妃，她總是與皇上同車出入，陪伴左右，如影隨形。

輦前才人帶弓箭，白馬嚼齧黃金勒——才人：宮中的女官人。黃金勒：黃金做的馬嚼子。御車前的女官人帶著弓箭，白馬嘴裡銜著的嚼子都是用黃金做成的。

翻身向天仰射雲，一箭正墜雙飛翼——才人轉身仰面向天，對著雲空射出一箭，立時有一雙大雁墜落下來。

明眸皓齒今何在，血汙遊魂歸不得——明眸皓齒：明亮的眸子、潔白的牙齒，形容美貌，此處代指楊貴妃。血汙遊魂歸不得：指唐明皇向西蜀逃跑至馬嵬坡時發生兵變，被迫將楊貴妃賜死一事。

清渭東流劍閣深，去住彼此無消息——清渭東流：清清的渭水河滾滾東流，這裡暗指楊貴妃被埋的地方，即渭水河邊的馬嵬坡，在今陝西興平境內。劍閣：指劍門關，是當時由關中入蜀的必經之地，在今四川劍閣縣境。渭水東流，流過了貴妃的墓地，劍閣崢嶸，皇上西行已越走越遠，走的走了，埋的埋了，君王和妃子彼此之間再也無法互傳音訊。

人生有情淚沾臆，江水江花豈終極——人生有情啊！生離死別有誰能不淚落滿襟？江水長流、花草年年變綠，豈有盡頭？

黃昏胡騎塵滿城，欲往城南望城北——黃昏時胡人的騎兵又踏出滿天塵埃，我想往南回家去，卻不由得回頭向北張望！這首詩的原注有「甫家居城南」句，因而「欲往城南」即是回家。「望城北」也有版本作「忘南北」，可解釋為杜甫內心痛苦、呈精神迷亂之態。

◎第三階段　左拾遺與流亡歲月（756～759）

新評

　　詩人回憶唐玄宗、楊貴妃當年在這裡遊樂時的富貴尊榮，對比眼前曲江的蕭條冷清，痛感物是人非。詩中似有哀悼貴妃之死意，無奈卻不敢直言，故借當年行幸江頭為題來說事。詩的開首，先寫作者潛行曲江，昔日的繁華與今天的蕭條零落，形成了鮮明的對比。進而又追憶貴妃生前遊幸曲江的盛事。然後轉入敘述貴妃已死，玄宗去蜀，描繪了生離死別的悲慘。全詩以「哀」字為核心統領全篇。開篇第一句「吞聲哭」，就創造出強烈的哀傷氛圍，接著寫春日潛行是哀，睹物傷懷還是哀，最後，哀傷到了不辨南北的地步。可視為李唐盛世的一曲輓歌，詩的結構跌宕，紆曲有致。以「哀」起寫，事事是哀。哀極生樂，寫李、楊極度驕奢的生活，又樂極生悲，寫人死國亡，把哀慟推向高潮，讀之令人肝腸俱焚。

〈喜達行在所〉三首

題解

　　這組詩當作於至德二載（757）四月。詩中寫了杜甫冒著生命危險從長安逃出後，抵達肅宗所在地鳳翔後的喜悅心情。行在所：朝廷的臨時駐地。

其一

西憶岐陽信，無人遂卻回。
眼穿當落日，心死著寒灰。
霧樹行相引，連峰望忽開。
所親驚老瘦，辛苦賊中來。

新解

　　西憶岐陽信，無人遂卻回 —— 岐陽：鳳翔是古岐地，在岐山南，山南為陽，故稱岐陽。又因鳳翔在長安西，故云西憶。這句是說總是盼望鳳翔有消息傳來，卻無人來報，於是下決心逃過去。

　　眼穿當落日，心死著寒灰 —— 向西逃跑的路上，當然是面對著落日的。望眼欲穿，說明心情之急迫；心如死灰，說明處境之危險。

　　霧樹行相引，連峰望忽開 —— 在霧中憑著驛道旁種的樹木指引方向，望著連綿的山峰，正愁無路可走，忽然兩峰開處有路顯現出來，詩人不覺鬆了一口氣。只有身臨其境之人，才會有如此真切的感受。

　　所親驚老瘦，辛苦賊中來 —— 這是從親友的角度看自己的形容枯槁、心力交瘁之狀。說親友們看到他又老又瘦的樣子十分驚訝，說你如此辛苦從賊營中逃出來，是多麼不容易啊！

其二

愁思胡笳夕，淒涼漢苑春。
生還今日事，間道暫時人。
司隸章初睹，南陽氣已新。
喜心翻倒極，嗚咽淚沾巾。

新解

　　愁思胡笳夕，淒涼漢苑春 —— 這兩句是詩人回憶當年在長安時，夜聽胡笳聲而憂愁，春遊曲江而心中淒涼。漢苑：指京都曲江、南苑等地。唐人常以漢稱唐。

　　生還今日事，間道暫時人 —— 這二句倒敘。活著回來只是今天的事，昨天在小道隨時都可能成為鬼啊！

　　司隸章初睹，南陽氣已新 —— 司隸：光武帝劉秀曾任司隸校尉。這

◎第三階段　左拾遺與流亡歲月（756～759）

裡是將肅宗和光武帝劉秀相比，說肅宗討伐逆賊，重建起大唐的典章制度，鳳翔城已看出些中興氣象。這就像當年光武帝劉秀將漢王朝從王莽手中恢復一樣。因光武帝是南陽人，故云「南陽氣已新」。這也是以光武比肅宗。

喜心翻倒極，嗚咽淚沾巾——這句是說詩人樂極生悲，喜極而泣，老淚沾巾。翻倒極：到了極點而翻轉過來，形容極其反常。

其三

死去憑誰報，歸來始自憐。

猶瞻太白雪，喜遇武功天。

影靜千官裡，心蘇七校前。

今朝漢社稷，新數中興年。

新解

死去憑誰報，歸來始自憐——這是詩人事後想起來的後怕心理，說如果自己死在逃亡路上，又有誰能報信給家人呢？回來才想起自己可憐自己。

猶瞻太白雪，喜遇武功天——我今天大難不死，還能看到太白山上的雪，看到武功山頂的天空，真是太高興了。太白、武功均為山名，在鳳翔附近。太白山峰頂終年有積雪。《三秦記》：「武功太白，去天三百。」

影靜千官裡，心蘇七校前——我的影子又靜靜地出現在眾多朝班的官員隊伍裡，我的心也復甦在皇上的侍衛面前。七校：漢武帝曾置七校尉。這裡借指肅宗的御前侍衛。「官」指文臣，「校」乃武衛。這兩句流露出詩人經過亂中奔波，終於有了恬適和欣慰的感覺。表達出一種細膩的心理。

今朝漢社稷，新數中興年——從今往後的大唐社稷，將重新數中興的年分啦！寫出詩人對未來的信心。

新評

詩人從長安淪陷區裡逃出來，一路上擔驚受怕，歷盡艱辛，終於到達鳳翔。這首詩就詳細地記述了他死裡逃生的經過和到達後的喜悅心情。其一說陷賊和逃歸的經過。其二敘初抵行在所的激動心情。其三講痛定思痛後的所思所想，以及對大唐中興的盼望。

玄宗倉皇離京後，有不少朝官都不知去向，有的甚至歸降安祿山，接受偽職。像杜甫這樣官職不高，卻能不辭艱險、奔赴行在的確難能可貴，從中可看出其頑強的毅力和忠誠的品格。詩寫得真實、細膩，讀之若身臨其境。

〈述懷〉

題解

此詩當作於至德二載（757）夏，時杜甫在鳳翔供職，詩述一年來的經歷以及對家人的思念。

去年潼關破，妻子隔絕久。
今夏草木長，脫身得西走。
麻鞋見天子，衣袖露兩肘。
朝廷愍生還，親故傷老醜。
涕淚授拾遺，流離主恩厚。
柴門雖得去，未忍即開口。
寄書問三川，不知家在否？
比聞同罹禍，殺戮到雞狗。

◎第三階段　左拾遺與流亡歲月（756～759）

　　山中漏茅屋，誰復依戶牖。
　　摧頹蒼松根，地冷骨未朽。
　　幾人全性命，盡室豈相偶？
　　嶔岑猛虎場，鬱結回我首。
　　自寄一封書，今已十月後。
　　反畏消息來，寸心亦何有。
　　漢運初中興，生平老耽酒。
　　沉思歡會處，恐作窮獨叟。

新解

　　去年潼關破，妻子隔絕久——天寶十五載（756）六月安祿山攻破潼關。七月，唐肅宗在靈武即位，改年號為至德。八月，杜甫在投奔靈武途中被俘，從此與家人隔絕。前後有一年了，故云「隔絕久」。

　　今夏草木長，脫身得西走——至德二載，在草木茂盛的四月，杜甫得以逃出長安，前往肅宗所在地鳳翔。因鳳翔在長安西，故云西走。

　　麻鞋見天子，衣袖露兩肘——寫奔走流離的慘相：衣衫襤褸，兩肘露出破洞，穿著草鞋去見皇帝。

　　朝廷愍生還，親故傷老醜——愍（ㄇ一ㄣˇ）：憐憫。朝廷為我活著回來表示憐憫，親友故人看到我又老又醜的樣子很傷心。

　　涕淚授拾遺，流離主恩厚——至德二載五月十六日，唐肅宗授杜甫左拾遺官職。唐制有左右拾遺各二人，屬門下省。官階雖只是從八品，但因是諫官，能常在皇帝左右，可向皇帝提出不同意見。這句是說自己流著熱淚接受了官職，因處在流離動盪之中，更加感覺主上恩德之厚，所以感激涕零。

　　柴門雖得去，未忍即開口——柴門：以樹枝搭成的門，形容貧寒人

家，此杜甫代指自己在鄜州的窮家。他想回家看看，但剛接受官職，不忍心立即開口。

寄書問三川，不知家在否 —— 三川：縣名，屬鄜州。想寄封信到三川，但不知家屬是否還在那裡。

比聞同罹禍，殺戮到雞狗 —— 比聞：近聞。罹禍：遭難。最近聽說那裡同樣遭了殃，叛軍在那裡殺得雞犬不留。

山中漏茅屋，誰復依戶牖 —— 山中：指鄜州山區。復：還。牖（一ㄡˇ）：窗戶。這兩句是說我那個坐落在山中漏雨的破茅屋裡，不知道還有沒有人活著。

摧頹蒼松根，地冷骨未朽 —— 摧頹：毀廢。這句是形容新死者眾多，埋葬時連松樹根也被掘傷；地氣寒冷，骨頭尚未腐朽。

幾人全性命，盡室豈相偶 —— 這年月有幾個人能保全性命？所有的人家哪能都夫妻兩全？

嶔岑猛虎場，鬱結回我首 —— 嶔岑（ㄑㄧㄣ ㄘㄣˊ）：山高峻貌。猛虎：喻賊寇。這句說山險正是老虎出入的場所，比喻亂世。鬱結：心事重重結成疙瘩。回我首，搖頭嘆氣。

自寄一封書，今已十月後 —— 自從上次寄了一封家書，到今天已是十個月之後了。

反畏消息來，寸心亦何有 —— 這兩句寫矛盾心理，非常深刻，也非常真實。消息不來，還有個希望，可萬一來得是壞消息呢？希望很可能變成絕望，所以反而害怕消息來，害怕這方寸之心會承受不了。有「近鄉情更怯，不敢問來人」的心理。

漢運初中興，生平老耽酒 —— 以漢喻唐。現在大唐已開始中興了，我平生最喜歡喝酒。耽酒：嗜酒。

◎第三階段　左拾遺與流亡歲月（756～759）

沉思歡會處，恐作窮獨叟——我總是想像著一家人歡樂相會的時光，唯恐自己變成一個窮困孤獨的老頭。這句暗含著擔心家人遭到不測，只剩自己這個孤獨老頭的恐懼心理。

新評

　　杜甫逃脫安史叛軍後，驚魂稍定，想到叛軍曾在長安、鄜州一帶大肆燒殺搶掠，家人又多日音訊全無，妻子生死不明，非常想回家看望。但剛剛接受了左拾遺的官職，官雖不大，但近在皇帝身旁，位置重要，正可報效國家，況且皇帝在誥命中還誇獎他說：「爾之才德，朕深知之。」這就更讓杜甫感恩不盡。哪裡還好意思在這時提出探家的要求？這首詩先寫自己「捉襟見肘」、狼狽逃竄的艱辛，次寫思家而不忍開口的矛盾心理，接著寫百姓的現狀之悲慘，最後表達自己微妙而複雜的心理活動。一唱三嘆，很見功力。

〈獨酌成詩〉

題解

　　此詩當作於至德二載（757）八月，時杜甫離開鳳翔前往鄜州省親，為途中旅居時所作。

　　燈花何太喜，酒綠正相親。
　　醉裡從為客，詩成覺有神。
　　兵戈猶在眼，儒術豈謀身？
　　苦被微官縛，低頭愧野人。

新解

　　燈花何太喜，酒綠正相親——燈花：燈心草燃成的餘燼，常結成燈狀物，並爆裂出火星，古人認為燈花是一種喜事的預兆。所以杜甫說燈

花為什麼這樣高興？原來是有了我所喜愛的酒在等我。

醉裡從為客，詩成覺有神——醉了就任憑在外做客吧！詩歌寫成總是覺得若有神助。

兵戈猶在眼，儒術豈謀身——眼前兵戈滿地戰爭不斷，儒家學術豈能成為謀生之道？

苦被微官縛，低頭愧野人——苦於被這微小的官職束縛，使我無法施展抱負拯救百姓於水火，我真是愧對鄉間父老啊！

新評

杜甫回鄉省親途中，看遍地戰亂，心情鬱悶，於是獨酌以消愁。前半首寫初喝酒時，總想將一切心事都放下，一醉解千愁。後半首寫終究是放不下，「舉杯消愁愁更愁」，於是百感交集，隨口吟出此詩，表達了詩人難解的寂寞、孤獨與愁苦。身為一個有良知的知識分子，杜甫總認為自己遭逢亂世更應當有所作為，為國效力。但無奈的現實，使他有一種深深的負疚感，常感到愧對父老。這種強烈的社會責任感非常可貴，發自肺腑，感人至深。

〈羌村〉三首

題解

羌村是當時鄜州（今陝西富縣）境內的一個小山村。此詩作於至德二載（757）。這年五月，杜甫所敬重的朋友房琯被貶，杜甫為其說情，唐肅宗大怒，幸虧宰相張鎬相救，才免其罪。八月，他獲准離開鳳翔，前往鄜州回家探親。〈羌村〉寫的就是此次回家見到親人時悲喜交加的感受。

◎第三階段　左拾遺與流亡歲月（756～759）

其一

崢嶸赤雲西，日腳下平地。
柴門鳥雀噪，歸客千里至。
妻孥怪我在，驚定還拭淚。
世亂遭飄蕩，生還偶然遂。
鄰人滿牆頭，感嘆亦歔欷。
夜闌更秉燭，相對如夢寐。

新解

「崢嶸赤雲西」四句——寫詩人在夕陽西下時分抵達羌村的情景。崢嶸：形容山的高峻。赤雲：夕陽映紅了暮雲。日腳：夕陽通過雲層射到地面的光柱，如太陽的腳。「日腳下平地」一句，既融入口語又頗有擬人化色彩。「柴門鳥雀噪」是典型的鄉村景色，鳥喧譁反襯出村落的蕭索。歸客：詩人自指。暗含「近鄉情更怯」的忐忑不安。

「妻孥怪我在」四句——寫妻子、兒女突然見詩人歸來驚喜疑惑、如在夢中。遂：如願。

「鄰人滿牆頭」四句——寫詩人歸鄉，鄰里趕來探望，但不忍攪擾這一家人幸福又心酸的團聚，於是憑牆相望。歔欷：嘆息悲泣。夜闌：夜深。秉燭：點著蠟燭。夜深了，一家人還沉醉在團聚的興奮中秉燭對坐，恍如夢中。短短數語，呈現出一幅極富人情味且又含蓄的圖畫。

其二

晚歲迫偷生，還家少歡趣。
嬌兒不離膝，畏我復卻去。
憶昔好追涼，故繞池邊樹。
蕭蕭北風勁，撫事煎百慮。

賴知禾黍收，已覺糟床注。

如今足斟酌，且用慰遲暮。

新解

「晚歲迫偷生」四句——寫老年還家後矛盾苦悶的心情。此次奉旨還家，無異於放逐，自覺苟且偷生，缺乏歡趣。連孩子也有所察覺：「嬌兒不離膝，畏我復卻去」，這個細節更表現出詩人的鬱悒寡歡。

「憶昔好追涼」四句——詩人初來羌村時，夏季天熱而思乘涼。現在雖已入秋，但心中煎熬如煮。「蕭蕭北風勁」，更襯托出內心的煩憂悽苦。

「賴知禾黍收」四句——寫秋收已畢，新酒未曾釀出，卻指日可待，似乎可感到它從糟床汩汩流出。「賴知」、「已覺」均是想像。糟床是榨酒的器具。已覺糟床注：彷彿聽到了榨酒的糟床上有酒液流下來的聲音。說酒是因愁，深切表現出詩人矛盾苦悶的心理——他其實是「醉翁之意不在酒」啊！

其三

群雞正亂叫，客至雞鬥爭。

驅雞上樹木，始聞叩柴荊。

父老四五人，問我久遠行。

手中各有攜，傾榼濁復清。

莫辭酒味薄，黍地無人耕。

兵革既未息，兒童盡東征。

請為父老歌，艱難愧深情。

歌罷仰天嘆，四座淚縱橫。

◎第三階段　左拾遺與流亡歲月（756～759）

新解

　　「群雞正亂叫」四句——寫鄰人來訪，庭院裡的雞叫聲淹沒了客人叩柴門的聲音。黃河流域有讓雞棲息在樹上的習俗，「驅雞上樹木」也就是把雞趕回窩的意思。雞上樹後院內靜下來，才聽見叩門聲。此細節頗具村野生活情趣。

　　「父老四五人」四句——四五位父老攜酒而來，酒色清濁不一，各表心意。這艱難歲月中的情意難能可貴，表現出淳厚的民風。榼：古代盛酒的器具。

　　「莫辭酒味薄」四句——以來客不經意的口吻道出時事，由謙稱「酒味薄」，說到生產的破壞，再引出「兵革既未息，兒童盡東征」之世事艱難。

　　「請為父老歌」四句——父老的一席話觸動了詩人內心憂國憂民的情愫，他愧對這一片深情，於是強為歡顏，答謝作歌，「歌罷」又仰天長嘆。雖然未寫歌的內容，但從「四座淚縱橫」的效果，可想像出詩人內心的沉痛，繪出一幅感人的圖景。

新評

　　〈羌村〉三首是杜詩中的名篇。

　　中華古典詩歌一向長於抒情，弱於敘事。然而這首詩卻將「賦」的手法開拓得出神入化，突顯出嚴格的寫實精神。尤其值得稱道的是，詩歌語言的純樸自然、敘事的暢達明快。詩人以接近口語化的樸素詩句，描寫了農村的景物、村鄰的情誼，以及家人相見時的驚喜之態，刻劃精細入微，令人有身臨其境之感。

　　這組詩，每章獨立成篇，又相互連接，構成一個完整的統一體。第一首初見家人，是組詩的總攬，三首中唯有此章是以興開篇。第二首敘

還家後的情景。第三首寫鄰人的來往。最終歸結到憂國憂民、傷時念亂，成為組詩的結穴。這樣的組詩，通常又稱為「連章體」。每章中有一個典型又形象化的生活片段，雖用白描筆法，卻讓人留下深刻印象。「夜闌更秉燭，相對如夢寐」等句，窮極人物情態，被後世詩人詞客屢屢化用。如司空曙「乍見翻疑夢，相悲各問年」；晏幾道「今宵剩把銀照，猶恐相逢是夢中」；陳師道「了知不是夢，忽忽心未穩」等。恰如前人評讚：「一字一句，鏤出肺腸，才人莫知措手；而婉轉周至，躍然目前，又若尋常人所欲道者。」（見《杜詩鏡銓》引王慎中語）這組詩語言平易中見凝鍊，音韻諧調中顯深情，在杜詩中占有重要的地位。

〈北征〉

題解

　　本詩寫於唐肅宗至德二載（757）秋。當時長安仍被安史叛軍所占據，唐肅宗的臨時都城駐紮在今陝西鳳翔。杜甫於這年四月從長安逃出投奔肅宗，任左拾遺。不久，又因為宰相房琯說情而惹怒了肅宗，幸由宰相張鎬說情才免於治罪。八月，杜甫獲准回鄜州（今陝西富縣）去探親，期間寫了這首詩。因鄜州在鳳翔東北，所以詩名為〈北征〉。這是杜甫作品中一篇非常有影響力的政治抒情詩，長達一百四十句，對安史之亂這場空前劫難作了真實生動的描繪和概括，堪稱「詩史」。此詩與〈自京赴奉先縣詠懷五百字〉均為杜甫五古長篇的著名代表作。

　　皇帝二載秋，閏八月初吉。
　　杜子將北征，蒼茫問家室。
　　維時遭艱虞，朝野少暇日。
　　顧慚恩私被，詔許歸蓬蓽。
　　拜辭詣闕下，怵惕久未出。

◎第三階段　左拾遺與流亡歲月（756～759）

　　　雖乏諫諍姿，恐君有遺失。
　　　君誠中興主，經緯固密勿。
　　　東胡反未已，臣甫憤所切。
　　　揮涕戀行在，道途猶恍惚。
　　　乾坤含瘡痍，憂虞何時畢！

新解

　　皇帝二載秋，閏八月初吉——肅宗皇帝至德二載秋天，閏八月的農曆初一，點明時間。

　　杜子將北征，蒼茫問家室——我將向北遠行去探家。蒼茫：這裡有匆忙、倉促之意。

　　維時遭艱虞，朝野少暇日——國家正在艱難之際，朝野上下都少有空閒。艱虞：艱苦和憂患。

　　顧慚恩私被，詔許歸蓬蓽——恩私被：蒙享了皇上的恩情。被：同披。蓬蓽：蓬門蓽戶，窮人住的草房，這裡指杜甫自己的家。這句是說皇上特許自己探望窮家，為受到皇上的特殊禮遇而內心慚愧。

　　拜辭詣闕下，怵惕久未出——詣：到。闕：宮闕，指朝廷。怵惕：恐懼的樣子。這裡說自己辭別天子時謹慎小心、惶恐地久久站立沒有離開。

　　雖乏諫諍姿，恐君有遺失——諫諍：為皇帝提出不同的意見和建議。說自己不算稱職，擔心君主會有閃失。

　　君誠中興主，經緯固密勿——當今君王的確是中興之主，為國家大事殫精竭慮。經緯：指考慮和安排國家大事。密勿：勤勞。

　　東胡反未已，臣甫憤所切——叛軍還在作亂，這是為臣我最切齒痛恨的。

揮涕戀行在，道途猶恍惚——我揮淚戀戀不捨地離開行宮，走在路上仍心情恍惚。恍惚：昏昏沉沉，頭腦不清醒的樣子。這句不能簡單地理解為對皇帝的依戀，而是杜甫身為一個有責任感的忠臣，想到自己暫時無法盡忠職守，心中慚愧。

乾坤含瘡痍，憂虞何時畢——天地間到處瘡痍滿目，這憂患何時才能結束！

此為本詩的第一段，寫「北征」的緣起。敘述自己「拜辭闕下」的不安，婉轉表達了內心的鬱結。

靡靡逾阡陌，人煙眇蕭瑟。
所遇多被傷，呻吟更流血。
回首鳳翔縣，旌旗晚明滅。
前登寒山重，屢得飲馬窟。
邠郊入地底，涇水中蕩潏。
猛虎立我前，蒼崖吼時裂。
菊垂今秋花，石戴古車轍。
青雲動高興，幽事亦可悅。
山果多瑣細，羅生雜橡栗。
或紅如丹砂，或黑如點漆。
雨露之所濡，甘苦齊結實。
緬思桃源內，益嘆身世拙。
坡陀望鄜畤，巖谷互出沒。
我行已水濱，我僕猶木末。
鴟鴞鳴黃桑，野鼠拱亂穴。
夜深經戰場，寒月照白骨。

◎第三階段　左拾遺與流亡歲月（756～759）

　　潼關百萬師，往者散何卒？
　　遂令半秦民，殘害為異物。

新解

　　靡靡逾阡陌，人煙眇蕭瑟──我無精打采地走在田間路上，見人煙稀少，一片蕭瑟。靡靡：漫長，遲緩。逾：越過。阡陌：田間道路。眇蕭瑟：人煙稀少，淒涼的樣子。

　　所遇多被傷，呻吟更流血──所遇到的人多數帶著傷痛，呻吟著，流著血。

　　回首鳳翔縣，旌旗晚明滅──回首望天子駐紮的鳳翔縣，旌旗在暮色中忽隱忽現。明滅：忽隱忽現。

　　前登寒山重，屢得飲馬窟──翻越重重疊疊的寒山，屢屢看到有軍人留下的飲馬窟。

　　邠郊入地底，涇水中蕩潏──邠州郊野地勢低窪，混濁的涇水從中間流過。邠（ㄅㄧㄣ）：邠州，即今陝西彬縣，地處盆地之中，故有「入地底」之說。涇水：渭河的支流。蕩潏（ㄐㄩㄝˊ）：水湧的樣子。

　　猛虎立我前，蒼崖吼時裂──蒼崖怪石裂開大口，像猛虎吼叫著立在我面前。

　　菊垂今秋花，石戴古車轍──菊花綻開了今秋的花瓣，石路上印著古時的車轍。

　　青雲動高興，幽事亦可悅──站在高處生出一些興致來，幽靜的風光可以悅人心懷。青雲：借指高空。動高興：引發愉悅之情。

　　山果多瑣細，羅生雜橡栗──山果結出不少細碎的果實，與櫟樹的果實夾雜在一起。橡：櫟實，似栗而小。

或紅如丹砂，或黑如點漆——點漆：黑而小。有的紅如丹砂，有的黑如點漆。

雨露之所濡，甘苦齊結實——它們在雨露的滋潤下，不論甘苦都結出了果實。

緬思桃源內，益嘆身世拙——我真緬懷那世外的桃源，益發感嘆處世艱難。緬思：遙想。桃源：晉人陶淵明寫的〈桃花源記〉中描繪的那個世外太平的、無憂無慮的理想社會。身世拙：言自己不會為人處世。

坡陀望鄜時，巖谷互出沒——遠望山岡起伏、巖谷交錯的地方，就是鄜州了。坡陀：高低不平。鄜時：秦漢時歷代帝王在鄜州祭天的祭臺，這裡指鄜縣。

我行已水濱，我僕猶木末——我已到了山下水濱，僕人卻還在半山腰走著，仰望他的身影，就好像走在樹梢上一般。

鴟梟鳴黃桑，野鼠拱亂穴——鴟梟在黃桑樹上悲鳴，野鼠在亂墳堆中拱著洞穴。鴟梟（ㄔ ㄒㄧㄠ）：同鴟鴞，鳥名。

夜深經戰場，寒月照白骨——我在深夜裡路經這片古戰場，看寒冷的月光照著將士的纍纍白骨。

潼關百萬師，往者散何卒——潼關：古關名，在今陝西潼關西北。散何卒：失敗得為何這麼快？這件事是指天寶十四載（755）安祿山造反後，唐王朝派哥舒翰駐守潼關，拒賊西進。天寶十五載（756）六月，因楊國忠屢次逼迫哥舒翰出關迎敵，致使全軍覆沒，長安失守，秦地淪喪。

遂令半秦民，殘害為異物——以致秦地的半數老百姓，都遭到叛軍的殘害，淪為異物。第二段描寫「北征」探親途中詩人親眼看到田園荒蕪、民生艱辛的慘狀，控訴戰爭帶給人民的痛苦。

◎第三階段　左拾遺與流亡歲月（756～759）

況我墮胡塵，及歸盡華髮。
經年至茅屋，妻子衣百結。
慟哭松聲回，悲泉共幽咽。
平生所嬌兒，顏色白勝雪。
見耶背面啼，垢膩腳不襪。
床前兩小女，補綻才過膝。
海圖拆波濤，舊繡移曲折。
天吳及紫鳳，顛倒在短褐。
老夫情懷惡，嘔泄臥數日。
那無囊中帛，救汝寒凜慄！
粉黛亦解苞，衾裯稍羅列。
瘦妻面復光，痴女頭自櫛。
學母無不為，曉妝隨手抹。
移時施朱鉛，狼藉畫眉闊。
生還對童稚，似欲忘飢渴。
問事競挽鬚，誰能即嗔喝？
翻思在賊愁，甘受雜亂聒。
新婦且慰意，生理焉得說？

新解

　　況我墮胡塵，及歸盡華髮——況且我遭到叛軍的囚禁，歸來時滿頭白髮。墮胡塵：指至德元年（756）秋，杜甫由鄜州去投肅宗時，被叛軍所俘後，帶回長安這件事。

　　經年至茅屋，妻子衣百結——經年：去年秋天離開鄜州，至今正好經過了一年。回到茅屋裡，見妻兒衣衫襤褸，打滿補丁。

慟哭松聲回，悲泉共幽咽——大家抱頭慟哭，松濤聲回應著哭聲，悲涼的泉水也一起發出幽咽。

平生所嬌兒，顏色白勝雪——一向嬌慣的小兒，臉色蒼白如雪。

見耶背面啼，垢膩腳不襪——耶：同爺。這裡指爹。見到父親背過臉去哭泣，渾身泥垢，腳上連雙襪子也沒穿。

床前兩小女，補綻才過膝——床前站著兩個小女兒，千補萬綴的衣服，短得剛能遮住膝蓋。

海圖拆波濤，舊繡移曲折——海圖：刺繡著海濤圖案的幔帳。家貧得衣不蔽體，只好用舊物拆拆補補。那些補丁是從舊的繡物上拆下來的布塊，海圖的波濤被拆碎了。

天吳及紫鳳，顛倒在短褐——水神天吳及紫色鳳凰，顛三倒四地補在短衫上。

老夫情懷惡，嘔瀉臥數日——老夫我心情不好，又吐又瀉躺了數日。

那無囊中帛，救汝寒凜慄——帛：絲織品，當時可以作為流通物。這裡是指錢。自己身為父親和丈夫，哪能不拿出囊中的一點很少的錢，去拯救他們的飢寒呢？寒凜慄：冷得顫抖。

粉黛亦解苞，衾裯稍羅列——粉黛：化妝品。衾裯：被、帳。帶回的一些小化妝品從包中拿出來了，被褥也稍有添置。

瘦妻面復光，痴女頭自櫛——瘦弱的妻子臉上恢復了一點光彩，嬌痴的小女兒自己學梳頭。痴女：對女兒的愛稱。櫛（ㄐㄧㄝˊ）：梳頭。

學母無不為，曉妝隨手抹——他們沒有一件事不是學母親的樣子，早上梳妝時，也隨手在臉上亂抹。

移時施朱鉛，狼藉畫眉闊——移時：花了很長時間才打扮完，把眉

◎第三階段　左拾遺與流亡歲月（756～759）

毛畫得又亂又粗。

生還對童稚，似欲忘飢渴——我能活著回來面對這天真童稚的孩子，似乎高興得都忘了飢渴。

問事競挽鬚，誰能即嗔喝——孩子們向我問長問短，還競相揪我的鬍鬚，雖說不成體統，但誰又忍心喝斥他們？嗔喝：嗔怪、喝斥。

翻思在賊愁，甘受雜亂聒——回想起在囚禁中的愁苦生活，我甘願忍受這耳邊的聒噪與糾纏。聒：吵。

新婦且慰意，生理焉得說——暫且像新媳婦一樣過幾天舒心日子吧！哪能考慮日後長遠的生活安排呢？且慰意：暫且心裡舒暢。生理：日後的長期生活安排。

第三段主要寫回到家中與妻兒相聚時的生活情景。妻子的歡悅，兒女的嬌憨，詩人的慈愛，都描繪得神形畢肖，顯示出濃郁的生活氣息。窮困哀傷與團圓時的快樂相互交織映襯，短暫的歡樂更映出長久的痛楚，將離亂時代家庭的不幸一一呈現。極富藝術感染力。

至尊尚蒙塵，幾日休練卒？
仰觀天色改，坐覺妖氛豁。
陰風西北來，慘澹隨回紇。
其王願助順，其俗善馳突。
送兵五千人，驅馬一萬匹。
此輩少為貴，四方服勇決。
所用皆鷹騰，破敵過箭疾。
聖心頗虛佇，時議氣欲奪。
伊洛指掌收，西京不足拔。
官軍請深入，蓄銳可俱發。

此舉開青徐，旋瞻略恆碣。

昊天積霜露，正氣有肅殺。

禍轉亡胡歲，勢成擒胡月。

胡命其能久？皇綱未宜絕。

新解

至尊尚蒙塵，幾日休練卒 —— 天子還在蒙受恥辱，何時才能結束戰爭？休練卒：指戰爭結束，士兵解甲。

仰觀天色改，坐覺妖氛豁 —— 仰觀天象已有改變，覺得妖氛已散去。古代認為觀天象可以辨吉凶。坐覺：突然感到。豁：開朗、清澄。

陰風西北來，慘澹隨回紇 —— 慘澹的陰風從西北吹來，追隨著回紇的兵馬。回紇：少數民族名，當時住在烏蘭巴托以西。唐肅宗為平定國內叛亂，曾向回紇借兵助戰，條件幾近於賣國。所以杜甫十分擔心，因而在詩中用了「陰風」、「慘澹」等詞。

其王願助順，其俗善馳突 —— 回紇的領袖懷仁可汗願順應天意幫助我們平叛，他們的習俗善於騎射和衝鋒。助順：順應天理。馳突：騎馬奔馳。

送兵五千人，驅馬一萬匹 —— 回紇送來五千精兵，還有一萬匹戰馬。

此輩少為貴，四方服勇決 —— 他們以年少為貴，四方的人都佩服他們的勇敢善戰。匈奴人的習俗，重視青壯年。回紇人是匈奴人的後裔。

所用皆鷹騰，破敵過箭疾 —— 鷹騰：像鷹一樣飛騰，形容勇猛迅捷。出擊敵人的速度比箭還快。

聖心頗虛佇，時議氣欲奪 —— 儘管皇上能虛心地包容，但那些不同意借兵的議論，也還是被皇上的威嚴所震懾，不敢再說。虛佇，虛心地

◎第三階段　左拾遺與流亡歲月（756～759）

包容。時議：當時群臣們的議論。氣欲奪：氣勢被震懾，不敢多言。

伊洛指掌收，西京不足拔——伊洛：指伊水和洛水，伊水流入洛水，洛水流經洛陽。這裡代指洛陽。東都洛陽已收復在指掌之間，西京就更不值得一攻。

官軍請深入，蓄銳可俱發——官軍士氣高漲，請求深入敵陣。俱發：各路同時進攻。李泌當時曾建議南取長安、洛陽，同時北路自塞北直取叛軍的老巢范陽。

此舉開青徐，旋瞻略恆碣——青徐：青州和徐州，即今天的山東青州和江蘇的徐州。旋瞻：眼看。略：攻取。恆碣：二山名。恆山在今山西渾源境內，碣石山在今河北昌黎境內。一舉攻下青州和徐州，眼看將收復恆山和碣石。

昊天積霜露，正氣有肅殺——昊：指天。秋天霜露正重，天象有一種肅殺的正氣。

禍轉亡胡歲，勢成擒胡月——叛軍滅亡的大局已定，是擒拿胡人的時候了。

胡命其能久？皇綱未宜絕——叛軍的命運豈能長久？大唐王朝的綱紀不會斷絕。皇綱：指帝業、國運。

此為第四段，寫杜甫對時局的關心與憂慮。他對政府收復失地感到由衷的欣喜，但同時也對唐王朝藉助回紇的勢力來平叛有所顧慮。戰爭不結束，人民就得為戰爭繼續作出犧牲。平定叛亂，是當時人民的共同願望。在這段文字中，杜甫高度讚揚了回紇出兵助唐這件事，認為這加強了唐王朝的軍事實力，有利於戰局。此段文字寫得有聲有色，滿含濃情。

憶昨狼狽初，事與古先別。

奸臣竟菹醢，同惡隨蕩析。

不聞夏殷衰，中自誅褒妲。

周漢獲再興，宣光果明哲。

桓桓陳將軍，仗鉞奮忠烈。

微爾人盡非，於今國猶活。

淒涼大同殿，寂寞白獸闥。

都人望翠華，佳氣向金闕。

園陵固有神，灑掃數不缺。

煌煌太宗業，樹立甚宏達！

新解

憶昨狼狽初，事與古先別——指天寶十五載（756）叛軍逼近長安、唐玄宗狼狽地棄城出逃一事。

奸臣竟葅醢，同惡隨蕩析——奸臣：指當時身為宰相的楊貴妃之堂兄楊國忠。葅醢（ㄐㄩ ㄏㄞˇ）：剁成肉醬。這裡指馬嵬事件中楊國忠為亂兵所殺。蕩析：被掃蕩而分崩離析。這句說果斷地處決了奸臣，連同惡勢力一起蕩盡。

不聞夏殷衰，中自誅褒妲——夏殷指夏桀王和殷紂王。中自：主動。褒妲：褒姒和妲己。古代傳說中被說成是善於迷惑君王、致使西周和殷朝滅亡的美女。

周漢獲再興，宣光果明哲——宣光：周宣王和漢光武帝。都是古代有名的、能挽救國家危亡的中興之主。這裡喻肅宗是像他們那樣能讓國家再獲中興的明主。

桓桓陳將軍，仗鉞奮忠烈——桓桓：英武之狀。陳將軍：即陳玄禮，他是馬嵬驛事件中代表軍隊向唐明皇請命，要求殺掉楊國忠和楊貴妃的人，時任禁衛軍統帥。仗鉞：指統領軍隊討伐逆亂。鉞：一種特製

◎第三階段　左拾遺與流亡歲月（756～759）

的大斧，也是權力的象徵。帝王在將帥出征時，授以節鉞，讓其有生殺大權。奮忠烈：指討伐楊國忠奸黨。這二句說，威武的陳將軍啊！舉起你的斧鉞，以忠烈之氣清除奸臣吧！

微爾人盡非，於今國猶活——微：沒有。爾：指陳玄禮。人盡非：人事局面不同，指國家滅亡。假如沒有你，國家就會滅亡；如今有了你，國家才能生存。

淒涼大同殿，寂寞白獸闥——大同殿：唐朝一宮殿的名稱，在興慶宮的勤政樓北面。白獸闥：唐王朝太極宮的南門，名為白獸門。如今長安還未收復，大同殿和白獸門還是一片寂寞和淒涼。

都人望翠華，佳氣向金闕——翠華：用翠鳥羽毛做的裝飾，這裡指唐肅宗的車駕。佳氣：祥瑞之氣。京都的人們還盼望著皇上的翠華儀仗歸來，祥雲瑞氣將飄向皇帝的宮闕。

園陵固有神，灑掃數不缺——園陵：唐開國以來列祖列宗的陵墓。數不缺：禮數不能缺少。祖宗園陵的神靈在護佑著我們，收復後，我們祭奠和灑掃的禮數不能缺少。

煌煌太宗業，樹立甚宏達——唐太宗創立的光輝基業啊！一定會重振雄風、前程遠大發達！最後這一段，詩人對陳玄禮發動馬嵬驛事件、殺死楊國忠、逼迫唐明皇，將楊貴妃賜死這些重大事件，表示了自己態度鮮明的稱頌和讚許。「安史之亂」的發生，是天寶末年政治腐敗的結果。「馬嵬事變」是唐王朝在戰亂發生後內部進行的一次整頓。杜甫認為這樣處置可挽救時局，不再蹈歷史上亡國的覆轍。詩人是在用詩歌鼓舞士氣，對唐室中興寄予了強烈的希望。一個身陷困境、仍時刻將國家和百姓的安危掛在心上的、忠心耿耿的士大夫形象，躍然紙上。

新評

　　有人說〈北征〉是杜甫人生中的第一大篇，此言不謬也。這首長達一百四十行的長詩，意重情濃，語調沉痛，繼承了太史公紀傳體的優良傳統，為我們樹立了「詩史」的典範。

　　身為一個正直善良、關心社稷民生的知識分子，杜甫無疑是值得稱讚的。但是，身為一個封建時代的文人，他也不免有酸腐的一面。如他對女人的看法，就很值得商榷。他贊同除掉楊貴妃，認為她和歷史上的褒姒和妲己一樣是禍水，是亡國的根源，但他卻不指責唐明皇，認為這一切都是女人的錯。這種看法就很迂腐。

　　〈北征〉畢竟是杜詩中的長篇，他用巨筆將當時的社會生活濃縮於其中，使後人得以在詩中具體地了解唐代的興衰歷程。歷代文人對此詩都給予非常高的評價。正如胡小石先生在《杜甫〈北征〉小箋》中所說：「〈北征〉為杜詩中大篇之一。盛唐詩人力破齊梁以來宮體之桎梏，擴大詩之領域，或寫山水，或狀田園，或詠邊塞，較前此之幽閉宮闈低迴思怨者，有如出永巷而騁康莊。至杜甫茲篇，則結合時事，加入議論，撤去舊來藩籬，通詩與散文而一之，波瀾壯闊，前所未見，亦當時諸家所不及，為後來古文運動家以『筆』代『文』者開其先聲。」

　　〈北征〉的重要成就，還在於它藝術上的獨創性。詩人將敘事、議論、寫景、抒情包括在洋洋灑灑的長篇詩作中，曲折盡情，前所未見。有人說它是「變賦入詩」（胡小石《杜甫〈北征〉小箋》），有人說它是「韻記為詩」（王嗣奭《杜臆》），也有人說它是「窮極筆力，如太史公紀、傳，此固古今絕唱」（葉夢得《石林詩話》）。這些都有一定的道理，但都難以概括〈北征〉的全貌。杜甫的〈北征〉吸收了各種寫作手法，採用散文句法入詩，別具特色。它雖從個人經歷的角度記述，卻深刻地反映出一個時代，更具有「詩史」的價值，成為影響歷代詩歌的鴻篇巨帙。

◎第三階段　左拾遺與流亡歲月（756～759）

〈奉和賈至舍人早朝大明宮〉

題解

　　此詩當作於肅宗乾元元年（758）春，時杜甫任左拾遺。中書舍人賈至去大明宮上朝，見眼前一派昇平氣象，就寫了首題為〈早朝大明宮呈兩省僚友〉的七律，詩寫得雍容華貴。在他的首倡下，一起在朝中當官的王維、岑參、杜甫等相繼唱和。這首詩在杜甫所作的華麗宮廷詩中，很有代表性。

　　五夜漏聲催曉箭，九重春色醉仙桃。
　　旌旂日暖龍蛇動，宮殿風微燕雀高。
　　朝罷香煙攜滿袖，詩成珠玉在揮毫。
　　欲知世掌絲綸美，池上於今有鳳毛。

新解

　　五夜漏聲催曉箭，九重春色醉仙桃——漏：古時用以計時的漏壺。箭：指壺中刻有時辰的浮標。首句點出早朝的時間是五更時分，漏壺的滴水聲催動著計時的箭牌在上升。第二句點明季節是在春天，當時殿庭中多植桃柳，所以這裡說春色仙桃是實有其景。

　　旌旂日暖龍蛇動，宮殿風微燕雀高——頷聯寫宮內景色：有龍蛇圖案的旗在暖陽下飄動，微風中燕雀在宮殿上空盤旋鳴叫。據《周禮》載，析羽為旌，交龍為旂，熊虎為旗，龜蛇為旐。「龍蛇」是指旗上畫的圖形。

　　朝罷香煙攜滿袖，詩成珠玉在揮毫——退朝歸來時，袖中攜滿了宮中香煙的氣味，揮毫寫詩，詩句閃著珠玉的光澤。

　　欲知世掌絲綸美，池上於今有鳳毛——絲：細縷；綸：粗絳。《禮記‧緇衣》：「王言如絲，其出如綸。」是說帝王的一句微言也會產生巨大作用。後因以「絲綸」稱皇帝的詔書。中書舍人一職是為皇帝寫詔書的官，

即所謂「掌絲綸」。世掌絲綸：是因賈至的父親賈曾也當過中書舍人，故稱。池：指鳳凰池，即中書省。鳳毛：古人將兒子文采風姿似其父稱為有鳳毛。杜甫在這裡也用了這個典故，很恰當。

新評

　　杜甫這段時間像是暫時做穩了京官，雖仍是任拾遺這個不大的官職，但他感到自己也算得到了身為近臣的榮寵，心中高興，就接二連三地寫起華麗的宮廷詩。與賈至唱和的這首詩，寫得花團錦簇，玉潤珠圓，藝術上也音韻鏗鏘。單看字面，彷彿此時已是太平盛世。其實不然，兩京剛剛收復，戰亂遠未結束，但肅宗卻扮演起盛世明君的角色，大行祭祀、上尊號、封賞等活動。這個時期粉飾太平的詩多了起來，杜甫也未能免俗，讀這首詩，不僅有藝術上可資借鑑之處，且可以具體地了解當時的宮廷生活和一些封建士大夫們渴望「中興」的盲目樂觀情緒。客觀上有一定認知價值。

〈春宿左省〉

題解

　　這首詩當作於乾元元年(758)春，時杜甫從鄜州到京，仍任左拾遺。此詩描寫在門下省值夜時的心情，表達了他忠勤為國的思想。詩題中的「宿」，指值夜。「左省」，即左拾遺所屬的門下省，和中書省同為掌機要的中央政府機構，因在廟殿之東，故稱「左省」。

　　花隱掖垣暮，啾啾棲鳥過。
　　星臨萬戶動，月傍九霄多。
　　不寢聽金鑰，因風想玉珂。
　　明朝有封事，數問夜如何？

◎第三階段　左拾遺與流亡歲月（756～759）

新解

　　花隱掖垣暮，啾啾棲鳥過 —— 起首兩句描繪開始值夜時黃昏的景色。朦朧的暮色中，花朵隱約可見，投林棲息的鳥，從天空中飛鳴而過。花、鳥是緊扣詩題中的「春」字；「花隱」和「棲鳥」又和「宿」關聯；「掖垣」本意是「左掖」（即「左省」）的矮牆，這裡是交代值夜的所在地，兩句字字點題。

　　星臨萬戶動，月傍九霄多 —— 此聯由暮至夜，寫夜中之景。星光照臨，宮殿中千門萬戶都似在閃動；宮殿高入雲霄，依傍著月亮，當然得到的月光多。這兩句寫出了星月映照下的宮殿的巍峨清麗，寓含著帝居高遠之意，虛實結合，形神兼備。

　　不寢聽金鑰，因風想玉珂 —— 寫夜中值宿的感受。金鑰，即金鎖。玉珂，即馬鈴。說自己值夜時睡不著覺，彷彿聽到有人開宮門的鑰匙聲；風吹簷間鈴鐺，好似聽到了百官騎馬上朝的馬鈴響。這些都是想像之景，細緻傳神地表達了詩人勤於政事，唯恐次晨耽誤上朝的心情。詩題中是要寫「宿」，卻反寫「不寢」，這種意識的流動，更顯得含意深蘊，筆法空靈。

　　明朝有封事，數問夜如何 —— 最後兩句交代「不寢」的原因，是因第二天早朝要上封事，心緒不寧，因此好幾次探問時辰幾何？後句化用了《詩經‧小雅‧庭燎》中的詩句：「夜如何其？夜未央。」非常貼切自然。「數問」，更形象化地說明了詩人寢臥不安的敬業精神。

新評

　　這首詩真實地記敘了杜甫在左拾遺任上忠誠值宿、夜不敢寐的心境，再現了詩人小心謹慎、報國盡忠的赤子之心。詩的開頭兩聯寫景，後兩聯寫情。從暮寫到夜，又從夜寫到將曉，再聯想至明朝，心理刻劃細膩而傳神，語句矯健有力，詞意含蓄雋永。

〈題省中院壁〉

題解

　　此詩當作於乾元元年（758）春。詩寫受到排擠的苦悶心情，是一首值得注意的拗體七律。

　　掖垣竹埤梧十尋，洞門對霤常陰陰。
　　落花游絲白日靜，鳴鳩乳燕青春深。
　　腐儒衰晚謬通籍，退食遲迴違寸心。
　　袞職曾無一字補，許身愧比雙南金。

新解

　　掖垣竹埤梧十尋，洞門對霤常陰陰——埤：同「卑」，低。垣指高牆，埤指低牆，都是指牆。尋：古時以八尺為一尋。霤（ㄌㄧㄡˋ）：屋簷下接雨的長槽。這句是說：省院的院牆被高大的梧桐樹和低矮的竹叢覆蓋，陰森的洞門有接雨的長槽相對。形容省署的環境。

　　落花游絲白日靜，鳴鳩乳燕青春深——寫詩人身居華屋，看落花游絲，聽鳴鳩乳燕，這安靜幽美的暮春，越發勾起內心的孤寂，景中有情，寫出微妙的感覺。

　　腐儒衰晚謬通籍，退食遲迴違寸心——我這個迂腐書生到衰晚之年又荒謬地有了官職，每次退朝吃飯總是遲遲不想回去，覺得有違我報國的初衷。通籍：在朝中有了名籍，指初當官。

　　袞職曾無一字補，許身愧比雙南金——袞：天子之服。袞職，即天子。南金：南方出產的銅，也借指貴重物。張載〈擬四愁詩〉：「美人贈我綠綺琴，何以報之雙南金。」這兩句是說，對於天子的政事我還未曾有過一個字的補益，我曾自比「雙南金」，真是叫我心中慚愧。

127

◎第三階段　左拾遺與流亡歲月（756～759）

新評

　　前一階段，詩人惑於收京之初的「中興」假象，曾盲目地以為自己當了京官就可以兼濟天下了，因此寫了一些讚美朝中昇平盛事的宮廷詩。由於宦官李輔國唆使肅宗排擠玄宗舊臣，杜甫身為諫官，卻無補朝政，遭到冷落。幾經碰壁後，他清醒了，從這首詩開始，又逐漸回到清醒的現實中來。此詩前半寫省中景，華麗的景物中透露出內心的寂寞；後半述懷，寫自己內心的矛盾和痛苦。用拗體寫七律，是杜甫在藝術上的探索。

〈曲江陪鄭八丈南史飲〉

題解

　　此詩當作於乾元元年（758）春，時杜甫在左拾遺任上。鄭八丈，當為朝廷史官。南史是春秋時齊國的史官，以不畏強權、直書史實而著稱。這裡將鄭八丈稱為南史，有讚美之意。這首詩寫詩人官場失意、生退隱之念。

　　雀啄江頭黃柳花，鵁鶄鸂鶒滿晴沙。
　　自知白髮非春事，且盡芳樽戀物華。
　　近侍即今難浪跡，此身那得更無家？
　　丈人才力猶強健，豈傍青門學種瓜？

新解

　　雀啄江頭黃柳花，鵁鶄鸂鶒滿晴沙──起句以奇特瑣細的景物寫出了季節。一聯中出現了三種鳥。雀啄柳花已屬奇事，而「黃柳花」就更奇。鵁鶄（ㄐㄧㄠ ㄐㄧㄥ）：即池鷺，水鳥名。鸂鶒（ㄒㄧ ㄔˋ）：俗稱紫鴛鴦。晴日、沙灘、水鳥，一派豔陽春景。

自知白髮非春事，且盡芳樽戀物華 —— 自知我這滿頭白髮與這春色太不相稱，且陪您飲酒不過是貪戀物華、聊表心意罷了。

　　近侍即今難浪跡，此身那得更無家 —— 為皇上當近侍至今，也很難再漂泊下去了，一輩子哪能總是浪跡天涯沒有安定的家？

　　丈人才力猶強健，豈傍青門學種瓜 —— 丈人：對長者的尊稱。您老才情和實力都還強健，何必學古人到青門旁邊去種瓜呢？青門：用《三輔黃圖》典，漢朝初年，故秦東陵侯邵平（召平）種瓜於長安城東門外，其門塗青色，故稱青門。

新評

　　此詩可看出杜甫的情緒低落。比起他此前寫的宮廷唱和詩來，更見詩人之真性情。宮廷中複雜的人際關係和受排擠的現實，使杜甫不再對昏庸的皇帝充滿幻想，詩句中也不再有那種飄飄然的盲目樂觀。詩人滿懷心事，吞吞吐吐，想說卻又不忍多說，因而顯得語言流曲委婉。特別是結尾處，勸他人不去「青門種瓜」，自己卻分明流露了引退之意，可見其思想很矛盾，有難言之隱。

〈曲江〉二首

題解

　　這組詩當作於乾元元年（758）春。前一年秋，唐軍剛剛打敗了安史叛軍，長安和洛陽相繼收復，舉朝一片歡騰。許多官僚貴族又重起了威風，重新過著紙醉金迷的生活。杜甫在這首詩中也歌頌了春光的美好，慨嘆人生苦短，主張及時行樂。主題雖然陳舊，但由於這首詩的寫作技巧很高超，歷來受到人們的讚賞。

◎第三階段　左拾遺與流亡歲月（756～759）

其一

一片花飛減卻春，風飄萬點正愁人。
且看欲盡花經眼，莫厭傷多酒入脣。
江上小堂巢翡翠，苑邊高塚臥麒麟。
細推物理須行樂，何用浮名絆此身！

新解

　　一片花飛減卻春，風飄萬點正愁人——減卻：減去。一個花瓣落下來就能使春色減退，更何況風中飄著萬點春花，怎能不讓人憂愁？

　　且看欲盡花經眼，莫厭傷多酒入脣——欲盡花：快要落盡的花。傷多酒：過多的酒傷人，是「酒多傷」的倒裝。花快謝了要及時賞，不要怕酒喝多了會傷人。

　　江上小堂巢翡翠，苑邊高塚臥麒麟——江上：曲江兩側。巢：居住。翡翠：一種名貴的鳥。這裡代指那些衣著豔麗的富人。苑邊：指曲江西南的芙蓉苑外。高塚臥麒麟：石馬倒臥，比喻荒墳年久失修。江邊的華屋如今成了鳥的巢穴，荒墳無人祭掃，石麒麟倒在一邊。這是以麗句寫荒涼。

　　細推物理須行樂，何用浮名絆此身——物理：事物興衰無常之理。浮名：虛名。這裡含有自嘲之意，因自己身為諫官，意見卻不被皇上採納，只是徒有虛名而已。絆：羈絆，阻礙。事物的規律就是興衰交替，應及時行樂，何必讓虛名束縛自己的身心呢？

其二

朝回日日典春衣，每日江頭盡醉歸。
酒債尋常行處有，人生七十古來稀。
穿花蛺蝶深深見，點水蜻蜓款款飛。
傳語風光共流轉，暫時相賞莫相違。

新解

　　朝回日日典春衣，每日江頭盡醉歸——典：以物為抵押借錢。這裡是說自己每天入朝回來都將春衣典當了去換得酒醉。

　　酒債尋常行處有，人生七十古來稀——行處：到處。說自己酒債，走到哪欠到哪。

　　穿花蛺蝶深深見，點水蜻蜓款款飛——深深見：翩翩然時隱時現的樣子。款款：悠閒舒緩之態。蝴蝶隱現、蜻蜓起落的情景。

　　傳語風光共流轉，暫時相賞莫相違——傳語：傳告。擬人法。共流轉：一同逍遙。人生苦短，還是暫時和春光一起逍遙快活吧！

新評

　　慨嘆人生短暫，提倡及時行樂，這種思想歷來被人們認為太消極。其實了解杜甫的人應當知道，他原本是極有憂患意識和責任感的。之所以寫出這樣的詩句，其實詩句背後隱藏著的是他內心深處無可奈何的悲涼。身為一個諫官，他的耿直敢言換來的卻是被貶，「風飄萬點正愁人」，他除了借酒澆愁、「沉飲聊自遣」，又能做些什麼呢？

　　此詩有很高的藝術欣賞價值。其狀物寫景，借景抒情，遣詞造句，無一不精。「穿花蛺蝶深深見，點水蜻蜓款款飛」兩句中的「深深」和「款款」，其狀格外傳神。而「穿花」和「點水」中「穿」和「點」這兩個動詞，更於精微之處見其功力。

◎第三階段　左拾遺與流亡歲月（756～759）

（二）華州至成都：流徙與安身（758年六月～762年七月）

〈九日藍田崔氏莊〉

題解

　　此詩當作於乾元元年（758）中秋。當時杜甫任華州司功參軍。華州的州治在今陝西華州。藍田是華州下屬的縣名，距華州西南百里，位於秦嶺北麓，縣治就在今陝西藍田。崔氏莊，據今人陳貽焮先生考證，就是「崔氏東山草堂」。崔氏，名崔季重，是王維舅父之子。詩人寫他在崔氏莊過中秋節的情景。

　　　老去悲秋強自寬，興來今日盡君歡。
　　　羞將短髮還吹帽，笑倩旁人為正冠。
　　　藍水遠從千澗落，玉山高並兩峰寒。
　　　明年此會知誰健？醉把茱萸仔細看。

新解

　　老去悲秋強自寬，興來今日盡君歡──人老悲秋，只好勉強自我寬慰，今日有興致就且盡情與君歡樂吧！

　　羞將短髮還吹帽，笑倩旁人為正冠──吹帽：指東晉名士孟嘉的故事。據《晉書・孟嘉傳》載，孟嘉當桓溫（當時的權臣，征西將軍）的參軍時，桓溫很器重他。九月九日重陽節那天，在龍山的宴會上，一陣風將孟嘉的帽子吹落了，這本是一件很失禮的事，但孟嘉卻裝作不知道的樣子，依舊談笑風生，直到桓溫派人幫他撿起來。後桓溫要孫盛作文嘲笑他。這裡是反用其典故。倩：請。旁人：旁邊的人。這句是說頭髮稀疏，

要是帽子掉了該多難為情，最好還是請旁邊的人為我戴得結實些才好。

　　藍水遠從千澗落，玉山高並兩峰寒 —— 藍水：水名，據《三秦記》載，藍田有川，方三十里，其水北流，出玉石，合溪谷之水，為藍水。玉山：即藍田山，因山中產玉而聞名。兩峰：指華山東北的雲臺山。山頭有終年不化的積雪，故用「寒」字。

　　明年此會知誰健？醉把茱萸仔細看 —— 茱萸：植物名。有香味，可入藥。舊時重陽節人們有插一支茱萸在頭上以避邪的風俗。這是感嘆人生的不可逆料：誰知明天又有幾人健在？於是醉眼矇矓端詳起手中的茱萸來。

新評

　　杜甫寫作此詩時其實只有四十七歲，但已將「老」字時時掛在嘴上了。作品描述了重陽節時他在崔氏別墅做客所看到的山川景物，寫山高水長、天地永生，更反襯出人壽幾何、朝露無常。寫賓主歡宴的情景，又將典故順手拈來，雖感嘆老之將至，卻又不失幽默風趣，讀來頗有意味。

〈贈衛八處士〉

題解

　　此詩作於唐肅宗乾元二年（759）春，杜甫由洛陽回華州的路上。衛八處士，是詩人的好友，其況不詳。處士，是指隱居不仕的人。衛，是此人的姓；八，是他的排行。此詩寫在戰亂流離中突然見到老朋友的喜悅，抒發了對人生離散多而相聚少的感嘆，是杜詩中的名篇。

　　人生不相見，動如參與商。
　　今夕復何夕，共此燈燭光。
　　少壯能幾時？鬢髮各已蒼！
　　訪舊半為鬼，驚呼熱中腸。

◎第三階段　左拾遺與流亡歲月（756～759）

　　　焉知二十載，重上君子堂。
　　　昔別君未婚，兒女忽成行。
　　　怡然敬父執，問我來何方。
　　　問答未及已，驅兒羅酒漿。
　　　夜雨剪春韭，新炊間黃粱。
　　　主稱會面難，一舉累十觴。
　　　十觴亦不醉，感子故意長。
　　　明日隔山岳，世事兩茫茫。

新解

　　人生不相見，動如參與商 —— 動如：往往像。參和商，都是星宿名，參星在西，商星在東，二星此起彼落，永遠不可能相聚，因而古人常以此二星來比喻人們之間的相會之難。

　　今夕復何夕，共此燈燭光 —— 從《詩經·唐風·綢繆》中「今夕何夕？見此良人」的詩句中化用而來，以表達老友相見的驚喜之情。

　　少壯能幾時？鬢髮各已蒼 —— 青春易逝，忽然間各自都鬢髮蒼蒼。

　　訪舊半為鬼，驚呼熱中腸 —— 故人多已作古，闊別二十年後老友相見，心中湧起熱流。

　　焉知二十載，重上君子堂 —— 君子堂：指衛八處士的家。哪能想到二十年後我又重登你的家門。

　　昔別君未婚，兒女忽成行 —— 當年握別時尚未成親的你，忽然就兒女成行了。成行：形容兒女眾多。

　　怡然敬父執，問我來何方 —— 父執：出自《禮記·曲禮》：「見父之執。」意即父親的摯友。執是接的借字，指接近之友。

　　問答未及已，驅兒羅酒漿 —— 沒說完，便要兒女們擺酒筵。羅：排

列之意。

夜雨剪春韭，新炊間黃粱——割來鮮嫩帶雨的春韭，燒好了噴香的黃米飯。間：糅，混雜著。黃粱：黃小米。

主稱會面難，一舉累十觴——累：接連。觴：酒杯。主人感嘆見面不易，一口氣喝下了十幾杯。

十觴亦不醉，感子故意長——難得一醉啊！謝謝你對故友的情深意長。

明日隔山岳，世事兩茫茫——明朝你我又將分離，被山岳阻隔，人情世事竟然都如此渺茫！

新評

詩人被貶華州司功參軍之後，在飄零之際路經蒲州（今山西永濟）時，偶遇一位姓衛的兒時好友，喜不自禁，感慨萬千。

詩的開頭四句，寫久別重逢，從離別說到聚首，亦悲亦喜，悲喜交集。第五至八句，從生離說到死別，透露了干戈亂離、人命危淺的現實。從「焉知」到「意長」十四句，寫與衛八處士的重逢聚首，及主人及其家人的熱情款待。表達詩人對生活之美和人情之美的珍視。最後兩句抒寫了對人生聚散難定、世事渺茫難料的無限感慨。在語言上，娓娓道來，連接得自然巧妙，詩中用民歌的接字法，如「一舉累十觴，十觴亦不醉」等，讓全詩讀起來非常上口，流利婉轉，如噴珠玉。

〈新安吏〉

題解

這是杜甫名篇「三吏」之一。作於乾元二年（759）三月。新安，縣名，即今天的河南新安。這年的三月初三，郭子儀、李光弼、王思禮等

◎第三階段　左拾遺與流亡歲月（756～759）

九個節度使合兵圍攻安祿山之子安慶緒於鄴城。因肅宗未在軍中設主帥，以致群龍無首，指揮不力。再加上叛將史思明從河北前來解鄴城之圍，導致唐軍大敗。為補充兵力，唐軍一路抓丁。這首〈新安吏〉就是寫未成年人被徵入伍的情景。

　　客行新安道，喧呼聞點兵。
　　借問新安吏：縣小更無丁？
　　府帖昨夜下，次選中男行。
　　中男絕短小，何以守王城？
　　肥男有母送，瘦男獨伶俜。
　　白水暮東流，青山猶哭聲。
　　莫自使眼枯，收汝淚縱橫。
　　眼枯即見骨，天地終無情。
　　我軍取相州，日夕望其平。
　　豈意賊難料，歸軍星散營。
　　就糧近故壘，練卒依舊京。
　　掘壕不到水，牧馬役亦輕。
　　況乃王師順，撫養甚分明。
　　送行勿泣血，僕射如父兄。

新解

　　客行新安道，喧呼聞點兵 ── 客：詩人自指。喧呼：人聲喧譁。點兵：點名徵兵。

　　借問新安吏：縣小更無丁 ── 縣小：指新安是個小縣，人口不多。更無丁：難道再無成年男人了嗎？

府帖昨夜下，次選中男行 —— 府帖：徵兵的文書。因主管徵兵的稱折衝府，故稱「府帖」。次選：依次往下選。中男：未成年的男子。當時二十三歲為成丁，十八至二十二歲算中男。

中男絕短小，何以守王城 —— 王城：即洛陽。西周成王時建為首都，故稱「王城」。

肥男有母送，瘦男獨伶俜 —— 伶俜：孤單的樣子。家境好的「肥男」還有母親送，窮人家的「瘦男」連送的人也沒有，可見當時死人之多，人生之慘。

白水暮東流，青山猶哭聲 —— 白水：黃河水在夕照下呈白色。青山猶哭聲：青山也在慟哭。這二句是比喻手法。

莫自使眼枯，收汝淚縱橫 —— 詩人對未成年的孩子被迫上戰場深感痛惜，但又無可奈何，只好寬慰他們，說天地無情，還是收住淚水吧！免得哭瞎眼睛。

眼枯即見骨，天地終無情 —— 以天地影射朝廷。

我軍取相州，日夕望其平 —— 相州：即鄴城，在今河南安陽。日夕：早晚之間，快速之意。平：克復。

豈意賊難料，歸軍星散營 —— 歸軍：敗軍。這裡不敢說「敗軍」，而說「歸軍」，是一種忌諱。星散營：如流星散開。

就糧近故壘，練卒依舊京 —— 舊京：指洛陽。以下是寬慰之語。說伙食就在舊營壘附近供應，訓練也在洛陽近郊。

掘壕不到水，牧馬役亦輕 —— 挖戰壕也是淺淺的、看不見水，放牧戰馬的工作也不算太重。

況乃王師順，撫養甚分明 —— 況乃王師順：這裡的「順」指的是師出有名，名正言順之意。撫養：指軍官體恤士兵。

◎第三階段　左拾遺與流亡歲月（756～759）

送行勿泣血，僕射如父兄 ── 僕射：官名，指郭子儀。勸送行的人不必太悲傷，郭將軍對待士兵就像父兄一樣仁愛。

新評

此詩寫新安縣的縣吏為了幫前方補充兵員，奉命徵集壯丁的情景。杜甫在詩中說了許多寬慰的話，也是出於無奈，因為他知道平叛的戰場上急需增人，而百姓中的成年男子已全都上了戰場，接下來當然是這些「中男」了。口氣雖然是勸慰，但字裡行間流露出的焦慮和愛莫能助的複雜心情，還是很明顯的。他上憫國難，下痛民窮，因而心情十分矛盾。讀來驚心動魄。

〈石壕吏〉

題解

石壕：村名，在今河南陝州東七十里。杜甫離開新安縣繼續西行，投宿在此。夜裡親眼看到當地官吏深夜抓人當兵的情景，寫下了這首流傳很廣的名篇。

暮投石壕村，有吏夜捉人。
老翁逾牆走，老婦出門看。
吏呼一何怒！婦啼一何苦！
聽婦前致詞：三男鄴城戍。
一男附書至，二男新戰死。
存者且偷生，死者長已矣。
室中更無人，唯有乳下孫。
孫有母未去，出入無完裙。
老嫗力雖衰，請從吏夜歸。

急應河陽役，猶得備晨炊。

夜久語聲絕，如聞泣幽咽。

天明登前途，獨與老翁別。

新解

「暮投石壕村」四句——可視為第一段。開門見山，點明了投宿的時間和地點，交代了兵荒馬亂的社會環境。浦起龍說此詩「起有猛虎攫人之勢」(《讀杜心解》)，就是指其典型環境的烘托而言。不說「徵兵」而說「捉人」，便有了揭露、批判之意。一個「夜」字，說明白天「捉」不到，可見縣吏「捉人」的手法之狠，要在百姓入睡的夜晚，採取突然襲擊。老翁聽到動靜，立刻「逾牆」逃走，由老婦出門周旋應付，說明百姓已長期深受捉丁之苦。

「吏呼一何怒」至「猶得備晨炊」——可視為第二段。「吏呼一何怒」和「婦啼一何苦」兩句中的一「呼」、一「啼」，一「怒」、一「苦」，形成了強烈反差，渲染出縣吏如狼似虎的橫蠻，和老婦的弱小及悲哀。從「三男鄴城戍」到「死者長已矣」的哭訴，是第一次轉折。老婦本希望博得縣吏同情，讓其高抬貴手。不料縣吏仍不肯罷休，她只得再說：「室中更無人，唯有乳下孫。」老婦又擔心守寡的兒媳被抓，餓死孫子，於是只好挺身而出：「老嫗力雖衰，請從吏夜歸。急應河陽役，猶得備晨炊。」

「夜久語聲絕」四句——為最後一段，照應開頭，寫出了事情的結局。「夜久語聲絕」，顯示老婦已被抓走；「如聞泣幽咽」中「如聞」二字，既是實寫百姓們的悲泣，也說明詩人通宵悲憤難眠。「天明登前途，獨與老翁別」雖未具體寫一句安慰的話，但作者的無限同情和關切盡在其中，為讀者留下廣闊的想像空間。

◎第三階段　左拾遺與流亡歲月（756～759）

新評

　　仇兆鰲在《杜少陵集詳注》中說：「古者有兄弟始遣一人從軍。今驅盡壯丁，及於老弱。詩云三男戍，二男死，孫方乳，媳無裙，翁逾牆，婦夜往。一家之中，父子、兄弟、祖孫、姑媳慘酷至此，民不聊生極矣！當時唐祚，亦岌岌乎危哉！」

　　「民為邦本」，百姓苦情如此，統治者的寶座也就岌岌可危了。杜甫從士人的良知出發，用現實主義的手法，不美化、不粉飾，用手中的詩筆，真實地揭露了當局政治的黑暗，是值得高度評價的。詩中運用了藏問於答的手法，表面看並沒有「吏」的問句，只有婦人的答語，但「吏」的問話隱含其中，「吏」的凶暴冷漠可以想見。詩中也沒有出現一句作者的議論褒貶，只是純客觀地敘事，靠故事本身來打動人，筆墨極其精煉，但作者的愛憎分明皆在詩中。全詩一百二十個字，便在驚人的廣度與深度上，反映了當時的社會現實和矛盾，難怪陸時雍讚曰：「其事何長！其言何簡！」

〈新婚別〉

題解

　　此詩以一位新娘子的口吻，講述一個淒婉動人的故事。一對新婚夫妻，頭天結婚，第二天新郎就被抓去當兵。反映了當時社會動亂帶給普通百姓的悲慘境遇。

　　兔絲附蓬麻，引蔓故不長。
　　嫁女與征夫，不如棄路旁。
　　結髮為君妻，席不暖君床。
　　暮婚晨告別，無乃太匆忙。

君行雖不遠，守邊赴河陽。
妾身未分明，何以拜姑嫜？
父母養我時，日夜令我藏。
生女有所歸，雞狗亦得將。
君今往死地，沉痛迫中腸。
誓欲隨君去，形勢反蒼黃。
勿為新婚念，努力事戎行。
婦人在軍中，兵氣恐不揚。
自嗟貧家女，久致羅襦裳。
羅襦不復施，對君洗紅妝。
仰視百鳥飛，大小必雙翔。
人事多錯迕，與君永相望。

新解

　　兔絲附蓬麻，引蔓故不長 —— 兔絲：菟絲子，一種蔓生植物，多依附在別的植物上生長。蓬麻：蓬蒿和大麻，兩種都是矮小的植物。這裡是新娘用來比喻自己就像菟絲子附在蓬麻上，意謂嫁了個無權無勢的丈夫。引蔓故不長：所以難以得到長久的依靠。

　　嫁女與征夫，不如棄路旁 —— 這句是發牢騷說：將女兒嫁給一個出征打仗的人，還不如扔在路邊。

　　結髮為君妻，席不暖君床 —— 結髮：古代成婚時，要男左女右將頭髮束起來，所以成婚又稱「結髮」。席不暖君床：喻婚後生活短暫，床還未睡熱就要走了。

　　暮婚晨告別，無乃太匆忙 —— 無乃：豈不是。

◎第三階段　左拾遺與流亡歲月（756～759）

　　君行雖不遠，守邊赴河陽 —— 河陽：今河南孟州，當時為郭子儀駐防之地。

　　妾身未分明，何以拜姑嫜 —— 剛結婚一天，身分還未確定。古時的禮制，女子要在嫁到婆家三天時，告廟上墳，才算確定了人妻的身分，才可稱丈夫的父母為姑嫜。姑嫜：即公婆。

　　父母養我時，日夜令我藏 —— 古代女子未嫁前，藏在閨閣中不輕易見人。

　　生女有所歸，雞狗亦得將 —— 有「嫁雞隨雞，嫁狗隨狗」之意。將：跟隨。

　　君今往死地，沉痛迫中腸 —— 死地：生死莫測之地。

　　誓欲隨君去，形勢反蒼黃 —— 蒼黃：本指青、黃兩種顏色，這裡是指形勢變化莫測，無法跟著去。

　　勿為新婚念，努力事戎行 —— 戎行：軍隊。新娘轉而勸勉丈夫專心軍中事務而不要牽掛自己，是無可奈何之語。

　　婦人在軍中，兵氣恐不揚 —— 恐女人在軍中影響士氣。

　　自嗟貧家女，久致羅襦裳 —— 感嘆自己因家貧，置辦嫁衣用了較長的時間。

　　羅襦不復施，對君洗紅妝 —— 施：穿。「女為悅己者容」，新娘表示丈夫走後，自己不再打扮化妝，是表達自己沒有二心。

　　仰視百鳥飛，大小必雙翔 —— 仰望空中的鳥雙雙對對地飛，有羨慕之意。

　　人事多錯迕，與君永相望 —— 錯迕：不如意。人間不如意的事太多，但會永遠等著丈夫歸來。表達了新娘的感嘆與忠貞。

新評

　　此篇為杜甫「三別」詩中的一篇。全詩共分三層。第一層是新娘訴說自己嫁給一個出征打仗的征夫，感到委屈，和剛新婚就要與丈夫分離的心酸。第二層回憶自己在娘家時深居閨閣，如今也只好嫁雞隨雞，嫁狗隨狗了。隨即又強忍悲傷安慰丈夫，說自己本想跟隨丈夫一同前往軍中，但又怕婦女在軍中影響士氣。第三層，說要當著丈夫的面洗去脂粉，不再穿漂亮的嫁衣，心永遠和丈夫在一起，表達了自己忠貞不渝的愛情。全詩以新娘自述的口吻，語義多情而纏綿，心理刻劃細膩傳神。唯妙唯肖的神態躍然紙上。

〈垂老別〉

題解

　　這是杜甫〈三別〉組詩中的第二首。寫於唐肅宗乾元二年（759）由洛陽回華州的路上。全詩以一位老人自述的口吻，描繪出一個「子孫陣亡盡」的老人竟然也被徵去當兵，與他的老伴悲壯地告別時的情景。

　　四郊未寧靜，垂老不得安。
　　子孫陣亡盡，焉用身獨完？
　　投杖出門去，同行為辛酸。
　　幸有牙齒存，所悲骨髓乾。
　　男兒既介冑，長揖別上官。
　　老妻臥路啼，歲暮衣裳單。
　　孰知是死別，且復傷其寒。
　　此去必不歸，還聞勸加餐。
　　土門壁甚堅，杏園度亦難。

◎第三階段　左拾遺與流亡歲月（756～759）

勢異鄴城下，縱死時猶寬。
人生有離合，豈擇衰盛端。
憶昔少壯日，遲迴竟長嘆。
萬國盡征戍，烽火被岡巒。
積屍草木腥，流血川原丹。
何鄉為樂土？安敢尚盤桓？
棄絕蓬室居，塌然摧肺肝。

新解

　　四郊未寧靜，垂老不得安——洛陽城四郊戰事尚未平靜，老人不得安寧。垂老：將近老年。

　　子孫陣亡盡，焉用身獨完——焉用：何必要。完：完好無損。子孫都死在戰場上了，我又何必留著這條老命獨自活著呢？

　　投杖出門去，同行為辛酸——投杖：扔掉枴杖。一同行走的人也為我感到辛酸。

　　幸有牙齒存，所悲骨髓乾——骨髓乾：形容身體衰老，精神枯竭。

　　男兒既介冑，長揖別上官——介冑：鎧甲和頭盔。長揖別上官：拱手高舉，自上而下地對地方長官行禮告別。

　　老妻臥路啼，歲暮衣裳單——老伴在路邊傷心地哭，身上穿著單薄的衣衫。

　　孰知是死別，且復傷其寒——孰知：誰知。明知與她是死別，仍為她的寒冷而傷心。

　　此去必不歸，還聞勸加餐——加餐：多吃飯，多保重之意。她也明知我此去不會回來了，但還是勸我多保重。

土門壁甚堅，杏園度亦難──土門：土門口，在今河南孟州附近，是唐軍把守的要地。杏園：今河南衛輝東南的一個鎮，唐代稱杏園渡，也是唐代軍隊鎮守的要地。土門口的牆壁很堅固，杏園水流湍急，敵人要渡過也很難。

勢異鄴城下，縱死時猶寬──勢異：這裡是說眼前的軍事形勢和鄴城潰敗時不同，自己即便是死，也不會馬上就戰死。

人生有離合，豈擇衰盛端──人生總有離合聚散，哪能選擇衰年還是盛年？

憶昔少壯日，遲迴竟長嘆──老人在少壯時，應是唐玄宗時國泰民安的時代，因此回憶往日，不由得長長嘆息。遲迴：猶豫徘徊，內心茫然。

萬國盡征戍，烽火被岡巒──到處都在徵兵，烽火燃遍了每一座山巒。

積屍草木腥，流血川原丹──屍骨成山，草木都散發著腥味，鮮血淌紅了山川原野。

何鄉為樂土？安敢尚盤桓──哪裡還能有一塊安居的土地呢？我怎敢再留戀故鄉？盤桓：徘徊不前，留戀之意。

棄絕蓬室居，塌然摧肺肝──丟掉自己的窮家，我憂傷的心肝肺，都轟然破碎了。

新評

全詩共分四層，從開頭到「長揖別上官」為第一層，寫老人扔掉枴杖從軍。從「老妻臥路啼」到「還聞勸加餐」為第二層，寫老人和老伴告別的情景。從「土門壁甚堅」到「遲迴竟長嘆」是第三層，寫老人努力勸解老伴放寬心。第四層從「萬國盡征戍」到結尾，寫老人對國家形勢和自己

◎第三階段　左拾遺與流亡歲月（756～759）

責任的認知。

　　詩歌反映了安史之亂帶給百姓的痛苦，既寫老人棄家別妻時的悽苦和悲壯，同時也表現底層百姓捨己救國、支持平叛的愛國精神。詩句曲婉情悲，感人肺腑。

〈無家別〉

題解

　　此詩作於唐肅宗乾元二年（759），是「三別」組詩中的第三首。詩中描寫一個從鄴城前線戰敗歸鄉的老兵，又被縣吏召去本州服役的情景。全詩以老兵自述的口吻寫成。

　　寂寞天寶後，園廬但蒿藜。
　　我裡百餘家，世亂各東西。
　　存者無消息，死者為塵泥。
　　賤子因陣敗，歸來尋舊蹊。
　　久行見空巷，日瘦氣慘悽。
　　但對狐與狸，豎毛怒我啼。
　　四鄰何所有？一二老寡妻。
　　宿鳥戀本枝，安辭且窮棲。
　　方春獨荷鋤，日暮還灌畦。
　　縣吏知我至，召令習鼓鞞。
　　雖從本州役，內顧無所攜。
　　近行止一身，遠去終轉迷。
　　家鄉既蕩盡，遠近理亦齊。
　　永痛長病母，五年委溝溪。

生我不得力，終身兩酸嘶。

人生無家別，何以為烝黎？

新解

　　寂寞天寶後，園廬但蒿藜 —— 天寶：唐玄宗的年號。天寶十四載(755)十一月，安祿山起兵造反，中原淪陷，人口銳減，田園荒蕪。天寶後：這裡指安史之亂後。園廬：指村落。蒿藜：野草。這幾句是說，安史之亂後，蕭條冷落的田園中只剩下了野草。

　　我裡百餘家，世亂各東西 —— 村裡的一百餘戶人家，在亂世中各奔東西。

　　存者無消息，死者為塵泥 —— 活著的人沒消息，死去的已化為塵泥。

　　賤子因陣敗，歸來尋舊蹊 —— 賤子：敗兵的自稱。陣敗：鄴城之敗。舊蹊：舊路，代指故居。

　　久行見空巷，日瘦氣慘淒 —— 走很久，巷內都空無一人，形容荒涼。日瘦：日色黯淡無光。是融情入景手法。

　　但對狐與狸，豎毛怒我啼 —— 形容人煙稀少，狐狸等野獸出沒橫行。

　　四鄰何所有？一二老寡妻 —— 哪裡還有街坊四鄰？只剩下一、兩個寡婦老妻。

　　宿鳥戀本枝，安辭且窮棲 —— 鳥還戀著舊枝呢！我姑且窮困地居住吧！

　　方春獨荷鋤，日暮還灌畦 —— 方春：時當春季。荷鋤：扛著鋤頭。灌畦：澆灌田地。

　　縣吏知我至，召令習鼓鼙 —— 習鼓鼙：重召入伍。

◎第三階段　左拾遺與流亡歲月（756～759）

雖從本州役，內顧無所攜 —— 本州役：在本州的軍隊服役。攜：牽掛、顧念。

近行止一身，遠去終轉迷 —— 終轉迷：分辨不清方向。這句是說只有我一人被派兵役，走遠了會迷路，不知會漂泊何處。

家鄉既蕩盡，遠近理亦齊 —— 家鄉空空蕩蕩沒有人了，其實遠近都一樣。

永痛長病母，五年委溝溪 —— 痛惜母親已死去五年了，安史之亂至此正好五年。委溝溪：指人死後在溝溪裡無人安葬的慘狀。

生我不得力，終身兩酸嘶 —— 這句是說母親養兒子沾不上光、得不到奉養。兩酸嘶：母與子二者都酸楚地號哭。

人生無家別，何以為烝黎 —— 烝：眾多。黎：黎民百姓。這句是說人活著都慘到無家可別了，這還算得上是天子的百姓嗎？

全詩可分為三個層次。第一層，從開頭到「一二老寡妻」句，寫敗兵回來在故鄉的所見。第二層從「宿鳥戀本枝」到「日暮還灌畦」，寫敗兵述說自己回鄉後的生活。第三層從「縣吏知我至」到結尾，寫敗兵又被徵召入伍，離開了空無一人的家。這首詩寫出了家園在戰亂中的凋零破敗，真切地寫出人們失去家園和親人的慘痛之狀。

新評

比起杜甫的「三別」中其他兩個主角，〈無家別〉主角的遭遇更加令人同情，因為他早就去了前線，戰敗回來時，故鄉已面目全非，人煙稀少，田園荒蕪。親人沒有了，只落到形影相弔、無家可歸的境地。為了活命，他獨自開始耕作。然而，縣吏知道他回鄉的消息，又要召他去當兵。收拾行囊嗎？「內顧無所攜」；與人告別嗎？無家可別了；想到生病的母親委骨溝壑已經五年了，身為兒子，生時不能奉養，死時未能安

葬,只有抱恨終身而已。與漢樂府的名篇〈十五從軍行〉相近,同樣是寫主角征戰歸來後,對家鄉的陌生感,還有人生無常、不見親人的孤獨感,但杜甫的詩更為沉痛,因為連這陌生和孤獨感也無法保持了,主人又將漂泊在外,不知所終。所以結尾他悲憤地詰問:「人生無家別,何以為烝黎?」表達了千百萬苦難百姓的吶喊和控訴!

在字句的推敲上,這首詩也很見功力。如「賤子因陣敗,歸來尋舊蹊」句,一個「尋」字,可看出故鄉已面目全非;而「家鄉既蕩盡,遠近理亦齊」句,更給人一種沉鬱痛楚之感。

〈遣興〉三首(選一)

題解

這組詩是杜甫棄官渡隴來到秦州後所作,寫於乾元二年(759)秋。今選其一。這首詩寫路經戰場時看到邊將邀功滋事而發的感慨。

> 下馬古戰場,四顧但茫然。
> 風悲浮雲去,黃葉墜我前。
> 朽骨穴螻蟻,又為蔓草纏。
> 故老行嘆息,今人尚開邊。
> 漢虜互勝負,封疆不常全。
> 安得廉頗將,三軍同晏眠?

新解

下馬古戰場,四顧但茫然。風悲浮雲去,黃葉墜我前 —— 下馬憑弔古戰場,放眼四望,一片茫然,只見枯葉在秋風中墜落。

朽骨穴螻蟻,又為蔓草纏。故老行嘆息,今人尚開邊 —— 朽骨成了螻蟻的巢穴,荒草纏繞,不禁感慨戰爭帶來的悽慘景象,而今天的權貴

◎第三階段　左拾遺與流亡歲月（756～759）

還在熱衷於開邊黷武。開邊：指用武力開拓疆土。

漢虜互勝負，封疆不常全。安得廉頗將，三軍同晏眠 ── 封疆：指疆土。廉頗：戰國時趙國一位屢立戰功的名將。晏眠：安眠。戰爭總會各有勝負，疆土若不能長期保全，像廉頗這樣的將領和三軍將士，又如何能夠安睡？

新評

與杜甫前一階段所寫〈兵車行〉相比，同樣是反對天子開邊，主張立國有疆，揭示戰爭的悲慘。但前詩多為想像之景：「君不見，青海頭，古來白骨無人收」，這裡卻是身臨其境的切身感受。且過去攻石堡、伐南詔是唐開邊，現在卻是吐蕃開邊。所以就令他倍加思念趙國的那位安邊的良將廉頗了。

〈佳人〉

題解

這是杜詩中的名篇，作於乾元二年（759）秋。寫一個被丈夫遺棄的亂世佳人空谷幽居的悲涼處境。

絕代有佳人，幽居在空谷。
自云良家子，零落依草木。
關中昔喪亂，兄弟遭殺戮。
官高何足論？不得收骨肉。
世情惡衰歇，萬事隨轉燭。
夫婿輕薄兒，新人美如玉。
合昏尚知時，鴛鴦不獨宿。
但見新人笑，那聞舊人哭？

在山泉水清，出山泉水濁。
侍婢賣珠回，牽蘿補茅屋。
摘花不插髮，採柏動盈掬。
天寒翠袖薄，日暮倚修竹。

新解

絕代有佳人，幽居在空谷——「絕代」即「絕世」，舉世無雙。唐人避太宗李世民諱，故不說「世」，而說「代」。有一個絕世無雙的美人，隱居在僻靜空寂的深山野谷。

自云良家子，零落依草木——自述是良家的女子，飄零流落到此，與草木相依。

關中昔喪亂，兄弟遭殺戮——「關中喪亂」指天寶十五載（756）六月，安祿山叛軍攻陷長安一事。當年長安喪亂，兄弟慘遭殺戮。

官高何足論？不得收骨肉——官位高又有何用？連屍骨都不得收葬。

世情惡衰歇，萬事隨轉燭——世態炎涼、人情冷暖變得太快了，猶如燭焰隨風飄轉。

夫婿輕薄兒，新人美如玉——丈夫是個輕薄者，愛上了一個如花似玉的新人。

合昏尚知時，鴛鴦不獨宿——合昏：合歡花。生有羽狀複葉，早開夜合，所以叫合昏，也稱合歡。夜合花還知道朝開夜合，鴛鴦鳥都是雙飛雙宿，從不單獨居住。

但見新人笑，那聞舊人哭——新人：指丈夫的新妻。故人：佳人自指。

在山泉水清，出山泉水濁——泉水：佳人自喻。山：這裡指夫家。

◎第三階段　左拾遺與流亡歲月（756～759）

泉水在山中是清的，出了山外就變得渾濁。這裡是以泉水比喻人的節操，說自己在夫家如水一樣清白，一旦被遺棄，人們就會認為妳是汙濁的。

侍婢賣珠回，牽蘿補茅屋──侍女變賣首飾回來，牽出藤蘿，和我一起修補破舊的茅草屋。

摘花不插髮，採柏動盈掬──摘來的野花也沒心思插在頭上打扮自己，採柏枝卻常捧滿滿一大把。暗喻自己貞心不改，如這柏枝。

天寒翠袖薄，日暮倚修竹──天氣寒冷，美人仍穿著單薄的翠衣，夕陽下她倚著修長的青竹佇立。

新評

這首詩寫一個出身高貴卻生不逢時的美人，在安史戰亂中，兄弟慘遭殺戮，丈夫見她娘家敗落，就遺棄了她，她只好流落無依地生活在深山裡。雖幽居空谷，與草木為鄰，但她節操不改，宛若山泉。這種貧賤不移，貞節自守的精神，再加上端莊俏麗的形象，給予人特殊的美感。

全詩並未直接說佳人有多美，但讀者卻可從字裡行間感受到佳人之美。翠袖、修竹，加上日暮、泉水，令人浮想聯翩。詩歌形象豐滿，意味深長。從佳人身上，可看到詩人的影子，心繫國家社稷，忠貞不貳。全詩文筆委婉，纏綿悱惻，意境楚楚動人，富含生活哲理。

〈夢李白〉二首

題解

這是杜甫在秦州時期寫的懷人詩中的名篇。作於乾元二年（759），時杜甫在秦州。在此前一年，李白因參加永王李璘的幕府而受牽連，被流放夜郎（今貴州桐梓境內）。次年春遇赦放還。杜甫只知李白流放，不

知赦還。這兩首記夢詩是杜甫聽到李白流放夜郎後，積思成夢而作。表達了對老友的深切關懷與同情。

其一

死別已吞聲，生別常惻惻。
江南瘴癘地，逐客無消息。
故人入我夢，明我長相憶。
恐非平生魂，路遠不可測。
魂來楓林青，魂返關塞黑。
君今在羅網，何以有羽翼？
落月滿屋梁，猶疑照顏色。
水深波浪闊，無使蛟龍得。

新解

死別已吞聲，生別常惻惻 —— 惻惻：悲痛的樣子。生離比死別更讓人難過。如果是死別，吞聲一哭了之。而生別卻使人常常悲傷不止。

江南瘴癘地，逐客無消息 —— 瘴癘：因南方山林地區溼熱蒸發，而使人生病的潮氣。逐客：被放逐的人，此指李白。故人被放逐到這麼危險的地方，又久無消息，就更讓人覺得生死未卜。

「故人入我夢」四句 —— 夢中見到老友，對我講述別後思念之苦。高興之餘，忽然驚懼地想到，這會不會是李白的鬼魂呢？因為路這麼遠，生人難以找到的。這又喜又怕，表達了杜甫對李白深深思念的複雜心理。

「魂來楓林青」四句 —— 你的魂靈來的時候，經過江南一帶青青的楓樹林；你的魂靈返回的時候，又要走過昏黑的秦州關塞。君今日身陷羅網，哪裡能生出羽翼飛到我的身邊？

◎第三階段　左拾遺與流亡歲月（756～759）

「落月滿屋梁」四句——醒來看到將落的月亮輝光灑滿屋梁，依稀是看到你的臉龐。江南水深浪闊，過江時你可千萬小心，別讓蛟龍把你抓去。

新評

李白捲入的是一場爭奪王位的鬥爭，這在封建時代是犯了「彌天大罪」。杜甫不但不迴避，反而公開寫詩表示同情與關切，這種仗義執言的古道熱腸，極為難能可貴。這首詩以夢前、夢中、夢後的次序敘寫。起首四句寫杜甫久久得不到李白的消息，心中難抑的悲痛。第二層寫初次夢見李白時既喜且憂的心理，表現出對老友吉凶生死的關切。第三層以景物寄情，借楓林和關塞也為之動情變色，來渲染和表達作者難以名狀的惶惑和哀傷。第四層寫醒來後，在慘澹的月光中，疑是看到老友的臉，現實感與夢幻感交織的錯覺，將靈魂的漂泊無依和自己的不安同時顯現，真是傳神之筆。最後兩句對老友殷切叮嚀，彌見深情。全詩悽楚動人，讀來令人心碎。

其二

浮雲終日行，遊子久不至。
三夜頻夢君，情親見君意。
告歸常局促，苦道來不易。
江湖多風波，舟楫恐失墜。
出門搔白首，若負平生志。
冠蓋滿京華，斯人獨憔悴。
孰云網恢恢，將老身反累。
千秋萬歲名，寂寞身後事。

新解

「浮雲終日行」四句——以浮雲隨風飛來飄去喻遠方遊子漂泊不歸，意味深長。「三夜頻夢君，情親見君意」是補上一首詩的未及之處。

「告歸常局促」四句——每次你告辭歸去時總局促不安，總說來一趟不易。江湖上風波險惡，行船時唯恐會有什麼閃失。

「出門搔白首」四句——見你搔著白髮出門，那灰心的樣子，就像辜負了你平生的壯志。冠蓋：士大夫的服飾和車駕，這裡代指官僚。京城裡官員遍地，唯獨你枯槁憔悴。

孰云網恢恢，將老身反累——《老子》：「天網恢恢，疏而不失。」本意指天理如大網一般，善惡總有歸結。這裡是反問：誰說天網恢恢？像這樣的好人，老了反而還受牽累。將老：李白獲罪時年已五十九歲。

千秋萬歲名，寂寞身後事——寂寞：指死去，與身後同義。你定會名垂千古，但那是死後的事了。

新評

一連三日都夢到李白，是魂是人？是真是夢？恍惚難定。情深意篤，盡在詩句中。結尾神情黯然，情至語塞，發自肺腑，悽惻動人，真是流傳千古的血淚文字。

〈遣興〉五首（選一）

題解

這組詩為警世諷時之作，寫於乾元二年（759）秋，當時杜甫在秦州。此選其三。

漆有用而割，膏以明自煎；
蘭摧白露下，桂折秋風前。

◎第三階段　左拾遺與流亡歲月（756～759）

府中羅舊尹，沙道尚依然。

赫赫蕭京兆，今為時所憐。

新解

漆有用而割，膏以明自煎——這句借用《莊子·人間世》中語意：「山木自寇也，膏火自煎也。桂可食，故伐之。漆可用，故割之。」漆樹因其汁液有用而被割，油脂因其膏可以照明，才自身受到煎熬。

蘭摧白露下，桂折秋風前——蘭、桂因其香，所以才在白露和秋風未來前遭到摧折的命運。

府中羅舊尹，沙道尚依然——府：指丞相府。李林甫當宰相時，京兆尹多為他的故舊。《唐國史補》載：「凡拜相，禮絕班行，府縣載沙填路，自私第至子城東街，名曰沙堤。」《唐會要》載：「天寶三載五月，京兆尹蕭炅奏。請於要道築甬道，載沙實之，至於朝堂。」這句說丞相網羅舊相識當京兆尹，蕭炅上奏修建的沙道至今還在。

赫赫蕭京兆，今為時所憐——當年威名赫赫的蕭京兆，今天成為被時人所棄的可憐蟲。

新評

此詩借物託興，化用莊子語意，用漆、膏、蘭、桂等形象，說盛衰是易變的，以警示和譴責趨炎附勢之徒，指責他們打擊有才能的忠臣之士，雖贏得一時聲名，但終歸沒有好下場。意象生動，富含哲理。

〈秦州雜詩〉二十首（選八）

題解

這是一組大型的紀事抒情詩，作於乾元二年（759）秋，當時杜甫離官攜家離開華州，來到秦州。組詩吟詠的題材範圍很廣，或記秦州風

物,或敘遊蹤觀感,或發憂國議論,或寫漂泊鄉愁,形象化地描寫了當時的邊關重鎮秦州的景物與人文環境,有鮮明的地域色彩。這組詩是研究詩人當時生活和情感的重要資料,在藝術上有很高的價值。

其一

滿目悲生事,因人作遠遊。
遲迴渡隴怯,浩蕩及關愁。
水落魚龍夜,山空鳥鼠秋。
西征問烽火,心折此淹留。

新解

滿目悲生事,因人作遠遊 —— 據史書記載,這年關中大旱,斗米七千錢,人相食。加之戰亂頻仍,萬方多難,滿眼饑荒令人心生悲涼,只好依附他人,遠走異鄉。

遲迴渡隴怯,浩蕩及關愁 —— 隴:隴山,又名隴坂。高兩千多公尺,山勢陡峻,南北走向,為渭河平原和隴西高原的分界。《三秦記》載:「隴坻其坂九回,不知高幾里,欲上者七日乃得越。」關:指隴關,又名大震關,形勢險峻。這句是說心懷畏懼、翻越陡峭的隴坂,愁思浩蕩到達險峻的隴關。

水落魚龍夜,山空鳥鼠秋 —— 魚龍:川名;鳥鼠:山名;都在秦州附近。

西征問烽火,心折此淹留 —— 當時秦州一帶正受吐蕃的威脅,因而西征途中總是詢問有無戰事,留居這裡內心傷痛至極。

新評

組詩第一首開門見山先寫出了客居秦州的原因。是因為「滿目悲生事」,在華州實在無法生活下去,因而不顧道路險阻,攜家渡隴,漂泊

◎第三階段　左拾遺與流亡歲月（756～759）

異鄉。遙望秦川前途茫茫，念及兩京戰亂未平，詩人的內心愁苦可想而知。

其二

秦州城北寺，勝蹟隗囂宮。

苔蘚山門古，丹青野殿空。

月明垂葉露，雲逐渡溪風。

清渭無情極，愁時獨向東。

新評

秦州城北寺，勝蹟隗囂宮——隗囂宮：在秦州東北山上。隗囂：人名，東漢初年天水成紀（今甘肅天水縣）人。當時頗有勢力，自稱西州上將軍。後與漢軍交戰屢敗，憂憤而死。

苔蘚山門古，丹青野殿空——古老的山門長滿苔蘚，野殿空寂，有當年的壁畫。

月明垂葉露，雲逐渡溪風——月光照亮了垂在葉上的露滴，雲彩追逐著渡溪的夜風。

清渭無情極，愁時獨向東——清渭：指清澈的渭水，發源於甘肅渭源鳥鼠山，向東橫穿渭河平原，經過長安城北。這裡以擬人的口吻責怨渭水無情，不顧詩人的哀愁，獨自向東方自己的故鄉奔去。

新評

遙望秦州城北，只有荒涼的宮殿和無情的河水，一片衰敗淒涼景象。詩人獨尋古蹟，對景傷懷，更產生了異地羈旅、俯仰身世之悲。

其四

鼓角緣邊郡，川原欲夜時。
秋聽殷地發，風散入雲悲。
抱葉寒蟬靜，歸山獨鳥遲。
萬方聲一概，吾道竟何之？

新解

鼓角緣邊郡，川原欲夜時——邊郡：指秦州。鼓角聲沿著邊郡的周圍傳來，川原即將入夜。

秋聽殷地發，風散入雲悲——殷：震動。深秋時節聽到這樣的聲音，感到大地發顫，秋風將其吹散，進入雲層更顯悲涼。

抱葉寒蟬靜，歸山獨鳥遲——寒蟬悲戚靜抱著樹葉，獨鳥遲遲未歸山間。

萬方聲一概，吾道竟何之——普天下都是這樣，我又能去何處安身呢？

新評

這首詩寫秋夜中詩人聽到鼓角聲震天動地，念及萬方多難，不覺興走投無路之浩嘆。聲音從地面到天上，景物從樹上的寒蟬到山中的獨鳥，更襯出詩人無處安身的悲涼。「抱葉寒蟬靜，歸山獨鳥遲」兩句，尤見出詩人的藝術功力。

其七

莽莽萬重山，孤城石谷間。
無風雲出塞，不夜月臨關。
屬國歸何晚？樓蘭斬未還。
煙塵獨長望，衰颯正摧顏。

◎第三階段　左拾遺與流亡歲月（756～759）

新解

　　莽莽萬重山，孤城石谷間——前四句寫秦州的地勢。孤城：秦州處於南北兩山中間的石谷中。

　　無風雲出塞，不夜月臨關——因秦州位於谷底，故雲無風。這裡是說，地面雖無風，天上的雲卻飄出塞外；還沒到夜晚，月亮卻照臨關隘。

　　屬國歸何晚？樓蘭斬未還——屬國：即「典屬國」，秦漢時的一個官職名，掌管少數民族事務，此處指出使吐蕃的使節。樓蘭：漢時西域國名。漢昭帝時，樓蘭與匈奴交好，不親漢朝。傅介子趕到樓蘭，斬其王首而歸。這句是將外出的使臣比作傅介子，說他們歸來得何其晚也，一定是出征斬敵未完成使命吧？

　　煙塵獨長望，衰颯正摧顏——久久佇望遠方的煙塵，任肅殺的秋風摧殘我的容顏。

新評

　　一位獨立寒秋的老人，為了國事而憂心忡忡地眺望遠方，一任滿頭白髮在秋風中飛舞，其心可敬，其情可哀。孤城更襯出孤立無援的境地，字面寫無風，卻使人感受到天風正烈。詩中巧妙用典，更使人有一種歷史的滄桑感。

其十二

山頭南郭寺，水號北流泉。
老樹空庭得，清渠一邑傳。
秋花危石底，晚景臥鐘邊。
俯仰悲身世，溪風為颯然。

新解

山頭南郭寺，水號北流泉 —— 南郭寺：位於秦州城東南約三里的慧音山北坡。北流泉：南郭寺內有一甘泉井，因向北流而得名。

老樹空庭得，清渠一邑傳 —— 老樹：指南郭寺庭院中的兩株古柏。邑：縣。清清渠水貫通全縣。

秋花危石底，晚景臥鐘邊 —— 秋花在危石下盛開，夕陽映照著古鐘。

俯仰悲身世，溪風為颯然 —— 俯仰之間不禁悲嘆自己的身世，溪水清風也為我發出淒涼的感嘆。

新評

「秋花危石底，晚景臥鐘邊」句中，「危」、「臥」二字尤為傳神。夕照不說「照」，而說「臥」，與殘鐘相互映襯；秋花不說「開」，而寫出在巨石下岌岌可危之態，越發顯出其淒涼。不愧是寫景傳情的高手。

其十三

傳道東柯谷，深藏數十家。
對門藤蓋瓦，映竹水穿沙。
瘦地翻宜粟，陽坡可種瓜。
船人近相報，但恐失桃花。

新解

傳道東柯谷，深藏數十家 —— 東柯谷：據後世方志記載，東柯山在秦州南六十里處，山麓有杜工部草堂。有學者考證，即今天水市東南麥積區街子鄉柳家河村。當年杜甫的侄子杜佐就住在東柯谷。這句是說，傳聞東柯谷這個地方，深藏著數十戶人家。

◎第三階段　左拾遺與流亡歲月（756～759）

對門藤蓋瓦，映竹水穿沙——門對面就能看到茂密的藤條蓋住了屋瓦，溪水裡映出的綠竹林，在水中穿過白沙。

瘦地翻宜粟，陽坡可種瓜——貧瘠的土地翻一翻適合種粟，向陽的山坡可以種瓜。

船人近相報，但恐失桃花——船夫走近來告訴我的時候，我真擔心會錯失了這好不容易才打聽到的世外桃源裡的桃花。

新評

起首「傳道」二字，顯示杜甫並未去過東柯谷，只是聽說，還未去，就把這裡寫得這麼美，可見早已神往。聽人說得天花亂墜，簡直就是一個世外桃源，因而詩人真有點迫不及待地想去看看了，但越是喜愛，就越怕失去。寫出詩人渴望找到一個如世外桃源般的隱居之所的理想。反襯出詩人對現實的失望。

其十七

邊秋陰易夕，不復辨晨光。
簷雨亂淋幔，山雲低度牆。
鸕鶿窺淺井，蚯蚓上深堂。
車馬何蕭索，門前百草長。

新解

邊秋陰易夕，不復辨晨光——邊地的秋天陰雨多，天黑得早，晨光也弱，讓人難以辨認。

簷雨亂淋幔，山雲低度牆——簷頭雨水撩亂，淋溼了布幔，山雲低得都爬過了矮牆。

鸕鶿窺淺井，蚯蚓上深堂——鸕鶿為了捕魚而窺視著淺淺的水井，蚯蚓為了避溼，竟爬進了深深的廳堂。

車馬何蕭索，門前百草長——因為門前車馬稀少，百草長得很茂盛。

新評

詩人雖住在市井，卻門前冷落車馬稀，蓬門前長滿了荒草。入秋以來陰雨連綿，夜長晝短。連鸕鷀都餓得在水井邊探頭探腦，蚯蚓也受不了潮溼，鑽進了堂屋裡。

作者抓住鸕鷀和蚯蚓的習性特點，逼真地描繪出牠們在雨中的動作和形態，寫得栩栩如生。暗示出連動物都受不了的環境，人何以堪？寒風冷雨，敝廬窮巷，詩人為我們畫出一幅滿目淒涼的圖景。

其二十

唐堯真自聖，野老復何知！
晒藥能無婦？應門亦有兒。
藏書聞禹穴，讀記憶仇池。
為報鴛行舊，鷦鷯在一枝。

新解

唐堯真自聖，野老復何知——唐堯：指唐肅宗。古人云：「從諫則聖。」這裡說「真自聖」，是嘲諷唐肅宗不聽忠諫之意。說肅宗可真是個聖人呀！我這村夫野老又能懂什麼？

晒藥能無婦？應門亦有兒——晒藥材豈能沒有婦人幫助？應答門戶亦須身邊有小兒。

藏書聞禹穴，讀記憶仇池——禹穴：傳說中禹的藏書處，在今甘肅永靖炳靈寺石窟中。仇池：山名，在今甘肅成縣西。聽說禹穴中有藏書，我讀書更懷念嚮往的是仇池勝地。

◎第三階段　左拾遺與流亡歲月（756～759）

為報鴛行舊，鷦鷯在一枝 —— 鴛行（ㄏㄤˊ）：喻朝官的佇列。鷦鷯：以昆蟲為食的一種鳥名。《莊子・逍遙遊》：「鷦鷯巢於深林，不過一枝。」這裡是告訴同朝的舊友，我像隻鷦鷯鳥一樣，只棲身於一枝上。

新評

〈秦州雜詩〉二十首是杜甫所有組詩中最長的。這些五律，內容和題材的豐富前所未有。它對秦州的各方面，如山川城郭、民俗風情、人口物產、名勝古蹟等，都作了精細的描繪。詩歌基本上按時間先後排列，是一組首尾完整、脈絡分明、層次清晰的組詩。詩中既寫出秦州獨特的地域色彩，又融入了個人的身世感懷，在沉鬱頓挫的詩風中，兼具峭拔清麗的特點。

秦州詩代表著杜甫詩歌創作道路的重大轉折。過去那種直陳時事的長篇紀實作品數量大為減少，而轉向個人的身世自嘆和人生感慨，更多的則是抒寫自然風物、生活景象。寫景詠物、懷人遣興成為這個時期的主要內容。比起過去詩中所表達的哀怨和苦悶，感情也更為深沉，表達也更為婉轉。早期詩中的那種磅礴氣勢和樂觀精神已很少見到，題材也由過去的登臨、遊宴、贈答之作，擴展到詠物、寫景等廣闊的社會生活。常出現在他筆下的，多為葉稀風落、秋花危石、山昏日斜等邊邑衰敗之景。詩人正是以哀景寫悲情，借寫景來表達自己的感傷、寄託身世之悲。在藝術形式上，他更著力於五言律詩的創作。客居秦州的短短三個月中，就作詩九十二首，其中五律接近三分之二。從技巧上看，章法更加細密，富於創新。如音節的變化、拗句和虛字的活用、結構的錯綜等，都大大拓展了詩的意境和表現力，使這組詩氣韻別緻、色彩紛呈，被譽為五言律詩中的千古絕調。

〈月夜憶舍弟〉

題解

　　此詩為乾元二年（759）杜甫在秦州所作。這時安史之亂未平，九月，史思明又從范陽引兵南下，攻陷汴州，西逼洛陽，山東、河南又處於戰亂之中。杜甫在顛沛流離中，歷盡國難家憂，適逢白露，他望明月而思念音訊不通的手足兄弟，心情悽然。杜甫有四個弟弟，名為穎、觀、豐、占。此時唯有杜占與他相隨，其餘皆分散在山東、河南等地。這首詩表現了安史之亂中人民的普遍遭遇，寫得情深意切，深受後人推許。

　　戍鼓斷人行，邊秋一雁聲。
　　露從今夜白，月是故鄉明。
　　有弟皆分散，無家問死生。
　　寄書長不達，況乃未休兵。

新解

　　戍鼓斷人行，邊秋一雁聲——戍鼓，戍樓上的更鼓。邊秋，邊地的秋天。戍樓上響過更鼓，路上已斷了行人。秋天的邊境，傳來孤雁悲切的鳴聲。古人常以雁行比喻兄弟。

　　露從今夜白，月是故鄉明——今日正是白露節，望月懷親，覺得還是故鄉的月更明亮。

　　有弟皆分散，無家問死生——想起遠方的兄弟，各自分散在海角天涯；家被毀了，我又到何處去打聽他們的死生呢？語極悲切。

　　寄書長不達，況乃未休兵——平時寄去書信還常常無法到達，更何況烽火連天，叛亂還沒有治平。

◎第三階段　左拾遺與流亡歲月（756～759）

新評

　　詩人望秋月而思念手足兄弟，覺得露水比往日更為慘白，月亮也比不上故鄉的明亮，景隨情變，情景交融，寄託縈懷家國之情。用孤雁和兄弟分散相映襯，更加重了「無家問死生」的淒涼。全詩層次井然，首尾照應，結構嚴密，環環相扣，句句轉承，一氣呵成。「露從今夜白，月是故鄉明」這一名句，更是色彩斑斕，情景俱佳。

〈天末懷李白〉

題解

　　至德二載（757），李白因參加永王李璘的幕府而受到牽連，被投放潯陽監獄。次年又被流放夜郎，後行至巫山時遇赦得還。杜甫於乾元二年（759）作此詩時還不知道這個消息，他眷懷李白，設想他當路經汨羅，因而以屈原喻之。其實，此時李已遇赦，泛舟洞庭了。此首與〈夢李白〉二首內容相近。

　　涼風起天末，君子意如何？
　　鴻雁幾時到？江湖秋水多！
　　文章憎命達，魑魅喜人過。
　　應共冤魂語，投詩贈汨羅。

新解

　　涼風起天末，君子意如何──涼風習習來自天的盡頭，老朋友啊你心情如何？

　　鴻雁幾時到？江湖秋水多──鴻雁何時能捎來你的消息？江湖水深總有不平的風浪！

　　文章憎命達，魑魅喜人過──命達：命運通達。魑魅：古代傳說中

食人的鬼怪。文章總是憎恨人的好命運，吃人的鬼怪正喜歡有人路過，可以成為牠的食物。有「詩窮而後工」之意。

應共冤魂語，投詩贈汨羅──我想你經過汨羅江時，一定會投詩贈予屈原，與那千古冤魂共同把冤情訴說！

新評

屈原無罪而遭放逐，投汨羅江而死；李白亦無罪而被流放，漂泊夜郎，生死未卜。所以，杜甫在這裡以屈原喻李白。他覺涼風而念故友，文人相重，末路相親，情深意重，躍然紙上。

〈雨晴〉

題解

作於乾元二年（759）秋。詩中描繪了秦州邊地久雨初晴的美麗景色，是一首優美的抒情小詩。

天外秋雲薄，從西萬里風。
今朝好晴景，久雨不妨農。
塞柳行疏翠，山梨結小紅。
胡笳樓上發，一雁入高空。

新解

天外秋雲薄，從西萬里風──頭兩句寫天空景色，是仰望。久雨乍晴，天邊秋雲稀薄，西面吹來萬里長風。

今朝好晴景，久雨不妨農──三、四句寫人間景物，是遠望。被雨洗過的景色如畫，畫中有農民在耕田。下過很久的雨並不妨礙農事，表達出作者關心農家的思想感情。

◎第三階段　左拾遺與流亡歲月（756～759）

塞柳行疏翠，山梨結小紅 —— 五、六句寫近景，是近望。塞：邊塞，此指秦州。陽光下塞柳有稀疏的翠色，山梨微微掛紅。

胡笳樓上發，一雁入高空 —— 胡笳聲因為晴空而傳得更遠，一隻大雁直上雲端。

新評

這首抒情小詩中既有鮮明的色彩，更有通感的互動。秋雲、塞柳、山梨都是視覺，萬里風和胡笳是聽覺，「一雁入高空」既有視覺，又有聽覺，顯得清越且有動感。「塞柳行疏翠，山梨結小紅」句，更如一幅色彩鮮明的畫，「翠」不是青翠，而是「疏」翠，「紅」不是豔紅，而是「小」紅，這種淡淡的點染，更令人有賞心悅目之感。

〈山寺〉

題解

作於乾元二年（759）秋。寫詩人登臨麥積山瑞應寺所見景物。麥積山在甘肅天水市東南，形如農家麥堆，上有僧寺。

野寺殘僧少，山園細路高。
麝香眠石竹，鸚鵡啄金桃。
亂水通人過，懸崖置屋牢。
上方重閣晚，百里見秋毫。

新解

野寺殘僧少，山園細路高 —— 野寺中的僧人很少，通往寺院中的細長小路升向高處。

麝香眠石竹，鸚鵡啄金桃 —— 麝：一種形狀像鹿的哺乳動物。麝香：

為雄麝的肚臍和生殖器之間腺囊的分泌物，乾燥後呈粒狀或塊狀，有特殊香氣，可入藥。石竹：多年生草本植物，莖直立，葉對生，線形，花有紅色、淡紫色等雜色，株呈粉綠色，很美。金桃：為桃的一種。《廣群芳譜》載：「金桃，長形，色黃如金。」麝在石竹叢中安然入睡，鸚鵡悠閒地啄著金桃。

亂水通人過，懸崖置屋牢——溪水紛流清淺，人可以涉過，懸崖上的屋宇非常牢固。

上方重閣晚，百里見秋毫——上方：住持僧所住的內室，也指佛寺。秋毫：鳥獸在秋天新長出的細毛。傍晚登上佛寺的重閣，百里外的秋毫都能看清。

新評

這是一首清麗有韻致的小詩。有詩評家認為三、四句以奇麗寫幽寂，有庾信之風，確有道理。

〈遣懷〉

題解

此詩當作於乾元二年（759）秋。詩中描寫邊塞的蕭瑟秋景，觸景傷懷，讀來字字心酸。

愁眼看霜露，寒城菊自花。
天風隨斷柳，客淚墮清笳。
水靜樓陰直，山昏塞日斜。
夜來歸鳥盡，啼殺後棲鴉。

◎第三階段　左拾遺與流亡歲月（756～759）

新解

「愁眼看霜露」四句 ── 清笳：淒清的胡笳聲。胡笳是古代的一種管樂器，常用作軍中號角。憂愁的眼睛看著霜露，由於無心欣賞菊花，只好在寒城裡獨自開著。折斷的柳枝隨天風在飄，客居異鄉之人的淚水，墜落在清笳聲裡。

「水靜樓陰直」四句 ── 樓房僵直的影子在水中靜靜矗立，山色昏暗，邊塞的日光已西斜，暮色降臨，再看不見歸巢的鳥了，只有晚棲的烏鴉無處棲身，一個勁兒的叫著。

新評

結尾處借悲啼的烏鴉感嘆卜居無地的淒涼，感人至深。仇兆鰲認為：「此邊塞淒涼，觸景傷懷，而借詩以遣之。句句是詠景，句句是言情，說到酸心滲骨處，讀之令人欲涕。」

〈螢火〉

題解

這是一首詠物喻意的精緻小詩。寫於乾元二年（759）秋。螢火：即螢火蟲。

幸因腐草出，敢近太陽飛。
未足臨書卷，時能點客衣。
隨風隔幔小，帶雨傍林微。
十月清霜重，飄零何處歸？

新解

「幸因腐草出」四句 —— 古人誤以為腐草得暑溼之氣可化為螢。所以杜甫在這裡說螢火蟲僥倖由腐草中生出，卻敢靠近太陽飛舞。光亮未必能照亮書卷，卻時時能點染我的衣裳。化用古代傳說中寒士車胤點不起燈油而用囊螢照著讀書的典故。

「隨風隔幔小」四句 —— 你小小的身影，隔著帷幔在風中晃動，帶著雨點在樹林旁閃著微光。十月霜雪清冷凝重，你飄零流浪，將歸向何處？

新評

杜甫在秦州時期寫下不少詠物寓意的小詩，如〈苦竹〉、〈蒹葭〉、〈促織〉、〈歸雁〉等，表現出作者的命意不凡和表現手法的多樣。〈螢火〉是其中最出色的一首。也有人認為詩人是借螢火蟲的形象來譏刺宦官。這些詠物小詩，狀物逼真又極具生活情趣，的確為詩中佳品。

〈送遠〉

題解

此詩寫於乾元二年（759），時杜甫在秦州。詩中寫送人遠行，情感沉痛悲涼。

帶甲滿天地，胡為君遠行。
親朋盡一哭，鞍馬去孤城。
草木歲月晚，關河霜雪清。
別離已昨日，因見古人情。

◎第三階段　左拾遺與流亡歲月（756～759）

新解

　　帶甲滿天地，胡為君遠行——首句以提問開篇，說現在天下兵荒馬亂，君為何還要出門遠行呢？帶甲：全副武裝的兵士。滿天地：形容遍地皆兵。開頭新穎，引人入勝。

　　親朋盡一哭，鞍馬去孤城——此二句寫送行告別時的情景：親友同聲痛哭，因為離亂之際，親人孤身跨上「鞍馬」遠去，前程吉凶未卜。悲戚之狀如在眼前。

　　草木歲月晚，關河霜雪清——點出遠行的時間是在歲暮，草木零落，霜雪飄灑，關河冷清。此聯「歲月」二字本當用平聲，但詩人大膽突破聲律常規，上句全用仄，下句四字用平。用拗峭的語言，描繪出寒冬之景。這是杜甫五律中以入代平的一個詩例，值得借鑑。

　　別離已昨日，因見古人情——此二句是說與親朋「別離」的情景雖然已成「昨日」，但由於感念難忘，情景若在眼前，由此更理解古人殷殷惜別的心情。

新評

　　浦起龍認為杜甫的這首詩「不言所送，蓋自送」。即不是寫送別人，而是寫「送自己」。從詩的後四句來看，寫的是離開親人後在路途中的情景，或許此說有一定道理。如果此說成立，那麼前四句應是「從道中追寫起身時之情事」（浦起龍語）。沈德潛讚此詩開頭是「何等起手」，浦起龍更用「感慨悲歌」四字盛讚前四句。

　　無論是「自送」還是「送人」，這首詩表現出的沉痛淒涼意境，都是很感人的，稱得上是一篇名作。開頭以獨特的發問句，一下子將讀者引入了安史之亂中那「帶甲滿天地」的歷史畫面，筆法簡潔而有力。結尾處明寫古人的離情別意，更襯托出如今孤身鞍馬的茫茫前路中，世態炎涼之悲情，含蓄而有餘味。

〈佐還山後寄〉三首

題解

　　此詩當作於乾元二年（759）秋，時杜甫寓居秦州。佐：指杜甫的族侄杜佐，其父為殿中侍御史杜。安史之亂中，避難來到秦州，住在秦州東南七十里的東柯谷。這組詩為杜佐來看望詩人走後所寫，第一首是惦念其歸途，表示願意隨其隱居；第二首委婉地向其索米；第三首寫杜佐菜園中的景色，並向其要一種蔬菜。

其一

　　山晚浮雲合，歸時恐路迷。
　　澗寒人欲到，林黑鳥應棲。
　　野客茅茨小，田家樹木低。
　　舊諳疏懶叔，須汝故相攜。

新解

　　山晚浮雲合，歸時恐路迷——詩人送侄兒杜佐走時，已是黃昏，天晚雲黑，擔心他會迷路。

　　澗寒人欲到，林黑鳥應棲——猜想其回到東柯谷時的情景：林中漆黑，澗水寒冷，鳥已經歸巢了。

　　野客茅茨小，田家樹木低——野客：指杜佐。茅茨：茅屋。你家的茅屋雖然矮小，小樹也長得不高。

　　舊諳疏懶叔，須汝故相攜——諳：了解，熟悉。你了解我這個生性疏懶的叔叔，還須你來扶持協助啊！因杜甫曾在〈示侄佐〉一詩中表示過想去東柯谷隱居之意，因此這裡的「相攜」，便是表達願隨其隱居之意。

◎第三階段　左拾遺與流亡歲月（756～759）

其二

白露黃粱熟，分張素有期。
已應舂得細，頗覺寄來遲。
味豈同金菊，香宜配綠葵。
老人他日愛，正想滑流匙。

新解

白露黃粱熟，分張素有期——分張：分施，施於。白露已過，穀子也熟了，你曾答應過分一些小米給我。

已應舂得細，頗覺寄來遲——舂：用杵臼搗去穀物的皮殼。你遲遲未寄米給我，可能是你要把它舂得很細吧！

味豈同金菊，香宜配綠葵——想像中這米很香，連金菊也比不上它的香氣，最適合配綠葵一起吃。綠葵：一種蔬菜的名字。王禎《農書》稱其為「百菜之主」。

老人他日愛，正想滑流匙——老夫我平素就愛吃小米飯，正想著讓它在我的匙中滑動呢！

其三

幾道泉澆圃，交橫落幔坡。
葳蕤秋葉少，隱映野雲多。
隔沼連香芰，通林帶女蘿。
甚聞霜薤白，重惠意如何？

新解

幾道泉澆圃，交橫落幔坡——這是寫杜佐的菜園景色，說它很美，在山坡上青翠如幔，有幾道泉水縱橫交織，澆灌著它們。

葳蕤秋葉少，隱映野雲多——葳蕤：茂盛的樣子。說茂盛的菜地裡枯葉稀少，映襯著滿天的野雲更美。

隔沼連香芰，通林帶女蘿——芰：菱角。女蘿：松蘿，一種呈樹枝狀的地衣類植物。菱角長得很密，隔著池沼連成了一片，林間到處是女蘿生長。

甚聞霜薤白，重惠意如何——薤（ㄒㄧㄝˋ）：俗稱藠（ㄐㄧㄠˋ）頭，多年生草本植物，鱗莖可作菜。有赤、白兩種，以白者為佳，可滋補且味美。這裡是說：我聽說那經霜的白薤好吃極了，再次惠贈我一些，不知意下如何？

新評

這三首小詩如閒話家常，雖然多是白話，但詩人將農家的田園景色寫得綠意盎然，充滿生機野趣。明明是催促人家送米來給自己，但杜甫卻說得巧妙，語氣委婉，顯得親切又不失身分，話語的分寸掌握得恰到好處，有一種別具一格的韻味之美，讀了讓人感到愉快，真不愧是詩中高手。

〈乾元中寓居同谷縣作歌七首〉（選五）

題解

乾元二年（759），杜甫四十八歲。七月，他自華州棄官流寓秦州（今甘肅天水），十月，轉赴同谷（今甘肅成縣），在那裡住了約一個月。這是杜甫生活最為困窘的時期。一家人飢寒交迫，病倒在床上，靠挖土芋來充飢。詩人長歌當哭，以七古體裁寫下了這組感人肺腑的詩篇，逼真地狀寫了流離顛沛的生涯，抒發了老病窮愁的感喟，其情之哀，堪稱千古絕唱。

◎第三階段　左拾遺與流亡歲月（756～759）

其一

有客有客字子美，白頭亂髮垂過耳。
歲拾橡栗隨狙公，天寒日暮山谷裡。
中原無書歸不得，手腳凍皴皮肉死。
嗚呼一歌兮歌已哀，悲風為我從天來！

新解

「有客有客字子美」四句——橡栗：橡樹的果實，可充飢。狙公：養猴的人。有一個客居他鄉、姓杜、字子美的人，一頭白色的亂髮長長地垂過耳，跟在養猴人身後，在山裡靠拾點橡樹的果實充飢。

「中原無書歸不得」四句——中原沒有書信來，回不了家，手腳都被凍裂了，只好長歌當哭，連風聽了也為之悲傷啊！

新評

這是〈乾元中寓居同谷縣作歌七首〉中的第一首，為本組詩歌的總領。起首句點出「客」字，客居異鄉，可見出漂泊之哀。「白頭亂髮垂過耳」，勾勒出老態愁容，讓人印象深刻。靠「拾橡栗」維生，是說生計艱難，與第二首相呼應。「中原無書」和第三、四首寫弟弟、妹妹的內容相應。詩人自嘆垂老，寄跡荒山，唯以拾橡果維生，不勝悲苦。讀來給人強烈的震撼。

其二

長鑱長鑱白木柄，我生托子以為命。
黃精無苗山雪盛，短衣數挽不掩脛。
此時與子空歸來，男呻女吟四壁靜。
嗚呼二歌兮歌始放，閭里為我色惆悵。

新解

　　長鑱長鑱白木柄，我生托子以為命 —— 長鑱（彳ㄢˊ）：古時一種掘土的工具，類似鏟子。子：對長鑱的尊稱。長鑱啊！你有白色的木柄，我家生計全靠你維持，你就是我的命根。

　　黃精無苗山雪盛，短衣數挽不掩脛 —— 黃精：一種野生的土芋，屬百合科植物，地下具橫生根狀莖，肉質肥大，可入藥。別稱金絲吊蛋、金絲吊蛤蟆，可食。這句是說：大雪埋住了土芋的苗，衣服短小，再三往下拉，也遮不住小腿。

　　此時與子空歸來，男呻女吟四壁靜 —— 這時我與你（指長鑱）空空歸來，四壁安靜得只聽到兒女飢餓的呻吟聲。

　　嗚呼二歌兮歌始放，閭里為我色惆悵 —— 這第二首悲歌剛剛唱出口，鄰居們就為我面帶憂愁之色。

新評

　　寫家小因飢寒而臥病，面對呻吟的小兒女，卻空著雙手歸來，連餬口的土芋都挖不到，詩人的悲苦可想而知，難怪連鄰居也為之動容呢！以「呻吟」和「靜」反襯，更覺山居死寂，心境淒涼。

其三

　　有弟有弟在遠方，三人各瘦何人強？
　　生別輾轉不相見，胡塵暗天道路長。
　　東飛駕鵝後鶖鶬，安得送我置汝旁？
　　嗚呼三歌兮歌三發，汝歸何處收兄骨？

新解

　　「有弟有弟在遠方」四句 —— 三人：杜甫有四個弟弟，分別名穎、觀、豐、占，因此時杜占跟在他身邊，其餘三人遠在河南、山東，因而

◎第三階段　左拾遺與流亡歲月（756～759）

這裡是說遠方的三個弟弟都很瘦，沒有一個強壯的。分別後流離輾轉無法相見，戰亂的煙塵遮暗了天空，漫漫長路，何其遙遠。

東飛駕鵝後鶖鶬，安得送我置汝旁——駕鵝：一種野鵝。鶖鶬（ㄑ一ㄡ ㄘㄤ）：禿鶖，形似鶴而大。這句是說東飛的野鵝呀、後來的鶖鳥，如何才能送我到弟弟身邊？

嗚呼三歌兮歌三發，汝歸何處收兄骨——這第三支哀歌唱了三次，你們回到哪裡收我這個兄長的屍骨？

新評

以鳥群聯翩追逐飛來，反襯自己的孤單。內容與第一首的「中原無書」相關聯。結尾又進一層，說弟弟們尚可歸故鄉，而自己不知身葬何處，語更悽婉。詩句天真質樸，有如樂府歌謠。

其四

有妹有妹在鍾離，良人早歿諸孤痴。
長淮浪高蛟龍怒，十年不見來何時。
扁舟欲往箭滿眼，杳杳南國多旌旗。
嗚呼四歌兮歌四奏，林猿為我啼清晝。

新解

有妹有妹在鍾離，良人早歿諸孤痴——鍾離：古縣名，在今安徽鳳陽東北。這句是可憐遠在鍾離的寡妹，丈夫早死、兒女們年幼無知。

長淮浪高蛟龍怒，十年不見來何時——長淮：即淮河，鍾離在淮河南岸。蛟龍：古代傳說中的一種動物，能發洪水。蛟龍發怒、淮河浪急，與妹妹十年不見了，何時能來？

「扁舟欲往箭滿眼」四句——我本欲乘扁舟前去探望，但無奈箭頭

滿眼，遙遠的南國到處插滿了軍旗。極言兵亂。第四首歌奏響四回，林中的高猿也為我整日啼叫。

新評

詩人憶及寡居的弱妹，心情更為哀傷。寫戰事頻繁，用了「箭滿眼」，形象化又令人心驚。猿聲長嘯，空谷傳響，令人想起漁者的歌：「巴東三峽巫峽長，猿鳴三聲淚沾裳！」

其七

男兒生不成名身已老，三年飢走荒山道。
長安卿相多少年，富貴應須致身早。
山中儒生舊相識，但話宿昔傷懷抱。
嗚呼七歌兮悄終曲，仰視皇天白日速！

新解

「男兒生不成名身已老」四句——三年：指從至德二載（757）四月，由長安出逃投奔鳳翔開始，至此時寓居同谷止，這三年來的流離生涯。這幾句說男兒功名未成卻年歲已老，飢腸轆轆奔走在荒山道上。長安的卿相多是年少之人，想富貴，就該早戴官帽。

「山中儒生舊相識」四句——在同谷山中遇到當年讀書時的舊相識，談起往昔的事難免傷感。唉！第七支歌悄然終止，仰視青天，太陽走得何其匆忙！

新評

第七首，是組詩中最精采的篇章。起首使用了九字句：「男兒生不成名身已老」，是濃縮〈離騷〉「老冉冉其將至兮，恐脩名之不立」意，抒發身世感慨。詩人素有報國之志，然如今年將半百，功名未成，身已老

◎第三階段　左拾遺與流亡歲月（756～759）

去，且流離落魄幾近餓死，怎不叫他悲憤填膺！三、四句，詩人追敘長安城裡曾度過的進取無門的慘澹十年，看多了那些達官貴人的子弟，憑藉父兄餘蔭、獲得卿相的，竟以少年為多的現實，於是詩人發出激憤之語：「富貴應須致身早。」暗含著對腐敗政治的譏諷。五、六句又回到現實，和友人談起往事，心生傷感。詩人在結尾處默默地收起筆，停止了吟唱，然而仰視蒼天，只見白日飛馳，一種遲暮之感驀然湧上心頭。全詩感情濃烈，藝術上，長短句錯綜使用，讀來更有蕩氣迴腸之感。

這組詩是杜詩中的名篇，其情淋漓頓挫，一唱三嘆，為後代眾多評家所稱道。詩人之所以離開秦州攜家赴同谷，原本是因某縣令相邀。杜甫曾在詩中感激地提到過這位邀他前來「卜居」的人，稱他為「佳主人」。但後來為何因居窮谷，落到如此悲慘的境地，我們就不得而知了。「詩窮而後工」，杜甫因受冷遇而備嘗艱辛，為我們留下了這組獨具悲劇效果和審美價值的絕唱。

在形式上，詩人借鑑了張衡的〈四愁〉、蔡琰的〈胡笳十八拍〉，採用了定格聯章的寫法，內容上則多汲取鮑照〈擬行路難〉的藝術經驗，然而又「神明變化，不襲形貌」（沈德潛《唐詩別裁集》），自創一體，對後世深有影響。宋元詩人多仿作此體，如文天祥所作〈六歌〉，即是仿作中較為成功的代表。

〈萬丈潭〉

題解

萬丈潭，在同谷縣東南七里，傳說有龍自潭中飛出。此詩寫萬丈潭的神異之象，是一首別具一格的山水名篇，作於乾元二年（759）冬。題下原注：「同谷縣作。」

青溪含冥莫，神物有顯晦。
龍依積水蟠，窟壓萬丈內。
局步凌垠堮，側身下煙靄。
前臨洪濤寬，卻立蒼石大。
山危一徑盡，岸絕兩壁對。
削成根虛無，倒影垂澹瀩。
黑知灣澴底，清見光炯碎。
孤雲到來深，飛鳥不在外。
高蘿成帷幄，寒木壘旌旆。
遠川曲通流，嵌竇潛洩瀨。
造幽無人境，發興自我輩。
告歸遺恨多，將老斯遊最。
閉藏修鱗蟄，出入巨石礙。
何當炎天過，快意風雲會。

新解

青溪含冥莫，神物有顯晦 —— 青青溪澗幽深莫測，神異之物有顯有藏。

龍依積水蟠，窟壓萬丈內 —— 龍憑依積水而盤踞，洞窟壓在萬丈深淵裡。

局步凌垠堮，側身下煙靄 —— 垠堮：懸崖，山頂。邁著局促的步伐越過山巔，側身從煙靄中下來。

前臨洪濤寬，卻立蒼石大 —— 前面是洪波湧起的寬闊水面，卻步不前，站立在苔蘚蒼翠的大石上。

◎第三階段　左拾遺與流亡歲月（756～759）

　　山危一徑盡，岸絕兩壁對 —— 一條小路到危崖邊已是盡頭，兩邊陡壁相對。

　　削成根虛無，倒影垂澹瀩 —— 澹瀩：蕩漾。石壁如削，它的根彷彿在虛無縹緲中，倒影卻映在清清的水中。

　　黑知灣澴底，清見光烱碎 —— 潭中那黑洞洞的地方，一望而知是深淵的底部，清淺處又見波浪將映入水中的天光蕩碎。

　　孤雲到來深，飛鳥不在外 —— 孤雲到來，更顯潭水的幽深，鳥飛來飛去，好像不在潭外。

　　高蘿成帷幄，寒木壘旌旆 —— 高掛的藤蘿成了帳幕，霜打的樹木排列成一面面旌旗。

　　遠川曲通流，嵌竇潛洩瀨 —— 嵌竇：山洞。遠處的河曲曲折折地流來又流走，石根下嵌著一個山洞，潭水從洞中暗暗洩出。

　　造幽無人境，發興自我輩 —— 到這無人之境來探幽訪勝，發這樣的遊興，是從我們幾人開始的吧！

　　告歸遺恨多，將老斯遊最 —— 儘管臨別時仍有遺憾，但將來老了，回憶起來，恐怕這也是最快意的一次遊歷了。

　　閟藏修鱗蟄，出入巨石礙 —— 那藏在深穴的神龍，因巨石阻擋而出入不便。

　　何當炎天過，快意風雲會 —— 何不等炎熱的暑天過後，再來快意地觀看飛龍出峽的風雲際會！

新評

　　起首四句渲染氣氛，讓人感到龍峽深潭的高深莫測。接下來具體記述所見所感，詩人從潭底的潛龍出發，塗抹和渲染出清冥寂寞的境界，神異的傳說更增加了這種神祕感；接下來具體地刻劃了此地的神異景色；

最後又回到潭底的潛龍，遐想其將會騰空而飛，畫龍點睛地道出自己內心雖身陷困境、仍盼望有朝一日還能得遇明主、際會風雲的主旨。

　　深深的萬丈潭，喻示了詩人之高志與深心，為詩人內心世界的真實寫照和縮影。詩人將敘述和抒情、現實和想像、山川神異傳說和社會政治感嘆，巧妙地加以結合，寫景與說理渾然一體又層次分明，達到了運轉自如、出神入化的境界。

◎第三階段　左拾遺與流亡歲月（756～759）

◎第四階段
西南漂泊的晚境（760～770）

（一）初居成都：草堂歲月（760年春～762年六月）

〈卜居〉

題解

　　此詩作於上元元年（760）春。卜居：擇地居住。詩中寫自己在友人的幫助下，籌劃建造草堂，表達了在山野之地居住的樂趣。

　　浣花溪水水西頭，主人為卜林塘幽。
　　已知出郭少塵事，更有澄江銷客愁。
　　無數蜻蜓齊上下，一雙鸂鶒對沉浮。
　　東行萬里堪乘興，須向山陰上小舟。

新解

　　浣花溪水水西頭，主人為卜林塘幽——浣花溪：又名百花潭，在成都西郭外。草堂將建在此處。主人：似指裴冕。裴當時以尚書右僕射封冀國公，拜成都尹，充劍南西川節度使，是杜甫的舊友。詩人在這裡似不便明指，因而含糊地以「主人」代之。說主人為我選擇了浣花溪西側幽靜的林塘來籌建草屋。

　　已知出郭少塵事，更有澄江銷客愁——知道出城便少了塵俗之事，

◎第四階段　西南漂泊的晚境（760～770）

何況還有澄江為我這個客居之人消愁。

無數蜻蜓齊上下，一雙鸂鶒對沉浮 —— 鸂鶒（ㄒㄧ ㄔˋ）：水鳥名，形大於鴛鴦而色多紫，故又有紫鴛鴦之稱。

東行萬里堪乘興，須向山陰上小舟 —— 山陰：指今天的浙江紹興，是一座歷史文化名城。杜甫年輕時曾遊此地。這裡水路方便，可乘興東行萬里，如去山陰即可登上小舟。

新評

杜甫初到成都，見浣花溪這個地方風景宜人，有如世外桃源，又有友人幫忙籌建茅屋，心情爽朗，林塘幽靜處，蜻蜓水鳥都無憂無慮，人還有什麼塵事牽掛呢？故作此詩記興。詩句輕鬆明快。幽，是這裡的特色，而這「幽」主要展現在水，故此詩以水為線索。所寫景物都與水相關。表面上看，杜甫寫的是閒居野趣，但在恬靜的背後，我們仍可從其飄逸的詩句裡，讀出些許隱藏在文字背後的苦澀和無奈，也就是「更有澄江銷客愁」中的「愁」。

〈堂成〉

題解

寫於上元元年（760）暮春，經過數月的營建，草堂落成，詩人有了安居之所，因而喜作此詩，主要寫草堂景物和定居草堂的心情。

背郭堂成蔭白茅，緣江路熟俯青郊。

楷林礙日吟風葉，籠竹和煙滴露梢。

暫止飛烏將數子，頻來語燕定新巢。

旁人錯比揚雄宅，懶惰無心作〈解嘲〉。

新解

　　背郭堂成蔭白茅，緣江路熟俯青郊 ── 背郭：背靠城郭。郭：成都的外城。蔭：遮蓋。路熟：踩成的小道。俯青郊：俯瞰青青郊野。這兩句是說用白茅蓋頂的草堂，背向城郭，坐落在沿錦江大路的高地，可俯視郊野青蔥的景色。

　　橙林礙日吟風葉，籠竹和煙滴露梢 ── 籠竹：又名籠葱竹，南方的一種長節竹。「橙林礙日」和「籠竹和煙」，都是寫草堂的清幽，說它隱在橙林的樹蔭深處，透不進陽光，好像有一層漠漠輕煙籠罩，籠竹的梢尖上還滴著露珠。

　　暫止飛烏將數子，頻來語燕定新巢 ── 烏鴉帶著幾隻小鴉飛來林間小憩，燕子語聲頻傳，是商量著想在此地築個新巢。

　　旁人錯比揚雄宅，懶惰無心作〈解嘲〉── 揚雄：西漢賦家，其宅第在成都西南角。他因作《太玄經》曾遭人嘲笑，寫過一篇名為〈解嘲〉的文章。這裡是說旁人錯把這草堂比作揚雄的宅第，我也懶得費心思像他那樣，作一篇〈解嘲〉的文章。

新評

　　開頭兩句，勾勒出草堂的環境和方位。中間四句寫草堂本身，透過自然景物，襯托自己歷盡兵燹後，新居初定時的生活和心情，細緻而生動。「吟風葉」和「滴露梢」，是「葉吟風」、「梢滴露」的倒裝。「吟」、「滴」都是細微的聲響，可見此處的幽靜。而烏飛燕語，是詩人以自己的歡欣心情，來體會禽鳥的動態，也是一種比興手法。草堂的營建，只是他顛沛流離的旅途中暫息之地，並非終老之鄉，因而在寧靜喜悅中，仍不免有徬徨和憂傷之感。透過「暫止飛烏」的「暫」字，隱隱透露了出來。

◎第四階段　西南漂泊的晚境（760～770）

　　尾聯有兩層含義。第一層，杜甫初到成都，寓居浣花溪寺時，高適在給他的詩中說：「傳道招提客，詩書自討論。……草玄今已畢，此外更何言？」（〈贈杜二拾遺〉）就拿他和揚雄《太玄經》相比；他答覆：「草玄吾豈敢，賦或似相如。」（〈酬高使君相贈〉）意思是說：草堂不可比揚雄宅，自己也未像揚雄那樣寫《太玄經》之類的鴻篇巨帙。第二層，揚雄在〈解嘲〉裡，表面上是闡明聖賢之道，說自己無意於富貴功名，而實際上，卻是在發洩自己仕途不得意的憤懣。而杜甫只不過把草堂暫且當作避亂偷生之所，和揚雄的心情截然不同，因而也就懶得寫那〈解嘲〉式的牢騷文章了。

　　詩從草堂落成說起，中間寫景和「語燕新巢」作為過渡，後又由物到人，依然回到草堂，點出身世感慨。末尾將自己的「堂」與揚雄的「宅」相比，遙相呼應。關聯之妙，不著痕跡。

〈蜀相〉

題解

　　此詩為上元元年（760）春，杜甫居成都草堂時所作。蜀相，指諸葛亮。西元221年劉備即帝位後，諸葛亮任丞相。詩中寫杜甫拜謁始建於晉代的武侯祠廟，面對年久失修、頹圮破敗的祠堂，追念諸葛亮「鞠躬盡瘁，死而後已」的高潔品格和赫赫業績，不由觸景生情，熱淚滿襟，於是寫下了這首流傳千古的七律〈蜀相〉。

丞相祠堂何處尋，錦官城外柏森森。
映階碧草自春色，隔葉黃鸝空好音。
三顧頻煩天下計，兩朝開濟老臣心。
出師未捷身先死，長使英雄淚滿襟。

新解

　　丞相祠堂何處尋，錦官城外柏森森——自問自答。丞相祠，即今武侯祠，在成都西南。錦官城：古代成都以產錦著名，朝廷在成都設有錦官，因此成都又稱為錦官城。

　　映階碧草自春色，隔葉黃鸝空好音——自春色：自呈春色，無人觀賞。空好音：白白叫得好聽，也是無人欣賞之意。形容這裡的幽靜冷清。

　　三顧頻煩天下計，兩朝開濟老臣心——三顧：指「三顧茅廬」的典故，傳說諸葛亮隱於襄陽隆中時，劉備曾三次登門，請諸葛亮出山。頻煩：多次麻煩打擾之意。天下計：諸葛亮曾為劉備制定東聯孫權、北抗曹操、西取劉璋的天下大計。兩朝：指先主劉備與後主劉禪。開濟：開創基業，匡濟時危。劉備創業為開拓，劉禪守成為濟世。「三顧頻煩天下計，兩朝開濟老臣心」是說當年先主劉備曾三顧茅廬，頻頻來向您商討、諮詢天下大計，您為輔佐兩朝君主的開國與繼業，獻上了一顆老臣的忠心。

　　出師未捷身先死，長使英雄淚滿襟——「出師未捷」句：諸葛亮為了伐魏，曾六出祁山。西元234年春，諸葛亮率兵據武功五丈原（今陝西眉縣西南），與司馬懿對抗於渭南，相持百餘日，後病死軍中。這兩句感嘆：出師尚未獲勝，您卻先去了，這怎能不讓歷代英雄們常常涕淚沾滿襟裳呢！

　　這是一首詠史詩。作者借遊覽武侯祠而品評歷史、抒發情懷。前四句寫武侯祠的地理位置與自然景觀。後四句稱頌丞相輔佐兩朝的豐功偉業和傑出人品，寫他的雄才大略與忠心報國，感慨、惋惜他壯志未酬身先死的結局，引發千載英雄和事業未竟者的共鳴。

◎第四階段　西南漂泊的晚境（760～770）

新評

　　首聯以近乎口語化的詩句自問自答，點明武侯祠的所在和古柏森森的幽美環境，一個「尋」字，表現出詩人對這位雖不同世、卻心靈相通的智者的景仰，為後面的讚頌和痛惜之辭埋下伏筆，首尾相銜。

　　頷聯細寫周圍景物。「映階碧草」、「隔葉黃鸝」如兩個特寫鏡頭，渲染了「春色」之怡目與「好音」之悅耳。一個「自」字，一個「空」字，含蓄地表達出詩人的傷感：春意美好而丞相祠廟中卻如此寂寥，難道人們已將武侯遺忘了嗎？

　　「頸聯」筆鋒一轉，直抒胸臆，以凝鍊、警策的語言，概括了諸葛亮的一生。

　　「結聯」為全詩點睛之筆，可謂全詩的「詩眼」。詩人聯想到自己老大不小仍無法實現抱負，於是悲從中來。這首既是頌辭、又是輓歌的〈蜀相〉，千百年來，引起多少人對齎志而歿的仁人志士寄予痛惜和同情，不愧為感人肺腑的千古名篇。

〈為農〉

題解

　　此詩當作於上元元年（760）初夏。詩中寫田園風光的美好，表達了詩人欲定居鄉間為農的願望。

　　錦里煙塵外，江村八九家。
　　圓荷浮小葉，細麥落輕花。
　　卜宅從茲老，為農去國賒。
　　遠慚勾漏令，不得問丹砂。

新解

　　錦里煙塵外，江村八九家 —— 錦里：指成都。煙塵：人煙稠密處。成都的鬧市之外，小小的江村只有八、九戶人家。

　　圓荷浮小葉，細麥落輕花 —— 圓荷在水面浮出小小的葉片，田中的細麥有輕花飄落。

　　卜宅從茲老，為農去國賒 —— 國：指京都長安。賒：遠。我願從此定居鄉間直到老去，遠遠地離開京城，終身為農。

　　遠慚勾漏令，不得問丹砂 —— 勾漏令：指晉代煉丹家葛洪。他向皇帝請求出任勾漏（故址在越南北部）令，因為這裡出產丹砂。這句是說我慚愧自己遠不如勾漏縣令，不像他那樣酷愛著丹砂。

新評

　　杜甫初在草堂定居，見這裡沒有戰爭硝煙，江村風景如畫，便生出了長久定居鄉間的想法。寥寥數筆，勾勒出一幅鄉間的美麗圖畫。

〈有客〉

題解

　　此詩寫於唐肅宗上元元年（760），當時杜甫住在成都草堂。詩中的來賓，大概是個地位較高的人，詩人對來訪的貴客表示感謝之情，言辭較為客氣。

幽棲地僻經過少，老病人扶再拜難。
豈有文章驚海內？漫勞車馬駐江干。
竟日淹留佳客坐，百年麤糲腐儒飡。
不嫌野外無供給，乘興還來看藥欄。

◎第四階段　西南漂泊的晚境（760～770）

新解

　　幽棲地僻經過少，老病人扶再拜難——幽棲地僻：杜甫居住的成都草堂當時在成都西郊的浣花溪上，地勢幽靜偏僻。經過少：過往來訪的客人少。再拜：古時的禮節，先後拜兩次表示尊重。年老多病之人行動需要人扶，再拜也難。

　　豈有文章驚海內？漫勞車馬駐江干——漫勞：白白花費力氣。江干：江邊。

　　竟日淹留佳客坐，百年麤糲腐儒飡——竟日：整天。淹留：長時間停留。這裡指挽留。麤糲：粗米飯，粗茶淡飯。腐儒：詩人自謙。我一個窮文人只能用粗茶淡飯招待你。

　　不嫌野外無供給，乘興還來看藥欄——野外：指草堂在城郊，與城內相對而言。藥欄：種花草和草藥的園圃。杜甫當時多病，常自種草藥。

新評

　　從杜甫詩中的「車馬駐江干」句推測，來的人是個有身分的貴客。其姓名已不可考。從詩中可看出詩人為自己沒什麼好東西招待貴客而感到難為情。透露出詩人生活的困窘。語句暢達，自然清新。

〈狂夫〉

題解

　　此詩當作於上元元年（760）夏，杜甫居草堂時。狂夫，指放蕩不羈的人。這裡是詩人自稱。

　　萬里橋西一草堂，百花潭水即滄浪。
　　風含翠篠娟娟淨，雨裛紅蕖冉冉香。

厚祿故人書斷絕，恆飢稚子色淒涼。

欲填溝壑唯疏放，自笑狂夫老更狂。

新解

　　萬里橋西一草堂，百花潭水即滄浪 —— 萬里橋：成都南門外有座小石橋，相傳為諸葛亮送費褘出使東吳的宴別之處。費褘臨行前曾嘆息道：「萬里之行，始於此矣。」萬里橋由此得名。百花潭：即浣花溪。杜甫草堂就建在溪旁。滄浪：古人常稱歸隱之地為滄浪。杜甫說這裡將是自己的歸隱地。

　　風含翠篠娟娟淨，雨裛紅蕖冉冉香 —— 翠篠（ㄒㄧㄠˇ）：綠竹。裛（ㄧˋ）：沾溼。紅蕖：紅色荷花。風中的翠竹潔淨美好，沾雨的紅荷冉冉飄香。

　　厚祿故人書斷絕，恆飢稚子色淒涼 —— 享受高官厚祿的故人已斷絕了書信來往，常挨餓的孩子面色淒涼。

　　欲填溝壑唯疏放，自笑狂夫老更狂 —— 欲填溝壑：填屍於溝壑，謂死。疏放：放縱，不拘小節。我這快要埋進溝中的人還這樣粗疏放縱，自笑我這狂夫越老越瘋狂。

新評

　　詩先從居住環境寫起。「萬里橋」與「百花潭」相對，有形式天成之美；首聯「即滄浪」三字，暗寓〈漁父〉之「滄浪之水清兮，可以濯吾纓」句意，逗起下文疏狂之意。「即」字表現出知足的意味，有此清潭，又何須「滄浪」？為下文的「狂」預作鋪陳。頷聯精心結撰，微風細雨，境界見出。「含」、「裛」兩個動詞，運用細膩生動。「裛」，使人聯想到「潤物細無聲」的意境。第三句風中有雨，一個「淨」字令人體會出雨後翠竹如洗的「淨」；第四句雨中有風，從「香」字想到微風送來細香。幾個形容詞：

◎第四階段　西南漂泊的晚境（760～770）

翠、娟娟（美好貌）、淨；紅、冉冉（嬌柔貌）、香，安置妥貼，並無堆砌之感；而「冉冉」、「娟娟」的疊用，又平添了音韻之美。頸聯句法是「上二下五」，「厚祿」和「恆飢」前置，放在句首的顯著地位，有強調之意。從聲律上來說，是為了黏對。「厚祿故人書斷絕」寫故人嚴武曾多方接濟，分贈祿米，而一旦故人音書斷絕，一家人便免不了挨餓，連「稚子」都「色淒涼」了，大人更可想而知。尾聯寫詩人在生活的磨難面前，能採取「疏放」的態度。縱然是將要「填溝壑」之身，詩人還能讚美翠竹、紅葉這些美麗的自然風光。所以「自笑」是一個越老越癲狂的狂夫。

〈狂夫〉值得玩味之處，在於它將兩種看似截然不同的東西成功地組合在一起，一面是「風含翠篠」，「雨裛紅蕖」的賞心悅目，一面是「淒涼」、「恆飢」和「欲填溝壑」的可悲可嘆，竟完整地統一在「狂夫」這個形象中，令人嘆為觀止。

〈江村〉

題解

此詩寫於唐肅宗上元元年（760）夏。詩中畫出一幅悠閒的村居生活圖景。

清江一曲抱村流，長夏江村事事幽。
自去自來梁上燕，相親相近水中鷗。
老妻畫紙為棋局，稚子敲針作釣鉤。
但有故人供祿米，微軀此外更何求？

新解

清江一曲抱村流，長夏江村事事幽——清江：指浣花溪。長夏：農曆六月。「抱」為詩眼，尤其傳神。「事事幽」提挈全篇，引出下文。

自去自來梁上燕，相親相近水中鷗 —— 梁間燕子，自由來去；江上白鷗，遠近相隨。一幅恬靜美麗的鄉居風物圖次第鋪開。詩人的情感在景中藏而不露。

　　老妻畫紙為棋局，稚子敲針作釣鉤 —— 棋局：棋盤。物事讓人快慰，人事更使人愜心。老妻自畫棋局的痴情憨態，稚子敲針作釣鉤的天真無邪，件件都是村居樂事。中間四句正是「事事幽」的具體描述。用語淺率而工巧天成。

　　但有故人供祿米，微軀此外更何求 —— 故人：姓名不詳。表面上也是喜幸之語，但骨子裡仍隱隱透出悲苦，因「但有」，就無法保證必有；曰「更何求」，正說明有所求而無奈不敢。字面上的愉悅與字後面隱藏的悲酸，讓人回味無窮。

新評

　　清清江水，幽幽山村，梁上燕子，水中鷗鳥，讓人體會到詩人在親近大自然時，物我兩忘的清新境界。詩以質樸無華的語言，將夏日的江村寫得極富神韻，情趣盎然。複字的應用也有獨到之處。首聯中，「江」、「村」出現了兩次，但讀來並不彆扭。照律詩的規矩，頷、頸兩聯同一聯中忌有複字，但「自去自來」和「相親相近」，詩人用的是「拗救」，兩「自」兩「相」，當句自對；「去」與「來」、「親」與「近」又上下句為對。拗句專用拗句來救，複字也用複字來補。這種手法，反而讓人覺得並無枝蔓之累而朗朗上口，別具一格。

◎第四階段　西南漂泊的晚境（760～770）

〈野老〉

題解

此詩寫於上元元年（760），這時杜甫剛在成都西郊的草堂定居。野老：鄉野之間的老人，此處為作者自稱。

野老籬邊江岸回，柴門不正逐江開。
漁人網集澄潭下，賈客船隨返照來。
長路關心悲劍閣，片雲何意傍琴臺？
王師未報收東郡，城闕秋生畫角哀。

新解

野老籬邊江岸回，柴門不正逐江開——竹籬茅舍旁，就是迴環曲折的江岸，既然江流在這裡轉了個彎，那就任其自然，迎江裝個門吧！因此「柴門不正」也無所謂。

漁人網集澄潭下，賈客船隨返照來——集：墜落。「澄潭」指百花潭，是草堂南面的水域。漁民們正在澄碧的百花潭中下網捕魚，一艘艘商船映著晚霞，紛紛在此靠岸。以上四句，是詩人野望之景，出語純真自然，畫出了一幅素淡恬靜的江村閒居圖。

長路關心悲劍閣，片雲何意傍琴臺——此句緊接上句，正是「賈客船」擾亂了他的平靜，讓他想起北上長安，東下洛陽，重返故里的「長路」，那裡有他日夜思念的弟妹，然而劍門失守，歸路斷絕。劍閣，指四川北部劍門關一帶。「悲劍閣」正是為劍閣難行而悲。詩人在悵惘痛苦中仰頭看見白雲，不禁發出一聲痴問：「片雲何意傍琴臺？」片雲：作者自喻。琴臺：在浣花溪北，相傳為司馬相如和卓文君當壚賣酒之處，此代指成都。意為自己如浮雲般漂泊、滯留蜀中又是何意？這句借雲傍琴臺來設問，表達了詩人流寓劍外、報國無門的痛苦，無須回答，便見出

詩人找不到出路的迷亂心情。

　　王師未報收東郡，城闕秋生畫角哀 ── 東郡：指京東諸郡，西元759年3月，鄴城失利，9月，叛軍復陷東都洛陽。城闕：指成都。當時成都稱南京。畫角：飾有彩繪的號角，聲音高亢悲涼，為軍中所用。尾聯二句，傳達出詩人的哀愁傷感。去歲洛陽再度失陷後，至今尚未光復，而西北方吐蕃又在虎視眈眈。蜀中也隱伏著戰亂的危機，聽蕭瑟秋風中城頭傳來的畫角聲，多麼悽切悲涼！全詩以哀音作結，餘味無窮。

新評

　　詩歌的藝術魅力在於「狀難寫之景如在目前，含不盡之意見於言外。」（梅堯臣）「如在目前」是實像，「見於言外」是虛像。實像側重客觀事物的再現，而虛像則是由實像引發開拓的審美想像空間，表現在詩文中，多是一種暗示、象徵或修辭的運用。

　　詩的前四句寫景，筆觸疏淡，意象紛紜：籬邊、柴門、澄潭、返照、野老、漁人、賈客等，畫出一幅有鮮明質感的、素淡恬靜的江村閒居圖，詩人似陶醉其中，物我兩忘。如王國維所說：「無我之境，以物觀物，故不知何者為我，何者為物。」（王國維《人間詞話》）後四句轉入抒情，進入了「有我之境」：「有我之境，以我觀物，故物皆著我之色彩。」（王國維《人間詞話》）意象有長路、劍閣、片雲、琴臺、東郡、城闕、畫角等，我們可從這變幻的意象中，感受到詩人的哀傷，想像出一位顛沛流離、報國無門的志士形象。「長路」和「片雲」，含有暗示和象徵意味，寄寓著詩人浮雲般漂泊和在人生之路上下求索的內涵。

　　讀完全詩，我們才真正理解詩人在前半首詩中表現出來的閒適和超脫只是表面現象，詩人的內心深處潛藏著的是憂國憂民的痛苦潛流。兩種境界互相對比、映襯，讓人感受到一種更為深沉的哀痛。

◎第四階段　西南漂泊的晚境（760～770）

〈戲題畫山水圖歌〉

題解

　　杜甫定居成都期間，結識了四川著名山水畫家王宰，應約於上元元年（760）作了這首題畫詩。王的原作並未傳世，但由於杜甫的神來之筆，讓後人彷彿親見了這幅氣勢恢弘的山水圖。詩中所表達的創作觀點，也給予人啟迪。

　　十日畫一水，五日畫一石。
　　能事不受相促迫，王宰始肯留真跡。
　　壯哉崑崙方壺圖，掛君高堂之素壁。
　　巴陵洞庭日本東，赤岸水與銀河通，
　　中有雲氣隨飛龍。
　　舟人漁子入浦漵，山木盡亞洪濤風。
　　尤工遠勢古莫比，咫尺應須論萬里。
　　焉得并州快剪刀，剪取吳淞半江水？

新解

　　十日畫一水，五日畫一石。能事不受相促迫，王宰始肯留真跡——能事：所擅長之事，這裡指繪畫。這幾句是說畫家王宰認真的創作態度，十天畫一條水，五天畫一塊石，正因為不受催逼，從容作畫，才能留下真正的藝術品。

　　壯哉崑崙方壺圖，掛君高堂之素壁——崑崙：傳說中西方的神山。方壺：神話中的三座東海仙山之一。這裡泛指高山，並非實指。極西的崑崙和極東的方壺，都在畫中巍峨高聳，連綿錯綜，可見畫面之遼遠開闊，氣韻生動。這是詩人觀看畫家掛在白牆上的畫時，產生的審美感受。

巴陵洞庭日本東，赤岸水與銀河通，中有雲氣隨飛龍 —— 巴陵：舊縣名。傳說后羿斬巴蛇於洞庭，屍骨積如丘陵，故名。治所在今湖南岳陽，地處洞庭湖東。赤岸：地名，一說在今江蘇六合東。漢枚乘〈七發〉：「凌赤岸，篲扶桑。」這裡是泛指土石呈赤色的崖岸。這句是說圖中的江水，從洞庭湖一直流向日本東部海面，赤岸的水與銀河相通，水天一色。這是形容其一瀉千里、波瀾壯闊之美。句中的三個地名是泛指，是藝術上的誇張。「中有雲氣隨飛龍」句，語意出自《莊子·逍遙遊》：「姑射山有神人，乘雲氣，御飛龍，而遊乎四海之外。」這裡指畫面上雲氣迷漫、飄忽飛動之態。

舟人漁子入浦溆，山木盡亞洪濤風 —— 這二句是形容風大，波濤洶湧，山中林木被吹得俯伏，船工和漁夫到水邊來躲避風浪。浦溆：水邊。亞：俯、伏。一個「亞」字，將大風的威力表現得活靈活現，使整個畫面神韻飛動。

尤工遠勢古莫比，咫尺應須論萬里 —— 讚畫家尤其擅長展現高遠氣勢，古人無與倫比，咫尺的畫面上，便可展現萬里之外的景物。遠勢：指繪畫中的平遠、深遠、高遠的構圖背景。

焉得并州快剪刀，剪取吳淞半江水 —— 并州：地名。唐開元中為太原府，州治在今山西太原，以產優質剪刀著稱，故有「并州剪」之說。吳淞：水名，又稱蘇州河，黃浦江的支流。這句是讚嘆：畫家從哪裡弄來并州的快剪刀？剪來了吳淞的半江水，放到畫面上！

新評

詩的前四句讚揚畫家王宰創作態度的一絲不苟。說明真正的藝術創造不能受時間的催迫，倉促草率，難出佳作。只有從容不迫，意興所到，才能留下真實的筆跡於人間。杜甫的這種創作觀點，在今天看來，也仍是真知灼見。中間五句，杜甫從仄聲韻轉押平聲東、鍾韻，筆墨酣

◎第四階段　西南漂泊的晚境（760～770）

暢淋漓。詩人高度評價王宰山水圖在構圖布局、視覺效果等方面的高超技法，在尺幅之間表現萬里景象。「咫尺應須論萬里」，是詩人對山水畫特點高度精鍊的概括，富有美學意義。結尾兩句用典。相傳晉人索靖觀賞顧愷之畫，傾倒欲絕，不禁讚嘆：「恨不帶并州快剪刀來，剪松江半幅練紋歸去。」（見明王嗣奭《杜臆》注引邵寶之說）杜甫在這裡以索靖自比，將王宰畫和顧愷之畫相提並論，讚揚崑崙方壺圖的巨大藝術魅力，寫得含蓄簡練。

這首詩將詩情畫意融為一體，令人分不清是詩為畫添彩，還是畫使詩增色，可謂天衣無縫。杜甫的題畫詩歷來為人所稱道，讀此詩更覺名不虛傳。

〈南鄰〉

題解

此詩當作於上元元年（760），時杜甫寓居成都草堂。詩中所寫南鄰是一位隱士，家貧而好客。

錦里先生烏角巾，園收芋栗未全貧。
慣看賓客兒童喜，得食階除鳥雀馴。
秋水才深四五尺，野航恰受兩三人。
白沙翠竹江村暮，相送柴門月色新。

新解

錦里先生烏角巾，園收芋栗未全貧 ── 錦里：成都的別名。烏角巾：古代隱士所戴的一種黑色頭巾。這裡是說南鄰的錦里先生戴著黑頭巾，他家的園子裡種了不少的芋頭，栗子也熟了。「未全貧」，是指家境不富裕。

慣看賓客兒童喜，得食階除鳥雀馴——食：飼養。有客人進了庭院，兒童笑語相迎，可見其好客；階前啄食的鳥雀，見人來也不驚飛，說明平時常有人來，無人去驚擾牠們。這氣氛是多麼和諧、寧靜！上半首如同一幅形神兼備的寫意畫，將主人的安貧樂道、熱情好客的性格都描繪出來了。

　　秋水才深四五尺，野航恰受兩三人——下半首轉寫野外。野航：農家小船。秋水初漲，小船剛好可放下兩、三個人。

　　白沙翠竹江村暮，相送柴門月色新——白沙、翠竹、夕陽，點染出江村清幽的意境。主人送客到柴門時，新月初上，說明主人殷勤接待，客人竟日淹留，令人體會到分手時的戀戀不捨。

新評

　　從輕鬆愉快的描述中，可看出詩人對南鄰這種安貧若素的生活態度的讚賞和對其恬淡高潔的人格的尊重。杜甫用兩幅畫面組成一首詩，上半部畫的是山莊訪隱，下半部畫的是江村送別，兩幅畫都意境清幽，讓人如同親臨其境。

〈送韓十四江東覲省〉

題解

　　此詩當作於唐肅宗上元元年（760）深秋，時杜甫在成都。韓十四：名不詳，十四可能是他的排行。從詩中看，似是杜甫的同鄉。此詩為詩人在蜀州白馬江畔送別他赴江東探親時所寫。覲省：看望父母，探親。詩歌在離情別意中流露出憂心國難的浩茫心事。

　　兵戈不見老萊衣，嘆息人間萬事非。
　　我已無家尋弟妹，君今何處訪庭闈？

◎第四階段　西南漂泊的晚境（760～770）

　　黃牛峽靜灘聲轉，白馬江寒樹影稀。

　　此別應須各努力，故鄉猶恐未同歸。

新解

　　兵戈不見老萊衣，嘆息人間萬事非——老萊衣：傳說春秋時楚國隱士老萊子，七十歲還常常穿上綵衣，模仿兒童，歡娛他的雙親。詩發端便以古代老萊子綵衣娛親的美談，感嘆在干戈遍地的今天，這樣的事已經很難找到。從側面點出詩題「觀省」的背景：安史之亂未平，開元盛世一去不返，「萬事非」三字，概括了多少人世滄桑的辛酸嘆息。

　　我已無家尋弟妹，君今何處訪庭闈——送友人探親，勾起詩人對骨肉同胞的思念。在動亂中，詩人與弟妹長期離散，生死未卜，有家等於「無家」！韓十四與父母分離也很久了，也不知家中情況，所以詩人用了一個疑問句，表示真摯的關切。庭闈：父母所居之處，這裡代指父母。此聯為前後相生的流水對，從自己的「無家尋弟妹」，引出對方的「何處訪庭闈」，賓主分明，寄慨遙深，有一氣流貫之妙。

　　黃牛峽靜灘聲轉，白馬江寒樹影稀——黃牛峽：長江峽名，在今湖北宜昌西。峽下有黃牛灘，是韓十四此行要經過的地方。白馬江：在蜀州（今四川崇州）東北十里處。即杜甫送韓十四乘船的送別之地。這兩句描寫分離時詩人佇立在白馬江頭，目送友人登船解纜遠去，漸漸消失在水光山影之間，不禁凝想入神，耳際似聞黃牛灘的流水聲。一個「靜」字，越發襯出汩汩灘聲。而當幻覺消失，詩人才發現自己依然站在二人分別的白馬江邊，樹影稀疏，江水寒冷，一種孤獨感驀然襲來。兩句一縱一收，更覺別緒綿綿。

　　此別應須各努力，故鄉猶恐未同歸——分離不必過於傷感，我們應各自努力，珍重前程。話雖如此，只怕難以實現同返故鄉之願啊！從這裡可看出，韓十四與杜甫可能是同鄉，詩人盼望他日和友人能在故鄉重

逢，但世事茫茫，誰能說得明白呢？「猶恐」二字，透露出詩人內心的隱憂，詩就在這欲盡不盡的情意中結束，餘音嫋嫋，耐人咀嚼。

新評

　　這是一首情真意切的送別詩，但沒有一般送別詩的悽戚氣氛，而是不落窠臼。用蒼勁的筆力表現心中的鬱結，將個人遭際、離情別緒包容在國難民憂的時代大背景中，意境深沉，語詞委婉，可謂送別詩中的上乘之作。

〈恨別〉

題解

　　此詩為上元元年（760）在成都所作。抒發了詩人流落他鄉的感慨和對故園、骨肉的懷念之情。

> 洛城一別四千里，胡騎長驅五六年。
> 草木變衰行劍外，兵戈阻絕老江邊。
> 思家步月清宵立，憶弟看雲白日眠。
> 聞道河陽近乘勝，司徒急為破幽燕。

新解

　　洛城一別四千里，胡騎長驅五六年——首聯從離家之遠、戰亂之長，寫別恨之深。「四千里」，是恨離家之遠；「五六年」，是傷戰亂日久。詩人於乾元二年（759）春離別了故鄉洛陽，返華州司功參軍任所，不久棄官客秦州，寓同谷，至成都，輾轉四千里。詩人寫此詩時，距天寶十四載（755）十一月安史之亂爆發，已經過了五、六個年頭。數量詞的運用，生動地傳達了詩人的困苦經歷，緊扣詩題「恨別」，點明了思家、憂國的題旨。

◎第四階段　西南漂泊的晚境（760～770）

　　草木變衰行劍外，兵戈阻絕老江邊——頷聯寫詩人流落蜀中、老而不得歸之痛。「草木變衰」出自宋玉〈九辯〉：「蕭瑟兮，草木搖落而變衰。」同時也指詩人當年來到成都時，正是草木變衰的冬季。劍外：劍門以南，指蜀地。由於「兵戈阻絕」，詩人無法重返故土，眼看要老死於錦江邊了。一個「老」字，蘊含了不盡的悲涼。

　　思家步月清宵立，憶弟看雲白日眠——頸聯透過具體的生活細節，表達了思家憶弟的深情。杜甫有四個弟弟，三個散落異地。此二句中的「思家」、「憶弟」為互文。月夜，愁思難寐，踟躕於清宵；白晝，臥看行雲，倦極而眠。坐臥不寧，正形象化地說明了懷念親人的焦慮，突出題意「恨別」。

　　聞道河陽近乘勝，司徒急為破幽燕——司徒：指檢校司徒李光弼。據《資治通鑑》，上元元年三月，李光弼破安太清於懷州城下；四月，破史思明於河陽西渚，斬首千五百餘級。尾聯是詩人聽到唐軍連傳捷報，喜不自勝，急盼官兵破幽燕、平叛亂。全詩以充滿希望之句作結，感情由悲涼轉為歡快，境界開闊。

新評

　　這首七律語言簡樸優美，言近旨遠，辭淺情深。詩人把個人的遭際和國家的命運結合起來寫，每一句都蘊蓄豐富的內涵。特別是頸聯，用具體生動的畫面說話，不直接寫憂傷，卻比抽象的詞語更勝一籌，詩味雋永含蓄，富有情致，藝術上別具特色。沈德潛評論此聯說：「若說如何思，如何憶，情事易盡。『步月』、『看雲』，有不言神傷之妙。」（《唐詩別裁集》）全詩情真語摯，沉鬱頓挫，值得反覆吟味。

〈和裴迪登蜀州東亭送客逢早梅相憶見寄〉

題解

裴迪,關中(今陝西)人,早年隱居終南山,與王維交誼很深,晚年入蜀當幕僚,與杜甫頻有唱和。蜀州,治所在今四川崇州。此詩當作於上元元年(760)冬。杜甫於這年秋曾與裴迪同遊新津寺並有詩作。歲暮,裴迪寫了一首〈登蜀州東亭送客逢早梅相憶〉寄杜甫,表達了對杜甫的懷念;杜甫深受感動,寫此詩作答。

> 東閣官梅動詩興,還如何遜在揚州。
> 此時對雪遙相憶,送客逢春可自由?
> 幸不折來傷歲暮,若為看去亂鄉愁。
> 江邊一樹垂垂發,朝夕催人自白頭。

新解

東閣官梅動詩興,還如何遜在揚州——你在蜀州東亭看到梅花盛開而詩興大發,寫出了動人的詩篇,如當年何遜在揚州的詠梅詩那樣好。何遜:南朝梁代的詩人。杜甫在這裡將其與何遜相比,是表示讚美裴迪詠早梅的詩寫得好。

此時對雪遙相憶,送客逢春可自由——此時只要看到飛雪,就會引起對故人的思念,何況你適逢春天送客,又哪能不想起我、思念我?這是想像故人對自己的思憶,表達朋友之間的心心相印之情。當時正值大唐帝國萬方多難之際,裴杜二人流落蜀中「同是天涯淪落人」,相惜之情,彌足珍貴。

幸不折來傷歲暮,若為看去亂鄉愁——古人常以折梅相贈表達友情。這裡是說:幸虧你沒有折梅寄來,勾起我歲暮的傷感,要不然,我

◎第四階段　西南漂泊的晚境（760～770）

看見折梅會感嘆歲月無情、老之將至，更會鄉愁撩亂、感慨萬千的。

江邊一樹垂垂發，朝夕催人自白頭——大概裴詩中有嘆惜不能贈梅之意吧！詩人在這裡懇切地告訴友人，不必以此而不安和抱歉，在我家草堂門前的浣花溪邊，也有一株梅樹，那一樹開放的梅花啊！好像朝朝暮暮在催人老去，將我的頭髮都催白了。其實詩人想說的是：催人白頭的不是梅，而是愁，是老去之愁、思鄉之愁、憶友之愁，更是憂國憂民、傷時感世之愁啊！

新評

本詩以早梅傷愁立意，前兩聯寫「憶」，答謝故人對自己的思念；後兩聯寫「愁」，抒發自己的感時傷懷。此詩重在抒情，並不在詠物，但卻因其構思獨特、韻味悠長而歷來被推為詠梅詩的上品。明代王世貞更有「古今詠梅第一」的說法（見仇兆鰲《杜少陵集詳注》卷九引）。詩歌以寫情為第一要義，詠物詩也須物中見情。這首詩以談話的口吻，語言淺白但感情深摯，如與友人在推心置腹地交談，「直而實曲，樸而實秀」。「篇中無一字不言梅，無一字是言梅，曲折如意，往復盡情，筆力橫絕千古。」（清人黃生語）讀之令人蕩氣迴腸，難怪受到後人的推崇。

〈後遊〉

題解

此詩當作於上元二年（761）春，杜甫在新津時。此前不久，他曾寫過〈遊修覺寺〉一詩，這首〈後遊〉是他第二次遊修覺寺後所寫。修覺寺，在新津縣治東南五里的修覺山上。

寺憶曾遊處，橋憐再渡時。
江山如有待，花柳更無私。

野潤煙光薄，沙暄日色遲。

客愁全為減，捨此復何之？

新解

寺憶曾遊處，橋憐再渡時 —— 寺和橋都是前不久曾遊之地，再遊時對橋和寺都更生愛憐之情。這兩句倒裝，作為賓詞的「寺」和「橋」，都被提到動詞謂語「憶」與「憐」前，使景物擬人化，彷彿是「寺」在「憶」我，「橋」在「憐」我，期待著我再度來遊。強化了景物的感情色彩。

江山如有待，花柳更無私 —— 在詩人眼中，這裡的江山草木都在期待著他的重來，因此花也綻開笑臉，柳也扭著柔腰，無私地奉獻著美。可謂人有意，物有情。弦外之音是說，大自然如此有情、無私，反而映襯出人間的世態炎涼。

野潤煙光薄，沙暄日色遲 —— 在讚美了無私的花柳後，又描繪出晨景和晚景：晨曦薄如輕紗，滋潤著原野；餘暉滯留大地，黃昏的沙地閃著暖光。這兩句顯示詩人從早到晚流連在此，從側面說明美景之魅力。一「薄」一「遲」，寫景極為細膩。

客愁全為減，捨此復何之 —— 如此美景，使在外做客的愁悶完全減少了，除了此處，還有何處可去？表面上看，是讚美這裡風景絕佳，觀景可以消愁。但細想，這恰說明詩人心中「愁」之濃：山河破碎、民生多艱、中原未定、干戈不已，詩人的滿腔愁憤，無從排解，只好靠終日徜徉於山水來「消愁」。這是以喜寫悲，強作豁達之語。全詩以感慨作結，大有深意。

新評

此詩前四句透過憶往日之遊而寫今日之遊，後四句寫觀景消愁之感，全篇景象鮮明，理趣盎然。詩句表面豁達輕快，實則沉鬱厚重，是

◎第四階段　西南漂泊的晚境（760～770）

一種委婉曲折的表達。正因如此，感人至深。對後世——尤其是宋代詩人——有深遠的影響。

〈江畔獨步尋花七絕句〉（選一）

題解

　　這組詩當作於上元二年（761）春，時杜甫在飽經離亂之後，居成都草堂，有了安身之所。春暖花開時節，他獨自沿江畔散步，情隨景生，成詩七首。此為組詩之六，寫詩人獨自欣賞春花的適意。

　　黃四娘家花滿蹊，千朵萬朵壓枝低。
　　留連戲蝶時時舞，自在嬌鶯恰恰啼。

新解

　　黃四娘家花滿蹊，千朵萬朵壓枝低——點明尋花的地點，是在「黃四娘家」的小路上。「娘」或「娘子」是唐代習慣上對婦女的美稱。以人名入詩，頗有民歌味道。「千朵萬朵」形容花之多，「壓枝低」形容花之重，沉甸甸的繁花壓彎了枝條，景色宛在眼前。「壓」、「低」二字用得十分準確、生動。

　　留連戲蝶時時舞，自在嬌鶯恰恰啼——「留連戲蝶」是「戲蝶留連」的倒裝。「戲」和「舞」都用了擬人手法。彩蝶蹁躚，「留連」不去，暗示出花的芬芳可愛。「自在」是嬌鶯姿態的客觀寫照，也暗示出詩人心理上的輕鬆愉快。恰恰：口語，正好之意。

新評

　　賞景題材，在盛唐絕句中屢見不鮮。但像此詩這樣刻劃生動細微、色彩綺麗的，則不多見。杜甫的這首詩，既有口語化的清新，又有蝶舞鶯歌的濃豔和綺麗。

在藝術上，盛唐人很講究詩句聲調的和諧，易於歌唱。而杜甫獨闢蹊徑，常出現拗句。如「千朵萬朵壓枝低」句，按律，第二字當平而用仄。這種覆疊，誦讀起來有一種口語化的美感。三、四兩句中「留連」、「自在」均為雙聲詞，如貫珠相連，音調婉轉。「時時」和「恰恰」為疊字，使上下兩句工整對仗，又顯得生動多變。前者渲染出鬧人的春意，是寫景；後者表達詩人迷戀在花、蝶之中，忽又被鶯聲喚醒的剎那間十分快意的內心感受，是言情。

詩人將視覺、嗅覺、聽覺和大自然的色豔、形美、花香、蝶舞等融合在一起，給讀者強烈的藝術感染力，讀之令人陶醉。

〈絕句漫興〉九首（選七）

題解

這組絕句寫於杜甫寓居成都草堂的第二年，即代宗上元二年（761）春，題作「漫興」，有興之所至、隨手寫出之意。從九首詩的內容看，由春至夏，次第可尋，並非同一時間所寫。詩以「客愁」為綱，寫村居生活的感受。

其一

眼見客愁愁不醒，無賴春色到江亭。
即遣花開深造次，便教鶯語太丁寧。

新解

眼見客愁愁不醒，無賴春色到江亭——眼：指春之眼，是一種擬人化的寫法。眼見我這個客居他鄉的人正沉浸在客居愁思之中而無法自拔，這無賴的春色卻偷偷來到了江亭。「不醒」二字，刻劃出詩人沉醉在「愁」中的迷惘狀態。

◎第四階段　西南漂泊的晚境（760～770）

即遣花開深造次，便教鶯語太丁寧 —— 讓花開就夠魯莽造次了，還教黃鶯嘮嘮叨叨唱個不停。

新評

飽嘗亂離之苦的杜甫，雖然住進了周圍景色秀麗的草堂，有了一段相對安寧的生活。但國難未除，故園難歸，家國的愁思始終是他心中的「結」。《杜臆》云：「客愁二字，乃九首之綱」。這第一首正是圍繞「客愁」來寫詩人惱春的心緒。

杜甫善用反襯的手法，在情與景的對立之中，表達思想感情。春色美好，偏說是「無賴」；花開豔麗，偏要說其「造次」；「鶯啼」又嫌其過於丁寧。這種惱春煩春，恰說明詩人內心之煩亂。用「樂景寫哀」（王夫之《薑齋詩話》），則哀感倍生。這種環境描寫與內心情感反襯對比的手法，蘊含著詩人藝術構思的匠心。

其二

手種桃李非無主，野老牆低還是家。
恰似春風相欺得，夜來吹折數枝花。

新解

手種桃李非無主，野老牆低還是家 —— 這些桃樹、李樹都是我親手種的，並非沒有主，我這鄉野老人院牆雖低，但好歹還是個家。

恰似春風相欺得，夜來吹折數枝花 —— 春風像是有意在欺負我，昨夜吹折了我的好幾枝花。

新評

這首詩是罵春風吹折了他的花枝花朵，罵得出奇，與第一首相同，分明是借景而說心中之事。因有真情實感，並不牽強，反而讓人覺得有幾分詩人的率真、可愛。

其三

熟知茅齋絕低小，江上燕子故來頻。

啣泥點汙琴書內，更接飛蟲打著人。

新解

熟知茅齋絕低小，江上燕子故來頻 ── 茅齋：指草堂。知我的草堂低矮狹小，江上的燕子卻故意飛進飛出，頻繁來築巢。

啣泥點汙琴書內，更接飛蟲打著人 ── 寫燕子在屋內的活動：築巢啣泥，泥點弄髒了琴和書還不夠，還要追捕飛蟲，甚至撞到了人。

新評

詩人以明白如話的口語、細膩逼真的感受，寫燕子頻頻出入擾人的情景。使人聯想到這低小的茅齋，主人也不過是困居此處藉以容身，江燕哪裡能解主人心境的煩憂？遠客孤居，定有許多不如意，這還是由客愁而發，所以才有禽鳥亦欺人之感慨。

其四

二月已破三月來，漸老逢春能幾回。

莫思身外無窮事，且盡生前有限杯。

新解

二月已破三月來，漸老逢春能幾回 ── 二月已過三月到來，這春天的盛景，對一個老年人來說，還能看到幾回呢？

莫思身外無窮事，且盡生前有限杯 ── 不要想那些沒完沒了的身外之事了，姑且喝光這人生中有限的幾杯酒吧！

◎第四階段　西南漂泊的晚境（760～770）

新評

　　詩人嘆年華之易逝，即景傷情，感嘆人生苦短，姑且借酒澆愁。前面的詩中剛剛罵過春色，這裡又嘆自己「逢春能幾回」，可見罵春是假，惜春是真。

　　其五

腸斷春江欲盡頭，杖藜徐步立芳洲。
顛狂柳絮隨風舞，輕薄桃花逐水流。

新解

　　腸斷春江欲盡頭，杖藜徐步立芳洲——我為江邊的春光將盡而傷心斷腸，拄著藜杖慢步來到這長滿青草與野花的小洲。

　　顛狂柳絮隨風舞，輕薄桃花逐水流——那癲狂的柳絮在風中舞蹈，那桃花太輕薄了，逐水漂流。託物諷人。

新評

　　那桃花柳絮太無情了，真讓詩人煩惱。顛花怪柳其實還是在吝惜春天。這後兩句詩形象含意俱佳，富有象徵意味，成為人們喜愛的名句。

　　其七

糝徑楊花鋪白氈，點溪荷葉疊青錢。
筍根雉子無人見，沙上鳧雛傍母眠。

新解

　　糝徑楊花鋪白氈，點溪荷葉疊青錢——糝：散。漫天飛舞的楊花飄落在小徑上，好像鋪上了一層白氈；溪水中片片青綠的荷葉點染其間，彷彿是層疊在水面上的圓圓的青錢。

　　筍根雉子無人見，沙上鳧雛傍母眠——雉：通稱野雞，性好伏，善

走。雉子：指雉的幼雛。這句是說幼雛很小，隱伏在竹叢筍根旁邊，不易被人發現；岸邊的沙灘上，小鳧雛們依偎在母親身邊安然入眠。

新評

這首詩寫初夏景色。一句詩一幅畫面，前半寫景，後半景中狀物，景物相融，各得其妙。刻劃細膩逼真，意境清新雋永，饒有情趣。「點」、「疊」等詞，用得生動而傳神。從閒靜的畫面中，仍隱隱透露出作者客居異地的蕭寂之感。

其九

隔戶楊柳弱嫋嫋，恰似十五女兒腰。

誰謂朝來不作意？狂風挽斷最長條。

新解

隔戶楊柳弱嫋嫋，恰似十五女兒腰 ── 隔門望見楊柳枝條細弱嫋嫋，恰似十五女兒柔軟的腰肢。

誰謂朝來不作意？狂風挽斷最長條 ── 是誰早上沒留意？竟被狂風扯斷了最長的枝條。不作意：沒注意。

新評

用十五歲女兒的腰肢來狀枝條之軟，極有韻味。折了一枝便難以釋懷，說明愛之痴，也說明屢受打擊的心，對任何風暴都十分敏感。

綜論

杜甫的這組絕句明顯受到當地民歌的影響，有古竹枝詞的味道，跌宕奇古，獨闢蹊徑。口語、俚語的入詩，也讓詩風顯得通俗易懂、活潑自如。全詩以「客愁」為綱，借眼前景物寫內心之愁，他怪春色，又怪春風；怪了春風，又罵燕子，還要罵桃、罵柳；後來還是忍不住說出自己

◎第四階段　西南漂泊的晚境（760～770）

惜春、愛春的心情，感嘆人生苦短、歲月不再。字面上那些及時行樂的話，正透露出詩人濟世無門、退隱不得、進退維谷的內心苦悶，並非真正的曠達之語。

在格律上，杜甫也不拘泥於絕句的平仄，有自己的大膽創新。按常規，七言詩中的仄起平收句「仄仄平平仄仄平」的第三字不能改用仄聲，如果用了仄聲，必須把第五字改成平聲，才能避免「孤平」。「孤平」是指除了韻腳，整句只有一個平聲字，這是近體詩的大忌，在唐詩中很少見到。在這組詩的其一中，首句「眼見客愁愁不醒」本該是「仄仄平平仄仄平」，現在第三字用了仄聲「客」，第五字就改用平聲「愁」來補救（注意「醒」是平聲），這叫「拗救」，意思就是避免拗句。至於杜甫有時有意作一些不合律的「拗句」，作詩藝上的探索，那另當別論。

〈遣意〉二首

題解

上元二年（761）春作，描繪草堂春景及閒居的適意。其一寫日景，其二寫夜景。

其一

囀枝黃鳥近，泛渚白鷗輕。
一徑野花落，孤村春水生。
衰年催釀黍，細雨更移橙。
漸喜交遊絕，幽居不用名。

新解

囀枝黃鳥近，泛渚白鷗輕——聽到婉轉的鳥叫聲，原來黃鶯就在近旁的樹上。白鷗漂在水上顯得特別輕捷。一個「近」字，一個「輕」字，

就將詩人自己也寫入了情境中，化客觀的「無我」之境為主觀的「有我」之境。是畫龍點睛之筆。囀：形容鳥鳴聲婉轉多變。黃鳥：指黃鶯。

一徑野花落，孤村春水生——一條落滿了野花的路，一個孤零零的村子和一灣幽幽春水。此聯猶如一幅明麗的水鄉風景畫。

衰年催釀黍，細雨更移橙——年老力衰似在催我快點釀黍酒，細雨天氣更適於盡快移栽橙樹苗。

漸喜交遊絕，幽居不用名——我喜歡這種漸漸斷了交遊的生活，悄悄地隱居，不必宣揚名聲。

新評

詩人此時的心境頗似陶淵明，抒寫閒居之美，情趣盎然。特別是「一徑野花落，孤村春水生」句，寫出了水鄉的孤寂之美，極有韻味，歷來受到後人讚嘆。

其二

簷影微微落，津流脈脈斜。
野船明細火，宿鷺起圓沙。
雲掩初弦月，香傳小樹花。
鄰人有美酒，稚子夜能賒。

新解

簷影微微落，津流脈脈斜——夕陽西下，屋簷的影子微微垂落，浣花溪水脈脈含情地打村邊斜斜地流過。

野船明細火，宿鷺起圓沙——野外的船上亮起了細細的漁火，夜宿的白鷺從圓圓的沙洲上飛起。這兩句有一定的因果關係，是漁火將白鷺驚飛。

◎第四階段　西南漂泊的晚境（760～770）

　　雲掩初弦月，香傳小樹花 —— 雲彩掩映著一彎新月，小樹上傳來陣陣花香氣。

　　鄰人有美酒，稚子夜能賒 —— 鄰家有美酒，打發我的幼子，夜裡去也能賒回來。

新評

　　從黃昏寫到夜間，鄉村的景物變幻富有動感。「雲掩初弦月，香傳小樹花」聯清新自然，於細微處可見出幽境的高致，誦之有口齒生香之感。

〈客至〉

題解

　　此詩作於唐肅宗上元二年（761）春，時杜甫居成都草堂。這首詩的原注中有「喜崔明府相過」六字。明府是古代對縣令的尊稱。這位姓崔的縣令，可能是杜甫的舅父。詩中表達了作者村居的寂寞和對親屬來訪的喜悅心情。

　　舍南舍北皆春水，但見群鷗日日來。
　　花徑不曾緣客掃，蓬門今始為君開。
　　盤飧市遠無兼味，樽酒家貧只舊醅。
　　肯與鄰翁相對飲，隔籬呼取盡餘杯。

新解

　　舍南舍北皆春水，但見群鷗日日來 —— 首聯先從臨江近水的成都草堂戶外景色著筆，點明客人來訪的時間、地點和來訪前夕作者的心境。將綠水環繞、春意蕩漾的環境，表現得秀麗可愛。「皆」顯示春江水漲；

216

群鷗日日到來，點出環境清幽僻靜，寓情於景；「但見」二字表現出詩人的閒逸生活和寂寞心情。

　　花徑不曾緣客掃，蓬門今始為君開──頷聯把筆觸轉向庭院，採用與客人談話的口吻，極富生活真實感。上句說，老夫不曾為客人掃過花間小徑，這柴門今天才欣喜地為您敞開。蓬門：籬笆門。語氣中透露出主人的喜出望外，也突顯出兩人交情之深厚，為後面的暢飲作了鋪陳。

　　盤飧市遠無兼味，樽酒家貧只舊醅──盤飧：泛指盤中的菜餚。無兼味：沒有別的味道，意思是只有一種菜。舊醅：沒有經過過濾的陳酒。古人以新酒為貴，因此這裡是慚愧自己家貧，加上離城太遠，沒有好酒、好菜，只有陳酒招待客人。此聯從虛寫客至，轉入實寫待客。詩人以最能顯示賓主情分的家常話語落筆，聽來更顯親切，讓人感受到主人的真情和力不從心的歉疚，非常有生活氣息。

　　肯與鄰翁相對飲，隔籬呼取盡餘杯──詩人因體弱不宜多飲酒，因而在這裡徵求意見，問客人願不願意與鄰人對飲。如果願意，可邀請鄰居老翁來同飲，隔著籬笆招呼他來喝個盡興！這巧妙的一筆，將席間的氣氛推向更熱烈的高潮。這個細節細膩逼真，也使詩歌的結尾出現峰迴路轉的另外一種境界。

新評

　　〈客至〉為成都草堂落成後所寫。全詩洋溢著濃郁的生活氣息，詩中不惜以半首詩的篇幅，具體描繪酒菜款待的場面，還出人意料地引出邀鄰助興的細節，寫得細膩傳神。門前景、家常話、身邊情，編織成富有情趣的生活情境，有濃郁的生活氣息和人情味，流露出詩人率真、恬淡的性情。好就好在自然渾成，如話家常。

◎第四階段　西南漂泊的晚境（760～770）

〈春夜喜雨〉

題解

此詩寫於唐肅宗上元二年（761）春。抒發了詩人於春夜適逢好雨的喜悅之情。

好雨知時節，當春乃發生。
隨風潛入夜，潤物細無聲。
野徑雲俱黑，江船火獨明。
曉看紅濕處，花重錦官城。

新解

好雨知時節，當春乃發生——知時節：應時而來。春天正是萬物萌生的季節，正需要雨，雨就來了，真是「好雨」！乃：就。

隨風潛入夜，潤物細無聲——「潛入」、「潤」、「細」，用的是擬人化的手法，寫雨發生的狀態。「潛入夜」是說這雨悄悄而來，不事張揚、不為討好；「細無聲」表示這雨伴隨和風而來，綿綿密密，讓萬物得到水分滋養，十分可愛。

野徑雲俱黑，江船火獨明——野徑：野外的小路。這裡泛指四方郊野。「雲俱黑」寫天空中全是黑沉沉的雲，什麼也看不見；「火獨明」寫唯有船上的燈火是亮的。「黑」與「明」反襯對比，越顯差異。

曉看紅濕處，花重錦官城——紅濕：花朵沾到雨的樣子。重：此處指色彩濃豔。錦官城：即成都。因成都古代以出產錦帛聞名，朝廷在這裡設有錦官，故有此稱。尾聯寫的是想像中的情景，「紅濕」、「花重」都是說拂曉，「好雨」下了一夜，萬物得到潤澤，春花帶雨開放，紅豔欲滴，整個錦官城裡都是紅豔豔、沉甸甸的花海。那是多美的景色呀！

新評

　　這是杜甫詩篇中描繪春夜雨景，表現喜悅心情的名作。一開頭就用一個「好」字讚美「雨」，並將雨擬人化，說它「知時節」，懂得在最需要它的春天而來。諺語有「春雨貴如油」之句，正說明其應時而降的寶貴。中間又說它伴著和風「無聲」「潛入」，細細「潤物」，不是伴著春寒而來的疾風冷雨，而是無聲地融入泥土、滋潤萬物的微風細雨，因而的確是「好雨」。這種「溫柔敦厚」，符合百姓的審美趨向，隱含著對中華民族某種群體人格的讚美，有一種深厚的文化意味。尾聯充滿詩意的想像，閃耀著生命的光澤。

　　浦起龍說：「寫雨切夜易，切春難。」這首詩，不僅切夜、切春，且寫出「好雨」的高尚品格，也是一切「好人」的高尚人格。因而這正是人們盼望和喜愛的「好雨」。題目為〈春夜喜雨〉，在八句詩中卻未著一個「喜」字，然而通篇溢滿喜氣。後四句尤見功力，其活潑生動、靈氣飛揚，非大手筆不能為。全詩格律嚴格，對仗工整，渾融流轉、情韻優美，是杜詩五律的典型代表作，流傳極廣。

〈江亭〉

題解

　　此詩當作於上元二年（761）春，時杜甫居成都草堂。

坦腹江亭暖，長吟野望時。
水流心不競，雲在意俱遲。
寂寂春將晚，欣欣物自私。
故林歸未得，排悶強裁詩。

◎第四階段　西南漂泊的晚境（760～770）

新解

　　坦腹江亭暖，長吟野望時——袒胸露腹坐在暖暖的江亭，遠望四野長吟詩句。

　　水流心不競，雲在意俱遲——江水長流爭相奔跑，我的心卻寧靜不動，就如同天上的雲一樣遲緩悠閒。

　　寂寂春將晚，欣欣物自私——春天將要悄悄過去了，草木欣欣向榮各自生長。

　　故林歸未得，排悶強裁詩——故鄉終究未能歸去，排遣愁悶我勉強作詩。

新評

　　「水流心不競，雲在意俱遲」兩句，意象很美，歷來受到人們稱道。有人說是表達詩人超然物外的曠達，其實不然。「水流心不競」，恰恰顯示心裡一直在「競」，但心願難遂，於是生出「何須去競」的念頭來。「雲在意俱遲」也一樣，本來滿腔抱負，想要有所作為，但屢屢碰壁，於是覺得自己也許是在自討苦吃，如今見白雲悠悠，也忽然想到，不妨與白雲一樣「俱遲」才對。

　　第三聯，更見詩人本色。「寂寂春將晚」，流露出心頭的寂寞；「欣欣物自私」，有一種眾芳爭豔，而我獨憔悴的悲涼。晚春本無所謂寂寞，但由於詩人的心境，移情入景，自然覺得景色也是寂寞無聊的；百草千花的爭奇鬥豔、欣欣向榮，更對比出詩人的落寞，所以就要嗔怪春花的「自私」了。一切景語皆情語。杜甫寫此詩時，安史之亂未平，作者避亂，暫時得以「坦腹江亭」，但心中到底還是忘不了國家安危，因此這首詩表面上悠閒恬適，骨子裡仍是滿腹憂國憂民的焦灼和苦悶，這正是杜甫不同於一般山水詩人之處。

〈寒食〉

題解

　　此詩當作於上元二年（761）春。寒食節在清明前兩天，相傳晉文公為悼念介子推抱木焚死，就定於是日禁火，故稱寒食。

　　寒食江村路，風花高下飛。
　　汀煙輕冉冉，竹日靜暉暉。
　　田父要皆去，鄰家問不違。
　　地偏相識盡，雞犬亦忘歸。

新解

　　寒食江村路，風花高下飛——寫暮春江村風景，一路上只見風吹花瓣上下飛舞。

　　汀煙輕冉冉，竹日靜暉暉——汀洲上的輕煙冉冉升起，竹葉上反射出亮亮的陽光。

　　田父要皆去，鄰家問不違——要：邀。問：饋問，以食品相贈。農民們邀請飲酒從不拒絕，鄰居送來食品就收下，不能違反他們的盛情。

　　地偏相識盡，雞犬亦忘歸——地方偏僻，人們全都認識，連雞、狗也會相互串門子，忘了回家。

新評

　　杜甫的這首五律，將寒食時節的江村風景寫得歷歷如在眼前。全詩視野開闊，是詩人在浣花溪邊生活的真切寫照。前半首寫江村風景的恬靜優美，幾同寧靜的桃源；後半首寫當地淳厚的民俗風情，寫詩人與當地百姓的水乳交融，詩中流露出村居生活中的勃勃生機。

◎第四階段　西南漂泊的晚境（760～770）

〈琴臺〉

題解

　　此詩為杜甫晚年憑弔司馬相如遺跡——琴臺時所作。琴臺在成都浣花溪北。

　　茂陵多病後，尚愛卓文君。
　　酒肆人間世，琴臺日暮雲。
　　野花留寶靨，蔓草見羅裙。
　　歸鳳求凰意，寥寥不復聞。

新解

　　茂陵多病後，尚愛卓文君——茂陵：地名，相如晚年曾退居此地，因而以地名代稱相如。卓文君為卓王孫之女，善彈琴。喪夫後與相如結為夫婦。詩的起首便說司馬相如雖年老多病，但對文君的愛仍如當初一樣熱烈。讚美其愛情的真摯美好。

　　酒肆人間世，琴臺日暮雲——此聯回溯到他們的年輕時代。窮書生司馬相如愛上了富家孀居的文君，在琴臺上彈起〈鳳求凰〉的琴曲，文君被琴聲感動，夜奔相如。此事遭到文君之父卓王孫的竭力反對，不給他們任何經濟支援。他們不肯屈服，開了個小酒店，靠當壚賣酒維生。一介文弱書生和一個富戶千金，竟以「酒肆」來蔑視世俗禮法，其勇可賞。詩人選擇「酒肆」、「琴臺」這兩個富有象徵性的景物，從追懷古蹟，唱出心中的傾慕。「琴臺日暮雲」句，又從冥想回到詩人遠眺的真實所見，景中有情。詩人在感慨：今日空見琴臺雲飛，文君安在？

　　野花留寶靨，蔓草見羅裙——詩人從遠望回到眼前之景，浮想聯翩：琴臺旁的朵朵野花，彷彿是文君的笑靨；叢叢嫩綠的蔓草，又好似文君昔日所穿的碧羅紗裙。聯想美妙而浪漫。

歸鳳求凰意，寥寥不復聞——結句明快，點出全詩主題：像相如、文君反抗世俗禮法、追求美好愛情的事，今日已寥寥無幾、不再聽說了。「歸鳳求凰意」來自相如向文君求愛時彈奏的〈鳳求凰〉琴曲：「鳳兮鳳兮歸故鄉，遨遊四海求其凰。」

新評

　　杜甫身為文采風流的一代詩人，在他的內心深處，能夠真正地理解相如與文君的高潔愛情，因此才能寫出如此美麗的詩篇，唱出這種千古知音的慨嘆。在後世某些輕薄之士的眼中，他們看到和羨慕的，只是風流韻事和浪漫傳說，而詩人所讚美的，卻是那種高雅的「胡頡頏兮共翱翔」、值得千古傳誦的真情至愛。

〈水檻遣心〉二首（選一）

題解

　　這組詩當作於上元二年（761）春。水檻：水邊的欄杆。所選其一寫的是草堂水亭上由木板搭成的簡陋木欄，是詩人喜歡的去處，他常在這裡憑欄遠眺或坐而垂釣。詩中細緻入微地描繪了在水檻眺望所見的、清幽迷人的自然景色。

> 去郭軒楹敞，無村眺望賒。
> 澄江平少岸，幽樹晚多花。
> 細雨魚兒出，微風燕子斜。
> 城中十萬戶，此地兩三家。

新解

　　去郭軒楹敞，無村眺望賒——首聯寫草堂的環境：離城郭很遠，庭園有開闊敞亮的長廊，旁邊沒有村落，因而視野開闊，可極目遠眺。軒：

◎第四階段　西南漂泊的晚境（760～770）

長廊。楹：堂屋前部的柱子。賒：遠、長。

　　澄江平少岸，幽樹晚多花——三、四句寫眺望之景：江水澄碧，浩浩蕩蕩，似與江岸齊平，這是寫遠景；鬱鬱蔥蔥的樹木，在春日的黃昏裡，盛開著奼紫嫣紅的花朵，這是寫近景。

　　細雨魚兒出，微風燕子斜——五、六兩句刻劃細膩，描寫極為生動：魚在毛毛細雨中歡欣地跳出了水面，燕子在微風的吹拂下，輕柔地掠過水濛濛的天空。這兩句意象優美，已成為千古傳誦的名句。

　　城中十萬戶，此地兩三家——尾聯呼應開頭，以「城中」與「此地」、「十萬戶」與「兩三家」對比，更突顯出這裡的閒適和幽靜。

新評

　　此詩寫出詩人遠離塵囂的閒適和怡然自得。「細雨魚兒出，微風燕子斜」聯尤為自由靈動，既有「形」的細緻，也有「神」的活潑。寫景妙在「緣情體物」之工細，魚歡騰地游到水面，是因雨細，若雨猛浪翻，魚就潛入水底了；燕子輕盈地掠過天空，說明風微，若風大雨急，燕子就會躲起來了。詩人遣詞用意的精微，讓人嘆服。黃賓虹先生曾經說過：「山水畫乃寫自然之性，亦寫吾人之心。」（《黃賓虹畫語錄》）詩畫同理。詩人細緻地描繪微風細雨中的魚和燕子，其意在託物寄興，抒發自己在春天的喜悅心情。

　　全詩八句都為對仗，遠近交錯，工巧無痕。

〈茅屋為秋風所破歌〉

題解

　　此詩作於上元二年（761），時杜甫五十歲，在成都閒居。詩人描寫了自己居住的茅屋被秋風掀頂後的苦況，並能推己及人，為天下窮人憂

慮，顯示出詩人崇高的人格境界。因而此詩成為被後世傳誦的名篇。

八月秋高風怒號，卷我屋上三重茅。
茅飛渡江灑江郊，高者掛罥長林梢，
下者飄轉沉塘坳。南村群童欺我老無力，
忍能對面為盜賊。公然抱茅入竹去，
脣焦口燥呼不得，歸來倚杖自嘆息。
俄頃風定雲墨色，秋天漠漠向昏黑。
布衾多年冷似鐵，嬌兒惡臥踏裡裂。
床頭屋漏無乾處，雨腳如麻未斷絕。
自經喪亂少睡眠，長夜沾溼何由徹？
安得廣廈千萬間，大庇天下寒士俱歡顏，
風雨不動安如山！
嗚呼！何時眼前突兀見此屋，
吾廬獨破受凍死亦足！

新解

「八月秋高風怒號」五句 —— 開門見山寫茅屋被秋風吹破的情形。這是天災。掛罥：纏繞。長林：高樹。塘坳：低窪積水的地方。

「南村群童欺我老無力」五句 —— 寫群童欺老。這是人禍。忍能：竟能忍心這樣做。倚杖：拄著枴杖。

「俄頃風定雲墨色」八句 —— 寫天災人禍後，夜晚寒冷難眠的困苦情狀。俄頃：不一會兒，轉眼間。漠漠：陰沉的樣子。布衾：布被子。惡臥：睡相不好。踏裡裂：將被子內裡踩破了。喪亂：指安史之亂。何由徹：如何忍受到天亮？

「安得廣廈千萬間」六句 —— 由一己之寒，推及普天下之寒，並聲

◎第四階段　西南漂泊的晚境（760～770）

稱：為了「大庇天下寒士」，情願犧牲自己！安得：怎樣獲得。庇：遮蔽，保護。寒士：貧寒的書生，也泛指天下窮人。突兀：高聳。廬：茅屋，房子。

新評

　　一位哲人說過：「苦難是人生的試金石。」面對苦難的態度，最能展現一個人是否具有內在的尊嚴。這首詩為我們提供一個走近一千多年前的一顆高貴心靈的機會。

　　讓我們看看杜甫是怎樣面對自己遭逢的苦難：八月的某一天，秋風怒號，狂風將草堂的屋頂席捲而去。屋頂上的茅草有的落到河邊，有的掛上樹梢，有的沉進泥塘。一群頑皮的孩子抱起茅草跑掉了。年老力衰的詩人無力呼喊，只得回屋，拄著枴杖空自嘆息。然而天公不作美，轉眼間大雨滂沱而至，詩人裹著單薄的布被子，仍凍得發抖。屋裡漏得沒有一塊乾的地方，雨依舊下個不停。在如此困苦的境地，詩人卻由「吾廬獨破」推及「天下寒士」的處境，以他博大的仁愛之心，發出了「安得廣廈千萬間，大庇天下寒士俱歡顏」的千古絕響。

　　人生在世，誰都希望遠離苦難。但苦難的到來，卻是那樣猝不及防、不容選擇。當人們被迫面對苦難時，態度卻截然不同：有人沉淪下去，自暴自棄；有人產生了仇視心理，想要嫉妒和報復那些比自己幸福的人；有人卻從苦難中提煉出精神的珍寶，對人生有了一種全新的眼光。詩人杜甫屬於後面這種。他從承受苦難中思索生活的意義和人格的尊嚴，並推己及人，由自身的痛苦聯想到天下寒士的痛苦，從眼前的苦難聯想到整個時代的人民的苦難。他的靈魂是高貴的。一千多年前的茅草屋裡，跳動著的是一顆想黎民、思百姓、憂天下的心，這種博大仁愛的胸懷，因而成為後世景仰之楷模，他被人們尊為「詩聖」是完全名副其實的。

全詩兼用長短句，打破了七言束縛，多用口語詞，讓思想的表達更無拘無束，增加了詩的平民氣息，有一種特殊的感染力。

〈百憂集行〉

題解

此詩當作於上元二年（761），時杜甫居成都草堂。詩中以少年時的健康對照老年時的窮困潦倒，充滿感慨和嘆惋之情。

憶年十五心尚孩，健如黃犢走復來。
庭前八月梨棗熟，一日上樹能千回。
即今倏忽已五十，坐臥只多少行立。
強將笑語供主人，悲見生涯百憂集。
入門依舊四壁空，老妻睹我顏色同。
癡兒不知父子禮，叫怒索飯啼門東。

新解

憶年十五心尚孩，健如黃犢走復來──首句回憶年少時的無憂無慮，體魄強健，精力「健如黃犢」，非常生動。為下文作鋪陳。

庭前八月梨棗熟，一日上樹能千回──當梨棗成熟，少年杜甫便頻頻上樹摘取。一日千回是誇張的說法。「心尚孩」的「尚」字用得巧妙貼切，令人感到童稚少年的活潑可愛。詩人活靈活現地勾勒出少年時的自我，正為了引出下文中晚年的悲痛和憤懣。

即今倏忽已五十，坐臥只多少行立──倏忽：形容時光流逝之迅疾。從「十五」轉眼走到「五十」歲了，人世滄桑可以想見。由於年老力衰，行動不便，因此坐臥多，而站立和行走較少。

強將笑語供主人，悲見生涯百憂集──老年行動不便，還得強顏歡

◎第四階段　西南漂泊的晚境（760～770）

笑出入於官僚之門，自然悲從中來，內心百憂齊集，發出淒涼的慨嘆。這兩句當為全詩之詩眼，與詩題〈百憂集行〉相呼應。詩人因老而悲，因貧而悲，更因不得不依附別人、失去主體價值而悲。「生涯」說明整個人生之悲。

入門依舊四壁空，老妻睹我顏色同——寫家中四壁空空、一貧如洗的悲涼。老夫老妻，相對無言，同是滿面愁色。

痴兒不知父子禮，叫怒索飯啼門東——只有痴兒少不更事，飢腸轆轆，對著東邊的廚門，哭叫著要飯吃。以上是詩人為我們描繪出的生動畫面，憂傷痛苦之狀，歷歷如在眼前。

新評

杜甫的這首詩以對比的手法，逼真地表現出自己的淒涼處境。詩人用十五歲與五十歲對比，用「一日上樹能千回」的青春，與「坐臥只多少行立」的蒼老對比，用兒時的天真爛漫和老來的強顏歡笑對比，最後詩人還將自己充滿歡愉的童年和啼飢號寒的痴兒作對比，所以才有「悲見生涯百憂集」的感嘆，刻劃出濃濃的悲的氛圍。詩人的切身體驗和內心痛楚，化作詩句中的悲憤和呼號。

〈贈花卿〉

題解

作於唐肅宗上元二年（761）。花卿，花敬定，是當時成都尹崔光遠的部將，曾因平叛立過功。但他居功自傲，肆虐掠奪百姓，生活驕恣放縱。杜甫的這首贈詩一語雙關，字面上看是一首樂曲讚美詩，內中卻含有委婉的諷刺，寫花卿日常生活中的宴樂盛況與排場奢華。卿，是當時對地位、年輩較低者的一種客氣稱呼。

錦城絲管日紛紛，半入江風半入雲。

此曲祇應天上有，人間能得幾回聞？

新解

錦城絲管日紛紛，半入江風半入雲——錦城：錦官城，指成都。絲管：絲指弦樂，管指管樂。紛紛：既多且亂。這裡泛指樂器演奏和伶人的歌唱錯雜又和諧。「半入江風半入雲」中兩個「半」字，空靈而生動，讓人彷彿看到悠揚動聽的樂曲，從花卿家的宴席上飛出，隨風蕩漾在錦江上，冉冉飄入藍天白雲間。這種聽覺和視覺的通感，化無形為有形，有一種獨特的藝術效果。

此曲祇應天上有，人間能得幾回聞——天上：這裡也有暗指皇帝宮廷的意思，譏諷花敬定的越位和奢侈。這兩句猶如神來之筆，口語般淺近、明白如話，卻又富含深意。

新評

前兩句對樂曲作具體形象化的描繪，是實寫；後兩句以天上的仙樂相誇，是遐想。虛實相生，空靈美妙。對這首詩的主旨，歷來注家頗多異議。有人認為它只是讚美樂曲，並無弦外之音；而楊慎《升庵詩話》卻說：「花卿在蜀頗借用天子禮樂，子美作此譏之，而意在言外，最得詩人之旨。」沈德潛《說詩晬語》也說：「詩貴牽意，有言在此而意在彼者，杜少陵刺花敬定之僭竊，則想新曲於天上。」楊、沈之說是較為可取的。

在中國封建社會裡，禮儀制度極為嚴格，即使音樂，亦有鮮明的等級界限。稍有違背，即是紊亂綱常，大逆不道。杜甫這首詩柔中有剛，綿裡藏針，寓諷於諛，意在言外，暗含譏刺卻又含而不露。曾有評論家稱讚這首詩為杜甫絕句之冠。

◎第四階段　西南漂泊的晚境（760～770）

〈不見〉

題解

　　此詩當作於上元二年（761），杜甫客居成都初期。作者於題下原注：「近無李白消息。」這是杜甫懷李白的最後一首詩。次年，李白死於當塗。詩用質樸的語言，表現了對摯友的深情。

　　不見李生久，佯狂真可哀！
　　世人皆欲殺，吾意獨憐才。
　　敏捷詩千首，飄零酒一杯。
　　匡山讀書處，頭白好歸來。

新解

　　不見李生久，佯狂真可哀——開頭直抒胸臆，蓄積於心的思念，如洪流決口衝出。「不見」二字置於句首，表達了他渴望見到李白的強烈願望。「久」，強調分別時間之長。杜甫和李白自天寶四載（745）在兗州分別，已有整整十五年沒有見面了。第二句表達對李白懷才不遇的哀憐和同情。像李白這樣的「楚狂人」，常常吟詩縱酒，笑傲公侯，當然為統治者所不容。杜甫卻深深地理解和體諒李白，他的「佯狂」正是因為欲濟世而不能，只好假做狂人，因此才更值得哀憐同情。

　　世人皆欲殺，吾意獨憐才——永王李璘一案，李白被牽連，有人就說要將「亂臣賊子」李白處以極刑。杜甫因救房琯而被逐出朝廷，不是也有同樣的遭遇嗎？因此杜甫的「憐才」也是憐己。這裡的「憐才」，不僅指文學才能，更有對李白政治上蒙冤的同情。志士的心是相通的。「皆欲殺」和「獨憐才」，突出表現杜甫與俗世截然對立的態度。

　　敏捷詩千首，飄零酒一杯——頸聯宕開一筆，想像李白在漂泊中一定是以酒為伴，借酒澆胸中塊磊。寥寥十個字，便勾勒出一個詩酒飄零

的浪漫詩人的形象，是對李白一生的絕妙概括。

匡山讀書處，頭白好歸來 —— 匡山：在四川北部彰明附近，李白少時曾在此讀書。這裡是杜甫在為李白的命運擔憂，希望他落葉歸根，終老故里，因此熱切地呼喚李白能夠「頭白好歸來」。

新評

這首詩在藝術上的最大特色是直抒胸臆，傾訴心曲。語言質樸自然，吸收了口語和散文的成分入詩，形式看似平淡，內容卻一往情深。語言的散文化，使律體不再呆板，且變得靈活多姿，更有利於傳情達意。章法上，首尾呼應，全詩渾然一體，有強大的藝術感染力。

〈野望〉

題解

此詩當作於寶應元年（762）。詩中表現了思家之念和憂國之愁。

西山白雪三城戍，南浦清江萬里橋。
海內風塵諸弟隔，天涯涕淚一身遙。
唯將遲暮供多病，未有涓埃答聖朝。
跨馬出郊時極目，不堪人事日蕭條。

新解

西山白雪三城戍，南浦清江萬里橋 —— 首兩句寫野望時所見的西山和錦江。西山：一名雪嶺，在成都西部，主峰終年有積雪。三城：指松（今四川松潘）、維（故城在今四川理縣西）、保（故城在今四川理縣到新保關西北）三城。為防禦吐蕃入侵而駐軍，是蜀地要鎮。戍：指邊防駐軍的城堡。南浦：南郊外水濱。清江：指錦江。萬里橋：在成都市南的錦

◎第四階段　西南漂泊的晚境（760～770）

江上。這裡喻指離別，引出下句憶弟之思。意思是：西山頂終年白雪皚皚，松、維、保三城戒備森嚴，有重兵駐防，南郊外有萬里橋跨過泱泱錦江。

海內風塵諸弟隔，天涯涕淚一身遙──由戰亂引出對諸弟的思念。「風塵」指安史之亂導致的連年戰火。弟弟們散居各地，遠在天涯的杜甫，思親懷鄉，不禁「涕淚」橫流。

唯將遲暮供多病，未有涓埃答聖朝──五、六句感嘆自己只能將晚年歲月交給多病之身，卻未能做些微小的貢獻來答謝聖上。涓：細流。埃：微塵。

跨馬出郊時極目，不堪人事日蕭條──我騎馬郊遊時極目四望，國事和家事的蕭條，真叫人不堪忍受。「人事」，人世間的事。詩人騎馬出郊本想散心，但對世事「日」轉「蕭條」的現狀竟難以放下，表達了詩人內心的痛苦之深。

新評

這首詩寫郊遊野望的感觸，憂家憂國、傷己傷民的感情溢於字裡行間。首聯寫從高低兩處望見的景色。頷聯是抒情，由野望想到兄弟的飄散和自己的浪跡天涯。頸聯抒寫遲暮多病不能報效國家。末聯點明主題「野望」，以人事蕭條作結。全詩感情真摯，語言純樸，結構上控縱自如。

〈遭田父泥飲美嚴中丞〉

題解

此詩當作於寶應元年（762）春，時杜甫居成都草堂。田父：農人。泥飲：熱情地強留客人飲酒。美：讚美。嚴中丞：即嚴武，杜甫的朋友，時任成都尹。此詩寫杜甫流離他鄉之際，有老農熱情邀他喝酒，並誇讚

嚴武的新政。杜甫有感於民風的純樸，寫下了這首通俗生動的詩，生動地刻劃出一位熱情豪爽的農民形象。

步屧隨春風，村村自花柳。
田翁逼社日，邀我嘗春酒。
酒酣誇新尹：「畜眼未見有。」
回頭指大男：「渠是弓弩手。
名在飛騎籍，長番歲時久。
前日放營農，辛苦救衰朽。
差科死則已，誓不舉家走。
今年大作社，拾遺能住否？」
叫婦開大瓶，盆中為吾取。
感此氣揚揚，須知風化首。
語多雖雜亂，說尹終在口。
朝來偶然出，自卯將及酉。
久客惜人情，如何拒鄰叟？
高聲索果栗，欲起時被肘。
指揮過無禮，未覺村野醜。
月出遮我留，仍嗔問升斗。

新解

步屧隨春風，村村自花柳——步屧（ㄒㄧㄝˋ）：草鞋。起首二句寫詩人穿上草鞋，追隨著春風，到處走走看看，見村村都是花紅柳綠，心情喜悅。

田翁逼社日，邀我嘗春酒——社日：古時春、秋兩季農村中祭祀土地神的節日，一般在立春、立秋後的第五個戊日。一位農家老翁說馬上

◎第四階段　西南漂泊的晚境（760～770）

臨近社日了，非要邀請杜甫到他家去嘗嘗春酒。

酒酣誇新尹：「畜眼未見有」——喝得酒酣耳熱之際，老農開始誇起新上任的成都尹。新尹：指頭年十二月剛接任成都尹的嚴武。畜眼：即「蓄眼」，多年所見。意為：這麼好的官，我多年沒有見過。

回頭指大男——老農回頭指著他的大兒子。

渠是弓弩手——說他是軍隊中的弓弩手。

名在飛騎籍，長番歲時久——他的名字在飛騎軍的名冊裡，服役時間已經很久了。長番：長久當兵，不能輪換。

前日放營農，辛苦救衰朽——前幾天被新尹放回來務農，來搭救我這辛苦的衰朽老頭。

差科死則已，誓不舉家走——上面派下來的徭役、賦稅我死也要承擔，絕不會舉家逃走。

今年大作社，拾遺能住否——今年的社日我要大辦一下，拾遺你能否住下呢？（當時杜甫任左拾遺）

叫婦開大瓶，盆中為吾取——老農隨即叫老伴打開大酒瓶，又從盆中為我取下酒的菜。

感此氣揚揚，須知風化首——我感受到老農的意氣昂揚，深知用仁政來感化民眾，是執政最首要的事。

語多雖雜亂，說尹終在口——老農雖然話多且說得雜亂，但一直將誇新尹的話掛在嘴邊。

朝來偶然出，自卯將及酉——我本來是一大早偶然出來走走，沒想到這一走，就從卯時走到將近酉時。卯：上午五至七點。酉：下午五至七點。

久客惜人情，如何拒鄰叟——長久客居在外的我，更珍惜人與人之

間的友情，怎麼能拒絕鄰居老翁的盛情呢？

　　高聲索果栗，欲起時被肘 —— 他大聲地要老伴端出果栗來招待我，我幾次想要站起來告辭，都被他拉住手臂，不讓我走。

　　指揮過無禮，未覺村野醜 —— 雖然他指手畫腳，似乎有點過於失禮，但我一點也沒有覺得這個村野老頭粗俗。

　　月出遮我留，仍嗔問升斗 —— 直到月亮升起了，他依然挽留我，還責怪我不該問他喝了幾升、幾斗酒。

新評

　　此詩最大的特點就是口語化，寫得通俗自然。全詩有人物、有完整的故事情節，生動地刻劃了一位鄉野村民的形象，人物個性鮮明，活靈活現，使人如見其人、如聞其聲，真不愧是「詩史」。

　　一直致力於提倡白話文學的胡適先生，在他寫的那本《白話文學史》裡曾表揚這首詩，誇其語言的淺近易懂。同時，也批評了杜甫的〈秋興〉諸詩是「難懂的詩謎」。其實，杜甫在詩歌語言上的探索和成就是多方面的。他既可以用農夫的淺白口語入詩，也可以將詩寫出文人的典雅。此外，詩中借田翁之口讚美成都尹嚴武的勤政愛民，有人曾指責詩中有溢美之詞。事實上，因嚴武是老杜的好友，在嚴武剛就任成都尹之際，杜甫曾寫短文〈說旱〉，建議嚴武改革弊政，其中包括減少苛捐雜稅，如服役的兵丁家中有老父、老母需要侍奉的，不應和其他人一樣對待，賦稅應予適當減免等。從老農的口中，杜甫知道嚴武這麼快就聽從了他的建議，作出了改革，自然十分高興，所以他借農夫之口讚揚嚴武的德治。從中可看出杜甫始終在想著國家、念著人民，這種關注普通百姓生存狀態的精神，反映了詩人內心有知識分子強烈的社會責任感。同時，從詩中還可以看出杜甫身為一個有一定官職的詩人，在鄉野村民面前絲毫沒有架子，平等待人，表現出一種可貴的民主意識。

◎第四階段　西南漂泊的晚境（760～770）

〈戲為六絕句〉

題解

這組詩約寫於唐代宗寶應元年（762）。內容是探討詩歌創作方面的問題，是杜甫開創了以詩論詩之先河。

其一

庾信文章老更成，凌雲健筆意縱橫。
今人嗤點流傳賦，不絕前賢畏後生。

新解

庾信文章老更成，凌雲健筆意縱橫 —— 庾信：南北朝著名的文學家，字子山，南陽新野人。他初期的作品多為宮體詩，後來由於遭際坎坷，創作風格發生很大的變化，寫出了〈哀江南賦〉、〈詠懷二十七首〉等有影響力的作品。文章：這裡包括詩和賦。

今人嗤點流傳賦，不絕前賢畏後生 —— 嗤：譏笑。點：評點。流傳賦：指庾信流傳下來的作品。這四句是說庾信到了晚年，作品更為老成，筆下有凌雲之氣，文意可縱橫馳騁。今人對其作品妄加指摘，足以說明他們的無知。因而「前賢畏後生」，也只是諷刺的反話罷了。

其二

王楊盧駱當時體，輕薄為文哂未休。
爾曹身與名俱滅，不廢江河萬古流。

新解

王楊盧駱當時體，輕薄為文哂未休 —— 王楊盧駱：指初唐四傑王勃、楊炯、盧照鄰、駱賓王。當時體：文體表現當時的風尚。輕薄為文：後人譏笑四傑之詞。哂：譏笑。說初唐四傑衝破了當時宮廷文學的藩籬，

遭到一些人的譏笑。

爾曹身與名俱滅，不廢江河萬古流 —— 爾曹：你們，指後生，是一種不客氣的稱呼。身與名：軀體和名聲。你們這麼嘲笑他們，其實只會使自己身敗名裂，而四傑的名聲卻像江河一樣，萬古不廢其流。

其三

縱使盧王操翰墨，劣於漢魏近風騷。

龍文虎脊皆君馭，歷塊過都見爾曹。

新解

縱使盧王操翰墨，劣於漢魏近風騷 —— 盧王：盧照鄰和王勃，也代指四傑。操翰墨：揮毫創作。風騷：指《詩經》和《楚辭》。

龍文虎脊皆君馭，歷塊過都見爾曹 —— 龍文、虎脊：皆是毛色斑駁的駿馬。這裡比喻四傑的文采瑰麗。歷塊過都：跨越城市猶如跨越土塊，形容駿馬迅捷狀。歷：越過。塊：土塊。都：城市。這裡是說，即使四傑的詩不如漢魏時期的詩那樣更接近《詩經》和《楚辭》，然而他們駕馭瑰麗的文字，就像駕馭良馬一樣得心應手，跨越城市如跨過一個小土塊一樣，後來人便相形見絀了。見爾曹：意謂相形之下，就能見出高低。

其四

才力應難誇數公，凡今誰是出群雄？

或看翡翠蘭苕上，未掣鯨魚碧海中。

新解

才力應難誇數公，凡今誰是出群雄 —— 數公：指庾信、四傑等前賢。凡今：當今。出群雄：出類拔萃之人。這裡是說：庾信和四傑的才氣是很難超越的，當今文壇誰是出眾的人？

◎第四階段　西南漂泊的晚境（760～770）

　　或看翡翠蘭苕上，未掣鯨魚碧海中——翡翠蘭苕：翡翠是羽毛美麗的翠鳥，蘭苕指香草。語出郭璞〈遊仙詩〉：「翡翠戲蘭苕，容色更相鮮。」這裡比喻文采華美。掣：拉、牽引。這兩句大意是說，偶爾也能看到像翠鳥戲香草那樣文辭華麗的作品，但卻沒能看到像鯨魚鬧碧海那樣大氣磅礴的鴻篇巨帙。

其五

不薄今人愛古人，清詞麗句必為鄰。
竊攀屈宋宜方駕，恐與齊梁作後塵。

新解

　　不薄今人愛古人，清詞麗句必為鄰——我絕不厚古薄今，願以清詞麗句為鄰。

　　竊攀屈宋宜方駕，恐與齊梁作後塵——竊：謙辭。竊攀：奮力高攀。方駕：並駕齊驅。齊梁：南朝的兩個朝代。這裡代指浮華的文風。全句是說，我努力向屈原、宋玉靠攏，以便和他們並駕齊驅，生怕步了齊梁詩歌那浮華的後塵。

其六

未及前賢更勿疑，遞相祖述復先誰？
別裁偽體親風雅，轉益多師是汝師。

新解

　　未及前賢更勿疑，遞相祖述復先誰——遞：依次。祖述：依法。此句是說我們毫無疑問不如先賢，但先賢各有千秋、難分高下，要效法前賢，應該將誰放在最前面呢？

　　別裁偽體親風雅，轉益多師是汝師——別裁：區分、剪裁、淘汰。

偽體：指形式主義之作。轉益多師：以多個聖賢為老師。倘能淘汰掉偽劣的形式主義而親近真正的風雅，那更多的優秀人才都是你們的老師。

新評

在中國詩歌理論遺產中，有不少著名的論詩絕句，而最早出現、最有影響力的，則是杜甫的〈戲為六絕句〉。它以詩論詩，每首談一個問題，連綴成組詩，可見出完整的藝術見解。這組絕句主要是探討詩歌遺產的繼承和藝術的創新問題。前三首為作家論，後三首是創作論。它們之間是互補的、不可分的整體。

六朝是中國文學由質樸走向華麗的轉變階段，當時在詩人中颳起了一股頹靡、浮豔的詩風。有的年輕人欲全盤否定六朝文學，甚至否定庾信和初唐四傑。杜甫在這首詩中肯定了自屈原、宋玉以來詩人的藝術成就，主張相容並蓄、博採眾長。這組以詩談藝的詩，在今天看來，仍具真知灼見，富於啟示。

〈戲為六絕句〉雖主要談的是藝術方面的問題，但實質上也是杜甫詩歌創作實踐經驗的總結，詩論的總綱；它所涉及的是關係到唐詩發展的一系列重大理論問題。在小詩裡發大議論，更見作者功力。詩人即事見義，寓宏大內容於輕鬆幽默之中，娓娓而談，莊諧雜出，給人親切、率真、懇摯之感，風格質樸、耐人咀嚼。

◎第四階段　西南漂泊的晚境（760～770）

（二）綿州至閬州：顛沛旅程（762年六月～764年二月）

〈奉濟驛重送嚴公四韻〉

題解

奉濟驛：在成都東北的綿陽。嚴公：即嚴武，曾兩度為劍南節度使。寶應元年（762）四月，肅宗死，代宗即位。六月，召嚴武入朝，杜甫送別贈詩，因前已寫過〈送嚴侍郎到綿州，同登杜使君江樓〉，故稱「重送」。此詩寫杜甫送嚴武離開綿州，到奉濟驛時最後告別的情景。律詩雙句押韻，八句詩四個韻腳，故稱「四韻」。

　　遠送從此別，青山空復情。
　　幾時杯重把，昨夜月同行。
　　列郡謳歌惜，三朝出入榮。
　　江村獨歸處，寂寞養殘生。

新解

　　遠送從此別，青山空復情——開頭便點明「遠送」，可見情深。送了一程又一程，一直送到二百里外的奉濟驛，可見有說不完的知心話。群山佇立，也似含情脈脈。「空」指人去山空。生動地表現出詩人那種無可奈何的惜別情致。

　　幾時杯重把，昨夜月同行——頷聯是憶「昨夜」與友人分別前小聚的情景：皎潔的月亮也伴隨著我們同飲共醉。月含情相伴，與上聯的「青山」句一樣，亦是「移情」手法。「幾時杯重把」是問自己，也是問友人。將問句提在「昨夜」句前，更增添了詩的奇曲韻致，有平中見奇之效。

列郡謳歌惜，三朝出入榮 ── 列郡：指東西兩川各郡，嚴武赴京前為兩川節度使。三朝：指玄宗、肅宗、代宗三朝。這句是讚嚴武，說東西兩川各郡的人們都因你的離任而惋惜，連續三朝都有出將入相之榮，也真是不易。

　　江村獨歸處，寂寞養殘生 ── 最後抒發詩人自己的心境：與你分離後，我將獨自回到浣花溪邊草堂，淡泊孤寂度此殘生！「江村」指成都西郊的浣花溪邊。「獨」突出了離別之後的孤單，「殘」表現風燭餘年的淒清，「寂寞」道出了知音遠去的惆悵。這兩句充滿悲涼色彩的詩句，雖然未出現一個「淚」字，卻叫人忍不住潸然淚下。

新評

　　杜甫曾任嚴武幕僚，嚴武對他可說有知遇之恩。嚴武其人有文才武略，與杜甫品性相投，鎮蜀期間，曾親到草堂探視，並在經濟上給予接濟。二人相互敬重，常彼此贈詩，結下深厚的友誼。如今，杜甫貧老多病，流落異鄉，像嚴武這樣一個可依靠的摯友，又要奉召還朝，離他而去，杜甫的心裡怎能不充滿傷感呢？真情乃詩歌的第一要義，與摯友傷別的悲愁，想到此後將孤獨無依地了此殘生的絕望，都浸透在字裡行間。全詩感情濃郁，語言質樸，平直中有情致，淺易中見沉鬱，不愧為詩中上品。

〈聞官軍收河南河北〉

題解

　　此詩作於唐代宗廣德元年（763）春。時杜甫為避成都之亂住在梓州（今四川三臺）。在此前一年的十月，朝廷軍隊第二次收復了洛陽及洛陽以東的鄭州、滑州、汴州等大片地區。緊接著又進軍河北。到這年正

◎第四階段　西南漂泊的晚境（760～770）

月，官軍徹底消滅了安史叛軍，叛軍領袖史朝義被迫自縊身死，收復河南河北。消息傳來，杜甫欣喜若狂。含著眼淚寫下了這首在杜詩中少見的奔放喜悅的作品，千百年來，膾炙人口。

> 劍外忽傳收薊北，初聞涕淚滿衣裳。
> 卻看妻子愁何在？漫卷詩書喜欲狂。
> 白日放歌須縱酒，青春作伴好還鄉。
> 即從巴峽穿巫峽，便下襄陽向洛陽。

新解

劍外忽傳收薊北，初聞涕淚滿衣裳──劍外：劍門關以南，這裡指詩人所在的梓州。忽傳：捷報突然而至。薊北：泛指今天的河北省北部。薊州在今天的天津，當時為幽州首府，是安史叛軍的老巢。開首兩句寫詩人初聞收復薊北的消息，悲喜交集，熱淚滾滾、沾滿衣襟。「涕淚滿衣裳」以形傳神，逼真地表現出驚喜之情。

卻看妻子愁何在，漫卷詩書喜欲狂──卻看：退身仔細地看，回頭看。漫卷：隨手捲起。當時詩書都是寫在絹帛上的，所以有「漫卷」之說。回頭看妻子兒女，滿臉的憂愁哪裡去了？隨手胡亂地捲起詩書，高興得快要發狂！兩個連續的動作，形象化地表達了愁雲散去、全家人笑逐顏開的情景。

白日放歌須縱酒，青春作伴好還鄉──人到老年本不宜「縱酒」，但正因為太高興了，因而開懷暢飲，放聲高歌，「老夫聊發少年狂」；有明媚的春光作伴，正好可以啟程還鄉。

即從巴峽穿巫峽，便下襄陽向洛陽──巴峽：巴郡三峽，在重慶以東二十里的長江上，是明月峽、銅羅峽、石洞峽之合稱。也有人認為此詩中杜甫指的是嘉陵江的上游峽谷，而非巴東三峽。巫峽：長江三峽之

一,在今四川巫山東的長江上。襄陽:今湖北襄樊。洛陽:今河南洛陽,杜甫的故鄉。杜甫的祖籍為今河南鞏義,三歲時移居洛陽,因而每以洛陽為故鄉。杜甫在喜悅中想像著回鄉的路線,說要立即乘船從巴峽穿過巫峽,再從襄陽北上奔向洛陽。這一聯,包含四個地名。「巴峽」與「巫峽」,「襄陽」與「洛陽」,既各自對偶(句內對),又前後對偶,形成工整的地名對;而「即從」、「便下」又使兩句緊連,形成活潑的流水對。形成有複沓效果的音調。形象有動感,用字準確而傳神。

新評

　　杜甫於此詩下自注:「余田園在東京。」除第一句敘事點題外,其餘各句,都是抒發聽到勝利消息之後的驚喜之情。胸中有萬斛泉源,奔湧直瀉。想到可以攜眷還鄉,喜極而泣。全詩情真意切,直抒胸臆。讓人彷彿看到作者當時手舞足蹈,驚喜欲狂的神態。杜甫一向憂國憂民,艱辛貧病,他的詩多以沉鬱見長。像這樣奔放喜悅的作品,在杜甫的詩集中還不多見。因此,歷代詩論家都極為推崇這首詩。浦起龍在《讀杜心解》中稱讚它是杜甫「生平第一首快詩」。蕭滌非則讚其有「水到渠成之妙」。

〈泛舟送魏十八倉曹還京,因寄岑中允參、范郎中季明〉

題解

　　此詩當作於廣德元年(763),時杜甫在梓州。倉曹:官名。《杜詩詳注》:「諸衛府各有倉曹參軍。」岑中允參:指唐代著名詩人岑參,任太子中允,為杜甫的故交。魏十八、范季明:其況不詳。詩寫送別友人的傷感。

　　遲日深江水,輕舟送別筵。
　　帝鄉愁緒外,春色淚痕邊。

◎第四階段　西南漂泊的晚境（760～770）

　　見酒須相憶，將詩莫浪傳。

　　若逢岑與范，為報各衰年。

新解

　　遲日深江水，輕舟送別筵——春日遲遲、江水深深，送別的酒筵擺在輕巧的小船上。

　　帝鄉愁緒外，春色淚痕邊——帝鄉：指京都。愁緒因在京都之外而更顯深重，淚痕與春色相映便愈加悲切。這兩句尤覺淒美。

　　見酒須相憶，將詩莫浪傳——這句是杜甫囑咐友人，在喝酒的時候可要記得我，我的詩也別隨便給人。

　　若逢岑與范，為報各衰年——若能遇到岑參與范季明，告訴他們我已經老了。

新評

　　杜甫的這首詩，字裡行間有深深的傷感。他是藉朋友間的聚散離合之情，抒發自己的遲暮飄零、身世之嘆。杜甫在任左拾遺時，曾與人聯名保薦岑參為右補闕。如今岑參在朝中地位已經不低，相形之下，杜甫更感到自己年老力衰，當然會感慨良多。詩中正是表達了這種天涯遲暮、傷春惜別的情懷，真切感人。

〈送路六侍御入朝〉

題解

　　此詩當作於唐代宗廣德元年（763）春，時杜甫在梓州。關於路六侍御的生平已不可考，但從詩中可看出是杜甫的兒時舊友。此詩藉友人的聚散離合，寫遲暮飄零的傷世之感。

童稚情親四十年，中間消息兩茫然。

更為後會知何地？忽漫相逢是別筵！

不分桃花紅似錦，生憎柳絮白於綿。

劍南春色還無賴，觸忤愁人到酒邊。

新解

童稚情親四十年，中間消息兩茫然——詩的開頭直接切入青梅竹馬的童年。四十年的漫長歲月，詩人與路六侍御的童年友情並未淡忘，只是處在兵戈滿地的戰亂年代，朋友間無從互通消息而失去了聯繫，故有「兩茫然」之說。

更為後會知何地？忽漫相逢是別筵——一「忽漫相逢」，他鄉遇故知，本是件極為高興的事，然而，重逢的筵席，同時又意味著再一次離別，這乍逢又別的短暫筵席，令人悲喜交集。會合的歡娛，頃刻間將化為別離的愁思。人生的聚散離合，是這樣迷離莫測。誰又知道多年後將重逢在何地呢？此處用了詰問的語氣，更顯嚮往之切、感慨之深。作者故意顛倒其次序，將問句放在前面，是一聯之內的逆挽，有化板滯為飛動的奇效，使讀者在寥寥數語中體會筆力千鈞。將感傷離亂的情懷，表現得更為沉鬱蒼涼。

不分桃花紅似錦，生憎柳絮白於綿——不分：猶言不滿，嫌惡之意。「分」，一作忿。生憎：猶言偏憎、最憎。綿：絲綿，剝取蠶繭表面的亂絲整理而成。這句是說：不滿意桃花紅得如錦緞，更可恨柳絮白得勝過棉花。詩人因「恨別」而轉恨桃花之妖豔輕薄，因「傷情」而憎及柳絮之慘白勝綿，也是「移情於物，景隨情變」的結果。

劍南春色還無賴，觸忤愁人到酒邊——對景傷情手法，說「劍南春色」如此「無賴」，它竟然敢到酒桌邊來冒犯「愁人」。

◎第四階段　西南漂泊的晚境（760～770）

新評

　　詩的上半寫情，下半寫景，情景交融，成為一個不可分割的完美整體。全詩語氣流轉，跌宕起伏，於宏大之中見出細微之處。若沒有思想情感上的豐厚蘊含和藝術上的精湛造詣，是不可能達到此種化境的。

〈歲暮〉

題解

　　此詩當作於廣德元年（763）年底。當時杜甫正欲由閬州乘船沿嘉陵江南下。此詩或作於離梓前，或作於抵閬後，寫憂亂之情。

　　歲暮遠為客，邊隅還用兵。
　　煙塵犯雪嶺，鼓角動江城。
　　天地日流血，朝廷誰請纓？
　　濟時敢愛死，寂寞壯心驚。

新解

　　歲暮遠為客，邊隅還用兵——年底了我還遠在天涯作客，邊境上眼下還在用兵。

　　煙塵犯雪嶺，鼓角動江城——吐蕃已攻陷雪嶺附近的松、維、保三州，軍中備戰的鼓角聲震動了江城。雪嶺：又名西山，在松州嘉城縣東。

　　天地日流血，朝廷誰請纓——人間日夜都在流血，朝廷中卻無人出來請纓。典出自《漢書‧終軍傳》：漢武帝時，終軍請求皇帝給他一根長纓，立誓擒回南越王。後人便將自告奮勇去殺敵立功，稱為「請纓」。

　　濟時敢愛死，寂寞壯心驚——為救危難的時局，我怎敢憐惜一死？雖然仕途寂寞，我也仍有烈士暮年的驚人壯心。此處化用了曹操〈龜雖壽〉中「老驥伏櫪，志在千里；烈士暮年，壯心不已」之意。

新評

　　杜甫在這首詩中不說「人間日流血」，卻說是「天地日流血」，這種直覺性的意象，更使人怵目驚心！王安石曾說：「然每一篇出，自然人知非人所能為，而為之者，唯其甫也，輒能辨之。」(《唐宋八大家文鈔·老杜詩後集序》)杜詩原創性由此可見。杜甫這種以表現功能為第一的原則，使其無所顧忌，直至「非人所能為而為之」，這就使他的詩「語不驚人死不休」，有一種「陌生化」的效果。杜甫在亂世中又度過了一年，寫於年底的這首詩，可視為他本年憂亂心情的一個小結。

〈別房太尉墓〉

題解

　　房太尉即房琯，在唐玄宗幸蜀時拜相，為人正直，後為肅宗所貶。杜甫曾為其上疏力諫，得罪了肅宗，險遭殺身之禍。

　　此詩寫於房琯死後次年（764）二月，當時杜甫準備攜眷離開閬州，返成都去投奔嚴武，行前，專程到老友墳前作別，寫下了這首感傷的悼亡詩。

　　他鄉復行役，駐馬別孤墳。
　　近淚無乾土，低空有斷雲。
　　對棋陪謝傅，把劍覓徐君。
　　唯見林花落，鶯啼送客聞。

新解

　　他鄉復行役，駐馬別孤墳——起句說自己是一個流落他鄉的人，況且還苦於行役，有公事在身；儘管行色匆匆，還是駐馬暫留，來到孤墳前向亡友告別。「孤墳」二字，見出淒涼，生前曾為堂堂宰相，如今墳

◎第四階段　西南漂泊的晚境（760～770）

中子子,晚歲坎坷可知。

　　近淚無乾土,低空有斷雲──「無乾土」是因為「近淚」打溼了墳上的泥土,可見心情的沉痛;斷雲也不忍離去,在低空飄飛,形容連空氣都愁慘凝滯,使人倍覺寂寥哀傷。

　　對棋陪謝傅,把劍覓徐君──謝傅指謝安。《晉書・謝安傳》中有云,謝玄等破苻堅,有驛書至,謝安正和客人下圍棋,臉上看不出喜色。詩人在這裡是以謝安的鎮定自若和儒雅風流比喻房琯,可見其對房琯的推崇。下句是另一個典故,《說苑》載,春秋時吳國的季札出使,路過徐國,知徐君愛其寶劍,心許回來時贈送。不料歸來時徐君已死,季札便解劍繫於徐君墓旁的樹上離去。詩人以季札自比,表示對房琯的深情雖死不忘。兩句用了兩個典故,布局嚴謹,極為貼切,同時照應了前兩聯,道出悲痛的原因。

　　唯見林花落,鶯啼送客聞──眼前只見林花紛亂飄落,令人聯想到紛紛珠淚;耳邊聽得黃鶯悲啼送客,似聞哀樂陣陣。寥寥數字,畫出一幅悽愴肅穆的悼亡圖,襯出孤零零的墳地與弔客之深重悲哀,顯得餘韻悠悠。

新評

　　詩的前四句寫悼友的哀傷,後四句寫臨別的留戀,一往情深,雍容典雅,感人肺腑。其中寫老友房琯,句句得體;寫生前來往,字字有情。無限知遇深情,皆滲透於字裡行間,塑造出陰鬱深沉的哀痛氛圍,其中隱含著詩人對國事的隱憂與嘆息,有深深的藝術感染力。

(三)再返成都：短暫安穩
(764年二月～765年五月)

〈將赴成都草堂途中有作先寄嚴鄭公〉五首（選一）

題解

　　嚴鄭公，即嚴武，廣德元年封鄭國公，故稱。因徐知道據成都叛亂，杜甫曾一度外出避難於梓州、閬州等地。廣德二年（764）二月，嚴武再度任成都尹兼劍南節度使，並來信相邀，詩人決定重返成都。這組詩即作於閬州返成都途中。組詩共五首，此為其中第四首。

　　常苦沙崩損藥欄，也從江檻落風湍。
　　新松恨不高千尺，惡竹應須斬萬竿。
　　生理只憑黃閣老，衰顏欲付紫金丹。
　　三年奔走空皮骨，信有人間行路難。

新解

　　常苦沙崩損藥欄，也從江檻落風湍——詩人在路途中設想回成都後需要整理草堂，所以在這裡說：自從離開後，常常焦慮沙岸崩塌會損壞藥欄，現在恐怕連同江檻一起都落到湍急的水流中去了吧！

　　新松恨不高千尺，惡竹應須斬萬竿——此為杜甫詩中流傳甚廣的名句。當年詩人離開草堂時，親手種下的四株小松，不過「大抵三尺強」（〈四松〉），詩人喜愛它，恨不得它迅速長成參天大樹；而那到處蔓延的惡竹，有萬竿也應當斬除！詩人在這裡借喜愛新松的峻秀挺拔、痛恨惡竹的隨亂而生，表達了自己的強烈愛憎，富含哲理意味。其言外之意主要展現在「恨不」和「應須」四個字上。正如楊倫在《杜詩鏡銓》旁注中說

◎第四階段　西南漂泊的晚境（760～770）

的,此二句「兼寓扶善疾惡意」。時逢亂世,匡時濟世之才俊不能起用,而邪惡勢力卻到處橫行,詩人怎能不萬分憤慨!

　　生理只憑黃閣老,衰顏欲付紫金丹——後四句回到「贈嚴鄭公」的題意上。生理:即生計。黃閣老:指嚴武。唐代稱中書省、門下省的官員為「閣老」,嚴武以黃門侍郎鎮成都,故稱「黃閣老」。金丹:燒煉的丹藥。這兩句是說,自己的生活全憑嚴武照顧,容顏衰老也只能靠益壽延年的丹藥了。這裡是感謝黃閣老讓他的生活有依靠之意。

　　三年奔走空皮骨,信有人間行路難——詩人自寶應元年（762）七月與嚴武分別,到廣德二年（764）回到草堂,前後三年間,因兵禍漂泊、吃盡苦頭,人瘦得只剩皮包骨。過去曾讀過古樂府詩〈行路難〉,現在有了親身體驗,方知世路真是如此艱辛。一個「信」字,飽含著詩人多少辛酸體驗啊!

新評

　　上半首是詩人遙想離開成都之後、草堂自然環境惡化的情景。詩人心中不僅惦念自己的草堂,也充滿了對風雨飄搖的社會現狀的焦慮。下半首在唱出了對友人真誠相助的感謝之情後,沉痛地唱出「信有人間行路難」的感慨,這是詩人積一生之經驗,痛定思痛的人生總結,是對罪惡世事的強烈不滿和控訴。

　　「新松恨不高千尺,惡竹應須斬萬竿」更是映亮全詩的名言警句。詩人在這裡並非是恨一切「竹」,他所憤恨的只是「惡竹」而已。「竹」不過是詩人為「借物書憤」而找到的一個與松相對應的象徵物。實際上詩人是愛竹的,有他在夔州所作的〈客堂〉一詩為證:「平生憩息地,必種數竿竹。」所以,詩人不過是借物抒憤,用以表達對社會惡勢力的痛恨。詩句中所蘊含的強烈愛憎,充滿深沉的人生哲理,所以時過千年,至今仍能引起我們的強烈共鳴。

〈奉寄高常侍〉

題解

　　高常侍即高適，唐代著名詩人。常侍是官職名散騎常侍的簡稱。這首七言律詩是廣德二年（764）高適入朝時，杜甫寫來贈給他的。詩中讚揚高適的才幹，表達了真誠的友情。

　　汶上相逢年頗多，飛騰無那故人何！
　　總戎楚蜀應全未，方駕曹劉不啻過。
　　今日朝廷須汲黯，中原將帥憶廉頗。
　　天涯春色催遲暮，別淚遙添錦水波。

新解

　　汶上相逢年頗多，飛騰無那故人何——汶：水名，在今山東省。杜甫早年漫遊齊趙時，曾與高適相遇同遊。汶上相逢就是指這件事。飛騰：飛黃騰達。無那：無奈。這兩句是說，自汶上與你相逢，轉眼已過了多年，你的飛黃騰達真讓我感到無法企及。

　　總戎楚蜀應全未，方駕曹劉不啻過——總戎：指總理一方的軍務。楚：淮南。蜀：劍南西川。應全未：未能完全發揮作用。高適曾先後任淮南節度使和西川節度使。方駕：並駕齊驅。曹劉：指曹植和劉楨，都是建安時的傑出詩人。不啻（ㄔˋ）過：不光勢均力敵，還要遠遠超過。意思是說你雖先後兩任節度使，但你的才能也未必完全施展出來，你的文才可與曹植和劉楨並駕齊驅。

　　今日朝廷須汲黯，中原將帥憶廉頗——汲黯：西漢濮陽（今河南濮陽西南）人。武帝時，任東海太守，繼為主爵都尉。常直言進諫，反對武帝反擊匈奴貴族的戰爭。因其敢犯顏直諫，後人常用作直諫之臣的典故。高適當時任左散騎常侍（屬門下省），也是規諷過失的官職。而且高

◎第四階段　西南漂泊的晚境（760～770）

適也向以「負氣敢言」聞名，所以杜甫在此以汲黯相喻。中原：原指今河南及鄰近地區。這裡是與遙遠的西川相對而言，指兩京一帶的中、北部。廉頗：戰國時趙國的名將，耿直有血性，這裡用來比喻高適。這兩句是說，今天朝廷正需要像你這樣類似汲黯敢直言的人，中原的將帥都常思念你這位當代廉頗。

　　天涯春色催遲暮，別淚遙添錦水波──天涯：與首都長安相對，詩人所居的成都，算是遙遠的天涯了。催遲暮：暮春將近，形容自己老得很快。遙添錦水：淚水太多了，使錦水都漲了。形容離別的眼淚之多。意為：看到春光更覺得日月催人老，轉眼已到了遲暮之年，你我離別淚流如雨，像是為錦江增添了波浪。

新評

　　杜甫儘管對高適在西蜀時喪師失地的行為曾有所不滿，但畢竟是老友離別，詩中讚揚了詩友高適的文才武略，傷友人之別離，悲身世之淒涼，感情還是非常真摯的，比喻也很別緻，不失為一首有特色的好詩。

〈登樓〉

題解

　　此詩寫於唐德宗廣德二年（764）春。當時杜甫已由梓州回到了成都草堂。詩中寫登樓眺望所看到的春色美景，表達了詩人對國事的憂慮之情。

　　花近高樓傷客心，萬方多難此登臨。
　　錦江春色來天地，玉壘浮雲變古今。
　　北極朝廷終不改，西山寇盜莫相侵！
　　可憐後主還祠廟，日暮聊為〈梁父吟〉。

新解

花近高樓傷客心，萬方多難此登臨——鮮花簇擁著高樓，本是美景，作者卻說「傷客心」，為什麼？引出原因：「萬方多難」。這是一種因果倒裝，和「感時花濺淚」（〈春望〉）一樣，是行文中一種以樂景寫哀情的反襯手法，使得「登臨」更有一種特殊韻味。

錦江春色來天地，玉壘浮雲變古今——「錦江」、「玉壘」均為登樓所見，頷聯描述山河壯景。錦江：也叫汶江，是岷江的支流。玉壘：山名，在四川理縣東南。唐貞觀年間，這裡曾是吐蕃來往的要道。變古今：古往今來變化多端。錦江的春色鋪天蓋地而來，玉壘山頭古往今來一直浮雲變幻。上句向空間開闊視野，下句就時間馳騁遐思。

北極朝廷終不改，西山寇盜莫相侵——頸聯議論天下大勢，「朝廷」、「寇盜」均為登樓所思。北極：北極星。古人常以北極代指朝廷。西山寇盜：指吐蕃入侵者。說大唐政權如北極星一樣恆久不變，勸吐蕃莫再徒勞無益地前來侵擾！義正詞嚴，於焦慮中透出堅定的信念。

可憐後主還祠廟，日暮聊為〈梁父吟〉——尾聯借詠懷古蹟諷諭當朝昏君，寄託個人懷抱。後主：指劉備之子劉禪，因寵信宦官終於亡國。他的祠廟在成都武侯祠東側。〈梁父吟〉：又作〈梁甫吟〉，漢樂府曲調名。諸葛亮出山前喜吟此曲。這兩句喟嘆：可憐那亡國昏君，竟也配和諸葛武侯一樣，享後人香火！更何況我大唐民心。我沒有機會像諸葛亮那樣濟世安邦，就姑且在暮色中吟誦一曲〈梁父吟〉吧！詩人空懷濟世報國之心，只能吟詩以自遣而已！

新評

這是一首感時撫事之作。杜甫寫作此詩的前幾個月，吐蕃軍隊東侵，曾一度攻陷長安城，唐代宗逃到陝州。後郭子儀收復長安，唐代宗又返回京城。詩中的「北極朝廷終不改」即是指此。後吐蕃又向四川進攻，

253

◎ 第四階段　西南漂泊的晚境（760～770）

詩中因而出現「西山寇盜莫相侵」句。詩歌表達了杜甫盼望國家中興，同時對川西及全中國的局勢仍有深深的憂慮。全詩即景抒情，從空間著眼。「花近高樓」寫近景，而「錦江」、「玉壘」則是遠景。「日暮」點明詩人在此徜徉已久。這種從時空著眼的手法，增強了詩意境的立體感。詩句情景交融，氣象雄渾，格律嚴謹，對仗工整，歷來為詩家所推崇。沈德潛以為「氣象雄偉，籠蓋宇宙，此杜詩之最上者。」（《唐詩別裁集》）

〈絕句〉二首

題解

　　作於唐代宗廣德二年（764）春。由於嚴武重鎮成都，詩人返回草堂，生活稍稍安定，心情也較為舒暢，詩人寫下這兩首美麗的小詩。第一首寫春景，第二首寫思鄉。

　　其一

　　遲日江山麗，春風花草香。
　　泥融飛燕子，沙暖睡鴛鴦。

新解

　　遲日江山麗，春風花草香——遲日：指春日遲遲才來，有盼春之意。讀此詩句似聞到了春風中花草的香氣。

　　泥融飛燕子，沙暖睡鴛鴦——燕子飛來飛去，銜來融泥作巢，暖暖的沙灘上，鴛鴦睡得愜意。「融」和「暖」有鮮明的質地感。

　　其二

　　江碧鳥逾白，山青花欲燃。
　　今春看又過，何日是歸年？

新解

　　江碧鳥逾白，山青花欲燃——開頭兩句以對偶句寫景。碧波之上幾隻潔白的水鳥正在戲水，屋後山色青翠，山花鮮豔如火。以江水的碧藍來襯托水鳥的潔白，以青山的蔥鬱來映照山花的火紅，對比強烈，著色鮮豔，描摹景物出神入化，是以「畫法為詩法」(《杜臆》)，採用工筆描繪、對比襯托來獲得藝術效果。寥寥十個字，將春日的蓬勃生機，傳神地勾畫成一幅色彩絢麗的圖畫。

　　今春看又過，何日是歸年——美景能讓人流連忘返，但同時也易勾起遊子思鄉的情懷。顛沛流離的今春眼看又要過去，什麼時候才能回歸故鄉？這裡的「看」和「又」，都很有分量，包含了詩人的諸多感慨。「何日是歸年」，有身不由己之感，抒發了戰亂不已、不得不長期流寓他鄉之苦。

新評

　　四個畫面，兩副對子，融化在一派怡人春色中。既相互獨立，又渾然一體，相輔相成。語言淺近如同口語，清新自然。寫懷鄉之念，其實正是對和平安定生活的嚮往。以無可奈何的問句結束全詩，讓我們更能體會詩人內心深沉的痛苦。

〈絕句〉四首（選一）

題解

　　此詩寫於唐代宗廣德二年(764)春。原詩共四首，這是其中的第三首。作品描寫了成都的春景。

　　兩個黃鸝鳴翠柳，一行白鷺上青天。
　　窗含西嶺千秋雪，門泊東吳萬里船。

◎**第四階段　西南漂泊的晚境（760～770）**

新解

　　兩個黃鸝鳴翠柳，一行白鷺上青天 —— 鷺：即鷺鷥，一種水鳥名。

　　窗含西嶺千秋雪，門泊東吳萬里船 —— 窗含：從窗口望見的景物，就像在窗口嵌含著一樣。西嶺：指岷山，山頂上有終年不化的積雪，所以詩人說「千秋雪」。泊：停靠。東吳：原指三國時代孫權的領地，後泛指今長江以南的江浙地區。萬里船：杜甫草堂東側不遠的錦江上有一座橋叫「萬里橋」，古代由成都東下江浙，都從這裡上船出發。三國時諸葛亮送費禕時說：「萬里之行，始於此橋。」萬里橋由此而得名。萬里船的典故也出於此。

新評

　　本詩由兩聯工整的對偶句組成。前兩句寫「動」景，後兩句寫「靜」景。「鳴」和「上」這兩個動詞給人強烈的動感。「含」和「泊」則是以靜為主。「含」用的是擬人手法，貼切生動；而「泊」是靜中含動。

　　再說詩的遠和近。首句黃鸝鳴於翠柳間，是近景；次句白鷺飛上青天，是遠景。第三句寫窗中望到的西嶺積雪，是遠景；第四句寫門前的船隻，又是近景。每句一景，近景、遠景交錯出現，給予人豐富的層次感。

　　此外是詩的色彩：嫩黃的小鳥，翠綠的柳林，雪白的鷺鷥，蔚藍的青天，晶瑩的白雪，還有暗含詩中的江之藍、船之褐等色彩，相映成趣，令人賞心悅目。全詩動靜交錯，遠近分明，構成一幅自然、清新、色彩明麗的春景圖，讀來令人心曠神怡。

〈丹青引 贈曹將軍霸〉

題解

　　此詩寫於唐代宗廣德二年（764），杜甫時年五十三歲，正在西川節度使嚴武帳下任參謀，並掛名「工部員外郎」。丹青：中國古代繪畫常用硃紅色、青色，故稱畫為「丹青」。也泛指繪畫藝術。引：唐代樂曲的一種，亦為一種詩體。丹青引：意即繪畫歌。曹霸：唐代一位大畫家，曹操後裔，工於鞍馬和人物肖像。唐玄宗開元中曾任左武衛將軍，天寶末被削職為民。晚年窮愁潦倒，流落成都時與杜甫相見。杜甫在這首寫給他的詩中，稱讚他的畫藝和人品，並對他的處境給予同情。

> 將軍魏武之子孫，於今為庶為清門。
> 英雄割據雖已矣，文采風流猶尚存。
> 學書初學衛夫人，但恨無過王右軍。
> 丹青不知老將至，富貴於我如浮雲。
> 開元之中常引見，承恩數上南薰殿。
> 凌煙功臣少顏色，將軍下筆開生面。
> 良相頭上進賢冠，猛將腰間大羽箭。
> 褒公鄂公毛髮動，英姿颯爽來酣戰。
> 先帝御馬玉花驄，畫工如山貌不同。
> 是日牽來赤墀下，迥立閶闔生長風。
> 詔謂將軍拂絹素，意匠慘澹經營中。
> 斯須九重真龍出，一洗萬古凡馬空。
> 玉花卻在御榻上，榻上庭前屹相向。
> 至尊含笑催賜金，圉人太僕皆惆悵。
> 弟子韓幹早入室，亦能畫馬窮殊相。

◎第四階段　西南漂泊的晚境（760～770）

幹唯畫肉不畫骨，忍使驊騮氣凋喪。
將軍善畫蓋有神，偶逢佳士亦寫真。
即今漂泊干戈際，屢貌尋常行路人。
途窮反遭俗眼白，世上未有如公貧。
但看古來盛名下，終日坎壈纏其身。

新解

　　將軍魏武之子孫，於今為庶為清門——開篇先從曹霸家世的盛衰說起。曹霸是曹操曾孫曹髦的後裔，曹髦擅長書畫。自魏至唐，朝代幾經更替，當初皇室貴族的子孫，如今早已淪為清門寒素之家。魏武：曹操。死後被諡為武帝。庶：平民。清門：清寒之家。

　　英雄割據雖已矣，文采風流猶尚存——曹操當年開創的三國鼎立、英雄割據的時代已一去不復返，而其文章的風采卻流傳下來，被曹霸繼承。以上是兩番大起大落的對比，寫出曹氏家族幾百年的變遷。下面自然地轉入曹霸的書畫之事。

　　學書初學衛夫人，但恨無過王右軍——衛夫人：名鑠，晉時書法家，汝陰太守李矩之妻，王羲之曾向她學書法。王右軍：即王羲之，晉代大書法家，曾任右軍將軍。這裡說曹霸書法雖學衛、王之體，但恨未能超過王右軍的等級，實際上是微妙地暗示曹霸因書法未成名家，故捨書而工畫。此詩雖是贈人之作，卻也不肯過譽溢美，分寸拿捏得恰到好處。

　　丹青不知老將至，富貴於我如浮雲——你潛心繪畫不知老之將至，榮華富貴對於你，如同過眼浮雲。這裡杜甫化用了《論語》中的「發憤忘食，樂以忘憂，不知老之將至云爾」和「不義而富且貴，於我如浮雲」的語句。用其文而化其意，妥當貼切，輕巧自如，不露痕跡，的確是大家手筆。以上幾句概括曹霸的藝術生涯和處世性格，對他的書法與繪畫顯

然有所軒輊，但語意委婉。

　　開元之中常引見，承恩數上南薰殿——開元是唐玄宗的年號（713～741）。南薰殿：唐代興慶宮內的一座宮殿名。引見：這裡指開元年間他常被唐玄宗召見。詩人認為曹霸以一介寒庶之士，經常應召入宮畫圖，這樣特殊的恩寵，只有在重才求賢的盛世才能遇到。

　　凌煙功臣少顏色，將軍下筆開生面——凌煙閣：在西內三清殿側，閣內畫有唐代二十四個開國功臣的肖像，是唐太宗貞觀十七年（643），皇上命大畫家閻立本所繪。少顏色：因年代久遠而褪色。開生面：「生面」語出《左傳·僖公三十三年》：「狄人歸其元，面如生。」《南史·王琳傳》也有「迴腸疾首，切猶生之面」的說法。因此「下筆開生面」一句含義雙關，既指下筆重摹舊像，又讚畫之逼真，指人物煥發出生動的神采，有面色如生之感。

　　良相頭上進賢冠，猛將腰間大羽箭——進賢冠：唐代文臣朝見皇帝時所戴的禮帽。大羽箭：唐太宗時一種特製的、帶四根羽毛的長箭。上句寫文官，下句寫武將。

　　褒公鄂公毛髮動，英姿颯爽來酣戰——褒公：指褒國公段志玄。鄂公：鄂國公尉遲敬德。二人皆為猛將，都是凌煙閣內所繪的功臣。這兩句是說，褒公、鄂公的毛髮看起來似乎都在抖動，他們英姿颯爽，好像要來和誰酣戰。從凌煙閣功臣二十四圖中，選出最有特色的這兩幅畫像，使良相猛將的虎虎生氣如在眼前，曹霸雄健的畫風也宛然可見。

　　先帝御馬玉花驄，畫工如山貌不同——先不厭其詳地渲染畫成之前的氣氛。先帝指玄宗。玉花驄：駿馬名。這句說：玄宗有匹寶馬名叫玉花驄，多少畫家都畫不像，畫不出其神采。

　　是日牽來赤墀下，迥立閶闔生長風——赤墀：宮廷中的紅臺階。閶闔：本指天門，這裡指宮門。這天，玉花驄被牽到殿中紅階下，昂首屹

◎第四階段　西南漂泊的晚境（760～770）

立宮門，看起來像腳下生風一樣非常神氣。

　　詔謂將軍拂絹素，意匠慘澹經營中 —— 拂絹素：古人以白絹為畫布，在作畫前要拂拭白絹。意匠：即構思。慘澹經營：指苦心布局，進行藝術構思。這句說：皇帝下詔讓將軍你展開白絹作畫，你苦心構思、運筆揮灑。

　　斯須九重真龍出，一洗萬古凡馬空 —— 斯須：片刻間。九重：這裡指皇宮。真龍：指駿馬和曹霸畫的所有馬。你不一會兒就畫出了一匹真龍般的神馬，一下子將過去那些凡俗的馬畫一掃而空。寫出曹霸接旨拂絹、慘澹經營、須臾而成的作畫過程，讓觀者頓覺天下凡馬盡皆失色。

　　玉花卻在御榻上，榻上庭前屹相向 —— 這兩句是說玉花驄圖看起來就像是真馬立在皇帝榻上，在榻上的畫中，馬和庭前的真馬相向而立，竟讓人難分真假。一個「卻」字，以疑怪的語氣，寫出人們視假為真的錯覺，榻上庭前兩馬屹立相對的奇思，又使這錯覺更為逼真。

　　至尊含笑催賜金，圉人太僕皆惆悵 —— 至尊：指皇帝。圉（ㄩˇ）人：養馬的人。太僕：為皇帝掌管車馬的官。惆悵：這裡指入迷了，看呆了。這兩句是說：皇上含笑催促左右賞賜黃金，車官和馬官們個個都看呆了，有些迷惘發怔。從旁觀者的反應，襯托出畫馬之神韻。

　　弟子韓幹早入室，亦能畫馬窮殊相 —— 韓幹：唐代畫家，善畫人物，工於鞍馬，曾拜曹霸為師。入室：指最接近老師。通常將最得老師真傳的弟子叫「入室弟子」。早入室：早學上手。窮殊相：將特殊的樣子都畫得逼真窮盡了。

　　幹唯畫肉不畫骨，忍使驊騮氣凋喪 —— 忍使：竟然使得。驊騮：傳說為周穆王八駿之一。這裡泛指一切好馬。這兩句是說連入室弟子韓幹也只能畫馬的外表皮肉，卻畫不出馬的風骨和內在精神，常使驊騮良馬的神采凋敝喪失，沒有了氣概。這一對比，更見出曹霸畫藝之高超。

將軍善畫蓋有神，偶逢佳士亦寫真——佳士：有才情格調的人。詩句是說，將軍不僅善於畫馬，也能畫人，偶然碰到有才情的人，也會動心畫像，下筆若有神助。這兩句承上啟下，總結曹霸之畫以神似見長的特點，接下來引出畫家的落魄。

　　即今漂泊干戈際，屢貌尋常行路人——干戈際：戰亂之時。這兩句是說，漂泊在今天這個戰亂之世，為了生存，也只能為平常的過路人畫像了。

　　途窮反遭俗眼白，世上未有如公貧——這兩句意為英才末路反而遭受世俗的白眼，人世間再沒有像你這樣窮的人了。空有絕藝在身而如此潦倒，這是個多麼冷酷和勢利的世界啊！

　　但看古來盛名下，終日坎壈纏其身——坎壈（ㄎㄢˇ ㄌㄢˇ）：困頓，不得志。這兩句的意思是，自古以來享有盛名的人，往往都是整天被貧困纏身、窮愁潦倒的人。結尾與開頭相呼應，詩人為畫家大呼不平，把曹霸的榮辱和世事的盛衰相連結，由此推出古往今來的才人志士皆困頓失意這個普遍規律，使詩歌的境界得到了有現實批判意義的昇華。

新評

　　在杜甫的詠畫詩中，〈丹青引贈曹將軍霸〉是最負盛名的一篇。詩起筆洗練、蒼涼；中間抑揚頓挫，錯落有致。情感上跌宕起伏，搖曳多姿。結構上主次分明。特別是詩的結句，沉痛又飽含人生哲理，更為歷代詩家讚賞。清代翁方綱曾讚揚此詩為「古今七言詩第一壓卷之作。」飽經滄桑的詩人杜甫，遇到淪落困境的畫家曹霸，有一種惺惺相惜的感覺。詩與畫在藝術上是相通的，他們在內心情感上更能相互理解。這首詩寫畫家曹霸的身世、經歷，由人事而及時事，融精闢的藝術見解於傳神的詠畫技巧之中。借畫家一生的遭際，抒發了詩人對世事的深沉感慨。與曹霸傳神的筆意，可謂相得益彰。

◎第四階段　西南漂泊的晚境（760～770）

〈宿府〉

題解

　　此詩寫於唐代宗廣德二年（764），當時杜甫在西川節度使嚴武帳下任參謀，同時任「工部員外郎」一職。「宿府」，就是留宿幕府（軍部）的意思。別人都回家了，他常常是「獨宿」。詩人在清秋之夜，觸景生情，抒發身世之嘆、思鄉之情。

　　清秋幕府井梧寒，獨宿江城蠟炬殘。
　　永夜角聲悲自語，中庭月色好誰看？
　　風塵荏苒音書絕，關塞蕭條行路難。
　　已忍伶俜十年事，強移棲息一枝安。

新解

　　清秋幕府井梧寒，獨宿江城蠟炬殘——「獨宿」二字，是全詩的「詩眼」。清秋時節，梧桐疏影，在更深人靜的夜晚，詩人獨自一人面對將滅的蠟燭，夜不能寐。環境的「清」、「寒」，更烘托出心境的悲涼。詩的首聯，便呈現一幅淒清的畫面。井梧：指井邊、院中的梧桐。江城：指成都。

　　永夜角聲悲自語，中庭月色好誰看——頷聯寫「獨宿」的所聞所見。永夜：長夜。悲自語：角聲悲涼沉重，如同人的自言自語。好誰看：月光雖好，又有誰忍心看？七言律句，一般是上四下三，這一聯卻是四、一、二的句式，每句讀起來有三個停頓。頓挫的句法，更襯托出一個獨宿不寐、無人共語的悲涼人物形象。

　　風塵荏苒音書絕，關塞蕭條行路難——荏苒：形容光陰迅速流逝。多年在戰亂中漂泊，親朋好友音訊已斷；關塞零落蕭條，想要回鄉，何其艱難。

已忍伶俜十年事,強移棲息一枝安 —— 伶俜（ㄌㄧㄥˊ ㄆㄧㄥ）:孤單。十年:從安史之亂至此時正好十年。十年之事用五字帶過,讓讀者留下了想像的空間。強移棲息:指自己任嚴武節度使的參謀這件事是迫不得已。一枝安:化用《莊子·逍遙遊》中「鷦鷯巢於深林,不過一枝」句意。意指需求很少,已忍受了十年顛沛流離的日子,就像隻小鳥一樣棲息一枝,姑且偷安吧!「安」,不過是詩人的自我解嘲罷了。

新評

〈宿府〉是杜甫七律中的名篇之一。抒發了身世淒涼、漂泊異鄉、寄人門下、思鄉懷人的天涯孤旅之愁。前兩聯寫獨宿江城感受到的寒意和孤寂,以「聽覺 —— 號角」、「視覺 —— 月色」畫出一幅淒清的風景圖。接下來直抒「獨宿」之情,情觸景生。戰亂未息,處世艱難,詩人在末聯寫出自己的心聲:漂泊十年,只能暫且棲枝求安。

杜甫的理想本是「致君堯舜上,再使風俗淳」。然而事實證明這理想難以實現。早在乾元二年,他就棄官不做,擺脫了「苦被微官縛,低頭愧野人」的牢籠生活。這次到嚴武幕府任參謀也非所願,只是為了「酬知己」而已。但不久,又受到幕僚們的嫉妒、誹謗和排擠,所以詩人寧願回到草堂去「倚梧桐」,而不願「棲」那「幕府井梧」的「一枝」;詩人即景生情,借景傳情,表達了自己悲涼深沉的心緒。短短八句詩,情景交融,令人玩味無窮。

〈倦夜〉

題解

此詩當作於廣德二年秋,詩人告假暫歸草堂時,寫秋夜為時局戰亂所憂,難以成眠。

◎第四階段　西南漂泊的晚境（760～770）

竹涼侵臥內，野月滿庭隅。

重露成涓滴，稀星乍有無。

暗飛螢自照，水宿鳥相呼。

萬事干戈裡，空悲清夜徂！

新解

竹涼侵臥內，野月滿庭隅——竹葉蕭蕭，涼風陣陣，侵襲著臥室，月光灑滿了庭院的每個角落。開首十個字為我們畫出了一幅清秋月夜圖。「竹」、「野」二字，暗示出宅旁有竹林，門前是郊野，綠竹秋聲，郊野一望無際，月光朗照，更顯得空曠而寂寥。

重露成涓滴，稀星乍有無——三、四兩句，上句扣竹，下句扣月。夜涼露重，從竹葉上不時滴滴答答地滾落；月照中天，映襯得小星星稀稀落落，像瞌睡者的眼，忽睜忽閉，似有似無。寫得傳神而有動感。

暗飛螢自照，水宿鳥相呼——五、六兩句轉換到秋夜破曉前的景色：月亮西沉，大地漸暗，螢火蟲提著小燈籠，為自己照明；竹林外小溪旁棲宿的鳥醒來了，牠們互相呼喚著，準備結伴起飛。

萬事干戈裡，空悲清夜徂——最後兩句是畫龍點睛之筆。詩題本為「倦夜」，但以上六句，從月升寫到月落，全是寫「夜」，並無一字寫「倦」。但仔細一想，這幅「秋夜圖」，有綠竹、庭院、朗月、稀星、暗飛的螢、水宿的鳥，但真正的主角卻未出場。在這些景物背後，還有一個沒有出場，卻又時時在場的人，那就是詩人自己。正因為他輾轉反側，無法成眠，才能感受到窗外的竹葉蕭蕭，露珠滴答，他索性步出室外，仰望夜空，心事浩茫。一個徹夜不眠的人，該有多麼疲倦啊！如此涼爽的清秋夜，詩人為何不能酣眠？是因為「萬事干戈裡」，所以他才「空悲清夜徂」。徂（ㄘㄨˊ）：消逝。戰亂中萬事紛擾湧上心頭，詩人整整一夜都在為國事而憂心如焚，在悲嘆中任時光流逝啊！

新評

　　杜甫寫這首詩時,「安史之亂」剛剛平息,西北吐蕃又騷擾中原,並於廣德元年(763)十月,直搗長安,唐代宗李豫倉皇逃往陝州避難(《新唐書·吐蕃傳》)。人民陷於戰禍,昏君庸臣當政,有志之士報國無門,這怎能不讓詩人憂心如焚!「空悲」二字,抒發了詩人無限的感慨與辛酸。

　　詩中所描寫的「景語」皆為「情語」,無不寄寓著詩人憂國傷時的情感。讀著「重露成涓滴」,我們彷彿看到了離亂百姓們滾動的淚珠;望著「稀星乍有無」的若隱若現,令人聯想到政局的動盪不安。前人讚美杜詩「情融乎內而深且長,景耀乎外而遠且大」(明謝榛《四溟詩話》),這首詩正是如此。詩的字面雖只寫「夜」而不寫「倦」,但詩人的羈旅和孤倦之態,卻表現在每一景物中。情寓於景,景中含情,物我融為一體,令人一詠三嘆。布局上也井然有序,前六句由近及遠,空間畫面變幻多姿;結尾二句陡然轉入抒情,表面似斷,而內涵相連,點明題意,使全詩翼然振起,意境昇華,煥發出灼灼光彩。

〈莫相疑行〉

題解

　　此詩於永泰元年(765)春,杜甫從嚴武幕府退歸草堂後作。

　　男兒生無所成頭皓白,牙齒欲落真可惜。
　　憶獻三賦蓬萊宮,自怪一日聲煊赫。
　　集賢學士如堵牆,觀我落筆中書堂。
　　往時文采動人主,此日飢寒趨路旁。
　　晚將末契託年少,當面輸心背面笑。
　　寄謝悠悠世上兒,不爭好惡莫相疑。

◎第四階段　西南漂泊的晚境（760～770）

新解

　　男兒生無所成頭皓白，牙齒欲落真可惜——用口語直抒胸臆作為開頭，感嘆自己頭髮白了，牙齒快掉了，卻還一事無成，字裡行間充滿了悲涼。

　　憶獻三賦蓬萊宮，自怪一日聲烜赫——天寶十載，唐玄宗舉行祭祀典禮。杜甫作了三大禮賦：〈朝獻太清宮賦〉、〈朝享太廟賦〉、〈有事於南郊賦〉。這兩句是詩人回憶當年向蓬萊宮獻三大禮賦的情景，連自己也覺得奇怪，怎麼會在一天之內便聲名顯赫。

　　集賢學士如堵牆，觀我落筆中書堂——這句也是回憶當年情景。皇帝看了杜甫三篇歌功頌德的賦，果然高興，命杜甫「待制集賢院」，並命宰相試文章。集賢院的學士都來了，站成一堵牆，在中書堂內圍觀詩人寫文章。

　　往時文采動人主，此日飢寒趨路旁——想當年我的文章辭采感動了天子，可今天竟然飢寒交迫，成天奔走在路邊上。詩人用鮮明的今昔對比，讓讀者留下強烈印象。

　　晚將末契託年少，當面輸心背面笑——末契：指長輩對晚輩的交情。詩人在晚年將友情寄託於那些年輕的幕僚，不料他們表面上虛偽地表示心服，背後卻暗地裡恥笑。這兩句真實地寫出杜甫在官府供職時，同僚之間的爾虞我詐、當面一套、背後一套的世俗惡習。

　　寄謝悠悠世上兒，不爭好惡莫相疑——寄謝：告知。這兩句是說：告訴你們這些生活在俗世中的年輕人，我無意與你們爭高低短長，用不著胡亂猜疑！

新評

　　因老友嚴武再度鎮蜀，盛情相邀，於是杜甫便攜家重返成都，在嚴武幕府中擔任了參謀之職。本意是忍受官府的束縛，幫助嚴武做軍務，「束縛酬知己，蹉跎效小忠。」（〈遣悶奉呈嚴公二十韻〉）並無在官場上飛黃騰達之意，不料卻無端遭到同事的猜疑和嫉妒。杜甫對幕僚之間這種阿諛奉承、勾心鬥角的醜惡現象十分厭惡，滿肚子的委屈和積鬱，透過這首詩傾吐出來。詩歌深刻尖銳，富有諷刺意味。沒過多久，他就辭去了幕府官職，向嚴武告假，回草堂暫住去了。「往時文采動人主，此日飢寒趨路旁」是詩人一生遭遇的真實縮影。

〈天邊行〉

題解

　　此詩當作於永泰元年（765）夏，時杜甫居成都草堂。此詩感情極為沉痛。

　　天邊老人歸未得，日暮東臨大江哭。
　　隴右河源不種田，胡騎羌兵入巴蜀。
　　洪濤滔天風拔木，前飛禿鶖後鴻鵠。
　　九度附書向洛陽，十年骨肉無消息。

新解

　　天邊老人歸未得，日暮東臨大江哭——流落天邊的老人回不了家，黃昏時分向東來到大江邊失聲痛哭。

　　隴右河源不種田，胡騎羌兵入巴蜀——隴右：隴右道，唐代十道之一。轄地為今甘肅隴山以西、烏魯木齊以東。河源：在青海省境內。隴右和河源的地再也不能種了，吐蕃的騎兵已侵入了巴蜀。

◎第四階段　西南漂泊的晚境（760～770）

洪濤滔天風拔木，前飛禿鶩後鴻鵠 —— 洪水滔天啊！大風拔起了樹木，前面飛著禿鶩，後面飛著鴻鵠。寫恐怖荒涼之狀。禿鶩：一種大型猛禽。

九度附書向洛陽，十年骨肉無消息 —— 多少次捎信給故鄉洛陽，十年間骨肉親朋音訊杳無。十年：指安史之亂爆發至寫此詩時。

新評

多年來憂亂思歸的苦悶，壓抑在杜甫的心頭實在太久了，他再也忍不住滾滾的熱淚。全詩直抒胸臆、真情奔湧而出，這首詩可視為是〈乾元中寓居同谷縣作歌七首〉的續篇，寫得異常感人。

（四）岷江南下與雲安居停（765年五月～766年春）

〈去蜀〉

題解

此詩當作於唐代宗永泰元年（765）。這年四月，詩人的好友劍南節度使兼成都府尹嚴武去世，杜甫失去故知，於五月乘船離蜀東下荊楚。行前寫了這首詩，敘「去蜀」的原因。

五載客蜀郡，一年居梓州。
如何關塞阻，轉作瀟湘遊？
萬事已黃髮，殘生隨白鷗。
安危大臣在，何必淚長流！

新解

　　五載客蜀郡，一年居梓州——蜀：指成都，詩人說自己在成都已客居了五年，其中一年還是在梓州（今四川三臺）度過的。

　　如何關塞阻，轉作瀟湘遊——瀟湘：是湖南境內的兩條河流名，此泛指湖南地區。這兩句是說，如今兵荒馬亂、關山阻塞，我為何還要遠走瀟湘呢？這裡以設問的語氣，表達內心難言的隱衷，有一種無奈與憤激之情。言外之意為：我難道不懂如今時局紛亂、不宜出門嗎？在好友嚴武當政時，曾薦舉我為節度參謀、檢校工部員外郎，但我生性耿直，不為同僚所容，因而不久後憤而辭官回到草堂。嚴武在世尚如此，如今他已亡故，在這裡待下去還有什麼意思？這裡暗示此去乃是迫不得已。

　　萬事已黃髮，殘生隨白鷗——此聯說，回顧平生一無所成，萬事皆休，頭髮已由白轉黃，顯示身體衰老孱弱，只能像江上白鷗一樣到處漂泊此殘生了。詩句中悲憤交集，感慨萬千。「黃髮」與「白鷗」對仗，色彩鮮明。

　　安危大臣在，何必淚長流——尾聯說，國家的安危，自有當政的王公大臣在考量，我這個小小寒儒，又何須杞人憂天、老淚長流呢？這是在說反話，其實恰恰顯示位卑仍在憂國。

新評

　　這首五言律詩只有短短四十個字，卻總結了詩人在蜀五年多的生活，筆調恢弘。正如清人浦起龍所說：「只短律耳，而六年中流寓之跡，思歸之懷，東遊之想，身世衰頹之悲，職任就舍之感，無不括盡，可作入蜀以來數卷詩大結束。」（《讀杜心解》）特別是尾聯，更是充滿悲涼之語。明知這班蛀蟲只會以權謀私，無法承擔起國家安危之責，而自己「致君堯舜上」的理想又已幻滅，國難深重，豈能不悲淚長流？但還要忍

◎第四階段　西南漂泊的晚境（760～770）

痛正話反說，道出「何必淚長流」之語，更使人讀之痛徹肺腑。清人蔣士銓有詩讚杜甫云：「獨向亂離憂社稷，直將歌哭老風塵。」（〈南池杜少陵祠堂〉）正是詩聖情懷的真實寫照。

〈旅夜書懷〉

題解

　　此詩寫於唐代宗永泰元年（765）夏，詩人由華州解職，離開成都去重慶途中。當時詩人攜家乘船東下，途中夜泊江岸，觸景生情，心有所感，抒發了自己對官場的厭倦和孤寂的漂泊之情。

　　細草微風岸，危檣獨夜舟。
　　星垂平野闊，月湧大江流。
　　名豈文章著，官應老病休，
　　飄飄何所似，天地一沙鷗。

新解

　　細草微風岸，危檣獨夜舟 —— 危檣：形容船桅之高。微風輕拂岸畔的細草，深夜江邊，獨泊著桅杆高聳的孤舟。

　　星垂平野闊，月湧大江流 —— 原野遼闊，星星如垂地面，明月在大江中湧動奔流。此句是化用李白〈渡荊門送別〉中的「山隨平野盡，江入大荒流」句意。

　　名豈文章著，官應老病休 —— 名豈文章著：文章豈能夠讓人出名？這是杜甫的憤慨之語，因為當時杜甫的詩是受到冷遇的，在他活著的幾十年中，不少詩歌選本都不選他的詩。官應老病休：寫此詩的前一年，杜甫曾在嚴武帳下任節度使參謀，因軍府事務繁瑣，同事之間又有不少矛盾，他於當年一月辭職。不久，嚴武患病死去，杜甫又開始了漂泊的

生活。對同僚當然只能說辭官是因為「老病」而休。

　　飄飄何所似，天地一沙鷗 —— 沙鷗：詩人自喻，說自己身世卑微、文壇無名、仕途無聞、漂泊江湖，活像是飄零天地間的一隻孤苦沙鷗。

新評

　　前半部寫「旅夜」中所見的空闊景色，以寫景為主，寓情於景。

　　後半部「抒懷」，說自己空有一腔抱負和滿腹詩書，但卻受到冷落，宦途險惡，屢被排擠。因而詩人發出了反詰：文章再好又豈能使人成名？官職本來應該是因為老病才休啊！這是詩人發自內心的感嘆，表現出詩人那種無可奈何、漂泊無依的傷感，字字含淚，聲聲哀嘆，感人至深。

〈十二月一日〉三首（選一）

題解

　　組詩當作於永泰元年（765）臘月初一。此時杜甫居雲安。今所選其三，寫雲安的春色和詩人渴望回京為國效力的心情。

　　即看燕子入山扉，豈有黃鸝歷翠微。
　　短短桃花臨水岸，輕輕柳絮點人衣。
　　春來準擬開懷久，老去親知見面稀。
　　他日一杯難強進，重嗟筋力故山違。

新解

　　「即看燕子入山扉」四句 —— 才見到一絲春意，詩人就想像燕子和黃鸝鳥飛來，山谷青翠、桃紅柳綠，故鄉一派春色爛漫的美景。可見詩人對春抱有極大的希望。

　　春來準擬開懷久，老去親知見面稀 —— 早就擬好了春來時開懷一樂

◎第四階段　西南漂泊的晚境（760～770）

的計畫，但人老了才知見面的機會很稀少。

他日一杯難強進，重嗟筋力故山違——到那天，如果我連一杯酒都喝不下，我會再次感嘆我的筋力不濟，致使故鄉又違。上半首為想像之景，下半首詩人又回到現實，不禁再次嗟嘆。

新評

杜甫空懷一腔報國之志，總幻想著自己有朝一日會重登朝廷，但又常擔心自己會客死他鄉，因此在他臥病雲安時，思鄉之情更為迫切，眼前每一處春景，都能勾起他的聯想。語言清麗，內涵豐富。在怡人的春色中，處處透露出詩人的迫切思歸之情，風格委婉曲折。

〈船下夔州郭宿，雨溼不得上岸，別王十二判官〉

題解

此詩當作於大曆元年（766）春末。當時杜甫與家人欲乘船前往夔州，將東西搬上船後，因天色已晚，便宿於雲安郭外，在船上過夜。當晚下了大雨，因雨溼路滑，不能上岸與王十二判官作別，於是寫下了這首美麗多情的小詩，向這位資助他此行的友人致意。

　　依沙宿舸船，石瀨月娟娟。
　　風起春燈亂，江鳴夜雨懸。
　　晨鐘雲岸溼，勝地石堂煙。
　　柔櫓輕鷗外，含淒覺汝賢。

新解

依沙宿舸船，石瀨月娟娟——寫薄暮時分宿於船上所見之景，月閃動在石上的急流中，顯得娟秀美麗。舸：大船。

風起春燈亂，江鳴夜雨懸——夜晚風起，吹得桅燈亂晃，夜雨傾瀉在江上一片喧聲。此聯寫得有聲有色。

　　晨鐘雲岸溼，勝地石堂煙——雲岸溼：連報曉的晨鐘的聲音也像是溼的，遠望石堂勝景，籠罩在煙霧中。雲岸：一作雲外。石堂：雲安的一處勝景。

　　柔櫓輕鷗外，含淒覺汝賢——儘管櫓聲和鷗鳥都顯得柔美，但都在我的關注之外，此刻我滿腹都是告別你的淒清，感念你是那樣賢良。

新評

　　杜甫的這首小詩情真意切，觀察生活極為細膩，從薄暮到夜深，再寫到拂曉，從夜晚泊舟江上寫到開船，景致清絕如畫，令人如同親見，聲音和畫面歷歷在目。特別是「晨鐘雲岸溼，勝地石堂煙」，更是生動且簡練，讓人想到因雨大之故，連鐘聲也不如尋常響亮，似從雲中飄來，被溼雲裹住，彷彿感受到空氣中的溼度。「江鳴夜雨懸」句更是用字獨特，一個「鳴」字和一個「懸」字，將夜雨敲擊在船上和江上的一夜喧鬧，寫得聲音和形象俱佳。詩是最精煉的文體，在極簡短的文字中，能涵蘊這樣深廣的內容，可見杜詩的功力之深。

(五) 夔州歲月：詩史高峰（766年春～768年正月）

〈八陣圖〉

題解

　　寫於唐代宗大曆元年（766）冬，杜甫由忠州初遷夔州（今重慶奉節東北）時。八陣，指天、地、風、雲、龍、虎、鳥、蛇八種陣勢。八陣圖是

◎第四階段　西南漂泊的晚境（760～770）

諸葛亮阻擋吳兵進攻的陣式，在今奉節南長江邊上的沙灘上，由許多石塊擺成。西元222年，劉備率軍伐吳，在珪亭（今湖北宜都西北）被吳將陸遜擊敗，逃回夔州。傳說吳兵追到八陣圖時，見陣式變化莫測，不敢擅入，遂引兵撤走。

功蓋三分國，名成八陣圖。
江流石不轉，遺恨失吞吳。

新解

功蓋三分國 —— 功蓋：蓋世之功。三分國：指當時三分天下的魏、蜀、吳三國。說三國鼎立，孔明的功勳最為卓著。

名成八陣圖 —— 八陣圖的遺址除本詩所寫的夔州外，另有多處。如沔縣（今陝西勉縣）、新都（今四川新都）、廣都（今四川雙流）……這幾處據傳都是當年諸葛亮為練兵而設。這句是說他創造的八卦陣，成就了他的威名。

江流石不轉 —— 任憑江流衝擊，石頭依然如故。據記載，夔州逢雪消季節，峽水奔湧，有巨木隨波而下，使川中萬物皆失常態。唯八陣圖中諸葛亮擺的石堆，六百年來不變。

遺恨失吞吳 —— 千年遺恨，在於劉備失策想吞吳。章武元年（221），孫權破荊州、殺關羽。劉備大怒，一時衝動，便率兵伐吳，以致造成軍事上的慘敗，破壞了聯吳抗曹的大策。諸葛亮未能阻止此事，因而「遺恨」。

新評

這是一首詠懷詩，寫詩人面對八陣圖的遺跡，懷思諸葛亮的功業，對當年那場戰爭表示深沉的感慨。

起首兩句，杜甫讚頌諸葛亮的豐功，尤其稱頌他在軍事上的建樹。

三、四句，對劉備吞吳失師，葬送了諸葛亮聯吳抗曹、統一中國的宏圖大業，表示惋惜。在內容上，既是懷古，又是抒情，含不盡之意於言外，在絕句中別樹一格。

〈古柏行〉

題解

　　作品寫於杜甫寓居夔州時。夔州有諸葛亮廟，廟內古柏參天。杜甫來這裡不止一次，寫這首詩的具體時間已不可考。詩中，由諸葛廟中的古柏，聯想到成都武侯祠的古柏，由諸葛亮的身世，聯想到自己的懷才不遇，以古柏自喻，抒發了苦悶的心情。

　　孔明廟前有老柏，柯如青銅根如石。
　　霜皮溜雨四十圍，黛色參天二千尺。
　　君臣已與時際會，樹木猶為人愛惜。
　　雲來氣接巫峽長，月出寒通雪山白。
　　憶昨路繞錦亭東，先主武侯同閟宮。
　　崔嵬枝幹郊原古，窈窕丹青戶牖空。
　　落落盤踞雖得地，冥冥孤高多烈風。
　　扶持自是神明力，正直元因造化功。
　　大廈如傾要梁棟，萬牛回首丘山重。
　　不露文章世已驚，未辭剪伐誰能送。
　　苦心豈免容螻蟻，香葉終經宿鸞鳳。
　　志士幽人莫怨嗟，古來材大難為用。

◎第四階段　西南漂泊的晚境（760～770）

新解

　　孔明廟前有老柏，柯如青銅根如石 —— 詩人崇敬孔明，常來此處，坐在廟前那株古老的柏樹下，望著那青銅般的枝幹、磐石似的根，深有感慨。柯：樹木的枝杈。

　　霜皮溜雨四十圍，黛色參天二千尺 —— 霜皮：樹皮色白如霜。溜雨：樹皮光潤滑溜。圍：指兩手合抱的長度。黛色：青黑色。參天：聳入雲天。這兩句是形容樹的外觀高峻壯美。「四十圍」和「二千尺」都是誇張的說法。

　　君臣已與時際會，樹木猶為人愛惜 —— 君臣：指劉備和諸葛亮。與時際會：恰好迎合了時代的需求。這句是說劉備、孔明君臣遇合，這參天老樹正是歷史的見證。這樹同時也是孔明高潔人格的象徵，所以至今得到人們的愛惜。

　　雲來氣接巫峽長，月出寒通雪山白 —— 這兩句是詩人面對高聳的柏樹產生的豐富想像：當雲霧飄來時，那氤氳之氣可以連接巫峽；當月亮升起時，那凜凜寒光會直通岷山，極言柏樹的宏大壯偉。巫峽：在瞿塘峽東。雪山：指成都西北的岷山，因山頂常年積雪，故稱。

　　憶昨路繞錦亭東，先主武侯同閟宮 —— 憶昔日我曾繞過錦亭東行，那裡的先主廟與武侯祠在同一處所。錦亭：成都有錦江亭，亭西有武侯祠。宮原是《詩經》中寫宗廟祭祀的一首詩名，這裡代指祠廟。同閟宮：指同時供奉在同一個廟內。《成都記》載，先主廟西院即武侯祠。

　　崔嵬枝幹郊原古，窈窕丹青戶牖空 —— 成都的武侯祠前有雙大柏，柏樹枝幹崔嵬，為荒涼的郊原，增添了古老的韻致；廟宇中的壁畫彩繪多姿而又深邃，更顯得門戶空曠寂寥。丹青：指祠廟中的壁畫。牖：窗戶。

落落盤踞雖得地，冥冥孤高多烈風——夔州的這棵柏樹如此出眾，雖然占據了地利，但位高孤傲，必定多招烈風的侵襲。落落：孤高，與眾不同的樣子。得地：得到有利的居處。冥冥：高遠之狀。

　　扶持自是神明力，正直元因造化功——這自然是得到了神明的扶持和庇護，它正直的品格，也是出於造化之功。元：同「原」。造化：造物主。

　　大廈如傾要梁棟，萬牛回首丘山重——大廈如若傾倒，需要有棟梁來支撐，古柏重如山丘，萬頭牛也難拉動。回首：指難以拉動的樣子。丘山重：山嶺重疊。

　　不露文章世已驚，未辭剪伐誰能送——它不露文采已經讓世人驚異，它不怕砍伐，可又有誰能夠運送？文章：這裡是指樹木的年輪和紋理。誰能送：有誰能運得走？

　　苦心豈免容螻蟻，香葉終經宿鸞鳳——它的心是苦的，可也難免有螻蟻侵蝕，樹葉芳香，終將招來鸞鳳在這裡住宿。苦心：柏木味苦，樹的軀幹內稱「苦心」。這裡是雙關，也兼寫人。

　　志士幽人莫怨嗟，古來材大難為用——天下志士幽人，請你不要埋怨嗟嘆，自古以來，大材都往往難以為世所用。「材大難為用」，一語雙關，既指樹，也指人，感嘆古往今來有才能的傑出人才，往往得不到重用。

新評

　　〈古柏行〉是杜甫的一首成功之作，全詩採用比興手法，借柏喻人。詩中字面上是讚頌久經風霜、獨立寒空、性情高潔孤傲的蒼蒼古柏，實則歌頌雄才大略、耿耿忠心的孔明。詩的前六句以古柏起興，讚其高大挺拔，羨其適逢明主，而有君臣際會之幸。接下來由夔州古柏，聯想到成都先主廟中的古柏，其中「落落盤踞雖得地，冥冥孤高多烈風」兩句，

◎第四階段　西南漂泊的晚境（760～770）

既是說樹，更是說人，說明「樹大招風」、「木秀於林，風必摧之」的人生哲理。從「大廈」句以後，詩人因物及人，想到世事之艱辛，發出深沉的感慨。尤其最後一句「古來材大難為用」更是一語雙關，振聾發聵，揭示了古往今來有多少仁人志士空有志向而無法施展的殘酷現實，其怨憤和悲嘆的語氣，有強烈的藝術感染力，令人回味不已，心緒難平。

〈白帝〉

題解

此詩寫於唐代宗大曆元年（766）秋，當時杜甫住在夔州。詩中感慨亂世中黎民之苦。

白帝城中雲出門，白帝城下雨翻盆。
高江急峽雷霆鬥，翠木蒼藤日月昏。
戎馬不如歸馬逸，千家今有百家存。
哀哀寡婦誅求盡，慟哭秋原何處村？

新解

白帝城中雲出門，白帝城下雨翻盆──雲出門：雲從城門中出入，極言山城地勢之高。雨翻盆：雨大得就像打翻了水盆，傾盆大雨。

高江急峽雷霆鬥，翠木蒼藤日月昏──高江：指雨後洪水暴漲，使長江水位升高。急峽：山峽窄小，江流迅急。雷霆：形容山峽中的水流聲。日月昏：指古木蒼藤之茂密，擋住了日月光華，使其呈昏暗之狀。

戎馬不如歸馬逸，千家今有百家存──戎馬：戰馬。歸馬：戰後放回田園的軍馬。

哀哀寡婦誅求盡，慟哭秋原何處村──誅求：強制徵收賦稅。何處村：哪個村。

新評

　　這首詩前四句寫白帝城的景色:雲濤、雨暴、江吼、日昏,後四句寫百姓在戰亂中的痛苦。就在杜甫寫這首詩的前一年十月,四川一帶發生了一場戰亂,劍南西川都知兵馬使崔旰殺死了節度使郭英乂,朝廷先後派兵討伐崔旰都失敗。這場戰亂一直持續了兩年。最後朝廷不得不妥協,就地封其為節度使。杜甫這首詩即是為這場戰亂而發的感慨。詩人以長江、峽口的風雨雲雷為興象,襯托令人恐怖的戰亂年代。後四句寫出征的馬不如歸田的馬走得輕快安心、千戶人家如今只有百家倖存,表達了要和平、不要戰爭的思想感情。秋天的原野地裡,那不知來自何方的哭聲和孤兒寡母,繳不起賦稅的哀求聲,寫出了戰亂帶給黎民百姓的困苦,表達了詩人的人道主義情懷。那激盪的雷霆風雨、凶險的高江急峽,更襯托出動亂的現實和詩人的憂心如焚,有很強的藝術感染力,被後人譽為奇警之作。

〈諸將〉五首(選一)

題解

　　〈諸將〉五首是一組著名的政論詩。唐代宗大曆元年(766)作於夔州。這裡選的是其五。

　　錦江春色逐人來,巫峽清秋萬壑哀。
　　正憶往時嚴僕射,共迎中使望鄉臺。
　　主恩前後三持節,軍令分明數舉杯。
　　西蜀地形天下險,安危須仗出群材!

◎第四階段　西南漂泊的晚境（760～770）

新解

　　錦江春色逐人來，巫峽清秋萬壑哀——錦江：借指成都。巫峽：借指夔州。因夔州與巫峽鄰近，故有此稱。這句是詩人離蜀赴夔，看到錦江春色一路相伴，似在追逐人而行，途中見清秋中的夔州，千山萬壑皆含哀情。為何生哀？引出下文對嚴武的思念。

　　正憶往時嚴僕射，共迎中使望鄉臺——詩人回憶當年與嚴武同行，去成都望鄉臺一起迎接天子派來的私人使節，想到嚴武今已作古，所以生哀。嚴僕射：指嚴武。嚴武死後被追封為尚書左僕射。中使：指皇帝左右的使節宦官。望鄉臺：在成都城北。

　　主恩前後三持節，軍令分明數舉杯——主恩：皇恩。節：符節，古時官員出使所持的信物。三持節：指嚴武三次持節出鎮蜀地。嚴武最初以御史中丞出為綿州刺史，遷東川節度使，再拜成都尹，後以黃門侍郎任劍南節度使，故云「三持節」。這句是說，承皇恩，你曾先後三次持節坐鎮蜀地，你軍令嚴明，我們曾數次舉杯祝捷。

　　西蜀地形天下險，安危須仗出群材——這險甲天下的西蜀重地，它的安危還要仰仗一大批有能力的將才啊！這首詩寫詩人憂慮蜀地的安危，更思治軍有方的老友嚴武。

新評

　　〈諸將〉五首是杜甫探索七律組詩詩藝的成功之作。在內容上洞察時弊之深、在思想深度上謀慮之遠、在藝術形式上開拓之廣，都有相當突破。議論入詩，本不易寫好，像〈諸將〉五首這種政論性很強的作品，就更難寫。但在律詩中發大議論，卻恰是杜甫之所長，〈諸將〉表現尤為突出。議論以理為主，易破壞詩的抒情性；議論的語言多邏輯說理，又易破壞詩歌語言的凝鍊；但這兩點都被杜甫解決得十分妥善，可見其功力

不凡。杜甫寫詩，並不直接發議論，而是從自己最深切的感受出發，選取具體典型的事件，借鑑古體詩一氣呵成、渾然一體的長處，在律詩的對仗中求巧思，在婉轉的音調中表其意，用精美的藝術形式，表現重大豐富的思想內容。

〈垂白〉

題解

此詩作於大曆元年（766）秋，杜甫居於夔州西閣時。詩人以馮唐、宋玉自比，抒發了悲苦激憤之情。

> 垂白馮唐老，清秋宋玉悲。
> 江喧長少睡，樓迥獨移時。
> 多難身何補，無家病不辭。
> 甘從千日醉，未許〈七哀詩〉。

新解

垂白馮唐老，清秋宋玉悲 —— 馮唐：漢文帝時的大臣，以孝悌聞名，拜為中郎署長。他為人正直敢諫，屢遭排擠，直到頭髮花白，年事已高，也未得到升遷，還只是個郎官。後人就以「馮唐易老」形容老來難以得志。宋玉：戰國時楚國人，著有〈九辯〉，開首說：「悲哉，秋之為氣也！蕭瑟兮草木搖落而變衰。」杜甫在這裡以馮唐、宋玉自比，是說自己白髮垂飄有如馮唐，當秋而悲又如宋玉。

江喧長少睡，樓迥獨移時 —— 聽江聲喧鬧很少入睡，獨倚樓頭眺望，任時光流逝。

多難身何補，無家病不辭 —— 值此多難之時，我身於國無補；我已沒有了家園，疾病來，就讓它來罷。

◎第四階段　西南漂泊的晚境（760～770）

　　甘從千日醉，未許〈七哀詩〉——千日醉：《搜神記》載，中山人狄希能造千日酒，飲之一醉千日。杜甫在這裡是說，甘願飲此酒，讓自己一醉千日，也不稱許曹植、王粲那些憂時無益的〈七哀詩〉。

新評

　　杜甫感嘆自己滿頭白髮、垂垂老矣，卻仍舊如馮唐一樣，官職很小，報國無望。羈旅夔州，寄居西閣，徹夜難眠，唯有像宋玉一樣對秋傷悲。所以他寧願自己喝那種能讓自己長醉不醒的酒，寫〈七哀詩〉那樣憂傷的詩，又有什麼用呢？這是作者發牢騷的憤激之語。說寫詩無用的同時，自己不是還在用詩表達嗎？全篇充滿傷感的愁緒，寫得哀怨而淒美。藝術上也很有特色，整首詩中，首聯、頷聯、頸聯、尾聯全用對仗，這在律詩中較少見，為詩詞格律的研究，提供了一個例證。

〈中宵〉

題解

　　此詩當是杜甫於大曆元年（766）居夔州西閣時作。寫孤身漂泊之苦況。

　　西閣百尋餘，中宵步綺疏。
　　飛星過水白，落月動沙虛。
　　擇木知幽鳥，潛波想巨魚。
　　親朋滿天地，兵甲少來書。

新解

　　西閣百尋餘，中宵步綺疏——尋：古代的長度單位，八尺為一尋。綺疏：鏤刻成綺紋狀的窗，此指雕花窗戶。這句是說西閣高百尋有餘，半夜獨自在雕花的窗前徘徊。

飛星過水白，落月動沙虛 —— 流星飛過水面留下白色痕跡，殘月的餘暉在沙灘上晃動，若有若無，一片虛幻。

擇木知幽鳥，潛波想巨魚 —— 良鳥擇木而棲愛選擇幽深的樹林，巨大的魚總是潛藏在深深的水底。

親朋滿天地，兵甲少來書 —— 親朋流落在天下不同的地方，戰亂中很少有書信。

新評

這首小詩以比興手法寫詩人孤旅天涯的苦況。詩人以魚和鳥作比興之物，想到魚可潛入水底、鳥能擇木而棲，自己卻無法選擇理想的環境，只能在遠離親人的異鄉苦苦掙扎，因此夜半難以入眠，寫下這充滿悲情的感人詩句。

〈江月〉

題解

此詩寫於大曆元年（766）秋，杜甫在夔州西閣時，是一首對月訴愁的美麗小詩。

江月光於水，高樓思殺人。
天邊長作客，老去一沾巾。
玉露團清影，銀河沒半輪。
誰家挑錦字，滅燭翠眉顰。

新解

江月光於水，高樓思殺人 —— 江月的光在水波上蕩漾，獨倚高樓真憂愁啊！

◎第四階段　西南漂泊的晚境（760～770）

天邊長作客，老去一沾巾——長年累月在遙遠的天邊作客，至老不能還鄉，止不住熱淚沾巾。

玉露團清影，銀河沒半輪——此兩句是寫月的名句，非常美。使人如見半輪皎月隱約被銀河淹沒，清影浸在玉露之中。團：一作漙（ㄊㄨㄢˊ）：形容露水多。

誰家挑錦字，滅燭翠眉顰——挑錦字：挑錦線刺字。此句有典故：十六國時，前秦有一位女詩人名蘇蕙，字若蘭。其夫竇滔，苻堅時為秦州刺史，後以罪遷徙流沙。蘇蕙因思念其夫，於是織錦為〈迴文詩〉以寄。詞哀麗淒婉，可循環讀之。事見《晉書·列女傳》。這句是說，那是誰家的思婦，又在空閨中挑錦線刺字？她此時也會停機滅燭，對著月亮皺起翠眉來，跟我一樣傷懷吧？

新評

望月思鄉是中國古典詩詞裡常常出現的主題，月亮的意象，寄託了中國古代文人尋找母親、尋找精神家園、渴望世界和諧統一的心理，明月總是在傳遞著溫馨、團聚、和平、恬美的訊息。因此，古往今來，流傳著多少寫月的名句。「玉露團清影，銀河沒半輪」就是杜甫留給我們的賞月名句之一。杜甫一生過著顛沛流離、四處流浪的日子，他獨在異鄉，報國無門，歸家無望，心靈孤寂，於是月亮自然而然成為他寄託精神、傾訴心靈的對象。此詩寫得哀怨美麗，極其動人。

〈草閣〉

題解

此詩當作於大曆元年（766）秋。透過草閣月夜秋景的逼真描繪，畫出了一幅江村小景，表達詩人的羈旅感傷。草閣，即江邊閣。

草閣臨無地，柴扉永不關。

魚龍回夜水，星月動秋山。

久露晴初溼，高雲薄未還。

泛舟慚小婦，漂泊損紅顏。

新解

　　草閣臨無地，柴扉永不關——草閣臨著江水，看不到地面，因而說「無地」。柴門不關，因臨江可看江上風景，其次也說明居家貧寒，不需要關。

　　魚龍回夜水，星月動秋山——魚龍到了秋天便蟄伏回到江中，星月與秋山在平靜的江中現出倒影，隨波搖盪，因而感覺像是在「動」。

　　久露晴初溼，高雲薄未還——露水剛剛打溼了晴天的夜晚，高天上薄薄的雲彩飄遠了還未回來。

　　泛舟慚小婦，漂泊損紅顏——看到泛舟的少婦倍感慚愧，因常年漂泊而摧損了紅顏。

新評

　　「泛舟慚小婦，漂泊損紅顏」兩句詩，曾引起歷代評論者的不同理解和注釋。有人認為這是老杜行為不檢點，小婦是與他有曖昧的女性；也有人懷疑是假冒偽作，說此詩並非出自杜甫之手；還有一位日本學者吉川幸次郎研究分析，說「小婦」指的是詩人的「兒媳婦」——杜宗文或杜宗武的妻子。我認為這幾種說法都不正確。從經濟條件看，詩人流落遷徙，整日為生計奔波，不可能養「曖昧女性」；從杜甫的道德觀來看，他曾在〈數陪李梓州泛江，有女樂在諸舫，戲為豔曲〉中有詩句云：「使君自有婦，莫學野鴛鴦。」可看出即使是在某些笙歌曼舞的場合，詩人也不過是逢場作戲、虛於應酬，並非拈花惹草之徒；再從當時的封建倫理看，

◎第四階段　西南漂泊的晚境（760～770）

詩人也不會以兒媳婦為描寫對象作詩。我認為詩中的「小婦」，或許是詩人在江上無意間碰到的底層社會女子，詩人由此聯想到：連青春少婦的紅顏都如此憔悴，更何況自己這垂老於他鄉的客子呢？這是詩人用簡約的筆墨，寫出對人生易老、時光流逝的慨嘆。

〈月〉

題解

此詩為大曆元年（766）在西閣所作。被後人譽為詠月詩中的佳篇。

四更山吐月，殘夜水明樓。

塵匣元開鏡，風簾自上鉤。

兔應疑鶴髮，蟾亦戀貂裘。

斟酌姮娥寡，天寒耐九秋。

新解

四更山吐月，殘夜水明樓──四更時分，山頭吐出一彎銀月，夜將盡，水面上反射出的明月照亮了高樓。這句中的「吐」字和「明」字用得絕妙，說明詩人觀察生活之細微。後人讚此二句為詠月絕唱。

塵匣元開鏡，風簾自上鉤──此聯比喻月痕傍山的情景，上句喻為就像打開了鏡匣露出明鏡，下句喻為如風簾上掛著的銀鉤一般。元：同「原」。

兔應疑鶴髮，蟾亦戀貂裘──這句中的兔和蟾，是指月中的玉兔和蟾蜍。在這裡都是喻月。這句是說，月中玉兔在驚疑地望著我的滿頭白髮，那月中蟾蜍亦依戀著我身上暖暖的貂裘。

斟酌姮娥寡，天寒耐九秋──我思索那月中嫦娥也一定覺得孤寡無伴，耐不過九秋高天的寒冷。

新評

　　這是一首詠秋月的好詩。詩中寫四更天氣，夜將殘而天未曉，將落山的殘月掛在山尖。詩人不說月將落，卻用了一個動詞：「吐」，立時使詩句有了動感和生氣。樓在夜晚本是暗的，這裡詩人卻用了一個「明」字，其實是江水反射月光的緣故。此兩句被蘇軾譽為「古今絕唱」。從這首詠月詩，可見出杜甫「煉字」與「煉意」的功力。特別是動詞的提煉，一字煉得好，就成為全詩的「詩眼」。「煉字」當以「煉意」為前提，只有切合題旨，適合情境，做到語意兩工，這樣煉出來的字，才具有美的價值。有字無句或無篇，並不足取。只有篇中煉句，句中煉字，且煉字不單是煉聲、煉形，同時也是煉意，才能如沈德潛所說，做到「以意勝，而不以字勝。故能平字見奇，常字見險，陳字見新，樸字見色。」（《說詩晬語》）

〈秋興〉八首

題解

　　〈秋興〉八首是大曆元年（766）秋，杜甫五十五歲旅居夔州時的一組以望長安為主題的七言律詩。興，是「興趣、興味」之意。詩歌因秋興感，傷逝嘆老，格調悲壯而意味深沉。八首詩既蟬聯一體，又各自獨立，結構嚴密、抒情深摯，堪稱杜詩中的藝術珍品。其時安史之亂雖已結束，但吐蕃、回紇卻乘虛而入，藩鎮擁兵割據，時局仍動盪不安。他的摯友先後離開人世，詩人自己漂泊四方且疾病纏身。山城秋色引發了他的故園之思和對京華歲月的懷念。八首詩就是從這個思想脈絡上展開，層層深入。詩風悲壯蒼涼、意境深遠。

◎第四階段　西南漂泊的晚境（760～770）

其一

玉露凋傷楓樹林，巫山巫峽氣蕭森。

江間波浪兼天湧，塞上風雲接地陰。

叢菊兩開他日淚，孤舟一繫故園心。

寒衣處處催刀尺，白帝城高急暮砧。

新解

玉露凋傷楓樹林，巫山巫峽氣蕭森——詩的開始就呈現出秋風蕭瑟冷落淒清的悲涼景色。詩人晚年多病，知交零落，離開成都後，本想沿江而下，不意滯留夔州，心境憂鬱，望秋傷情，寫出孤寂肅殺的詩句。玉露，楓林，霜打紅葉，都是表現肅殺之氣。蕭森：山石崢嶸、古木參天蔽日的樣子。

江間波浪兼天湧，塞上風雲接地陰——三、四句承接一、二句，觸景傷懷，對秋景作進一層渲染。「波浪兼天湧」是自下而上；「風雲接地陰」為自上而下；這兩句以飛動、壯闊的筆觸，創造了一個情景交融的動人意境。江間：這裡指巫峽。兼天：連天，波浪洶湧之狀。塞上：人跡罕至的山川絕地，這裡指巫山。寫景也是在暗示國家現狀和詩人自己的心情。

叢菊兩開他日淚，孤舟一繫故園心——五、六句與三、四句錯綜相映，江間、塞上，是狀其悲愁；而叢菊、孤舟，更寫其悽愴。叢菊兩開：叢菊開了兩次花，指過了兩個秋天。杜甫自去年五月離開成都，原打算循水路出峽向東，後因故滯留於雲安和夔州，至今已兩次見到叢菊開花了。他日淚：往日淚。憶往事而落淚。一繫：總是牽掛繫念。

寒衣處處催刀尺，白帝城高急暮砧——結聯轉入秋思。催刀尺：催動刀尺趕製寒衣。白帝城：在今重慶奉節東的白帝山上，這裡是借指夔州。急暮砧：急促的搗衣砧的聲音。說家家都在趕製寒衣越冬，剛換下來的舊衣也在搗洗，準備收藏。暮色中傳來的聲音，更令客居他鄉的詩

人感到貧寒孤寂，不勝悲涼。詩人說「刀尺」用「催」字，說「暮砧」用「急」字，刀尺催而砧聲急，眼前一片秋景催人，形象化地寫出詩人思念故園、心懷家國的迫切心情。

第一首為八詩之總領。全詩因秋起興，描寫了長江三峽的悲涼秋景，深秋的冷落蕭條，交織著心情的寂寞悽楚，憂時傷事，是整個〈秋興〉八首的發端之作。

其二

夔府孤城落日斜，每倚北斗望京華。
聽猿實下三聲淚，奉使虛隨八月槎。
畫省香爐違伏枕，山樓粉堞隱悲笳。
請看石上藤蘿月，已映洲前蘆荻花。

新解

夔府孤城落日斜，每倚北斗望京華 —— 第一首以「暮」字結尾，這首詩以「落日」開頭。寫詩人身在夔州，心念京華。「望京華」正是這首詩的中心，也是〈秋興〉組詩寫作的主旨。夔府：即夔州。唐太宗貞觀十四年（640），夔州曾設都督府，所以夔州又稱為夔府。京華：長安。長安在夔州北，所以詩人要依著北斗星所在的方向遙望。詩人身在夔州，憂愁臥病，望山城落日而生悲，伏枕聞笳更是哀傷難寐。具體地表達了詩人在戰亂之際，心念京華故國的憂傷心情。

聽猿實下三聲淚 —— 「聽猿實下三聲淚」為「聽猿三聲實下淚」的倒裝句。典出自《水經注・江水》：「巴東三峽巫峽長，猿鳴三聲淚沾裳。」這裡是說，今天聽到猿鳴淒厲，方知古人所言不虛，所以果真灑下淚來。

奉使虛隨八月槎 —— 奉使：指嚴武任西川節度使。槎（ㄔㄚˊ）：

◎第四階段　西南漂泊的晚境（760～770）

木筏。古代傳說中天河與海相通，海邊居民見每年八月海上都有浮槎來去，從不誤期，於是這個人準備了乾糧，乘槎而去。過了很久來到一地，見有城郭屋宇，又見宮中有一女子在織布，還有一男子在牽牛飲水。於是上前問牽牛人：「此為何處？」牽牛人答：「君還至蜀郡訪嚴君平則知之。」此人乘槎返回後，至蜀訪嚴君平，君平說：「某年月日，有客星犯牽牛宿。」計算年月，正是那人到天河的時間。杜甫在這裡化用典故，說自己雖然仍任檢校工部員外郎，但因嚴武之死，而終未能隨他回朝供職。乘槎還能有歸期，而自己卻孤舟長繫，有似乘槎不返，所以這裡說「虛隨」。喻自己望長安就像望天上那樣遙不可及。

畫省香爐違伏枕——畫省：即尚書省。古代尚書省用胡粉塗壁，牆上畫有古代賢人像。尚書郎值夜時，有侍女史二人捧香爐燒香跟在後面，因而此處有「畫省香爐」之說。杜甫所任的檢校工部員外郎，屬尚書省的郎官。「畫省香爐違伏枕」句，是說自己因伏枕臥病而違背了到尚書省供職的心願。

山樓粉堞隱悲笳——山樓：山城，指夔州。粉堞：塗白粉的女牆。這裡借指城牆。悲笳：用蘆葉捲起來吹，稱為笳簫，似觱篥而無孔，用來告知早晚時辰。詩中以笳聲淒涼暗示干戈不休。

請看石上藤蘿月，已映洲前蘆荻花——尾聯寫一夜不寐，不知不覺間，那石上藤蘿梢頭的月亮，已映照到洲前蘆荻花了。嘆時光流逝之速。

其三

千家山郭靜朝暉，日日江樓坐翠微。
信宿漁人還泛泛，清秋燕子故飛飛。
匡衡抗疏功名薄，劉向傳經心事違。
同學少年多不賤，五陵衣馬自輕肥。

新解

　　千家山郭靜朝暉，日日江樓坐翠微——上首詩寫夜，這首詩寫清晨。先從晨景的空寂冷漠、人煙稀少切入，表達自己的孤寂和無聊。「千家」指人煙稀少。郭：外城。通常即指城。「山郭」說夔州地處偏僻。翠微：形容山色青綠。早起坐江樓，賞朝暉，看翠微，似乎不無愜意，然以「靜」來說「朝暉」，就有空寂冷漠之意了。又冠以「日日」二字，更見出詩人無聊而孤寂。

　　信宿漁人還泛泛，清秋燕子故飛飛——二聯進一層鋪敘，漁舟泛泛，燕子飛飛，景致雖好，但「日日」看，就會生厭，「泛泛」、「飛飛」的疊字，透露出詩人的煩惡之意。信宿：再宿，隔夜。一夜曰宿，再宿曰信。謂一天又一天，天天如此苦悶無聊。

　　匡衡抗疏功名薄——匡衡：西漢經學家，曾上疏直言指陳時政得失而升官。杜甫在這裡是反用其事，說自己也曾上疏營救房琯，卻遭貶斥。功名薄：同樣是上疏直言，自己功名卻比不上匡衡。

　　劉向傳經心事違——劉向：西漢經學家。宣帝時曾講授六經，後來成帝又授其官職。杜甫在此也是反用其事，說自己想像劉向一樣傳經，但心事終難實現。寓自己懷才不遇，寫得委婉深沉。

　　同學少年多不賤，五陵衣馬自輕肥——結聯想到同學少年多已騰達，富貴子弟輕裘肥馬，他們既不念故人之流落，更不念家國之殘破，詩人在痛心之餘，也充滿鄙視。五陵：指漢高祖的長陵、惠帝的安陵、景帝的陽陵、武帝的茂陵、昭帝的平陵，都在長安附近，是唐代貴族的聚居之處。此處代指長安。衣馬輕肥：《論語·雍也》中有句云：「乘肥馬，衣輕裘。」輕裘肥馬喻指生活豪奢富貴。這是借貴族之得意，反襯自己的失意。

◎第四階段　西南漂泊的晚境（760～770）

其四

聞道長安似弈棋，百年世事不勝悲。
王侯第宅皆新主，文武衣冠異昔時。
直北關山金鼓振，征西車馬羽書馳。
魚龍寂寞秋江冷，故國平居有所思。

新解

聞道長安似弈棋，百年世事不勝悲——承上一首詩，從慨嘆身世飄零，轉入慨嘆時局，詩人將目光轉向長安，先說長安政局如同弈棋，變化無常。接著說「世事」之「不勝悲」。「百年」是說這種頹局是從唐王朝開國後漸漸日積月累而成，非一朝一夕。聞道：聽說。似弈棋：好像下棋那樣局勢難定。

王侯第宅皆新主，文武衣冠異昔時——二聯進一步寫長安已今非昔比。王侯奔逃，人事更迭，舊宅易主；文武滿朝，宵小彈冠，朝政混亂。衣冠：指官員。異昔時：與從前不同（這裡主要指用人制度），暗責當時的皇帝濫用官員，如玄宗任用番將，而肅宗倚重宦官。

直北關山金鼓振，征西車馬羽書馳——三聯從長安跳出，寫全中國時局。不再是傳聞的口氣，而是寫親聞戰鼓振響，目睹羽書飛馳。志士枕戈、流血邊庭的危急局勢，更襯出自己請纓無路的無奈和哀痛。直北：正北。長安的正北方向即是隴右、關輔地區。金鼓振：指抗擊回紇。征西：征討西方的吐蕃。羽書：插著羽毛的軍用緊急文書。

魚龍寂寞秋江冷，故國平居有所思——結聯又回到自身。戰亂頻繁，國事艱危，詩人卻只能面對秋江惆悵嘆息。秋江冷，詩人的心更寒冷；魚龍寂寞，自己的心更寂寞。「魚龍寂寞」指水族潛入水底。故國：指長安。平居：平日所居之處，引申為回憶長安時的往事。

其五

蓬萊宮闕對南山,承露金莖霄漢間。
西望瑤池降王母,東來紫氣滿函關。
雲移雉尾開宮扇,日繞龍鱗識聖顏。
一臥滄江驚歲晚,幾回青瑣點朝班。

新解

蓬萊宮闕對南山,承露金莖霄漢間——承接上一首,寫所思中的「故國平居」之事,追思記憶中的長安。起句寫蓬萊宮的壯美,想像漢朝的承露銅柱直插雲霄。蓬萊:宮殿名。唐高宗龍朔二年(662)重修後的大明宮,改名為蓬萊宮。承露金莖:指仙人承露盤下的銅柱。漢武帝時,於建章宮西建承露銅盤,也叫「仙人掌」,說飲用承接仙露可延年益壽。這裡是以漢喻唐。霄:雲氣。漢:銀河。

西望瑤池降王母,東來紫氣滿函關——次聯寫想像中的西王母帶著祥雲紫氣降落。王母:古代神話中的女神西王母。瑤池:傳說為西王母居所。東來紫氣:《列仙傳》記載,老子自洛陽過函谷關,關令尹喜登城樓,望見紫氣東來,知有真人過此。後來果見老子乘青牛經過。唐高宗時,追尊老子為太上玄元皇帝。函關即函谷關。

雲移雉尾開宮扇,日繞龍鱗識聖顏——寫皇帝臨朝時的富麗堂皇,驕傲之情溢於言表,為自己曾親睹聖顏而自豪。雲移:形容開扇時如雲彩移動。雉尾:帝王儀仗中用雉尾製成的扇。開宮扇:唐玄宗開元中,蕭嵩上疏建議,皇帝每月朔、望日受朝於宣政殿,上座前要用羽扇遮擋,坐定後始開扇。後來定成一種朝儀(見《唐會要》卷二十四)。龍鱗:指皇帝衣服上的龍紋裝飾,此處借指龍袍。

一臥滄江驚歲晚,幾回青瑣點朝班——滄江:江水呈現青蒼色,故

◎第四階段　西南漂泊的晚境（760～770）

稱。此處指巫峽。歲晚：暮年。青瑣：未央宮的宮門名，門窗鏤著連環花紋，塗青色，故稱青瑣。這裡泛指宮門。點朝班：指百官等候傳點朝見皇帝。末兩句情緒急轉直下，表達了自己臥病巫峽、年事已高的感傷心境。

其六

瞿塘峽口曲江頭，萬里風煙接素秋。
花萼夾城通御氣，芙蓉小苑入邊愁。
珠簾繡柱圍黃鵠，錦纜牙檣起白鷗。
回首可憐歌舞地，秦中自古帝王州。

新解

瞿塘峽口曲江頭，萬里風煙接素秋──瞿塘峽：長江三峽之一。位於夔州東面，今重慶奉節境內。曲江：又名曲江池，在長安城南朱雀橋東，為唐時的遊覽勝地。接：謂兩地風煙相連。素秋：據《禮記·月令》載：「秋之時，其色尚白。」故有「素秋」之說。

花萼夾城通御氣，芙蓉小苑入邊愁──花萼：樓名。在長安興慶宮西南角。夾城：指興慶宮至曲江芙蓉園依城修築的複道，是玄宗開元二十年（732）時為帝妃們遊曲江而修的專用通道，所以這裡說「通御氣」。芙蓉小苑：即指芙蓉園，在曲江西南，是玄宗常遊之地。入邊愁：指安史叛軍在邊疆作亂，驚破了長安的太平夢。

珠簾繡柱圍黃鵠，錦纜牙檣起白鷗──珠簾繡柱：形容曲江行宮別院樓亭建築之華麗。黃鵠：傳說中仙人所乘的大鳥。錦纜牙檣：檣指桅杆，形容曲江上的遊船之華美。

回首可憐歌舞地，秦中自古帝王州──秦中：關中。此處借指長安。帝王州：帝王建都之地。詩人身在瞿塘峽，心馳曲江頭。想像當年皇

上和妃子們沿著複道遊覽，來往於花萼樓和曲江之間，伴隨著珠簾繡柱起舞的是仙騎黃鵠，在豪華遊船旁飛起的是點點白鷗。詩人由所處之地寫到所思之地，兩地雖相隔萬里，秋氣卻貫通連接。詩中隱隱譴責帝王因貪圖安逸享樂，才引來了國難邊愁，表達了詩人憂國憂民的哀傷感慨。

其七

昆明池水漢時功，武帝旌旗在眼中。
織女機絲虛夜月，石鯨鱗甲動秋風。
波漂菰米沉雲黑，露冷蓮房墜粉紅。
關塞極天唯鳥道，江湖滿地一漁翁。

新解

昆明池水漢時功，武帝旌旗在眼中——首聯回憶長安昆明池上昔日旌旗飄動的繁華景象。昆明池：在長安西南二十里處，是漢武帝於元狩三年（前120）所挖，用於水兵演習。武帝：字面上指漢武帝，這裡比喻玄宗，因玄宗有一尊號「神武皇帝」。

織女機絲虛夜月，石鯨鱗甲動秋風——接下來的四句是想像中昆明湖的沉寂和荒涼：石雕的織女靜靜地立在月夜裡，石鯨的鱗甲彷彿在秋風中閃動。織女：指昆明池上的織女石像。虛夜月：意思是說石像整日整夜都在織，但卻什麼都沒有織出來。石鯨：指昆明池中用玉石雕成的鯨魚。傳說每逢雷雨，魚就會動起來。所以詩中有「鱗甲動秋風」之說。

波漂菰米沉雲黑，露冷蓮房墜粉紅——菰米如黑雲浮在水面，荷花為冷池塗上粉紅。菰（ㄍㄨ）米：即今天的茭白，一種禾本科植物，生於淺水中，結實如米，可做飯。沉雲黑：形容茂密、一望無際的樣子。蓮房：即蓮蓬。形象和色彩的強烈對比，襯托出一片寂寥。

關塞極天唯鳥道，江湖滿地一漁翁——關塞極天：指從夔州遠望長

◎第四階段　西南漂泊的晚境（760～770）

安，只見一片崇山峻嶺，連綿不斷，好像唯有一條鳥道可通秦地。詩人自己孤零零地立在山川連綿的盡頭，漂泊在茫茫江湖，就像漁翁一樣。抒發了浪跡天涯、漂泊江湖的無奈、悲涼之情。

其八

昆吾御宿自逶迤，紫閣峰陰入渼陂。

香稻啄餘鸚鵡粒，碧梧棲老鳳凰枝。

佳人拾翠春相問，仙侶同舟晚更移。

彩筆昔曾干氣象，白頭吟望苦低垂。

新解

昆吾御宿自逶迤，紫閣峰陰入渼陂——回憶昔日在長安郊遊的情景。昆吾是長安的一處地名，其地有亭。御宿即御宿川，因武帝曾住宿在這裡而得名。都是漢武帝時的建築，是由長安去渼陂的必經之地。逶迤：路途曲折漫長之意。紫閣峰：終南山的山峰。渼陂：湖水名，在紫閣峰下，杜甫曾遊此地。

香稻啄餘鸚鵡粒，碧梧棲老鳳凰枝——「香稻」兩句是「鸚鵡啄餘香稻粒，鳳凰棲老碧梧枝」的倒裝。謂香稻太多，鸚鵡啄之而有餘；碧梧高大，鳳凰棲之而安穩。言此地物產之豐富。

佳人拾翠春相問，仙侶同舟晚更移——拾翠：採拾花草，指遊園。仙侶：形容遊春的伴侶美如天仙。移：移船。

彩筆昔曾干氣象，白頭吟望苦低垂——彩筆：指文采橫溢的筆。干：干預，涉及。詩人感嘆自己曾以擁有「五彩筆」而豪興滿懷，今雖美景依舊，自己卻只能寄身夔府，徒然地白頭吟望了，言外有一種無奈的感慨。此章可視為是〈秋興〉八首的一個總結。詩人懷思唱嘆，含不盡之意於言外。

新評

〈秋興〉可以說是杜甫晚年藝術成就的高峰。在章法結構、聲律節奏、情景交融及對比、煉字等方面，都很有建樹。

〈秋興〉結構嚴密、八首詩首尾呼應，層層遞進，次第蟬聯。我們甚至很難轉換其次序。詩的前三首都是寫夔州。第一首以夔州的秋景起興，渲染出蕭森陰冷、令人動盪不安的氣氛；而「叢菊兩開他日淚，孤舟一繫故園心」句，則表達出詩人心繫長安之情。第二首承接了第一首的「急暮砧」，寫詩人在夔府的暮景中，對兵戈不息表示憂慮，寫詩人晚年臥病的寂寞心情；「每倚北斗望京華」又再次表達了詩人對長安的懷念。第三首承第二首的夜色，寫秋日晨景。眼前雖江色寧靜，但詩人想到自己報國無門，心願難成，不禁悲從中來。前三首的共同點都是寫詩人心繫故國，但又憂鬱難安。

第四首是〈秋興〉的一個轉捩點，詩人開始寫長安了。時局不穩、邊境紛亂，不由憶起往日長安的繁華。第五首寫昔日長安宮殿的壯麗，回憶自己曾「識聖顏」的美好。第六首寫帝王的奢華遊宴，因而引起無窮的戰亂和「邊愁」，以致斷送了「自古帝王州」，含蓄地表達對帝王的譴責；第七首將昔日的國力強盛、物產富饒和今天的沉寂荒涼作鮮明的對比；第八首則記遊長安勝地的豪情。八首詩前後呼應，前四首寫夔州涉及長安，後四首寫長安不離夔府，表達出詩人身在夔府、心繫京華的胸中鬱結。

杜甫善用雙聲和疊韻表達情感。如「直北關山金鼓振，征西車馬羽書馳」二句，就運用了緊湊的韻律：「直」、「北」連用，「關」、「山」疊韻，上句的尾字「振」與下句的字頭「征」雙聲，聲律節奏更顯緊密，具體地表達了北方戰況緊張的效果。詩人還善於運用句子節奏來表達感情。如七律的句子節奏多為先四後三，但詩人在第二首末句，卻用了先二後五的節奏，如「請看／石上藤蘿月，已映／洲前蘆荻花」，讀來有一種驚心

◎第四階段　西南漂泊的晚境（760～770）

之感，有效地表達了詩人從夢幻中驚醒的惶悚心情。

　　杜甫曾有「語不驚人死不休」之語，十分注重字詞的錘鍊。〈秋興〉中隨處可見其煉字之功力。如第六首中「瞿塘峽口曲江頭，萬里風煙接素秋」句中，「風煙」與「烽煙」同音，影射戰火。雖然瞿塘與曲江相去萬里，但因「風煙」而竟能相接起來。但詩人在這裡寫的並不是「接」，而是「離散」，這就有了一種諷刺意味，更反襯出詩人不能歸去的離愁別緒。再如第三首中的「信宿漁人還泛泛，清秋燕子故飛飛」句。漁人留宿江上，彷彿詩人留在夔州難返長安一樣；而本可以自由飛去的燕子，卻在江面久久徘徊不去，好像在揶揄詩人之不能歸去。這裡用了「還」與「故」兩個字，更襯出詩人戀京華而難歸的悲苦心境。讀〈秋興〉八首，使人強烈地感受到一種大至國家民族、小至個人自我的深沉滄桑之痛，是杜甫詩中非常有價值的藝術珍品。

〈詠懷古蹟〉五首（選二）

題解

　　這組詩寫於唐代宗大曆元年（766）秋，當時杜甫客居夔州。五首詩分別吟詠與三峽相關的古蹟，與五個歷史人物相關，分別是庾信、宋玉、昭君、劉備、諸葛亮。作者緬懷歷史人物，藉以抒發身世之悲。這裡選的是其二與其三。

其二

搖落深知宋玉悲，風流儒雅亦吾師。
悵望千秋一灑淚，蕭條異代不同時。
江山故宅空文藻，雲雨荒臺豈夢思？
最是楚宮俱泯滅，舟人指點到今疑。

新解

　　搖落深知宋玉悲，風流儒雅亦吾師——因秋起興，說自己面對草木搖落的秋景，便深深地體會到了宋玉寫〈九辯〉時的悲情，他文采風流，也是我的老師。宋玉：戰國時楚國的辭賦家。他曾在〈九辯〉中借秋天草木凋零寫自己的身世，其辭曰：「悲哉，秋之為氣也！蕭瑟兮草木搖落而變衰。」

　　悵望千秋一灑淚，蕭條異代不同時——相隔千秋，我惆悵地灑淚遙望，感嘆他寂寞地生活在不同的年代，恨不得與他成為同時代人。宋玉生活的年代距杜甫此時已有千年，故有千秋之說。蕭條：指身世坎坷、淒涼。

　　江山故宅空文藻，雲雨荒臺豈夢思——你在歸州的舊宅早已荒廢，空留下華麗的文辭，那雲雨荒臺的故事本是託物諷諫，豈能是夢中所思？江山故宅：指位於三峽中的歸州（今湖北秭歸）的宋玉故居。空文藻：故宅已荒廢無存，但文章辭藻還在流傳。雲雨荒臺：指宋玉〈高唐賦〉中所寫的楚懷王與巫山神女相會的故事。楚懷王遊高唐觀，夢一婦人自稱巫山神女，前來求愛，說：「妾在巫山之陽，高丘之岨，旦為朝雲，暮為行雨，朝朝暮暮，陽臺之下。」豈夢思：難道是夢中所思嗎？意思是說宋玉所作的〈高唐賦〉並非夢話，這裡有諷刺楚王好色之意。

　　最是楚宮俱泯滅，舟人指點到今疑——最可哀的是楚宮及高唐觀全都泯滅無存了。但船夫們仍在指點議論著這些遺址，令人們將信將疑，不知它們是否真的存在過。詩中隱含著因滄桑鉅變而生的悲涼感慨。

新評

　　第二首前半部分感慨宋玉生前的懷才不遇，後半部分為其身後的落寞鳴不平。杜甫一向欽慕這位著名辭賦家的才華，而今見草木搖落，景

◎第四階段　西南漂泊的晚境（760～770）

物蕭條，故宅荒臺，不禁觸景生情，感慨萬千。歷史陳跡和內心的哀傷交融在一起，詩人悲從中來，感嘆今無知己，潸然淚下。詩人是在為宋玉鳴不平，也是在哭泣自己的命運。全詩議論精闢，發人深省。

其三

群山萬壑赴荊門，生長明妃尚有村。
一去紫臺連朔漠，獨留青塚向黃昏。
畫圖省識春風面，環珮空歸月夜魂。
千載琵琶作胡語，分明怨恨曲中論。

新解

群山萬壑赴荊門，生長明妃尚有村——千山萬壑逶迤不斷，由三峽直至荊門，此地還遺留著生長明妃的山村。荊門：山名，在今湖北宜都西北的長江邊上。赴：形容山如波濤一樣，奔赴騰躍有動感。明妃：即王昭君，漢元帝時的宮女，後嫁給匈奴呼韓邪單于。晉人為避晉文帝司馬昭之諱，改稱其為「明妃」，這個稱呼後來被唐人沿用。村：這裡指昭君村，在湖北秭歸東北之南妃臺山下。

一去紫臺連朔漠，獨留青塚向黃昏——一別漢宮，她嫁到北方的荒漠，只留下青塚一座在黃昏裡孤零零。紫臺：漢代有宮名紫宮，這裡泛指漢朝的宮殿。連朔漠：連接朔方以北的大漠，也代指連接匈奴。青塚：昭君墓，在今內蒙古呼和浩特南。《歸州圖經》記載：「胡中多白草，王昭君塚獨青，號曰青塚。」

畫圖省識春風面，環珮空歸月夜魂——「畫圖」句有一典故：漢元帝時宮女甚多，帝王便讓畫工為宮女畫像，元帝憑畫選召宮女。宮女們於是紛紛賄賂畫工。王昭君不肯行賄，畫工便將她畫得很醜。皇帝憑畫像選派昭君去匈奴和親，臨行前才發現她竟是後宮第一美人。省識：辨

認。春風面：形容女子面容美麗。環珮：指昭君的首飾。這句是說昭君已葬身朔漠，只有在月夜裡，才能聽到她的魂魄歸來的環珮聲。

千載琵琶作胡語，分明怨恨曲中論——琵琶：西北民族的一種彈撥樂器。胡語：北方少數民族的樂曲。這句是說，千載以後，琵琶曲好像還在用胡語訴說，曲中傾訴的昭君心中的怨恨，聽起來是多麼分明。

新評

「群山萬壑赴荊門」，起句便突兀奇絕，不同凡響，一個「赴」字，畫龍點睛，使山水充滿了動感和生機。次句則似電影中的「定格」，點明古蹟所在，一個「尚」字，傳達出一種「斯人已去，而江村古落依舊」的寂寞感。上下句動靜相間，相互映襯。頷聯概括了昭君一生的悲劇。以簡潔的文字，寫出無窮的感慨。以「紫臺」對「青塚」，一雍容華貴，一淒涼冷清，在色調上形成了鮮明的對比；「朔漠」和「黃昏」又烘托出一種淒涼的氛圍。字裡行間透出強烈的悲劇色彩。青塚瑟瑟，暮靄沉沉，使人聯想到「此恨綿綿無絕期」。頸聯由詠古蹟轉向了議論，揭示造成昭君悲劇的原因：由於漢元帝昏庸，「按圖召幸」，才讓小人有機可乘，害昭君遺恨終身。「空歸」二字寫得肝腸寸斷。「春風面」與「月夜魂」更是對比強烈，令人慘痛欲絕。尾聯詠嘆昭君的命運，主題落在「怨恨」二字。作者既同情昭君，也感慨自身，毫不隱諱地以怨恨作為一詩歸宿，正是「卒彰顯其志」。

「看杜詩如看一處大山水，讀杜律如讀一篇長古文」。（黃生《杜詩說》）詩題為「詠懷古蹟」，重心是在詠懷。如果只以昭君之怨作結，只能算是詠史。詩人借古抒懷，詠宋玉，是慨嘆自己懷才不遇；詠昭君，是譴責君王美惡不分；杜甫是在借古人的酒杯，澆自己胸中之塊磊啊！

◎第四階段　西南漂泊的晚境（760～770）

〈洞房〉

題解

此詩當是大曆元年（766）在夔州作。詩人望秋月而感嘆楊貴妃之死的往事，抒發懷念故國之情。

洞房環珮冷，玉殿起秋風。
秦地應新月，龍池滿舊宮。
繫舟今夜遠，清漏往時同。
萬里黃山北，園陵白露中。

新解

洞房環珮冷，玉殿起秋風——貴妃歿後，洞房中的環珮早已變冷，秋風起處，玉殿中一片蕭瑟。

秦地應新月，龍池滿舊宮——秦地就該升起新月了，興慶宮裡龍池中的水，想也滿了。龍池：池名，在興慶宮（今西安興慶公園內）。以上四句均為作者想像之景。

繫舟今夜遠，清漏往時同——今夜我將一葉扁舟停泊在夔州，遠遠地望著，遙想當年曾一同聽過禁中的清漏。

萬里黃山北，園陵白露中——可嘆那萬里之外的黃山北面，園陵隱現在一片晶瑩的秋草白露之中。黃山：宮名。園陵：指漢武茂陵（在今陝西興平），在黃山宮北側。這裡是借指明皇所葬之地泰陵（在今陝西蒲城）。

新評

此詩前四句寫想像中的長安秋夜之景，雖是虛構，卻意境華美，詩人用「環珮」、「玉殿」、「秋風」等形象，更襯托出物是人非的淒涼。後四

句實寫自己身處夔州的實景，感嘆時間流逝，抒發懷念故國的情感。

〈洞房〉與同時所作的〈宿昔〉、〈能畫〉、〈鬥雞〉等八首，雖未標出總題目，但就內容而言，實為組詩。〈洞房〉為諸詩的緣起，都是寫於客居夔州時，因秋夜景色淒涼，聯想到往日宮中之行樂。為杜甫追憶長安往事、藉以警示當時君臣的暗含諷諭之作。

〈宿昔〉

題解

此詩與〈洞房〉寫於同一時間。上承〈洞房〉詩末句，追敘唐玄宗生前遊幸等事，暗含諷意。

宿昔青門裡，蓬萊仗數移。
花嬌迎雜樹，龍喜出平池。
落日留王母，微風倚少兒。
宮中行樂祕，少有外人知。

新解

宿昔青門裡，蓬萊仗數移 ── 青門：漢代長安城東面南頭第一門叫霸城門，門飾以青色，故俗稱青門。此代指長安。蓬萊：唐宮殿名。蓬萊仗數移：屢見仙杖由蓬萊宮移動到曲江南苑去。

花嬌迎雜樹，龍喜出平池 ── 嬌花雜樹一路相迎，小龍從平池飛出，跟隨御駕飛往西南。龍喜：據《明皇十七事》記載，傳說天寶中，興慶池中常有小龍出遊於宮垣水溝中……鑾輿西幸，龍一夕乘雲雨望西南而去。平池：即興慶池。

落日留王母，微風倚少兒 ── 王母：古代神話傳說中的女仙西王母的簡稱。這裡喻指楊貴妃，因其曾度為道士，唐人將其比之王母。少兒：

◎第四階段　西南漂泊的晚境（760～770）

西漢平陽侯婢女衛媼之次女的名字，她曾與霍仲孺私通，生霍去病，又嫁與陳掌為妻。這裡是暗指作風放蕩、與唐玄宗有染的秦國夫人和虢國夫人。這兩句是說：唐玄宗在日暮時仍和貴妃戀戀不捨，在微風中與秦、虢二夫人相倚作樂。

宮中行樂祕，少有外人知──深宮中行樂的祕密情景，一定少有外人知道。

新評

還有一句沒說出來的意思：這些今天又在何處呢？結尾含有諷意。杜甫的這首詩實是〈洞房〉五律八章之第二首。這組詩「皆追憶長安之往事，語兼諷刺，以警當時君臣，圖善後之策也。」（《杜臆》）其諷諭傾向明顯，但意境沉鬱，讀之令人感傷，很耐人尋味。

〈鸚鵡〉

題解

大曆元年（766），杜甫客居夔州時，曾寫了不少詠物詩，這是其中之一。此詩以鸚鵡自況，表達了才士失路、苦於拘束，無法施展之苦悶。

鸚鵡含愁思，聰明憶別離。
翠衿渾短盡，紅嘴漫多知。
未有開籠日，空殘舊宿枝。
世人憐復損，何用羽毛奇。

新解

鸚鵡含愁思，聰明憶別離──鸚鵡滿懷著愁思，因其生性聰明而時時勾起離情別緒。

翠衿渾短盡，紅嘴漫多知 ── 它那翠綠色的羽毛簡直快被剪光了，只剩下那張紅嘴在顯其知道得多。翠衿：翠綠色的羽毛。渾：簡直。

未有開籠日，空殘舊宿枝 ── 不會有開籠放飛的日子了，空留下往日棲息過的枝頭。

世人憐復損，何用羽毛奇 ── 世人愛憐牠卻又傷害牠，牠又何必生就這出奇的羽毛呢？

新評

杜甫在夔門客居期間，作了一批數量可觀的詠物詩，被稱為詩歌中的寓言。在這首詩中，詩人將鸚鵡這種能言之鳥，作為抒發自己別離愁思的意象。一代詩聖滯留夔州兩年，戰禍不斷，故舊凋零，無家可歸，於是借物而抒發心中的不平。詩中的鸚鵡，徒有聰明才智和翠綠色的羽毛，還不是被束縛在籠中虛度青春、空耗年華嗎？這和詩人的境況正有相近之處。看似瑣事漫語，其中含有深意，在鮮麗的意象中，寄寓著詩人那蒼涼沉鬱的生命體驗。語言揮灑自如，意味深長。

〈孤雁〉

題解

這首詠物詩於大曆元年（766）杜甫客居夔州時作。借孤雁念群表達兄弟間隔絕之痛。交融了作者曲折而細膩的思想感情，堪稱絕佳。

孤雁不飲啄，飛鳴聲念群。
誰憐一片影，相失萬重雲？
望盡似猶見，哀多如更聞。
野鴉無意緒，鳴噪自紛紛。

◎第四階段　西南漂泊的晚境（760～770）

新解

　　孤雁不飲啄，飛鳴聲念群——開篇即畫出一隻不吃不喝的「孤雁」，一個勁兒地飛著、叫著，追尋和思念著自己的同伴！情感熱烈而執著。清人浦起龍評曰：「『飛鳴聲念群』，一詩之骨。」（《讀杜心解》）

　　誰憐一片影，相失萬重雲——此聯以「誰憐」二字設問，境界倏然開闊。有誰憐惜這「一片影」似渺小的孤雁呢？牠與同伴們相失在高遠浩茫的「萬重雲」間，天高路遙，牠的心情該是多麼焦慮、迷茫、無助啊！在這裡，孤雁就是詩人的化身，達到了物我交融、渾然一體的境界。

　　望盡似猶見，哀多如更聞——三聯刻劃孤雁的心理：望盡天際，還在望啊！望啊！彷彿失去的雁群老在眼前晃動；哀喚聲聲，喚啊！喚啊！似乎總是聽見同伴們的鳴聲。這是寫孤雁被思念折磨得太苦、太苦，以致產生了幻覺。哀痛欲絕，泣血含淚，將孤雁被痛苦煎熬的心理寫得十分傳神。浦起龍評析：「唯念故飛，望斷矣而飛不止，似猶見其群而逐之者；唯念故鳴，哀多矣而鳴不絕，如更聞其群而呼之者。寫生至此，天雨泣矣！」（《讀杜心解》）

　　野鴉無意緒，鳴噪自紛紛——結尾用了陪襯對比的筆法，說野鴉們全然不懂孤雁念群之心，還一個勁兒在那裡聒噪，寫出了詩人對野鴉的厭惡。暗喻了杜甫找不到知己，卻不得不聽俗夫庸人們絮叨，那種厭惡無聊的心緒。

新評

　　詩人流落他鄉，與親朋故舊天各一方，孤獨是他詩中常見的主題。這孤零零的雁，寄寓了詩人自己的影子。他是在詠物寄懷，詩中表達的情感是濃郁悲壯的，雁那種孤苦無依、泣血呼號、不顧自身處境的安危，燃燒著生命去不倦地追尋的精神，簡直就是逐日的夸父、填海的精衛，牠的精神真是太感人了。

就藝術技巧而言，詩人用語傳神如大匠運斤，自然渾成，全無斧鑿之痕。特別是中間兩聯，意境高遠，在幻境中推出浩渺雲空中的鳴聲雁影，如同電影中的特技鏡頭，有神奇的效果，不愧為千古詩壇的大手筆。

〈閣夜〉

題解

這首詩是詩人在大曆元年（766）冬寓居夔州西閣時所作。「閣夜」即是記述西閣之夜的所見所聞。當時西川軍閥割據，混戰不斷；吐蕃也不斷侵襲蜀地。而杜甫的好友鄭虔、李白、嚴武、高適等人也都先後故去，杜甫的心情異常沉重。這首詩感時憶舊，表現冬夜三峽一帶動盪蕭索之景，是傷亂思鄉心情的真實寫照。

歲暮陰陽催短景，天涯霜雪霽寒宵。
五更鼓角聲悲壯，三峽星河影動搖。
野哭千家聞戰伐，夷歌幾處起漁樵。
臥龍躍馬終黃土，人事音書漫寂寥。

新解

歲暮陰陽催短景，天涯霜雪霽寒宵——開首二句點明時間。歲暮：指冬季。陰陽：古人所指的構成天地宇宙的陰陽二氣，這裡指日月。催：形容時光飛逝。短景：冬季夜長晝短，故云「短景」。景，同「影」。天涯：指夔州，是與京都和故鄉相對而言，又有淪落天涯之意。霽：原意指雨後初晴，這裡指霜雪初散，寒光照射著寒冷的長夜。在這淒涼的寒宵，浪跡天涯的詩人不由感慨萬千。

五更鼓角聲悲壯，三峽星河影動搖——頷聯寫夜中所聞所見。鼓

◎第四階段　西南漂泊的晚境（760～770）

角：指古代軍中用以報時和發號施令的鼓聲、號角聲。上句寫黎明時分，愁人不寐，鼓角聲更顯得悲涼。從側面烘托出夔州一帶兵戈未息、戰爭頻繁的氣氛。下句說雨後天宇澄澈，群星映照著峽江，星影在江流中搖曳不定。上句是對時局的深切關懷，氣勢蒼涼恢弘；下句是對三峽深夜美景的讚嘆，辭采清麗奪目。前人讚揚此聯寫得「偉麗」。

　　野哭千家聞戰伐，夷歌幾處起漁樵 —— 頸聯寫拂曉所聞。野哭：曠野中的哭聲。聽到征戰的消息，千家慟哭，哀聲四起，其景悽慘。戰伐：指當時崔旰等人的混戰，帶給蜀地人民的災難。夷歌：指當地少數民族唱的難懂的歌謠。夔州是民族雜居之地，杜甫客寓此間，在深夜聽到漁夫樵子的「夷歌」不時傳來，這兩句將偏遠夔州的環境真實生動地表現出來。

　　臥龍躍馬終黃土，人事音書漫寂寥 —— 末聯寫極目遠眺夔州西郊的武侯廟與東南的白帝廟而生發的無限感慨。臥龍：指諸葛亮。躍馬：是化用左思〈蜀都賦〉「公孫躍馬而稱帝」句，指西漢末年割據蜀地的軍閥公孫述，稱帝十二年，後被光武帝劉秀所滅。黃土：終歸黃土，指死亡。人事：指交遊。漫寂寥：任其寂寞和寥落。結尾二句，是詩人對人世滄桑的感嘆，他舉諸葛亮和公孫述為例，說明賢愚忠逆如今都已同埋於黃土，個人的寂寞和遭遇，就任憑它去吧！

新評

　　全詩氣象雄闊，俯仰古今，寫得非常有氣勢。胡應麟稱讚此詩說：「氣象雄蓋宇宙，法律細入毫芒」，並說它是七言律詩的「千秋鼻祖」。其詩筆力蒼勁，靈氣飛揚，極見藝術功力。其中「五更鼓角聲悲壯，三峽星河影動搖」兩句尤為後人所稱道。《石林詩話》說：「七言難於氣象雄渾，句中有力，而紆徐不失言外之意，自老杜『錦江春色來天地，玉壘浮雲變古今』與『五更鼓角聲悲壯，三峽星河影動搖』等句之後，常恨無復繼者。」

結聯表面為曠達之語，其中卻深含著憤激和無可奈何的悲涼之情，隱約透露出詩人內心的矛盾與苦惱。盧世認為此詩「意中言外，愴然有無窮之思」，頗有見解。

〈縛雞行〉

題解

此詩當於大曆元年（766）冬，在夔州西閣作。此詩借物詠懷，饒有理趣。

> 小奴縛雞向市賣，雞被縛急相喧爭。
> 家中厭雞食蟲蟻，不知雞賣還遭烹。
> 蟲雞於人何厚薄？吾叱奴人解其縛。
> 雞蟲得失無了時，注目寒江倚山閣。

新解

小奴縛雞向市賣，雞被縛急相喧爭——首聯寫童僕將雞綁緊，準備到市上去賣，雞叫著掙扎的情景。

家中厭雞食蟲蟻，不知雞賣還遭烹——家裡人討厭雞吃蟲蟻，豈不知雞一賣，就會遭到被烹殺的厄運。

蟲雞於人何厚薄？吾叱奴人解其縛——蟲和雞對人來說，哪個厚、哪個薄呢？於是我喝斥童僕為雞鬆綁。

雞蟲得失無了時，注目寒江倚山閣——計較這種雞蟲得失沒完沒了，於是我倚在西閣，放眼向遠處的寒江望去。山閣：即西閣。「雞蟲得失」後成為成語，比喻無關緊要的細微得失。

◎第四階段　西南漂泊的晚境（760～770）

新評

　　杜甫的〈縛雞行〉在一般的選本中不多見，但的確是一首意味深長的好詩。因惜蟲而將吃蟲的雞賣掉，誰知被賣的雞也將被人吃，雞蟲難以兩全，怎麼辦？唯有放眼遠望、不再去想這種小小的利害得失。用一件生活瑣事表現哲理的思索，讓人留下無窮的回味。

　　我們不能笑話杜甫是庸人自擾，因為雞和蟲都是生命，《易傳》云：「天地之大德曰生。」儒家的傳統一向重視生命。在現代倫理學看來，人類的同情心和微小的善念，都是展現在一點一滴的小善行中，值得珍視。杜甫不僅有這樣的情感和意識，更重要的是，他還用生花妙筆將這些轉瞬即逝的情境記錄下來，打動了後世千秋萬代的讀者。更妙的是，這首詩的結句，從雞蟲不能兩全這件生活瑣事中，詩人一定也聯想到人世間諸如宦海沉浮、命運窮通等，但作者並不說破，說破了則失之含蓄。詩人巧妙地宕開一筆，卻去描繪倚閣望遠的深思形象，令人感受到「多少事，欲說還休」。讀者的思緒可借審美聯想而自由飛騰，真正做到了言有盡而意無窮。

〈遣悶戲贈路十九曹長〉

題解

　　此詩於大曆二年（767）春在夔州作。曹長是官名，尚書郎、郎中的別稱。路十九曹長：其名不詳，從詩中可看出是杜甫過從甚密的朋友。

　　江浦雷聲喧昨夜，春城雨色動微寒。
　　黃鸝並坐交愁溼，白鷺群飛太劇乾。
　　晚節漸於詩律細，誰家數去酒杯寬。
　　唯君最愛清狂客，百遍相過意未闌。

新解

　　江浦雷聲喧昨夜，春城雨色動微寒——昨夜江邊雷聲喧鬧，今晨滿城都籠罩在雨色之中，顯得有些寒冷。江浦：指夔江岸邊。春城：指夔州。

　　黃鸝並坐交愁溼，白鷺群飛太劇乾——枝頭兩隻黃鸝並排交頸而坐，好像在為羽毛溼了而一起憂愁，白鷺成群地飛在雨中，那羽毛就更難乾了。太劇乾：甚難乾。

　　晚節漸於詩律細，誰家數去酒杯寬——越到晚年，我對詩律的要求就越用心精細，誰家去得次數多了，還能總是有很多的酒？數去：數次前去。酒杯寬：形容酒多。

　　唯君最愛清狂客，百遍相過意未闌——唯有你最喜歡狂放的客人，即便我去了你家一百遍，你也不會意興索然。

新評

　　詩人在下雨天閒坐家中，苦悶無聊，於是寫了這首遊戲之作，向他的朋友路十九曹長要酒喝。小詩寫得幽默風趣，從這個側面可了解杜甫的日常生活。即使是解悶之作，信手寫來，其詩也寫得情景交融，意境很美。其中「晚節漸於詩律細」之句，表現出杜甫在詩歌藝術上的追求，成為被後世詩人及詩評家引用頻率很高的名言警句。

〈畫夢〉

題解

　　此詩當作於大曆二年（767）二月，其時杜甫流離在夔州。「畫夢」即白日夢。沉重的憂國思鄉之情，使窮病潦倒的詩人鬱積成胸中塊磊，連白日小憩也總是夢見故國君臣、舊鄉門巷。詩題中隱含有自嘲之意和悲憤之情。

◎第四階段　西南漂泊的晚境（760～770）

二月饒睡昏昏然，不獨夜短晝分眠。
桃花氣暖眼自醉，春渚日落夢相牽。
故鄉門巷荊棘底，中原君臣豺虎邊。
安得務農息戰鬥？普天無吏橫索錢。

新解

「二月饒睡昏昏然」四句 —— 解釋晝寢入夢的緣由。饒：多。饒睡：貪睡。為何我在二月裡整日昏昏欲睡？不單單是晝長夜短的緣故？雖然二月裡桃花盛開、暖意融融，人易產生「春困」，但「不獨」二字暴露了內心祕密，揭示出詩人平生憂念家國，操心焦慮，積勞成疾；如今身值亂離，憂思更甚，這才是神志倦怠的真正原因。晝分：二月是晝夜平分之時，故稱。也有稱晝分指中午的說法。「桃花氣暖眼自醉，春渚日落夢相牽」，意思是暖暖的桃花氣使我的眼醉得睜不開，日落沙洲了，我還是夢魂牽繞。

故鄉門巷荊棘底，中原君臣豺虎邊 —— 這兩句是夢中所見情景：故鄉的街巷淹沒在荒涼的野草和荊棘叢下，中原的君臣被困在虎狼身邊。豺虎：這裡比喻賊寇。俗話說：「日有所思，夜有所夢。」詩人一闔眼，便彷彿看到安史亂軍掠奪燒殺後的故鄉，村莊裡蒿草叢生，荊棘遍地，國家危難、百姓疾苦，時時縈繞在詩人心頭，連白日都要成夢，更可見憂思之深。

安得務農息戰鬥？普天無吏橫索錢 —— 這兩句是夢醒後的思考和議論，承接夢境中的思緒：既然國事凋零、民不聊生，唐王朝只有盡快結束戰爭，讓農民回到土地上工作，百姓安居樂業，普天之下也不再有官吏橫征暴斂，這樣國家才有希望。結尾表達了詩人對戰爭的厭惡、對貪官的憎恨，對百姓的關切，對清明政治的嚮往。

新評

　　《論語・公冶長》云：「宰予晝寢，子曰：『朽木不可雕也，糞土之牆不可杇也，於予與何誅？』」這裡杜甫借用宰予晝寢的典故，借「晝夢」的詩題作詩，其實是想表達心中所想。

　　詩的前四句寫晝夢之緣由，筆下一派春景，暖意融融；五、六句記夢中所見，畫出愁雲慘霧的險惡環境；末二句是夢醒後的議論，說出心中的希望。詩中忽而春光明媚，忽而愁山霧海，對比強烈，更反襯出憂國憂民的心情之烈。

　　金聖歎說：「『不獨』二字，一直注到『眼自醉』，『夢相牽』，此是何等筆力，亦何等章法！言眼自醉耳，非我欲睡也；夢相牽耳，非我欲睡也；世人皆醉，我何獨醒？世人皆夢，我何不夢？」（《杜詩解》）表面看來，杜甫是在人們清醒的白天昏睡做夢，事實上，詩人恰恰是紙醉金迷的亂世中，一位頭腦最清醒、最有民本意識的知識分子。

〈喜觀即到，復題短篇〉二首

題解

　　此詩當是大曆二年（767）暮春時杜甫在夔州（今重慶奉節）作。此前杜甫得知弟弟杜觀要來夔，喜作〈得舍弟觀書，自中都已達江陵。今茲暮春月末，行李合到夔州，悲喜相兼，團圓可待，賦詩即事，情見乎詞〉云：「爾到江陵府，何時到峽州？亂離生有別，聚集病應瘳。颯颯開啼眼，朝朝上水樓。老身須付託，白骨更何憂？」這首詩題中的「復題」，就是意猶未盡，緊接上題再作之意。寫杜觀將到夔州，杜甫乍接來書的悲喜交集之情。是兩首感染力很強的抒情小詩。

313

◎ **第四階段　西南漂泊的晚境（760～770）**

其一

巫峽千山暗，終南萬里春。

病中吾見弟，書到汝為人。

意答兒童問，來經戰伐新。

泊船悲喜後，款款話歸秦。

新解

巫峽千山暗，終南萬里春——首聯渲染環境，說三峽一帶，兩岸層巒疊嶂，遮天蔽日，因此說「千山暗」。終南山在這裡代指長安，因杜觀是在暮春時從萬里外的長安而來，所以說「萬里春」。

病中吾見弟，書到汝為人——詩人想到要與久別的弟弟相見，病頓時覺得好多了。「書到汝為人」，是說收到來信才知你還是人，沒有變成鬼。這用詞很險、很怪，但卻將烽煙戰亂中親人生死未卜的焦慮和突接來信、才知弟弟尚在人間的驚喜之情，表現得淋漓盡致。

意答兒童問，來經戰伐新——兒童：指詩人的兒子宗文、宗武。接到杜觀的來信，孩子們好奇地發問，想了解十年未見的叔叔的情況，杜甫一一作答。戰伐新：指大曆二年（767）正月密詔郭子儀討周智光，和命大將渾瑊及李懷光陳兵渭水一事。杜觀此來是冒著生命危險，穿過戰場而來的。上句表達了歡快，下句轉入為親人擔憂的悲涼，喜中有悲。骨肉深情，躍然紙上。清人蔣弱六評此句云：「人情至此，真化工之筆。」（《杜詩鏡銓》）

泊船悲喜後，款款話歸秦——尾聯設想兄弟見面，在經過久別重逢的大悲大喜之後，會慢慢地商量「歸秦」之事。秦：指長安。詩人一直期望戰亂結束、時局太平後，能回到長安。但詩人知道，目標遙遠，只能慢慢等待。「款款」，徐緩的樣子。暗含著詩人身不由己的無奈之情。

其二

待爾嗔烏鵲，拋書示鶺鴒。
枝間喜不去，原上急曾經。
江閣嫌津柳，風帆數驛亭。
應論十年事，愁絕始惺惺。

新解

待爾嗔烏鵲，拋書示鶺鴒——上句說詩人久久等不到兄弟，焦急地嗔怪起喜鵲來。「嗔」：責怪。一個「嗔」字，將詩人盼親人、擔心親人安危的焦急心理，刻劃得活靈活現。鶺鴒：水鳥名。《詩經·小雅·常棣》云：「鶺鴒在原，兄弟急難。」是說鶺鴒當在水邊，今在原上，是失其所也，因而飛鳴求其同類。後以「鶺鴒」比喻兄弟在困境中當互相救助。杜甫與兄弟十年音訊隔絕，只能空羨鶺鴒之相親。而這裡的「拋書示鶺鴒」，意思是說，將弟弟的信拋給鶺鴒看，我們兄弟即將團聚，不用再羨慕你了。

枝間喜不去，原上急曾經——烏鵲尚在枝頭高興地不肯離去，這是喜；我們兄弟就像鶺鴒在原一樣，都曾經處在急難之中，這是悲。此聯是以鳥喻人的象徵手法，形容悲喜交加的情緒。

江閣嫌津柳，風帆數驛亭——登上江邊樓閣眺望，但討厭的柳蔭總要遮擋視線。青青河邊柳，本是美好的形象，這時卻成了討人嫌的東西，襯托出詩人渴盼兄弟團聚的焦急心情。過了許多風帆仍不見弟來，不禁暗暗計算他一路上要經過多少驛亭。

應論十年事，愁絕始惺惺——愁絕：愁得要命。惺惺：甦醒。這兩句是預想兄弟會面後，一定會詳述十年來的顛沛流離之苦，經過了憂愁得要死的階段，會甦醒過來的。

◎第四階段　西南漂泊的晚境（760～770）

新評

　　這兩首五言律詩，感情真摯，愛心熾烈，寫得極為精緻。兩首詩都從弟弟的來信開始。前一首側重寫讀信時的情景，後一首側重談讀信後的感想。全詩格律精當，技藝嫻熟，筆法臻於化境。清人邵子湘云：「諸懷弟詩情事切至，總有一片真氣流注其間，便覺首首都絕。」（《杜詩鏡銓》）詩歌貴在以真情動人，以「情聖」著稱的杜甫，其筆下的兄弟情誼更是手足親情，情濃似血，感染力很強。詩人接讀兄弟來信後悲喜交加的感情並非平鋪直敘，而是透過烏鵲、鶺鴒等具體形象，用象徵手法委婉地表達，這就更增加了作品的藝術感染力。

〈晨雨〉

題解

　　此詩當作於大曆二年（767）杜甫在夔州時。

　　小雨晨光閃，初來葉上聞。
　　霧交才灑地，風逆旋隨雲。
　　暫起柴荊色，輕沾鳥獸群。
　　麝香山一半，亭午未全分。

新解

　　小雨晨光閃，初來葉上聞——「閃」是視覺，給人動感；「聞」是聽覺，雨打在葉子上的聲音。小雨、晨光、葉片，組成了一幅靈動活潑的畫面。

　　霧交才灑地，風逆旋隨雲——霧彷彿也是活潑有生命的，剛落地，旋即又隨風飄向雲天。

　　暫起柴荊色，輕沾鳥獸群——柴荊：小樹。剛改變了小樹的顏色，

又輕輕沾溼了飛禽走獸。可見是如霧的細細雨絲。

麝香山一半，亭午未全分 —— 麝香山：在夔州東南一百二十里處，以產麝香而得名。那遠處的麝香山只能看見一半，到中午還未能全看清呢！

新評

杜甫的這首小詩以賦體細膩地描寫了晨雨的美妙景色。不用比興，只是正面描寫，而能寫得出神入化、獨有情致，的確不易。讀者似能看到山中小雨來時那溼霧迷濛的樣子，像一幅水墨寫意畫，令人心曠神怡。

〈日暮〉

題解

此詩當作於大曆二年（767）秋，杜甫流寓夔州瀼西期間。透過日暮景色寫衰年思鄉的淒婉思緒。

牛羊下來久，各已閉柴門。
風月自清夜，江山非故園。
石泉流暗壁，草露滴秋根。
頭白燈明裡，何須花燼繁。

新解

牛羊下來久，各已閉柴門 —— 首聯化用《詩經‧王風‧君子于役》中「日之夕矣，羊牛下來」之句，說一群群牛羊早已從田野歸來，家家戶戶深閉柴門。一個「久」字，讓人感受到山村傍晚的寧靜氣氛。

風月自清夜，江山非故園 —— 風月徒然裝點著瀼西的清夜，景色雖

◎第四階段　西南漂泊的晚境（760～770）

美，怎奈它並非自己的故鄉。淡淡的語氣中，蘊含著多少悲涼！杜甫在這一聯中採用了拗句，「自」字本當用平聲，卻用了去聲，「非」字應用仄聲，而用了平聲。這兩個關鍵的字眼，一拗一救，顯得起伏有致，曲折委婉地表達了濃重的思鄉愁懷。

　　石泉流暗壁，草露滴秋根——泉水從幽深的石壁上潺潺流過，晶瑩的秋露從草根上一滴一滴地墜落。多麼淒清的意境！

　　頭白燈明裡，何須花燼繁——花燼：燈花。白髮與明燈交相輝映，足見老相；民間認為結燈花是有喜事降臨，詩人卻見燈花繁而更加煩惱，為什麼？因為客居異地，老病窮愁，歸鄉遙遙無期，所以詩人用「何須」二字，表達出言外那欲說還休的辛酸和嘆惋。

新評

　　王夫之在《薑齋詩話》中說：「情語能以轉折為含蓄者，唯杜陵居勝。」詩人晚年老弱多病、懷念故園的愁緒，並未在詩中正面說出，結句只委婉地說「何須花燼繁」，便含不盡之意於言外，說得婉轉曲折，含蓄蘊藉，耐人尋味。

〈又呈吳郎〉

題解

　　此詩於唐代宗大曆二年（767）作於夔州。這年秋天，杜甫遷居東屯，把原來居住的瀼西草堂讓給了剛來夔州當司法參軍的表親吳郎借住。不久，那位以前常去瀼西草堂打棗的老寡婦來向詩人訴苦，說新主人一來就插上籬笆，不讓她再打棗了。杜甫便以詩代柬，勸說吳郎不要阻止老婦人打棗。吳郎的年齡比杜甫小，此處用「呈」，是表示尊敬和客

氣，為的是讓對方易於接受。因此前杜甫曾寫過〈簡吳郎司法〉一詩，故這篇題為〈又呈吳郎〉。

堂前撲棗任西鄰，無食無兒一婦人。
不為困窮寧有此？只緣恐懼轉須親。
即防遠客雖多事，便插疏籬卻甚真。
已訴徵求貧到骨，正思戎馬淚沾巾。

新解

堂前撲棗任西鄰，無食無兒一婦人——首聯以詩人自述的語氣說，我從前住在這裡時，是任憑這位鄰婦來打棗的，因為她是個沒有生活來源、無兒無女、孤苦伶仃的寡婦啊！撲棗：打棗。任：任憑，不加干涉。

不為困窮寧有此？只緣恐懼轉須親——頷聯說老婦人若不是窮得沒辦法，又何須去打人家的棗呢？正因為她擔心遭到主人斥責而心存恐懼，所以對她才更應當和氣些。「寧有此」是反詰句，說老婦人來打棗也是迫不得已，言外含有哀憐之意。寧：豈能，哪會。此：指打棗的事。緣：因為。恐懼：指打棗的貧婦怕被人發現。轉：反而，更加。親：友好地對待。

即防遠客雖多事，便插疏籬卻甚真——頸聯以委婉的口氣勸說吳郎。說吳郎你剛到草堂住就插上籬笆，老婦人便疑心是你不再讓她打棗。詩人在這裡不說吳郎，卻反過來責備老婦人「多事」，是為了不傷吳郎的面子，讓他易於接受，可見杜甫為勸吳郎真是煞費了苦心。即：馬上。防：戒備，猜疑。遠客：指剛從忠州（今重慶忠縣）遠道而來這裡的吳郎。甚真：過於認真。

已訴徵求貧到骨，正思戎馬淚沾巾——尾聯由近及遠，由老婦人聯想到千萬百姓，指出她們的貧窮是由於官府「徵求」各種苛捐雜稅和時局

◎第四階段　西南漂泊的晚境（760～770）

戰亂造成的。言外之意是：如今萬方多難、民不聊生，對這樣一個無食無兒的老寡婦，何必要吝惜幾顆棗子呢？已訴：指貧婦平時已對杜甫說過。徵求：官府徵收的各種賦稅。思戎馬：「念及戰亂」之意。其時吐蕃入侵，西北邊境不寧。詩人聯想到戰亂中不知會有多少像老婦這樣可憐的人，於是淚下沾巾了。

新評

　　這是一首以詩代柬之作，語言通俗易懂。詩人勸說吳郎不要阻止鄰家婦人打棗，一件小事，展現了詩人仁愛博大的胸懷。從詩中可看出杜甫並非一般的恤老憐貧，他由一個窮苦的寡婦、一件打棗的小事，聯想到的是整個國家的兵荒馬亂、千萬百姓的痛苦流離，這是詩人愛國憐民思想感情的流露。他在開導吳郎，告訴他在這萬方多難的大背景下，要想得開一點，不必在幾顆棗子上斤斤計較。

　　令人尤為感動的是詩中展現出來的那種對一位普通老婦人格的尊重：「不為困窮寧有此？只緣恐懼轉須親。」如果不是內心有著平等博愛的人文精神，如果不是真誠地關心和理解黎民百姓的疾苦，如果只是居高臨下地施捨一點憐憫，這首詩就不會如此感人至深而流傳千古。

　　全詩情真意切，措辭委婉，語言質樸。在遣詞用句方面，詩人運用了許多散文中常用的虛詞，如「不為」、「只緣」、「寧」、「轉」、「雖」、「卻」、「已」、「正」等，化呆板為活潑，將律詩的音律美與散文的靈活平易相結合，不但曲盡人情，也使全詩更靈動飛揚。是以口語和虛詞寫作律詩的典範之作。

〈九日〉四首（選一）

題解

　　這組詩寫於大曆二年（767）重陽節。因吳郎爽約未至，杜甫登高獨酌，作〈九日〉五首。吳若本云缺一首，趙次公以〈登高〉一首足之，故未嘗缺。此為其一。詩人回溯兩年來客寓夔州的現實，抒寫自己九月九日重陽登高的感慨。

　　重陽獨酌杯中酒，抱病起登江上臺。
　　竹葉於人既無分，菊花從此不須開。
　　殊方日落玄猿哭，舊國霜前白雁來。
　　弟妹蕭條各何在，干戈衰謝兩相催！

新解

　　重陽獨酌杯中酒，抱病起登江上臺——首聯寫客居異鄉的詩人，在重陽節之際一時興發，抱病登臺，獨酌杯酒，卻無飲興，於是擲杯登臺。江上臺：指江邊的高臺。

　　竹葉於人既無分，菊花從此不須開——頷聯詩筆陡轉。重陽飲酒賞菊，本是古代高士的傳統。詩人今日「抱病」登臺，卻是因病戒酒而無緣飲酒，也便無心賞菊。於是詩人喝令：「菊花從此不須開！」這帶有主觀情緒的詩句，如神來之筆，妙趣橫生，任性的語言背後，透露出詩人艱難困苦的生活遭遇。這一聯中，借「竹葉青」酒的「竹葉」二字與「菊花」相對，十分巧妙，是沈德潛所說的「真假對」，被稱為杜律的創格。無分：沒有緣分。

　　殊方日落玄猿哭，舊國霜前白雁來——頸聯進一步寫詩人觸景生情的萬千愁緒。殊方：遠方，此指夔州。詩人獨自漂泊異鄉，在日暮時分聽到黑猿的啼哭聲，不禁淚如雨下。霜天秋晚，白雁南歸，更易引起詩人懷

◎第四階段　西南漂泊的晚境（760～770）

鄉的情思。白雁：即今日之雪雁。《夢溪筆談》卷二十四：「北方有白雁，似雁而小，色白，秋深則來。白雁至則霜降，河北人稱之『霜信』。」

　　弟妹蕭條各何在，干戈衰謝兩相催 —— 尾聯以佳節思親作結，上句感傷弟妹音信杳然，下句抒發遭逢戰亂，衰老催人的感傷。

新評

　　此詩抒發了悲秋傷亂、渴望歸鄉的心情。藝術上全篇皆對，語言蒼勁有力，很有氣勢。工於詩律卻又不著痕跡，直接發議論，但不使人感到枯燥。寫景、敘事與詩人的憂思緊密結合，感情濃烈，性情突顯。頗能顯示出杜甫夔州時期七律詩的悲壯風格。

〈登高〉

題解

　　這是一首重陽登高感懷詩，於大曆二年（767）在夔州所寫。可能為〈九日〉五首之一。全詩透過登高所見秋江景色，傾訴了長年漂泊、老病孤愁的複雜感情，慷慨激越，動人心弦。是一首廣為後世傳誦的七律名篇。

　　風急天高猿嘯哀，渚清沙白鳥飛回。
　　無邊落木蕭蕭下，不盡長江滾滾來。
　　萬里悲秋常作客，百年多病獨登臺。
　　艱難苦恨繁霜鬢，潦倒新停濁酒杯。

新解

　　風急天高猿嘯哀，渚清沙白鳥飛回 —— 詩由寫景開頭，勾勒出一幅登高遠眺的圖景。晴空如海的深秋，詩人登高望遠，越覺其迢迢無極，

所以說「天高」；夔州一帶，山林茂密，常聞「猿嘯」，空谷悲音不絕，所以說「哀」；臺高因此風大，故說「急」；風大則鷗鷺低飛盤旋，故說「回」。詩中用字遣詞都極其貼切。這些具有夔州三峽秋季特徵的典型景物，被作者隨手拈來入詩，不但形象鮮明，讓人如親臨其境，且境界雄渾高遠。有聲（風聲、猿啼聲）有色（沙白、渚清），有動（鳥飛、葉落）有靜（洲渚）。渚：水中的小洲。

　　無邊落木蕭蕭下，不盡長江滾滾來 —— 頷聯渲染秋天氣氛：無邊無際的落葉，在風中飄然而下；洶湧澎湃的大江，滾滾奔騰而來。這都是遠眺之景，上句寫山，下句寫江，交織出一幅生動的三峽秋景圖。「蕭蕭」使人如聞落葉之聲；「滾滾」使人如見江河之貌。「無邊」狀其境界之闊大，「不盡」見出大江之無窮。雙聲疊字的運用，音調鏗鏘，充滿聲韻之美。蕭颯荒涼中，有一種渾厚奔放的氣勢。

　　萬里悲秋常作客，百年多病獨登臺 —— 頸聯為作者自況，說自己滿懷悲秋之情，在萬里之外的異鄉客居，一生多病，今日獨登高臺。百年：猶言一生。

　　艱難苦恨繁霜鬢，潦倒新停濁酒杯 —— 尾聯「艱難苦恨」四字，在句法上是並列結構，在聲調上卻有抑揚頓挫四聲，讀時應一字一頓；「潦倒」「新停」為雙聲疊韻，聲調上又有「上」「平」之分，故音節顯得鏗鏘嘹亮，讀時應兩字一頓。在深沉重濁的韻調之中，能體會出詩人顛沛流離的痛苦心情。生活困頓潦倒，鬢邊白髮如霜，因病戒酒停杯，這些都襯出時世的艱難和自己的孤苦寂寞。全詩在悲憤的感嘆聲中收結，寄慨遙深。

新評

　　前半首寫景，有悲秋之意，卻不用「悲秋」的字眼。那滾滾長江、蕭蕭落木、盤旋的飛鳥、冷清的小渚、哀哀的猿啼，都在渲染氣氛、

◎第四階段　西南漂泊的晚境（760～770）

烘托情緒。所謂「情以物遷，辭以情發，一葉且或迎意，蟲聲有足引心」。（《文心雕龍・物色》）心境又反過來給予景物感情色彩，主觀感受和景物的客觀特徵得到和諧統一，因而產生了非常大的藝術魅力。後半首抒情。「萬里悲秋常作客」，是就空間而言，是「橫說」；「百年多病獨登臺」，是就時間而言，是「縱說」。兩句承上啟下，點出全詩主旨。全詩有一種雄渾蒼莽的闊大氣象，聲調鏗鏘，氣韻流轉，對仗工整。抒寫內心的鬱結和羈旅愁思，悲憤而不過分，悽苦而不消沉，藝術上很見功力。

此詩歷來享有盛譽。宋人羅大經說：「『萬里』，地之遠也；『秋』，時之慘淒也；『作客』，羈旅也；『常作客』，久旅也；『百年』，齒暮也；『多病』，衰疾也；『臺』，高迥處也；『獨登臺』，無親朋也。十四字之間含八意，而對偶又精確。」（《鶴林玉露》乙編卷五）金性堯以為它「是杜詩中最能表現大氣盤旋，悲涼沉鬱之作」。胡應麟認為它「一篇之中，句句皆律，一句之中，字字皆律，而實一意貫穿，一氣呵成」，是一首「拔山扛鼎」式的悲歌，「古今七言律第一」。（胡應麟《詩藪・內編》卷五）

〈久雨期王將軍不至〉

題解

此詩當是大曆二年（767）冬作，當時杜甫約退居夔州的王將軍來做客暢談，因風雨阻隔，久等未至，詩人內心深感失望寂寞，於是寫下了這首詩。詩中追述了將軍昔日的騎射生涯與未能報國立功的遺憾，寄寓了自己的一腔感慨。

天雨蕭蕭滯茅屋，空山無以慰幽獨。
銳頭將軍來何遲，令我心中苦不足。

數看黃霧亂玄雲，時聽嚴風折喬木。
泉源泠泠雜猿狖，泥濘漠漠飢鴻鵠。
歲暮窮陰耿未已，人生會面難再得。
憶爾腰下鐵絲箭，射殺林中雪色鹿。
前者坐皮因問毛，知子歷險人馬勞。
異獸如飛星宿落，應弦不礙蒼山高。
安得突騎只五千？崒然眉骨皆爾曹。
走平亂世相催促，一豁明主正鬱陶。
恨昔范增碎玉斗，未使吳兵著白袍。
昏昏閶闔閉氛祲，十月荊南雷怒號。

新解

　　天雨蕭蕭滯茅屋，空山無以慰幽獨──風雨天寒，將自己阻隔在小草屋裡久等王將軍不至，空空的山中沒有什麼能慰藉我內心的孤獨和淒涼。

　　銳頭將軍來何遲，令我心中苦不足──銳頭將軍：原指白起，頭小而銳，故稱。這裡是比喻王將軍，說他遲遲不來，令自己心中焦急。

　　數看黃霧亂玄雲，時聽嚴風折喬木──等得無聊，便看天上的亂雲黃霧，聽寒風摧折樹木。

　　泉源泠泠雜猿狖，泥濘漠漠飢鴻鵠──猿狖（一ㄡˋ）：猿猴。泉聲泠泠夾雜著猿猴的叫聲，泥地上有飢餓的鴻鵠在徘徊。襯托出陰森的氣氛。

　　歲暮窮陰耿未已，人生會面難再得──在這窮困不堪的歲末陰雨天氣裡，更感嘆人生會面之難。以上十句都是寫久等之苦。下面引出回憶。

◎第四階段　西南漂泊的晚境（760～770）

憶爾腰下鐵絲箭，射殺林中雪色鹿——追述王將軍當年的英姿。他腰插鐵絲箭，在林中射鹿。

前者坐皮因問毛，知子歷險人馬勞——《杜臆》解釋「坐皮問毛」，見毛如雪色，異而問之，始知其善射所得。這句是說，見王將軍的鹿皮墊子晶瑩如雪，問之，才知是他用親手捕獲的獵物製成的，才知當初曾經歷過多少危險和勞苦。

異獸如飛星宿落，應弦不礙蒼山高——珍奇野獸奔跑如飛，似星星散落，蒼山雖高，但無礙於你的弓弦。

安得突騎只五千？崒然眉骨皆爾曹——崒（ㄗㄨˊ）然：高聳狀。你是怎樣得到這五千騎兵勁旅的？一個個都像你一樣眉骨高聳、身手不凡。

走平亂世相催促，一豁明主正鬱陶——平定亂世，好讓明主憂鬱的心得到寬慰。

恨昔范增碎玉斗——這句是說王將軍如范增老謀深算，卻未能得到重用，深深為之可惜。《漢書·高帝紀》載，鴻門之會，張良以玉斗獻范增，增怒撞其斗。

未使吳兵著白袍——《南史·陳慶之傳》載，陳慶之麾下悉著白袍，所向披靡。「先是洛中謠曰：『名軍大將莫自牢，千軍萬馬避白袍。』」這裡是嘆惜王將軍未能如陳慶之一樣，得以建立軍功。

昏昏閶闔閉氛祲，十月荊南雷怒號——末尾說關門閉戶、氣氛慘澹，聽怒吼的雷聲自荊南傳來。此兩句是寫實，同時似有一點象徵意味。

新評

　　杜甫愛惜人才，每見一才勇，便欲勸導其盡忠報國。他欣賞王將軍，在詩中讚其豪氣，其詩句奇突豪邁，寫將軍射獵一段尤為精采，有很高的藝術性。他為將軍最終不幸被棄置而未能報國立功，深感遺憾。這也是老杜的心病，每嘆及此，語便沉痛蒼鬱。杜甫這種念念不忘國家社稷，時時以天下為己任的精神，真讓人感慨不已。

〈觀公孫大娘弟子舞劍器行〉並序

題解

　　公孫大娘：唐玄宗時的舞蹈家。弟子：指李十二孃。劍器：指唐代流行的武舞，舞者為戎裝女子。這首詩作於唐代宗大曆二年（767）秋天，時杜甫五十六歲，住在夔州。

　　大曆二年十月十九日，夔府別駕元持宅見臨潁李十二孃舞劍器，壯其蔚跂，問其所師，曰：「余公孫大娘弟子也。」開元三載，余尚童稚，記於郾城觀公孫氏舞劍器、渾脫，瀏灕頓挫，獨出冠時。自高頭宜春、梨園二伎坊內人，泊外供奉，曉是舞者，聖文神武皇帝初，公孫一人而已。玉貌錦衣，況余白首。今茲弟子，亦匪盛顏。既辨其由來，知波瀾莫二。撫事慷慨，聊為〈劍器行〉。往者吳人張旭善草書書帖，數嘗於鄴縣見公孫大娘舞西河劍器，自此草書長進，豪蕩感激，即公孫可知矣。

　　昔有佳人公孫氏，一舞劍器動四方。
　　觀者如山色沮喪，天地為之久低昂。
　　㸌如羿射九日落，矯如群帝驂龍翔。
　　來如雷霆收震怒，罷如江海凝清光。
　　絳脣珠袖兩寂寞，晚有弟子傳芬芳。
　　臨潁美人在白帝，妙舞此曲神揚揚。

◎第四階段　西南漂泊的晚境（760～770）

　　與余問答既有以，感時撫事增惋傷。
　　先帝侍女八千人，公孫劍器初第一。
　　五十年間似反掌，風塵澒洞昏王室。
　　梨園子弟散如煙，女樂餘姿映寒日。
　　金粟堆南木已拱，瞿唐石城草蕭瑟。
　　玳筵急管曲復終，樂極哀來月東出。
　　老夫不知其所往，足繭荒山轉愁疾。

新解

　　序文的大致意思是：唐大曆二年十月十九日，我在夔府別駕元持的家裡，觀看臨潁李十二孃跳劍器舞，覺得舞姿矯健，非常壯觀，就問她是向誰學的？她說：「我是公孫大娘的學生」。玄宗開元三載，我還年幼，記得在郾城看過公孫大娘跳「劍器」和「渾脫」舞，舞姿流暢飄逸，超群出眾，為當時的最高水準。從皇宮內的宜春、梨園弟子到宮外供奉的舞女，懂得此舞的，在唐玄宗初年僅有公孫大娘一人而已。當年她服飾華美，容貌漂亮，如今我已是白首老翁；眼前她的弟子李十二孃，也已經不是年輕女子了。既然知道她舞技的淵源，又看到她們師徒的舞技一脈相承，撫今追昔，心中無限感慨，姑且寫了〈劍器行〉這首詩。聽說過去吳州人張旭，擅長寫草書字帖，在鄴縣經常觀看公孫大娘跳一種「西河劍器」舞，從此草書書法大有長進，豪氣激揚，狂放不羈，由此可知公孫大娘舞技之高超。

　　昔有佳人公孫氏，一舞劍器動四方。觀者如山色沮喪，天地為之久低昂——從前有個漂亮女子叫公孫大娘，每當她跳起劍舞，都轟動四方。如山：形容人山人海、觀者眾多。色沮喪：指看得出神。天地彷彿也在隨著她的舞姿而起伏震盪。

爔如羿射九日落，矯如群帝驂龍翔。來如雷霆收震怒，罷如江海凝清光——爔：光華閃耀。羿：古代神話傳說，堯時天上有十個太陽，羿善射，他射落了九個，留下今天這一個。驂：古代駕在車前兩側的馬，這裡指駕馭。驂龍翔：即駕著龍飛翔。這四句是說：公孫大娘舞劍時，劍光璀璨奪目，有如后羿射落九顆太陽；舞姿矯健敏捷，恰似天神駕龍飛翔。起舞時，劍上如蓄著雷霆萬鈞，收舞時，又像是在劍上凝聚了江海的波光。

絳脣珠袖兩寂寞，晚有弟子傳芬芳。臨穎美人在白帝，妙舞此曲神揚揚——鮮紅的嘴脣、綽約的舞姿今都已逝去，幸喜晚年還有弟子傳播藝術的芬芳。臨穎美人李十二孃在白帝城表演，她的舞姿是如此神韻飛揚。白帝城即夔州。

與余問答既有以，感時撫事增惋傷。先帝侍女八千人，公孫劍器初第一——她和我談論了她劍舞的淵源，憶昔撫今，更讓我增添了無限的惋惜哀傷。當年玄宗皇上的侍女約有八千人，劍器舞姿第一的，只有公孫大娘。

五十年間似反掌，風塵澒洞昏王室。梨園子弟散如煙，女樂餘姿映寒日——五十年快得好似翻了一下手掌，連年戰亂，朝政昏暗無光。可憐那些梨園子弟們，一個個煙消雲散，只留下李氏的舞姿，掩映冬日的寒光。澒洞：廣大。風塵澒洞：這裡喻安史之亂。當時正是初冬，故稱太陽為寒日。

金粟堆南木已拱，瞿唐石城草蕭瑟。玳筵急管曲復終，樂極哀來月東出——金粟：指今陝西蒲城東北唐玄宗陵墓「泰陵」所在地金粟山。金粟山上玄宗墓前的樹木已長得很粗，拱手可以合抱；瞿塘峽白帝城一帶，秋草蕭瑟、滿目荒涼。玳筵：豪華豐盛的酒筵，這裡指夔府別駕元持家裡的筵席。盛筵上的那管絃琴瑟奏出的急促樂曲又一次終了，望著

◎第四階段　西南漂泊的晚境（760～770）

東方冷月初上，我不由得樂極生悲。

老夫不知其所往，足繭荒山轉愁疾 —— 老夫我精神恍惚，真不知該去哪裡，長著硬繭的雙腳走在荒山曠野裡，越走越覺得憂愁淒涼。

新評

盛唐時期，由於經濟的繁榮和門戶的對外開放，異域文化融入了漢民族的生活。當時流行一種舞叫「劍器」，表演者身著戎裝，手執兵器，風風火火，颯爽英姿；後來又從潑寒胡戲中演變出一種「渾脫舞」，雄健有力，富有異國情調。開元初年，教坊舞女中精於「劍器」、「渾脫舞」的，首推公孫大娘。當時，年僅六歲的杜甫有機會看到公孫大娘的表演，她那酣暢灑脫的舞姿，留給幼年的杜甫極為深刻的印象。五十年後，已到垂暮之年的杜甫，再一次看到「劍器」、「渾脫」時，眼前又浮現出當年公孫大娘的英姿，情不自禁地寫下了這首詩。

詩序寫得像一首散文詩，旨在說明此詩創作的由來：目睹李十二孃舞姿，並聞其先師，觸景生情，憶起童年觀看公孫大娘之劍舞，極讚其舞技之高超，並以張旭見舞而書藝大有長進之故事作為襯托。

詩開頭八句，先寫公孫大娘的舞技高超，用許多典故來比喻，如「羿射九日」、「驂龍飛翔」。接著「絳脣」六句，寫公孫氏死後，劍舞沉寂，幸好晚年還有弟子承繼。「先帝」六句筆鋒一轉，又寫五十年前的公孫氏，在八千舞女中首屈一指，盛極一時，然而安史之亂後，「宜春」、「梨園」的人早已煙消雲散。「金粟」六句是尾聲，感慨人世滄桑，抒發了詩人無限的興亡之感。全詩氣勢雄渾，沉鬱悲壯。見「劍器」而傷往事，大有時序不同、人事蹉跎之感。詩以詠李氏而思公孫、詠公孫而思先帝，寄託了作者念念不忘先帝盛世、慨嘆當今衰落之情。詩歌語言富麗而不浮艷，音節抑揚頓挫而富於變化，透過兩代藝妓的身世，藝術且真切地反映出一個王朝的興衰史，不愧有「詩史」之譽。

(六) 荊湘流離：生命的終曲
(768年正月～770年冬)

〈短歌行贈王郎司直〉

題解

　　這是一首送別詩，寫於唐代宗大曆三年(768)春末。杜甫一家從夔州出三峽已至江陵。少年王郎將西遊成都，杜甫寫詩送行，表達了寄希望於後生的情懷。〈短歌行〉是樂府舊題，因其歌聲短促，故有此稱。郎：對少年的美稱。王郎：名不詳。司直：司法官。

　　王郎酒酣拔劍斫地歌莫哀，
　　我能拔爾抑塞磊落之奇才。
　　豫章翻風白日動，鯨魚跋浪滄溟開。
　　且脫佩劍休徘徊。
　　西得諸侯棹錦水，欲向何門趿珠履？
　　仲宣樓頭春色深，青眼高歌望吾子。
　　眼中之人吾老矣！

新解

　　王郎酒酣拔劍斫地歌莫哀──王郎在江陵不得志，藉著酒興拔劍起舞，斫地悲歌，因此杜甫勸慰他不要悲哀。

　　我能拔爾抑塞磊落之奇才──當時王郎正欲西行入蜀去投奔地方長官，杜甫久居四川，有些熟人，表示願意替王郎推薦，所以說「我能拔爾」，意思是能將你這個不凡的奇才，從壓抑中推舉出來。磊落：光明坦蕩。

◎第四階段　西南漂泊的晚境（760～770）

　　豫章翻風白日動，鯨魚跋浪滄溟開——豫、章，是兩種喬木名，都是優良的木材。這兩句承上，以奇特的比喻讚譽王郎，說豫、章的枝葉在大風中可搖動太陽，又說鯨魚在游動中可使大海翻騰，這都是在誇讚王郎有傑出才能，能有所作為，因此不必拔劍斫地哀歌，均為勸慰之語。跋浪：乘浪。

　　且脫佩劍休徘徊——姑且放下劍休息，莫要惆悵徘徊。

　　西得諸侯棹錦水，欲向何門趿珠履——下半首抒寫送別之情，詩從這裡開始轉韻。詩人說：你就要西行，泛舟錦水，此去定會得到當地高官的賞識，但不知你將成為誰家的座上客。諸侯：此指鎮守蜀中的大官。錦水：指錦江。趿（ㄙㄚˋ）珠履：穿著裝飾有明珠的鞋。《史記·春申君傳》：「春申君客三千餘人，其上客皆躡珠履。」

　　仲宣樓頭春色深，青眼高歌望吾子——點明送別的時間地點。仲宣是建安詩人王粲的字，他到荊州去投靠劉表，登當陽城樓，曾作〈登樓賦〉。《方輿勝覽》載，仲宣樓在荊州府城（今湖北江陵）東南隅，後梁時高季興所建。青眼：深情、欽佩的眼光。吾子：對王郎的愛稱。詩人於春末在仲宣樓前送別王郎，對他青眼有加，高歌寄予厚望，希望他入蜀能夠施展才華，成就一番事業。

　　眼中之人吾老矣——最後一句是由人及己的慨然長嘆：王郎啊王郎！你年富力強可大展宏圖，而我卻已衰老無用了！眼中之人：是指王郎眼中的自己。

新評

　　這是杜甫這年春天寫得最好的一首詩。起勢突兀，跌宕悲涼，畫出一位英俊少年的形象。詩人在仲宣樓頭的歡送宴會上，見少年王郎酒酣哀歌，便即席賦詩以贈。雖只是一番勸慰的話，但由詩人激動而真誠地

說出，讀來便十分感人。從詩中「拔劍斫地」的描寫，可見出王郎情緒激動，而詩人以「豫章翻風」、「鯨魚跋浪」來喻奇才的誇張渲染，使詩歌非常有氣勢。而詩中忽哀忽喜的情緒，又使詩歌起伏跌宕，變化多端。

　　杜甫在成都時曾作過一首名為〈戲贈友〉的詩，其中說：「元年建巳月，官有王司直。馬驚折左臂，骨折面如墨。」錢謙益認為此詩中的王司直，即是騎馬摔斷手臂的那位。不知此說是否可信。

　　這首詩在音節上也很有特色。開頭兩個十一字句，字數多而音節急促，五、十兩句單句押韻。上半首五句一組平韻，下半首五句一組仄韻，節奏短促。在古詩中一般採用多韻，像這首詩只轉一次韻的較為少見，形式上富有獨創性。

〈江邊星月〉二首

題解

　　此詩為大曆三年（768）在江陵所作。其一寫雨後星月的清新之美，其二寫曙色中星月的淒涼之美。

　　其一

　　驟雨清秋夜，金波耿玉繩。

　　天河元自白，江浦向來澄。

　　映物連珠斷，緣空一鏡升。

　　餘光隱更漏，況乃露華凝。

新解

　　驟雨清秋夜，金波耿玉繩——金波：喻月。玉繩：星名，即北斗第五星，此指北斗。驟雨將秋夜洗得清新明亮，一輪金子似的月亮，與北斗七星輝映成趣。

◎第四階段　西南漂泊的晚境（760～770）

　　天河元自白，江浦向來澄 —— 銀河原本就很亮，江流也被照得澄澈透明。元：同原。江浦：指江。

　　映物連珠斷，緣空一鏡升 —— 星星如斷線的珍珠般映著萬物，沿著天空，月亮如一面鏡子在緩緩上升。

　　餘光隱更漏，況乃露華凝 —— 更漏：古時用以報時的計時器。更漏聲中，餘光漸隱，露水凝結成星星般的露珠。

其二

　　江月辭風纜，江星別霧船。
　　雞鳴還曙色，鷺浴自晴川。
　　歷歷竟誰種，悠悠何處圓？
　　客愁殊未已，他夕始相鮮。

新解

　　江月辭風纜，江星別霧船 —— 江上的月亮和星星在晨風曉霧中和船辭別。

　　雞鳴還曙色，鷺浴自晴川 —— 雞鳴聲牽來曙光，白鷺各自沐浴在晴川上。

　　歷歷竟誰種，悠悠何處圓 —— 古樂府中有「天上何所有？歷歷種白榆」句。這裡用其意，說歷歷可數的星星，究竟是誰種到天上的？悠悠圓月又將在何處升起？

　　客愁殊未已，他夕始相鮮 —— 客子的愁啊無窮無盡，他日裡我和星月再相會，還會感到新鮮。

新評

　　這兩首寫星月的詩意境清新如畫。詩人緊扣「江邊」這個典型環境，將星月映在江水中的意象寫得獨具個性。如「映物連珠斷，緣空一鏡升」和「歷歷竟誰種，悠悠何處圓」等句，就給人深刻的印象。

〈暮歸〉

題解

　　此詩當是大曆三年（768）暮秋時作，寫客居公安（今湖北公安）時的落寞。

霜黃碧梧白鶴棲，城上擊柝復烏啼。
客子入門月皎皎，誰家搗練風淒淒。
南渡桂水闕舟楫，北歸秦川多鼓鼙。
年過半百不稱意，明日看雲還杖藜。

新解

　　霜黃碧梧白鶴棲，城上擊柝復烏啼——被霜打黃了的梧桐樹上有白鶴在上面棲息，城上響起了打更的聲音，交織著烏鴉的夜啼。擊柝（ㄊㄨㄛˋ）：打更。柝：打更用的木梆。

　　客子入門月皎皎，誰家搗練風淒淒——客子：杜甫自謂。進門見月色皎潔，聽見風中響著不知是誰家的搗練聲，如此淒涼。練：白絹。

　　南渡桂水闕舟楫，北歸秦川多鼓鼙——想要南渡桂水，卻沒有舟楫，想要北歸秦川，卻苦於戰火未熄。桂水：在湖南郴州西四十里，北流至永興界入耒江。闕：同缺。秦川：又名樊川，由長安南面的秦嶺山腳下的水流匯成。這裡泛指長安一帶。鼓鼙：借指戰爭。

◎第四階段　西南漂泊的晚境（760～770）

年過半百不稱意，明日看雲還杖藜 —— 我已年過半百，但許多事總不如意，明日還是拄著枴杖去看雲吧！

新評

這首拗體七律展現了杜甫在詩藝上的追求。「霜黃碧梧白鶴棲」句，一句中出現了三種顏色。仔細推究，詩文裡的顏色也有「虛」、「實」之分，「黃」和「白」是實在的，但「碧」就是虛寫，因為「碧梧」葉已被嚴霜打「黃」了。可見用字也像用兵那樣，可以「虛虛實實」。「虛寫」，就是突破詞義的束縛，使詞的組合形式達到意義的豐富性，有更強的藝術感染力。杜甫「語不驚人死不休」的努力，為讀者帶來的是「陌生化」的新奇感受，值得借鑑。

〈呀鶻行〉

題解

此詩當於大曆三年（768）在公安時所作。詩中逼真地描繪了一隻病鶻的形象，以物喻人，寄託了詩人晚年多病、有志難成的苦況。

> 病鶻孤飛俗眼醜，每夜江邊宿衰柳。
> 清秋落日已側身，過雁歸鴉錯回首。
> 緊腦雄姿迷所向，疏翮稀毛不可狀。
> 強神迷復皂雕前，俊才早在蒼鷹上。
> 風濤颯颯寒山陰，熊羆欲蟄龍蛇深。
> 念爾此時有一擲，失聲濺血非其心。

題解

病鶻孤飛俗眼醜，每夜江邊宿衰柳 —— 鶻：一種猛禽。這隻孤飛的病鶻，在世俗人們的眼中是多麼醜啊！牠每夜都可憐地宿於江邊的衰柳上。

清秋落日已側身，過雁歸鴉錯回首 —— 清秋的日落時分，牠已病得歪斜著身子，但過往的大雁和歸巢的烏鴉並不知道，牠們被嚇得頻頻回首。

緊腦雄姿迷所向，疏翮稀毛不可狀 —— 牠早已失去過去的雄姿，羽毛脫落稀疏得已不可名狀。

強神迷復皂雕前，俊才早在蒼鷹上 —— 強打精神，牠也無法再飛到皂雕（鵰）前面，牠早先的威猛，卻是在蒼鷹之上的啊！

風濤颯颯寒山陰，熊羆欲蟄龍蛇深 —— 風濤颯颯寒山陰沉，熊羆想要潛伏，龍蛇也要深藏。

念爾此時有一擲，失聲濺血非其心 —— 我想你這時候肯定想要奮力打拚，病得失聲濺血，這肯定不是你的本心啊！

新評

詩人筆下的病鶻多麼令人同情，牠曾經有過威猛矯健的英姿，但如今卻喘息著，任憑命運宰割。杜甫的這首詠物詩，寫病鶻，其實也是在寫自己。身老多病、故土難歸、壯志未酬、英雄末路，詩人的遭遇，不正像那隻傷口滴血、叫不出聲音的病鶻嗎？詩人託物寓意，是在控訴命運的不公，抒發日暮途窮之悲情。

〈歲晏行〉

題解

此詩當是大曆三年（768）冬作。杜甫在江陵、公安漂泊一段時間後來到岳陽，有感於洞庭湖一帶的百姓掙扎在貧困線上的慘狀，寫下了這首憂憤深廣的力作。

◎第四階段　西南漂泊的晚境（760～770）

　　　歲雲暮矣多北風，瀟湘洞庭白雪中。
　　　漁父天寒網罟凍，莫徭射雁鳴桑弓。
　　　去年米貴闕軍食，今年米賤大傷農。
　　　高馬達官厭酒肉，此輩杼軸茅茨空。
　　　楚人重魚不重鳥，汝休枉殺南飛鴻。
　　　況聞處處鬻男女，割慈忍愛還租庸。
　　　往日用錢捉私鑄，今許鉛鐵和青銅。
　　　刻泥為之最易得，好惡不合長相蒙。
　　　萬國城頭吹畫角，此曲哀怨何時終？

新解

　　歲雲暮矣多北風，瀟湘洞庭白雪中──起首描繪歲末時北風呼嘯、白雪掩映了瀟湘和洞庭湖的情景，寫出嚴酷的自然環境。瀟湘：瀟水和湘水在今湖南零陵西北合流，稱為瀟湘。

　　漁父天寒網罟凍，莫徭射雁鳴桑弓──這兩句寫漁獵謀生者的艱難：漁民的網都凍了，莫徭人的桑弓在風中鳴叫。網罟（ㄍㄨˇ）：漁網。莫徭：據《隋書・地理志》記載，是雜居於長沙一帶的少數民族，因其祖先有功，常免徭役，故名「莫徭」。

　　去年米貴闕軍食，今年米賤大傷農──米價漲的時候，軍糧嚴重不足，米價跌了，農民的利益又受到損害。闕：缺。

　　高馬達官厭酒肉，此輩杼軸茅茨空──這兩句感嘆貧富懸殊，說無論豐歉，受害的總是百姓。達官貴人們吃膩了酒肉，而平民百姓家中就連織布機上正在織的東西都被搶走了，家中已一無所有。杼軸：織布機。茅茨：茅草房。

　　楚人重魚不重鳥，汝休枉殺南飛鴻──據《風俗通》記載，吳楚之

人嗜魚鹽，不重禽獸之肉。這裡是說勸莫徭人不必白白地射殺鴻雁。

況聞處處鬻男女，割慈忍愛還租庸——鬻：賣。租庸：唐代賦稅制度，納糧為「租」，服役為「庸」。這裡泛指所有租稅。聽說這一帶的人為了交租稅，只好忍痛賣兒、賣女。

往日用錢捉私鑄，今許鉛鐵和青銅——唐代是不允許私人鑄錢幣的。但到了天寶年間，盜鑄者越來越猖獗，有的甚至加上了鐵和銅。

刻泥為之最易得，好惡不合長相蒙——用泥模子鑄錢太容易了，好錢和壞錢不應該長期攪在一起矇騙人們。

萬國城頭吹畫角，此曲哀怨何時終——普天下到處是戰聲號角，這哀怨的曲子，何時才能唱完呢？

新評

杜甫的這首詩深刻揭露了當時社會政治的腐敗為人民帶來的痛苦。米價波動、錢法敗壞，賦稅繁重，逼得百姓不得不賣兒鬻女，而達官貴人們卻仍在花天酒地地揮霍，這令人想起他曾寫過的名句「朱門酒肉臭，路有凍死骨」。這首詩揭露深廣，感思憂憤，是杜甫晚年最富現實主義的一篇力作。

〈登岳陽樓〉

題解

此詩寫於唐代宗大曆三年（768）冬。杜甫沿江漂泊，從江陵經公安到達岳陽。詩人登岳陽樓而望故鄉，觸景感懷，寫下了這首形神兼備的五律名篇。

昔聞洞庭水，今上岳陽樓。

吳楚東南坼，乾坤日夜浮。

◎第四階段　西南漂泊的晚境（760～770）

親朋無一字，老病有孤舟。

戎馬關山北，憑軒涕泗流。

新解

　　昔聞洞庭水，今上岳陽樓——首聯是一組工對嚴整的句子。岳陽樓：位於湘北洞庭湖畔，是岳陽城西門的門樓。登樓可俯瞰浩瀚的洞庭湖。「昔聞」說明他嚮往已久，「今上」點明如願以償之喜。五律的首聯一般不須對仗，詩人在這裡用對偶句，就是想透過這種嚴整的對仗，將自己今昔的心情作一個強烈的對比，更見出登樓的喜悅。

　　吳楚東南坼——吳楚：吳國和楚國，周朝二國名。這裡指今江蘇、浙江、安徽、江西、湖南、湖北等地。坼（ㄔㄜˋ）：裂開。吳國和楚國被洞庭湖沿東南方向割裂，像是和整個西北部的中原地區隔開了。頷聯緊承首聯，寫登樓後所見。一個「坼」字，形象化地表現出洞庭湖那萬頃波濤，彷彿要把吳、楚兩地分裂的磅礴氣勢。

　　乾坤日夜浮——乾坤：天地。這裡是說好像整個宇宙都日夜漂浮在洞庭湖上。一個「浮」字，具有鮮明的動感，將一派壯闊的圖景展現在讀者眼前。這兩句描繪洞庭氣象的詩，成為千古絕唱，為歷代詩人和詩論家嘆服。

　　親朋無一字，老病有孤舟——此聯詩人筆鋒一轉，從寫景轉入抒情。親朋音訊阻絕，老病孤舟為伴，漂泊江湖，收不到親戚朋友寄來一個字的書信，年老體弱，生活在這一葉孤舟之中。老病：當時杜甫正患肺病。「無」和「有」相對，「一」和「孤」相對，感情色彩特別濃烈，煉字遣詞十分精確。表達了詩人追憶往事、肝腸欲裂的心境。黃生說：「寫景如此闊大，自敘如此落寞，詩境闊狹頓異。」（浦起龍《讀杜心解》卷三）這種鮮明對比，把自己的坎坷遭遇描述得更為突出，正如浦起龍所說：「不闊則狹處不苦，能狹則闊境越空」，產生了互為映襯的作用。這

一聯從寫景轉入抒情，從所見轉到所感，從闊大轉到狹小，從登臨的喜悅轉到身世的淒涼，結構嚴謹，層層變換，顯示出杜甫嫻熟的詩歌表現技巧。

戎馬關山北，憑軒涕泗流──尾聯從狹處跳到闊處，從個人推及國家。戎馬：軍馬，借指戰爭。據史書記載，這年八月，有十多萬吐蕃人進攻靈武（今寧夏靈武西北），接著又有兩萬人進攻邠州。直到九月後，吐蕃人才敗撤。憑軒：憑欄，倚著岳陽樓上的欄杆。關山以北戰爭烽火未息，倚欄遙望不禁涕淚交流。這涕淚之中，有對親戚朋友的眷念，有年老孤獨的悲傷，有對國家前途的憂慮，也有無以報國的自悼。情感與景物相得益彰。

新評

首聯寫久聞洞庭盛名，直到暮年才目睹，表達了初登岳陽樓之喜悅。二聯寫洞庭的浩瀚無邊，氣象雄渾。宋代劉須溪說：「氣壓百代，為五言雄渾之絕。」（楊倫《杜詩鏡銓》）明代王嗣奭則認為這兩句「已盡大觀，後來詩人，何處措手？」（《杜臆》卷十）孟浩然也曾以「氣蒸雲夢澤，波撼岳陽城」的詩句，來描寫洞庭湖的壯闊。清代詩論家沈德潛比較這兩聯詩句，說：「孟襄陽（指孟浩然）三四語實寫洞庭，此只用空寫。」（《唐詩別裁集》卷十）從「實」和「虛」的手法上，指出這兩聯詩寫景的差異。孟浩然的詩句是借寫洞庭湖景來表達個人「欲濟無舟楫」，想當官而無人引薦的心情，總還不免拘於個人的仕宦得失。而杜甫不僅從洞庭寫到江南大地，又從江南大地寫到天地日月，從這個無比廣大的角度來描寫洞庭湖，就從更大的空間範圍，表現出洞庭的壯闊氣象。這當然與杜甫的懷抱相關。

三聯由寫景轉入寫情，抒發了自己政治生涯坎坷、漂泊天涯、懷才不遇、年邁多病的悲涼。末聯寫眼望國家時局動盪不安，自己報國無

◎第四階段　西南漂泊的晚境（760～770）

門，不由潸然淚下的哀傷。前半寫景，境隨心轉，極有氣勢；後半寫情，意到筆隨，情境交融，顯示出詩人非常高的藝術造詣。

〈南征〉

題解

此詩為大曆四年（769）春，杜甫從岳陽赴潭州（今湖南長沙）途中所作。透過描繪南行途中所見之景，感嘆知音難覓，表達了詩人晚年悲涼矛盾的心境。

春岸桃花水，雲帆楓樹林。
偷生長避地，適遠更沾襟。
老病南征日，君恩北望心。
百年歌自苦，未見有知音。

新解

春岸桃花水，雲帆楓樹林──首聯寫南行途中所見之春江美景，桃花夾岸，白帆如雲駛過楓樹林，多美的畫面。

偷生長避地，適遠更沾襟──詩人筆鋒一轉，說自己長年顛沛流離，遠適南國，苟且偷生。此聯羈旅的愁苦與上聯的春江美景形成巨大的反差。觸景傷情，詩人泣下沾襟。

老病南征日，君恩北望心──「老病」二句，道出了思想上的矛盾和無奈。君恩：指代宗授官重用之恩。代宗曾兩次授官給杜甫，一次是補京兆功曹，另一次是檢校工部員外郎。詩人一直希望能忠心報效國家，但總不能如願，如今詩人年老多病，不但無法北歸長安，反而被迫流離衡湘。「南征日」與「北望心」的六字工對，將詩人的矛盾心情呈現得如此鮮明。

百年歌自苦，未見有知音──化用〈古詩十九首〉中：「不惜歌者苦，但傷知音稀」句。回答了詩人「老病」還不得不「南征」的原因。縱然有政治抱負和曠世才華，然而一生苦吟，又有幾人理解？仕途坎坷，壯志未酬，詩人只能發出「未見有知音」的悲涼感慨。三、四兩聯，正是杜甫晚年生活的自我寫照。

新評

　　此詩以明媚的桃花春水開頭，又突然讓「偷生」、「適遠」的悲傷淚水，將明朗、歡快的氣氛沖洗得乾乾淨淨。這巨大的反差和不諧，更突顯出詩人內心深處想要「報恩」卻又「老病」的悲涼悽楚。這種空懷壯志卻又難覓知音的絕望，這種無以自遣的哀傷晚年，怎能不令人為之愴然？

〈湘夫人祠〉

題解

　　此詩當於大曆四年（769）春作。詩中借描寫湘夫人祠的淒涼，抒發君臣不遇之感慨。湘夫人祠：為舜帝二妃娥皇、女英的祠廟，在湘陰的黃陵山附近。

> 肅肅湘妃廟，空牆碧水春。
> 蟲書玉佩蘚，燕舞翠帷塵。
> 晚泊登汀樹，微馨借渚蘋。
> 蒼梧恨不盡，染淚在叢筠。

新解

　　肅肅湘妃廟，空牆碧水春──肅穆的湘妃祠廟，只見空牆和碧水伴著春天。

◎第四階段　西南漂泊的晚境（760～770）

　　蟲書玉珮蘚，燕舞翠帷塵 —— 蟲書：書體名。其狀如蟲蝕之紋。衛恆《四體書勢》：「四曰蟲書。」這兩句是說：寫滿蟲書的玉珮上長滿了苔蘚，燕子在滿是灰塵的翠帷間飛舞。形容祠中的荒涼。

　　晚泊登汀樹，微馨借渚蘋 —— 天晚了，將小船泊在樹下，登上沙洲，借草的微香祭奠湘神。

　　蒼梧恨不盡，染淚在叢筠 ——「染淚」句，典出自《博物志》：「舜南巡，崩於蒼梧，二妃淚下，染竹成斑。」叢筠：叢竹。這句說：蒼梧山遺恨無窮，湘夫人的淚染遍了竹叢。

新評

　　詩人訪湘夫人祠，由眼前看到的淒涼景色生發出無限感慨。小詩寫得美麗優雅，語麗情濃。黃生讚其為近體詩中的《九歌》。

〈祠南夕望〉

題解

　　此詩當作於大曆四年（769）春，杜甫寫〈湘夫人祠〉的次日，船至祠南登岸回望，有感而作，是一首非常有想像力的美麗詩篇。

　　百丈牽江色，孤舟泛日斜。
　　興來猶杖屨，目斷更雲沙。
　　山鬼迷春竹，湘娥倚暮花。
　　湖南清絕地，萬古一長嗟。

新解

　　百丈牽江色，孤舟泛日斜 —— 百丈：指用竹篾編成的纖纜。百丈長的船纜牽動著一江水色，孤舟遠行，漂在斜陽之下。

興來猶杖屨，目斷更雲沙——杖屨（ㄐㄩˋ）：枴杖和鞋，這裡指拄杖步行。斷：遮斷。更：交替。遊興來時便拄杖步行，湘祠已看不到了，剩下的只有漫漫雲沙。

　　山鬼迷春竹，湘娥倚暮花——山鬼：指屈原《九歌·山鬼》中所描寫的山中女神。謂春竹迷離，如有山鬼出沒。湘娥：湘妃，即屈原《九歌》中〈湘君〉和〈湘夫人〉兩首詩中所描寫的湘水女神，這句是說想像暮色中似有湘娥倚著花叢徬徨。

　　湖南清絕地，萬古一長嗟——湖南：指洞庭湖以南。說這塊流放過屈原的淒清至極的土地，千秋萬古都令人嗟嘆不已啊！

新評

　　這首詩中，「山鬼」、「湘娥」都直接襲用了屈賦之典，因此有人認為此詩是詩人以屈原自況，此說不無道理。由於精神境界和人生遭際的某種相似，杜甫對屈原、宋玉、賈誼懷有一種特殊的感情。在荊楚詩作中，杜甫屢屢提到屈、宋、賈，如：「喪亂秦公子，悲涼楚大夫」（〈地隅〉），「中間屈賈輩，讒毀竟自取，鬱怏二悲魂，蕭條猶在否？」（〈上水遣懷〉）等。在〈秋日荊南述懷三十韻〉中，他還以「不必伊周地，皆登屈宋才」來譏諷朝廷不能用賢。顯然，杜甫與他們有一種共同的「羈旅窮愁之懷，神交溟漠之感」（《杜律趙注》卷一），因此，傷屈、賈，就是傷自己，既傷漂泊無依，更傷壯志不酬。但屈原是幻想型的，而杜甫卻更現實，他將憂患意識濃縮在簡潔的詩句中。詩中之景，不僅是詩人在夕陽下遠眺時的眼中之景，更是詩人想像中的心中之景。全詩充滿了豐富、美麗的想像，語極娟秀而雅致，結尾處含蓄自然，言已盡而意無窮。

◎第四階段　西南漂泊的晚境（760～770）

〈發潭州〉

題解

　　此詩寫於唐代宗大曆四年（769）春，杜甫離開潭州赴衡山途中作。表達了詩人孤寂的心情。潭州，今湖南長沙。

　　夜醉長沙酒，曉行湘水春。
　　岸花飛送客，檣燕語留人。
　　賈傅才未有，褚公書絕倫。
　　名高前後事，回首一傷神。

新解

　　夜醉長沙酒，曉行湘水春──首聯緊扣題面，點明時間地點，說自己從長沙出發，孤舟遠行，夜來痛飲，沉醉而眠，透露出借酒澆愁的辛酸。天明之後，見湘江兩岸一派春色，詩人卻又要為了生計而奔波，不禁黯然傷情。

　　岸花飛送客，檣燕語留人──頷聯緊承首聯，描寫啟程時的情景。環顧四周，岸邊飄零的落花似在為他送行，船桅上春燕呢喃，也彷彿在挽留他。此處以擬人化手法，託物寄情，使尋常的自然景物也隨詩人的心境，有濃重的寂寥悽楚之情。

　　賈傅才未有，褚公書絕倫──頸聯借古人之事抒懷。詩人在登舟遠行、百感交集之際，聯想到西漢時的賈誼，因才高而被大臣所忌，被貶為長沙王太傅；他又想到初唐時的褚遂良，書法冠絕一時，因諫阻立武則天為皇后，被貶為潭州都督。前人強調詩中用典以「不隔」為佳，就是說，不要因為用典而讓詩句晦澀難懂，杜甫此處用典，是「借人形己」，十分自然妥貼。

名高前後事，回首一傷神 —— 想到名震一時的賈誼和褚遂良都被貶抑而死，詩人黯然神傷。

新評

　　杜甫的這首五言律詩在藝術表現手法上，或託物寓意，或用典言情，借人形己，創造了深切感人、沉鬱婉轉的藝術境界。詩人借古人之事，實際是說自己的遭遇，他因仗義執言上疏救房琯，而被朝廷問罪，正與賈誼和褚遂良的處境有相似之處。詩人並未在詩中直接提及自己之事，但這層意思，卻分明隱含在詩的字裡行間，這就使作品更有一種含蓄的意味。

〈江漢〉

題解

　　此詩約作於大曆四年（769）秋，是杜甫律詩中的名篇，歷來受到人們的欣賞和讚嘆。作品抒發了詩人的孤獨漂泊之感和老病暮年、但「壯心不已」的情懷。

　　　江漢思歸客，乾坤一腐儒。
　　　片雲天共遠，永夜月同孤。
　　　落日心猶壯，秋風病欲蘇。
　　　古來存老馬，不必取長途。

新解

　　江漢思歸客，乾坤一腐儒 —— 江漢：指杜甫當時所處的江陵一帶，江陵在長江邊，北距漢水不遠。「思歸客」三字飽含無限辛酸，詩人思歸而歸不得，便成為天涯淪落人。乾坤：這裡代指天地。腐儒：作者自嘲。

◎第四階段　西南漂泊的晚境（760～770）

　　片雲天共遠，永夜月同孤 —— 片雲：比喻自己孤獨漂泊之狀。永夜：長夜。月同孤：月亮和自己一樣孤單。此聯緊扣首句，對仗十分工整。透過眼前自然景物，詩人由遠浮天邊的片雲，孤懸明月的永夜，聯想到自己如同雲、月一樣孤遠。

　　落日心猶壯，秋風病欲蘇 ——「落日」二句直承次句，表現出詩人積極入世的精神。落日：比喻自己已是暮年，有「日薄西山」的意思。病欲蘇：指自己多年的肺病將痊癒。詩人流落江漢，面對蕭瑟秋風，不但沒有悲秋之感，反而覺得「病欲蘇」。這與李白「我覺秋興逸，誰云秋興悲」的思想境界頗相似，表現了詩人身處逆境而壯心不已的精神狀態。

　　古來存老馬，不必取長途 —— 此處用「老馬識途」的典故。《韓非子‧說林上》載，齊桓公伐孤竹返，迷惑失道。他接受管仲「老馬之智可用」的建議，放老馬而隨之，果然「得道」。「老馬」在這裡是詩人自比，「長途」代指驅馳之力。說自己如老馬一樣，雖不能長途跋涉了，但智慧尚可以用。這兩句，再一次表現了詩人老當益壯的精神。

新評

　　此詩用凝鍊的筆觸，抒發詩人懷才不遇的不平之氣和報國思用的慷慨情思。詩的中間四句，情景相融，有強烈的藝術感染力，歷來為人所稱道。詩中用了許多象徵性意象，如「片雲」、「孤月」、「落日」、「秋風」、「老馬」，營造出一種悲涼的氣氛。又說自己是一個「腐儒」立於「乾坤」之間，表現出作者一種自嘲又自負的複雜情感。進而詩人又把「片雲」和「天共遠」相組，把「永夜」與「月同孤」相接，把「落日」與「心猶壯」、「秋風」與「病欲蘇」組合起來，使人在這種語詞的悖論中，感覺到每一個意象似乎又都放射出不同的光彩，使詩歌呈現出一種張力和深度。詩歌既讓人聯想到茫茫水域中的飄零感，又能深深感受到詩人「老驥伏櫪，志在千里」那種孤高自負的人格力量。結尾「不必取長途」語，流露

348

出作者對現實無奈的嘆息。年輕時曾胸懷壯志，卻總是報國無門，老來沒有體力，卻還有智慧，但仍不知這智慧能否為世所用，只好這樣一吐為快而已。表達出詩人那種總想找到自己在世界中的位置、找到生存的意義，卻又總是不得不向現實妥協、以求得內心的平衡，這樣一種深深的反諷意味。

人生就是這樣充滿悖論。〈江漢〉一詩中所展現出的悖論，是對人類某種存在狀態的「隱喻」，具有某種本體價值和普遍意義。

〈客從〉

題解

此詩當是大曆四年（769）在潭州（今湖南長沙）所作。這年三月，唐王朝派御史向商人徵稅，加劇了人民的痛苦。杜甫有感而發，以寓言形式，對統治者的橫征暴斂給予譴責。

客從南溟來，遺我泉客珠。
珠中有隱字，欲辨不成書。
緘之篋笥久，以俟公家須。
開視化為血，哀今徵斂無。

新解

客從南溟來，遺我泉客珠——本詩為寓言體，說從南海來了一位客人，送給我的珍珠，是鮫人淚水化成的。這句中的「客」與「我」都是泛指。南溟：南海。泉客：指神話傳說裡，生活在南海中半魚半人的鮫人。傳說鮫人一邊織絲，一邊流淚，淚水化為珍珠。這裡是以「泉客」象徵勞苦百姓。

珠中有隱字，欲辨不成書——珍珠上似乎有隱約的花紋或字跡，但

◎第四階段　西南漂泊的晚境（760～770）

又認不出來。

緘之篋笥久，以俟公家須 —— 緘：封存。篋笥（ㄑㄧㄝˋ　ㄙˋ）：竹箱。這裡泛指藏物的箱子。俟：等待。公家：指官府。我將它藏在箱中很久了，以便應付官府的勒索。

開視化為血，哀今徵斂無 —— 不料今天打開箱子一看，珍珠不翼而飛，竟化成了血淚，可憐再也沒有什麼東西可供官府來搜刮了。

新評

　　全詩通篇以寓言故事的形式出現，字面上不露諷意，但無限辛酸，盡在其中。詩人以象徵的手法，對統治者搜刮民脂民膏的酷行作了血淚控訴。王嗣奭的見解較中肯：「此為急於徵斂而發。上之所斂，皆小民之血，今並血而無之矣。『珠中隱字』，喻民之隱情，欲辯而不得也。」（《杜臆》卷十）詩人巧妙地以珠中隱字來比喻民之隱痛，意在告訴人們：上面所徵的東西，都是人民的血淚所化。如今，連這血淚化成的東西都沒有了，人民之苦可想而知。正如所評，此詩「情酸味厚，歌短泣長」。是一首意義深刻、含蓄蘊藉、極富表現力的好詩。

〈江南逢李龜年〉

提解

　　此詩當寫於大曆五年（770）晚春。李龜年是唐代開元天寶年間一位著名的音樂家，曾受唐玄宗賞識，後流落江南。杜甫少年時曾聽過他的歌聲，此詩寫多年後詩人與他在潭州（今湖南長沙）重逢，詩人以敘舊的口吻，寫出了世事變遷、人情聚散的滄桑之感。是杜甫七言絕句中膾炙人口的一篇佳作，流傳甚廣，幾成絕唱。

岐王宅裡尋常見，崔九堂前幾度聞。

正是江南好風景，落花時節又逢君。

新解

岐王宅裡尋常見，崔九堂前幾度聞——岐王：指唐玄宗的弟弟李範，被封為岐王。此人工書好學，愛結交文人雅士。尋常：經常。崔九：崔滌，是當時的中書令崔湜的弟弟。曾任殿中監，深得玄宗寵愛。這兩句是杜甫回憶自己少年時代在岐王和崔九宅中多次聽過李龜年演奏的事。開首這兩句以眷戀的口氣追憶昔日與李龜年的接觸，一「見」一「聞」，寫出了兩人都與皇親、達官有密切交往；「尋常」、「幾度」，又暗寓了開元鼎盛年代歌舞昇平的盛況。

正是江南好風景，落花時節又逢君——後兩句明寫春光美好，但暗寫山河已經破碎。在這物是人非之際，又遇到當年走紅的大藝術家，看他潦倒淪落的樣子和自己相似，不禁發出國事凋零、才人顛沛流離的無限感慨。詩以轉而意深，詩人從雜花生樹、群鶯亂飛的「江南好風景」，引出的卻是「落花時節又逢君」的悲涼之語。為什麼轉眼間便花飛春去、好景不常呢？因為杜甫不再是當年的無憂少年，李也不再受到皇上的恩寵，於是「江南好風景」也景隨心移，令人生出無盡的嘆息！

新評

久別重逢，本為快事，但此詩卻飽含著世態炎涼的深深嘆息。細細體會，方能知詩句背後之深意。杜甫對李龜年流落江南的遭遇，為何深表同情？因為自己有了切身體驗。「往時文采動人主，此日飢寒趨路旁」，杜甫自己浪跡天涯、無家可歸的情況，正與李的處境十分相似。天涯淪落又重逢，此時「悲君亦自悲」，詩人其實是在藉他人的遭遇，抒自己之襟抱，卻又不肯明白道破。個人的遭際正是時代的縮影，當年歌

◎第四階段　西南漂泊的晚境（760～770）

舞昇平的開元盛世，自安史之亂後，大唐帝國已轉趨衰微，國難民困，花落春殘。寥寥四句，辭短韻長，概括了四十多年的人世滄桑和時代變遷，表現了今非昔比、往事不堪回首的悲涼，隱喻了世亂時艱的痛心。語意平淡，內涵卻藏有深意。正所謂「尺幅千里」，含不盡之意於言外。難怪蘅塘退士讚曰：「少陵七絕，此為壓卷。」

〈小寒食舟中作〉

題解

　　此詩寫於唐代宗大曆五年（770）春。清明節的前兩天為「寒食」，清明的前一天叫「小寒食」。按照傳統習俗，寒食節不生火，人們只能吃冷食，「寒食節」的名稱由此而來。據說這個習俗是為了紀念春秋時被火燒死的晉文公的侍從介子推。詩中寫杜甫在小寒食這天，坐在湘江的船上，觀覽景色，心中生發出無限感慨，表達了詩人遲暮傷懷、感念家國命運的悲涼情緒。

　　佳辰強飲食猶寒，隱几蕭條戴鶡冠。
　　春水船如天上坐，老年花似霧中看。
　　娟娟戲蝶過閒慢，片片輕鷗下急湍。
　　雲白山青萬餘里，愁看直北是長安。

新解

　　佳辰強飲食猶寒──古時寒食節禁火三天，小寒食也在禁火範圍內，因而稱其為「佳辰」。強飲：勉強飲酒。說多病之身不耐酒力，也透露著漂泊中勉強過節的心情。寒食佳辰，尚未舉火，故酒寒而強飲，食寒而強食。

　　隱几蕭條戴鶡冠──這句刻劃出舟中詩人的孤寂形象。隱几：伏在

几案上。鶡（ㄏㄜˊ）冠：隱者之冠。戰國時楚國隱士曾戴過的、用鶡鳥羽毛作裝飾的一種帽子。這裡杜甫是指自己落魄江湖，不為朝廷所用，穿戴貧寒，與隱士無異。客居舟中，寂寞寒酸，悲涼之狀，令人生憐。首聯中「強飲」與「鶡冠」正概括了作者的身世遭遇。

春水船如天上坐，老年花似霧中看 —— 第二聯緊接首聯，傳神地寫出詩人在舟中的所見所感，是歷來為人傳誦的名句。沈佺期曾有詩云：「船如天上坐，人似鏡中行。」杜甫化用此詩句，言自己坐在春水中的船上，如漂泊在天上，年老眼花，看周圍的一切都如在雲裡霧裡。表面是詩人暗自傷老，似乎也隱含著時局的動蕩不定和變化無常，也如同隔霧看花，真相難明。其筆觸細膩含蓄，使讀者無法不驚嘆詩人觀察力和內心的憂思之深。

娟娟戲蝶過閒幔，片片輕鷗下急湍 —— 寫舟中看到的江上景物。第一句「娟娟戲蝶」是舟中近景，第二句「片片輕鷗」是舟外遠景。娟娟，同「翩翩」，美好輕盈的樣子。幔：布帳，船艙上的門簾。閒：與下句的「急」相對，這裡有安靜地垂落不動之意。鷗鳥如一片片輕盈的羽毛，飛下湍急的波濤。

雲白山青萬餘里，愁看直北是長安 —— 化用沈佺期詩句「雲白山青千萬里，幾時得謁聖明君」。尾聯兩句總收全詩。「萬餘里」將作者的思緒從青山白雲引開，為結句作了鋪陳，將深長的愁思凝聚在白雲青山的盡頭、那正北方向的故國長安。

新評

這首詩寫在詩人去世前半年多，他暮年落魄江湖，卻依然牽掛著唐王朝的安危。當他小寒食節泛舟湘江，看遊蝶輕鷗，往來自在；而自己卻只能空望長安，相隔雲山萬重不得歸去，不禁對景生愁，心情落寞。

◎第四階段 西南漂泊的晚境（760～770）

漂泊詩人對時局的憂傷感懷，全部濃縮在一個「愁」字上，既凝重地結束全詩，又含不盡之意於言外。所以《杜詩鏡銓》說：「結有遠神」。這首七律抒發了個人身世的蕭條遲暮之感，與繫念家國的悲涼之情，於自然流轉中顯出深沉凝鍊，是杜甫晚年沉鬱詩風的典型展現。

〈燕子來舟中作〉

題解

寫於唐代宗大曆五年（770）春，當時杜甫在長沙孤舟漂泊已過了兩個春天。燕子飛來，讓詩人有一種如遇故知的依戀和安慰，於是詩人抒發了自己和燕子有一種同在「天涯淪落」，故而有「同病相憐」之情。詩歌寫得哀婉動人。

湖南為客動經春，燕子啣泥兩度新。
舊入故園曾識主，如今社日遠看人。
可憐處處巢居室，何異飄飄託此身。
暫語船檣還起去，穿花貼水益沾巾。

新解

湖南為客動經春，燕子啣泥兩度新——詩一開始就點明了具體地點：湖南。這裡是指洞庭湖之南的潭州（今湖南長沙）。經春：動不動便又經歷了一個春天，這是點明時間。接著引出所詠的對象燕子，說啣泥築巢的燕子也兩度飛來了。

舊入故園曾識主，如今社日遠看人——故園：指詩人在洛陽、長安的舊居。曾識主：說燕子曾認識主人。社日：立春後的第五個戊日，這天是人們祭神祈求豐收的日子。遠看人：燕子遠遠地看著自己。這兩句是詩人向燕子發問：「舊時你入我故園，曾經認識我這個主人，如今又逢

春社之日，你竟遠遠地看著我，莫非你也在疑惑，為什麼主人變得這麼孤獨、這麼衰老？」

可憐處處巢居室，何異飄飄託此身 —— 這兩句還是對燕子的傾訴。巢居室：指燕子在人家的居室梁上築窩。這兩句是說自己四處漂泊、居無定所，和燕子到處築窩又有什麼兩樣？

暫語船檣還起去，穿花貼水益沾巾 —— 燕子剛落在船檣上，說了幾句便飛走了，看著牠們貼著水面穿梭的身影，我越發老淚沾巾。船檣：船桅。益：越發。沾巾：落淚。

新評

這首詩透過詠舟中來燕，寫詩人於孤寂之中更加感念燕子的多情，抒發了詩人的茫茫身世之感，表現出一種物我無間的境界。看似句句詠燕，實是嘆息自己的茫茫身世。體物緣情，渾然一體，讓人分不清究竟是人憐燕，還是燕憐人，悽楚悲愴，感人肺腑。我們彷彿看見一位衰顏白髮的詩人，病滯孤舟，面對船檣上站著的一隻輕盈的小燕子，這活潑的小生命，充滿愛憐地喃喃自語，這富於人情味的畫面，是多麼令人感動。清人盧世㴶評曰：「此子美晚歲客湖南時作。七言律詩以此收卷，五十六字內，比物連類，似復似繁，茫茫有身世無窮之感，卻又一字不說出，讀之但覺滿紙是淚，世之相後也，一千歲矣，而其詩能動人如此。」

◎第四階段　西南漂泊的晚境（760～770）

◎附錄

杜甫年譜簡編

唐睿宗太極元年，延和元年，唐玄宗先天元年（712），一歲

正月一日，杜甫生於河南鞏縣瑤灣村。八月，唐玄宗即位。這年，李白十二歲。

唐玄宗開元三年（715），四歲

母親崔氏在他尚未記事時病逝。杜甫被寄養於洛陽姑母家，得重病，幾乎喪命。

開元五年（717），六歲

寄居河南郾城，觀公孫大娘「劍器」、「渾脫」舞，留下深刻印象。

開元六年（718），七歲

始學作詩，能詠鳳凰。

開元八年（720），九歲

能書大字。

開元十三年（725），十四歲

在洛陽與崔尚、魏啟心等交遊。曾在岐王李範、祕書監崔滌宅聽李龜年歌。

◎附錄

開元十四年(726)，十五歲

「憶年十五心尚孩，健如黃犢走復來。庭前八月梨棗熟，一日上樹能千回。」（見杜甫〈百憂集行〉）

開元十八年(730)，十九歲

第一次出遠門，遊郇瑕（今山西臨猗），結識韋之晉、寇錫（此二人後來都當了刺史）。不久返回洛陽。

開元十九年(731)，二十歲

始漫遊吳越，歷時四年。

開元二十年(732)，二十一歲

漫遊吳越。

開元二十一年(733)，二十二歲

漫遊吳越。

開元二十二年(734)，二十三歲

漫遊吳越。四年遊歷中，曾從洛陽抵江寧（今南京）、蘇州、會稽（今浙江紹興）等地。

開元二十三年(735)，二十四歲

自吳越返洛陽，赴京兆舉進士不第。

開元二十四年(736)，二十五歲

始遊齊趙，至兗州省父（其父杜閑時任兗州司馬）。與蘇源明結交。〈遊龍門奉先寺〉、〈望嶽〉當為這時期作。詳年已不可考。

開元二十五年(737)，二十六歲

漫遊齊趙。

開元二十六年（738），二十七歲

漫遊齊趙。

開元二十七年（739），二十八歲

漫遊齊趙，秋於汶上會高適。

開元二十八年（740），二十九歲

漫遊齊趙。〈題張氏隱居〉二首、〈與任城許主簿遊南池〉、〈對雨書懷走邀許十一簿公〉等詩當作於此時。

開元二十九年（741），三十歲

從山東歸洛陽，在洛陽東面、偃師西北的首陽山下，築土室（即窯洞），取名「陸渾山莊」。作〈祭遠祖當陽君文〉祭遠祖杜預。在此與司農少卿楊怡之女結婚。〈夜宴左氏莊〉、〈房兵曹胡馬〉等詩當為此時所作。

天寶元年（742），三十一歲

居洛陽。曾撫養過杜甫的姑母萬年縣君在洛陽仁風裡逝世。六月，杜甫還殯於河南為其服喪，作墓誌、石刻。

天寶二年（743），三十二歲

居洛陽。

天寶三載（744），三十三歲

春末夏初，在洛陽遇李白，二人一見如故，相約遊梁宋。八月，其繼祖母盧氏由開封歸葬偃師，杜甫為其作墓誌。這年秋天，杜甫與李白、高適，同遊梁宋。一起登吹臺，登單父琴臺。隨後高適離梁宋南遊入楚。杜甫與李白又同往王屋山訪華蓋君，不料華蓋君死，失望而返。

天寶四載（745），三十四歲

年初到達齊州（今山東濟南），結識當時的著名詩人、書法家李邕，

◎附錄

同遊歷下亭。秋與李白重逢於魯郡，二人相攜遊覽。作〈贈李白〉詩。秋末與李白別，歸洛陽，此後兩位大詩人再未相見。

天寶五載（746），三十五歲

懷著政治抱負來長安求仕。與王維、鄭虔等同遊。〈飲中八仙歌〉當為此年前後所作。

天寶六載（747），三十六歲

在長安。正月應詔就試，不第。作〈春日憶李白〉等詩。

天寶七載（748），三十七歲

約於是年歸偃師陸渾山莊，作〈奉寄河南韋尹丈人〉。

天寶八載（749），三十八歲

作〈冬日洛城北謁玄元皇帝廟〉於洛陽。

天寶九載（750），三十九歲

春天，從洛陽復至長安。生計漸漸陷入困境。冬作〈奉贈韋左丞丈二十二韻〉。

天寶十載（751），四十歲

在長安。投獻三大禮賦，玄宗奇之。命待制集賢院。但考試結果，只得到一個「參選列序」資格。作〈兵車行〉、〈前出塞〉九首。

天寶十一載（752），四十一歲

在長安。秋與高適、岑參等同登慈恩寺塔，作〈同諸公登慈恩寺塔〉。

天寶十二載（753），四十二歲

在長安。春，作〈麗人行〉。

天寶十三載(754)，四十三歲

在長安。投延恩匭進〈雕賦〉、〈封西岳賦〉、〈天狗賦〉。作〈渼陂行〉、〈秋雨嘆〉等詩。

天寶十四載(755)，四十四歲

在長安。秋往奉先省親，十月返長安，得到授河西尉的任命，未接受。後改任右衛率府兵曹參軍。十一月復往奉先省親，作〈自京赴奉先縣詠懷五百字〉。

天寶十五載，唐肅宗至德元年(756)，四十五歲

正月，安祿山在洛陽稱帝。國難當頭，杜甫告別家人，於二月自奉先返回長安，就右衛率府兵曹參軍職。夏，叛軍西進，逼近潼關，奉先受到威脅。杜甫遂由長安回奉先，攜家北逃至白水（今屬陝西），投靠在白水當縣尉的舅舅。後潼關陷落，又繼續北逃至鄜州羌村。八月，聞肅宗在靈武即位的消息，遂隻身投奔，不料途中被叛軍所獲，被押送回淪陷的長安。作〈哀王孫〉、〈悲陳陶〉、〈悲青坂〉、〈月夜〉等詩。

至德二載(757)，四十六歲

春在長安，作〈春望〉、〈哀江頭〉等詩。四月逃至鳳翔，謁肅宗。五月授左拾遺官職。作〈喜達行在所〉三首、〈述懷〉等詩。因上疏為房琯辯護惹怒肅宗，詔三司推問，幸有宰相張鎬救免。閏八月，往鄜州省親，作〈羌村〉三首、〈北征〉等。十一月，攜家返回長安。

至德三載，乾元元年(758)，四十七歲

春、夏在長安。任左拾遺，與王維、岑參、賈至等唱和。作〈奉和賈至舍人早朝大明宮〉、〈曲江〉二首等。六月，被貶為華州司功參軍。秋冬作〈九日藍田崔氏莊〉、〈瘦馬行〉等。冬由華州赴洛陽探親。

◎附錄

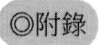

乾元二年（759），四十八歲

春作〈贈衛八處士〉、〈洗兵馬〉等詩。自洛陽返華州後，作「三吏」、「三別」。七月，棄官攜家前往秦州（今甘肅天水），作〈秦州雜詩〉二十首、〈佳人〉、〈夢李白〉等詩。十月，前往同谷，沿途作紀行詩一組。十一月至同谷後作〈乾元中寓居同谷縣作歌七首〉。十二月往成都，途中復作紀行詩一組。歲末抵達成都。

乾元三年，上元元年（760），四十九歲

春，建草堂於成都西郊浣花溪畔，作〈蜀相〉。夏作〈江村〉等詩。秋往新津會裴迪，又往彭州會高適，旋返成都。

上元二年（761），五十歲

在成都。作〈江畔獨步尋花七絕句〉、〈客至〉、〈春夜喜雨〉、〈茅屋為秋風所破歌〉、〈百憂集行〉、〈贈花卿〉等詩。冬，高適代成都尹，訪杜甫。冬末嚴武為成都尹，訪杜甫。

唐代宗寶應元年（762），五十一歲

春，在成都作〈遭田父泥飲美嚴中丞〉。四月，玄宗、肅宗相繼去世。六月，代宗召嚴武還朝委以重任，杜甫依依不捨，從成都送友人至綿州。在綿州期間，軍閥徐知道起兵造反，杜甫不能歸，流落於梓州一帶。

寶應二年，代宗廣德元年（763），五十二歲

正月，安史叛軍被滅，杜甫在梓州聞訊，喜作〈聞官軍收河南河北〉。八月往閬州弔房琯，十二月返梓。作〈冬狩行〉。

廣德二年（764），五十三歲

春初攜家往閬州。作〈傷春〉五首、〈別房太尉墓〉。三月嚴武復鎮蜀，來書相邀，乃攜家返成都。作〈奉寄高常侍〉、〈登樓〉。六月，嚴武

薦杜甫為檢校工部員外郎、節度使參謀。作〈丹青引贈曹將軍霸〉、〈哭臺州鄭司戶蘇少監〉等詩。

永泰元年（765），五十四歲

正月，杜甫辭去官職重回草堂。四月，嚴武突然病逝，杜甫失去依憑，只得告別草堂，買舟出峽。五月，由岷江南下，經嘉州（今四川樂山）、戎州（今四川宜賓）入長江，向東經渝州（今重慶）、忠州（今重慶忠縣）而至雲安（今重慶雲陽）時，已近中秋，因病不能前行。途中作〈旅夜書懷〉。

永泰二年，大曆元年（766），五十五歲

春居雲安。夏初移居夔州（今重慶奉節）。作〈八陣圖〉、〈古柏行〉、〈八哀詩〉、〈諸將〉五首、〈夔府書懷四十韻〉、〈壯遊〉、〈秋興〉八首、〈詠懷古蹟〉五首等。

大曆二年（767），五十六歲

在夔州，曾數度移居。秋作〈又呈吳郎〉、〈登高〉、〈觀公孫大娘弟子舞劍器行〉等詩。

大曆三年（768），五十七歲

正月，出峽東下。三月至江陵，滯留數月。秋繼續東下，途經公安居數月，於冬末至岳陽。作〈歲晏行〉、〈登岳陽樓〉、〈湘夫人祠〉等詩。

大曆四年（769），五十八歲

正月離開岳陽，乘船南下。三月至潭州（今湖南長沙），又至衡州（今湖南衡陽）。夏復返潭州，靠賣草藥餬口。

大曆五年（770），五十九歲

春，仍泊舟潭州。作〈江南逢李龜年〉、〈燕子來舟中作〉等。四月，湖南兵馬使臧玠在潭州造反，杜甫避亂前往衡州，欲往郴州舅氏崔偉

◎附錄

處，不料在耒陽為大水所阻，復返潭州。暮秋，欲攜家乘船由漢水北歸京都，未能如願。冬，病重於潭州開往岳陽的船上，作絕筆詩〈風疾舟中伏枕書懷三十六韻奉呈湖南親友〉，卒於舟中。

杜甫著作重要版本

《九家集注杜詩》三十六卷（原名《杜工部詩集注》）　（宋）郭知達撰，寶慶元年（1225）曾噩重刻本。以詩體分編。

《杜工部草堂詩箋》五十卷　（宋）蔡夢弼編，開禧（1205～1207）刻本。

《黃氏補千家集注杜工部詩史》三十六卷　（宋）黃希、黃鶴父子撰，宋元刻本。

《集千家注批點杜工部詩集》二十卷　（宋）劉辰翁評點、高崇蘭編，元至元大年（1308）校刻本。

《杜甫詩選》　馮至編選，浦清江、吳天五注，作家出版社。

《杜甫選集》　聶石樵、鄧魁英選注，上海古籍出版社。

杜甫研究主要著作

《杜臆》十卷　（清）王嗣奭撰，上海古籍出版社1983年版。

《錢注杜詩》二十卷　（清）錢謙益箋注，上海古籍出版社1979年版。

《杜工部詩集輯注》二十二卷　（清）朱鶴齡撰，康熙年間葉永茹刻本。

《杜詩詳注》二十五卷（又名《杜少陵集詳注》）　（清）仇兆鰲注，中華書局1979年版。

《讀杜心解》六卷　　（清）浦起龍撰，中華書局 1961 年版。

《杜詩鏡銓》二十卷　　（清）楊倫箋注，上海古籍出版社 1962 年版。

《金聖歎選批杜詩》　　（清）金聖歎撰，成都古籍書店 1983 年版。

《讀杜詩說》　　（清）施鴻保、張慧劍校，中華書局 1962 年版。

《杜詩瑣證》　　（清）史炳撰，上海書店 1986 年 6 月版，據清道光五年句儉山房刊本影印。

《杜詩解》　　（清）金聖歎撰，鍾來因整理，上海古籍出版社 1984 年 1 月版。

《杜詩言志》　　（清）佚名撰，譚佛雛、李坦點校，江蘇人民出版社 1983 年 7 月版。

《杜詩說》　　（清）黃生撰，徐定祥點校，黃山書社 1994 年 5 月版。

《杜詩趙次公先後解輯校》　　（宋）趙次公注，林繼中輯校，上海古籍出版社 1994 年版。

《杜甫詩話校注五種》　　張忠綱撰，書目文獻出版社 1994 年版。

《杜園說杜》　　（清）梁運昌撰，書目文獻出版社 1995 年版。

《杜詩引得》　　哈佛燕京學社引得編纂組編，燕京大學引得校印所 1940 年版。

《杜甫詩選注》　　蕭滌非選注，人民文學出版社 1979 年版。

《杜甫研究》　　蕭滌非著，齊魯書社 1980 年版。

《杜甫敘論》　《杜甫秋興八首集說》　　葉嘉瑩著，上海古籍出版社 1988 年 2 月版。

《被開拓的詩世界》　　程千帆、莫勵鋒、張宏生著，上海古籍出版社 1990 年版。

《杜甫詩全譯》　　韓成武、　張志民譯，河北人民出版社 1997 年版。

《訪古學詩萬里行》　　人民文學出版社 1982 年版。

◎附錄

《杜詩別解》　鄧紹基著，中華書局 1987 年版。

《古典文學研究資料匯編·杜甫卷》　中華書局 1964 年版。

《杜甫研究論文集》　中華書局 1962 年版。

《杜甫傳》　馮至著，人民文學出版社 1952 年版。

《杜甫評傳》　陳貽焮著，上海古籍出版社 1982 年版。北京大學出版社 2003 年新版。

《杜甫評傳》　莫礪鋒著，南京大學出版社 1993 年版。

〈少陵先生年譜會箋〉　聞一多撰，《武漢大學文哲季刊》第 1 卷第 1～4 期，1930 年版。後收入《聞一多全集》1956 年版。

〈杜甫年譜〉　四川文史研究館編，四川人民出版社 1958 年 12 月版。

名言警句

△會當凌絕頂，一覽眾山小。（〈望嶽〉）

△暗水流花徑，春星帶草堂。（〈夜宴左氏莊〉）

△痛飲狂歌空度日，飛揚跋扈為誰雄？（〈贈李白〉）

△白也詩無敵，飄然思不群。（〈春日憶李白〉）

△渭北春天樹，江東日暮雲。（〈春日憶李白〉）

△讀書破萬卷，下筆如有神。（〈奉贈韋左丞丈二十二韻〉）

△天子呼來不上船，自稱臣是酒中仙。（〈飲中八仙歌〉）

△信知生男惡，反是生女好。生女猶得嫁比鄰，生男埋沒隨百草。（〈兵車行〉）

△挽弓當挽強，用箭當用長。射人先射馬，擒賊先擒王。（〈前出塞〉九首其六）

△君看隨陽雁，各有稻粱謀。（〈同諸公登慈恩寺塔〉）

△三月三日天氣新，長安水邊多麗人。（〈麗人行〉）

△楊花雪落覆白蘋，青鳥飛去銜紅巾。炙手可熱勢絕倫，慎莫近前丞相嗔！（〈麗人行〉）

△綠垂風折筍，紅綻雨肥梅。（〈陪鄭廣文遊何將軍山林〉十首其五）

△風磴吹陰雪，雲門吼瀑泉。（〈陪鄭廣文遊何將軍山林〉十首其六）

△花妥鶯捎蝶，溪喧獺趁魚。（〈重過何氏〉五首其一）

△竹深留客處，荷淨納涼時。（〈陪諸貴公子丈八溝攜妓納涼晚際遇雨〉二首其一）

△越女紅裙溼，燕姬翠黛愁。（〈陪諸貴公子丈八溝攜妓納涼晚際遇雨〉二首其二）

△窮年憂黎元，嘆息腸內熱。（〈自京赴奉先縣詠懷五百字〉）

△朱門酒肉臭，路有凍死骨。（〈自京赴奉先縣詠懷五百字〉）

△落日照大旗，馬鳴風蕭蕭。（〈後出塞〉五首其二）

△香霧雲鬟溼，清輝玉臂寒。（〈月夜〉）

△野曠天清無戰聲，四萬義軍同日死。（〈悲陳陶〉）

△國破山河在，城春草木深。感時花濺淚，恨別鳥驚心。烽火連三月，家書抵萬金。（〈春望〉）

△明眸皓齒今何在，血汙遊魂歸不得。（〈哀江頭〉）

△苦被微官縛，低頭愧野人。（〈獨酌成詩〉）

△夜闌更秉燭，相對如夢寐。（〈羌村〉三首其一）

△青雲動高興，幽事亦可悅。（〈北征〉）

△一片花飛減卻春，風飄萬點正愁人。（〈曲江〉二首其一）

△細推物理須行樂，何用浮名絆此身！（〈曲江〉二首其一）

367

◎附錄

△酒債尋常行處有，人生七十古來稀。穿花蛺蝶深深見，點水蜻蜓款款飛。（〈曲江〉二首其二）

△羞將短髮還吹帽，笑倩旁人為正冠。（〈九日藍田崔氏莊〉）

△明年此會知誰健？醉把茱萸仔細看。（〈九日藍田崔氏莊〉）

△人生不相見，動如參與商。（〈贈衛八處士〉）

△訪舊半為鬼，驚呼熱中腸。（〈贈衛八處士〉）

△昔別君未婚，兒女忽成行。（〈贈衛八處士〉）

△十觴亦不醉，感子故意長。（〈贈衛八處士〉）

△天寒翠袖薄，日暮倚修竹。（〈佳人〉）

△死別已吞聲，生別常惻惻。（〈夢李白〉二首其一）

△冠蓋滿京華，斯人獨憔悴。（〈夢李白〉二首其二）

△千秋萬歲名，寂寞身後事。（〈夢李白〉二首其二）

△漆有用而割，膏以明自煎；蘭摧白露下，桂折秋風前。（〈遣興〉五首其三）

△秋花危石底，晚景臥鐘邊。（〈秦州雜詩〉二十首其十二）

△露從今夜白，月是故鄉明。（〈月夜憶舍弟〉）

△文章憎命達，魑魅喜人過。（〈天末懷李白〉）

△塞柳行疏翠，山梨結小紅。（〈雨晴〉）

△幸因腐草出，敢近太陽飛。（〈螢火〉）

△帶甲滿天地，胡為君遠行。（〈送遠〉）

△映階碧草自春色，隔葉黃鸝空好音。（〈蜀相〉）

△出師未捷身先死，長使英雄淚滿襟。（〈蜀相〉）

△風含翠篠娟娟淨，雨裛紅蕖冉冉香。（〈狂夫〉）

△自去自來梁上燕，相親相近水中鷗。老妻畫紙為棋局，稚子敲針作釣鉤。（〈江村〉）

△焉得并州快剪刀,剪取吳淞半江水?(〈戲題畫山水圖歌〉)

△思家步月清宵立,憶弟看雲白日眠。(〈恨別〉)

△留連戲蝶時時舞,自在嬌鶯恰恰啼。(〈江畔獨步尋花七絕句〉其六)

△莫思身外無窮事,且盡生前有限杯。(〈絕句漫興〉九首其四)

△顛狂柳絮隨風舞,輕薄桃花逐水流。(〈絕句漫興〉九首其五)

△隔戶楊柳弱裊裊,恰似十五女兒腰。(〈絕句漫興〉九首其九)

△一徑野花落,孤村春水生。(〈遣意〉二首其一)

△雲掩初弦月,香傳小樹花。(〈遣意〉二首其二)

△花徑不曾緣客掃,蓬門今始為君開。(〈客至〉)

△好雨知時節,當春乃發生。隨風潛入夜,潤物細無聲。(〈春夜喜雨〉)

△水流心不競,雲在意俱遲。(〈江亭〉)

△細雨魚兒出,微風燕子斜。(〈水檻遣心〉二首其一)

△安得廣廈千萬間,大庇天下寒士俱歡顏,風雨不動安如山!嗚呼!何時眼前突兀見此屋,吾廬獨破受凍死亦足!(〈茅屋為秋風所破歌〉)

△此曲祇應天上有,人間能得幾回聞?(〈贈花卿〉)

△世人皆欲殺,吾意獨憐才。敏捷詩千首,飄零酒一杯。(〈不見〉)

△海內風塵諸弟隔,天涯涕淚一身遙。(〈野望〉)

△爾曹身與名俱滅,不廢江河萬古流。(〈戲為六絕句〉其二)

△不薄今人愛古人,清詞麗句必為鄰。(〈戲為六絕句〉其五)

△別裁偽體親風雅,轉益多師是汝師。(〈戲為六絕句〉其六)

△卻看妻子愁何在?漫卷詩書喜欲狂。白日放歌須縱酒,青春作伴

◎附錄

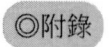

好還鄉。(〈聞官軍收河南河北〉)

△帝鄉愁緒外，春色淚痕邊。(〈泛舟送魏十八倉曹還京，因寄岑中允參、范郎中季明〉)

△濟時敢愛死，寂寞壯心驚。(〈歲暮〉)

△近淚無乾土，低空有斷雲。(〈別房太尉墓〉)

△新松恨不高千尺，惡竹應須斬萬竿。(〈將赴成都草堂途中有作先寄嚴鄭公〉五首其四)

△天涯春色催遲暮，別淚遙添錦水波。(〈奉寄高常侍〉)

△花近高樓傷客心，萬方多難此登臨。錦江春色來天地，玉壘浮雲變古今。(〈登樓〉)

△江碧鳥逾白，山青花欲燃。(〈絕句〉二首其二)

△兩個黃鸝鳴翠柳，一行白鷺上青天。窗含西嶺千秋雪，門泊東吳萬里船。(〈絕句〉四首其三)

△丹青不知老將至，富貴於我如浮雲。(〈丹青引贈曹將軍霸〉)

△但看古來盛名下，終日坎壈纏其身。(〈丹青引贈曹將軍霸〉)

△永夜角聲悲自語，中庭月色好誰看？(〈宿府〉)

△往時文采動人主，此日飢寒趨路旁。(〈莫相疑行〉)

△細草微風岸，危檣獨夜舟。星垂平野闊，月湧大江流。(〈旅夜抒懷〉)

△飄飄何所似，天地一沙鷗。(〈旅夜抒懷〉)

△短短桃花臨水岸，輕輕柳絮點人衣。(〈十二月一日〉三首其三)

△風起春燈亂，江鳴夜雨懸。晨鐘雲岸溼，勝地石堂煙。(〈船下夔州郭宿，雨溼不得上岸，別王十二判官〉)

△功蓋三分國，名成八陣圖。(〈八陣圖〉)

△落落盤踞雖得地，冥冥孤高多烈風。(〈古柏行〉)

△不露文章世已驚，未辭剪伐誰能送。（〈古柏行〉）

△志士幽人莫怨嗟，古來材大難為用。（〈古柏行〉）

△飛星過水白，落月動沙虛。擇木知幽鳥，潛波想巨魚。（〈中宵〉）

△玉露團清影，銀河沒半輪。（〈江月〉）

△魚龍回夜水，星月動秋山。（〈草閣〉）

△四更山吐月，殘夜水明樓。（〈月〉）

△江間波浪兼天湧，塞上風雲接地陰。叢菊兩開他日淚，孤舟一繫故園心。（〈秋興〉八首其一）

△信宿漁人還泛泛，清秋燕子故飛飛。（〈秋興〉八首其三）

△織女機絲虛夜月，石鯨鱗甲動秋風。波漂菰米沉雲黑，露冷蓮房墜粉紅。（〈秋興〉八首其七）

△香稻啄餘鸚鵡粒，碧梧棲老鳳凰枝。（〈秋興〉八首其八）

△搖落深知宋玉悲，風流儒雅亦吾師。悵望千秋一灑淚，蕭條異代不同時。（〈詠懷古蹟〉五首其二）

△一去紫臺連朔漠，獨留青塚向黃昏。畫圖省識春風面，環珮空歸月夜魂。（〈詠懷古蹟〉五首其三）

△五更鼓角聲悲壯，三峽星河影動搖。（〈閣夜〉）

△雞蟲得失無了時，注目寒江倚山閣。（〈縛雞行〉）

△晚節漸於詩律細，誰家數去酒杯寬。（〈遣悶戲贈路十九曹長〉）

△風急天高猿嘯哀，渚清沙白鳥飛回。無邊落木蕭蕭下，不盡長江滾滾來。萬里悲秋常作客，百年多病獨登臺。（〈登高〉）

△年過半百不稱意，明日看雲還杖藜。（〈暮歸〉）

△吳楚東南坼，乾坤日夜浮。親朋無一字，老病有孤舟。（〈登岳陽樓〉）

◎附錄

△百年歌自苦,未見有知音。(〈南征〉)

△片雲天共遠,永夜月同孤。(〈江漢〉)

△古來存老馬,不必取長途。(〈江漢〉)

△正是江南好風景,落花時節又逢君。(〈江南逢李龜年〉)

△春水船如天上坐,老年花似霧中看。(〈小寒食舟中作〉)

一生漂泊，一部詩史——杜甫集：

從「杜陵布衣」到「詩聖」⋯⋯走過盛唐榮景與烽火亂世，見證家國滄桑、個體命運與文學良知

作　　　者：[唐]杜甫
解　　　評：珍爾
發　行　人：黃振庭
出　版　者：山頂視角文化事業有限公司
發　行　者：山頂視角文化事業有限公司
E - m a i l：sonbookservice@gmail.com
粉　絲　頁：https://www.facebook.com/sonbookss/
網　　　址：https://sonbook.net/
地　　　址：台北市中正區重慶南路一段61號8樓
8F., No.61, Sec. 1, Chongqing S. Rd., Zhongzheng Dist., Taipei City 100, Taiwan

電　　　話：(02)2370-3310
傳　　　真：(02)2388-1990
印　　　刷：京峯數位服務有限公司
律師顧問：廣華律師事務所 張珮琦律師

-版權聲明-

本書版權為三晉出版社所有授權山頂視角文化事業有限公司獨家發行電子書及繁體書繁體字版。若有其他相關權利及授權需求請與本公司聯繫。

未經書面許可，不得複製、發行。

定　　　價：480元
發行日期：2025年09月第一版
◎本書以POD印製

國家圖書館出版品預行編目資料

一生漂泊，一部詩史—杜甫集：從「杜陵布衣」到「詩聖」⋯⋯走過盛唐榮景與烽火亂世，見證家國滄桑、個體命運與文學良知/[唐]杜甫 著，珍爾 解評.-- 第一版.-- 臺北市：山頂視角文化事業有限公司，2025.09

面；　公分

POD版

ISBN 978-626-7709-48-1(平裝)

1.CST:（唐）杜甫 2.CST: 唐詩 3.CST: 詩評

851.4415　　　　114013012

電子書購買

爽讀APP　　　　臉書